RENACE
DE LAS
SOMBRAS

‣ **Título original:** *Now I Rise*
‣ **Dirección editorial:** Marcela Luza
‣ **Edición:** Leonel Teti con Nancy Boufflet
‣ **Coordinación de diseño:** Marianela Acuña
‣ **Diseño de interior:** M. Constanza Gibaut sobre maqueta de Silvana López
‣ **Diseño de tapa:** Alison Impey
‣ **Arte de tapa:** © 2017 Sam Weber

un sello de
V&R Editoras

Los derechos de traducción fueron gestionados por Taryn Fagerness Agency y Sandra Bruna Agencia Literaria, SL.

ARGENTINA:
San Martín 969 piso 10 (C1004AAS)
Buenos Aires
Tel./Fax: (54-11) 5352-9444
y rotativas
e-mail: editorial@vreditoras.com

MÉXICO:
Dakota 274, Colonia Nápoles, CP 03810,
Del. Benito Juárez, Ciudad de México
Tel./Fax: (5255) 5220–6620/6621
01800-543-4995
e-mail: editoras@vergarariba.com.mx

ISBN: 978-987-747-334-6

Impreso en México, octubre de 2017
Litográfica Ingramex S.A. de C.V.

White, Kiersten
Renace de las sombras / Kiersten White. - 1a ed. - Ciudad Autónoma de Buenos Aires: V&R, 2017.
488 p.: 21 x 15 cm.

Traducción de: Belén Sánchez Parodi.
ISBN 978-987-747-334-6

1. Literatura Infantil y Juvenil Estadounidense. 2. Novelas Históricas. I. Sánchez Parodi, Belén, trad. II. Título.
CDD 813.9282

KIERSTEN WHITE

SAGA AND I DARKEN
-LIBRO DOS-

RENACE DE LAS SOMBRAS

Traducción: Belén Sánchez Parodi

VR YA

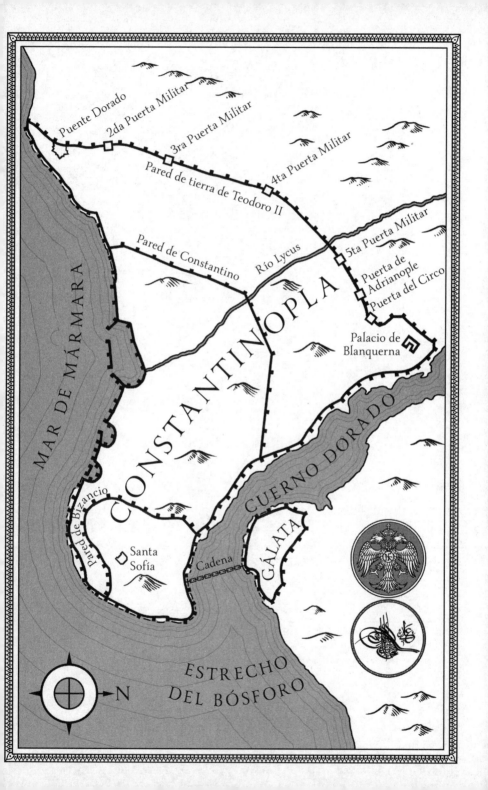

PARA CHRISTINA,
QUE NUNCA TENDRÁ TIEMPO
DE LEER ESTE LIBRO, PERO QUE
ME HA REGALADO EL DON DEL
TIEMPO PARA PODER ESCRIBIRLO.

1

Enero de 1453

El infierno eran las fiestas.

Al menos Radu estaba bastante convencido de que, más allá de cómo fuera el infierno, lo más probable era que se asemejara a esta fiesta.

La música flotaba como el perfume sobre el aire, lo suficiente como para endulzar el ambiente, pero no para agobiar a los invitados. Grupos de músicos estaban diseminados a lo largo de la isla; se vislumbraban por el verde prado que había resistido a los meses de invierno. Aunque el plato principal llegaría después, sirvientes vestidos de azul circulaban entre el gentío con bandejas en forma de nenúfares colmadas de comida. A ambos lados de la isla, el río Tunca se movía lentamente.

Independientemente de cómo hubiera sido, Murad –el fallecido padre de Mehmed y el antiguo benefactor de Radu– jamás había escatimado en lujos. El harén que había edificado en la isla estaba fuera de uso desde su muerte, pero el esplendor no se había desvanecido. Los cerámicos brillaban, los muros de piedra tallada prometían refinamiento y comodidad, y las fuentes tintineaban al son del río circundante.

Radu deambulaba por entre las construcciones pintadas como jardines geométricos, arrastrado por la misma determinación que el cauce del río. Aunque fuera consciente de que lo que estaba haciendo no tenía ningún sentido y tampoco lo haría sentirse mejor, de todos modos, continuaba en la búsqueda.

Y allí... junto a los baños, Radu se sintió atraído hacia él como un remolino de hojas sobre la corriente del río. Mehmed llevaba las túnicas de color púrpura profundo y el turbante dorado en forma de espiral. Una cadena enjoyada le fijaba el manto alrededor de los amplios hombros. Radu intentó recordar la manera en que Mehmed separaba los labios carnosos para esbozar una sonrisa y el modo en que alzaba las cejas con júbilo y no en señal de burla. Ambos jóvenes habían terminado de desarrollarse y habían alcanzado la misma altura esbelta, pero, últimamente, Radu se sentía pequeño cada vez que Mehmed lo miraba.

Hubiera experimentado la misma sensación ese día, pero Mehmed, ajeno a la atracción de la que Radu no podía escapar, no miró en su dirección.

—Verdaderamente glorioso —dijo el gran visir Halil a Mehmed con las manos en las caderas, mientras alzaba la vista hacia el nuevo complejo de baños. En los últimos meses, se habían añadido tres edificios conectados entre sí, cuyos techos abovedados recordaban a los de las mezquitas. Eran las primeras construcciones que anticipaban el grandioso palacio de Mehmed. Su intención era competir con todas las edificaciones que había erigido su padre... mejor dicho, ganarle a *cualquier* edificio que se hubiera construido antes. Para celebrar esta inversión en la capital del Imperio otomano, Mehmed había invitado a todas las personalidades importantes de la época.

Los embajadores de varias naciones europeas se entremezclaban libremente con la elite otomana. Mehmed se mantenía apartado, pero era generoso con sonrisas y promesas de futuras fiestas que se organizarían en el palacio. Además de los asistentes habituales, Mehmed se encontraba junto a Ishak Pasha, uno de sus spahis más poderosos; Kumal Pasha, el cuñado de Radu; y, como de costumbre y al igual que un sabor amargo imposible de remover, el gran visir Halil.

Radu detestaba que su antiguo enemigo Halil Pasha ahora fuera el gran visir Halil. Y detestaba aún más que hubiera sido idea suya el hecho de colocar a Halil en una posición de confianza y poder para tener la posibilidad de vigilarlo de cerca. Tal vez Lada había estado en lo cierto. Tal vez deberían haberlo asesinado. Todo hubiese sido más sencillo o, al menos, más agradable. Radu debería estar ocupando ese puesto junto a Mehmed.

Como si hubiera percibido la envidia venenosa de Radu, el gran visir Halil se volvió hacia él.

—Radu, el Hermoso —expresó, con la boca torcida en una sonrisa irónica.

Radu frunció el ceño. No había vuelto a escuchar ese apodo desde el final de la guerra en Albania cuando Skanderberg, su adversario, lo había acuñado. Mehmed le echó un vistazo y, ni bien entrecruzaron miradas, se apartó al igual que una mariposa que se posa sobre una flor y la encuentra insuficiente.

—Dime —dijo Halil, con aquella sonrisa desagradable todavía fija en el rostro barbudo—. ¿Acaso tu hermosa esposa está al tanto de que este harén aún no está en funcionamiento? Temo que sus esperanzas de entrar se vean frustradas.

Los hombres que rodeaban a Halil lanzaron una risita. Kumal frunció el ceño y abrió la boca pero, cuando Radu sacudió la cabeza, miró hacia otro lado con cierta tristeza. Mehmed no acusó recibo del insulto —la inferencia de que la mujer de Radu ingresaría al harén de Mehmed para divorciarse de Radu—, y tampoco hizo nada para refutarlo.

—Mi esposa no es… —una mano gentil se posó sobre su brazo. Radu se volvió para toparse con Nazira, quien no debería estar allí.

—Su esposa no está de acuerdo con que otra persona monopolice su atención —debajo del velo traslúcido, ella sonreía con más intensidad que el sol de invierno. Estaba vestida con los colores de la primavera, pero, aun así, Radu sintió frío al verla. ¿Qué estaba haciendo allí?

Nazira apartó a Radu del grupo de hombres y lo condujo por un sendero revestido con más cantidad de seda que la que la mayoría de la gente ve a lo largo de la vida. Era extravagante, excesivo y absurdo, al igual que todo lo que decoraba la disparatada fiesta. El claro reflejo de un sultán demasiado joven y estúpido como para ver más allá de las apariencias y de sus propios placeres.

—¿Qué estás haciendo aquí? —susurró Radu de inmediato.

—Ven a dar un paseo en bote conmigo.

—¡No puedo! Tengo que…

—¿Soportar las burlas del gran visir Halil? ¿Tratar de recobrar el favor de Mehmed? Radu, ¿qué ha ocurrido? —Nazira lo atrajo hacia las sombras de uno de los edificios. Para los observadores, daba la impresión de que el joven estaba disfrutando de un momento a solas con su hermosa mujer.

—Tengo negocios que atender —con los dientes apretados, miraba la pared que estaba por encima de la cabeza de ella.

—Tus negocios son mis negocios. Nunca nos escribes ni nos visitas. Me he enterado por Kumal de que te has distanciado de Mehmed. ¿Qué pasó? ¿Acaso le dijiste...? ¿Sabe la verdad? —sus ojos oscuros expresaban más de lo que Radu podía tolerar.

—¡No! Por supuesto que no. Eh... es mucho más complicado que eso —se apartó hacia un lado, pero ella lo tomó de la muñeca.

—Afortunadamente, soy muy inteligente y puedo comprender los asuntos más complejos. Cuéntame.

Con la mano libre, Radu se acariciaba los bordes del turbante y jalaba de él. Nazira levantó el brazo y entrelazó sus dedos con los de él.

—Estoy preocupada por ti —su mirada profunda se suavizó.

—No tienes que preocuparte por mí.

—No estoy preocupada porque te necesite, sino porque me importas. Quiero que seas feliz. Y no creo que *Edirne* te pueda brindar la felicidad que mereces —hizo énfasis en *Edirne* para dejar en claro que no se refería a la capital en sí, sino a lo que... o mejor dicho, a quien... estaba en la capital.

—Nazira —siseó Radu—. No puedo hablar de esto ahora.

Hubiera deseado poder hacerlo. Estaba desesperado por hablar con alguien al respecto, con cualquiera, pero nadie podría ayudarlo con ese problema. A veces, Radu se preguntaba qué le habría dicho Lazar si hubiesen hablado abiertamente acerca de lo que significaba que un hombre amara a otro hombre. Lazar no se había comportado con discreción sobre su predisposición a que... ocurriera algo más... con Radu. Y Radu había recompensado la lealtad de su amigo con un cuchillo. Ahora no tenía a nadie con quién hablar ni a quién formularle las preguntas desesperadas que lo asfixiaban. Estaba mal que amara de esa forma, ¿verdad?

Pero, cada vez que Radu observaba a Nazira y a Fátima, no sentía más que felicidad de que se hubieran encontrado. El amor que se profesaban ellas era igual de puro y verdadero que todos los que había presenciado. Pensamientos como aquellos hacían que la mente le diera vueltas en círculos sobre sí misma, hasta llegar al punto en que ni las plegarias podían calmarlo.

—Puede que no encuentre la felicidad en este palacio —Radu bajó la vista hacia las manos de Nazira sobre las suyas—, pero no puedo mirar hacia ningún otro lado.

—¿Regresarías a casa conmigo para pasar un tiempo allí? Fátima te echa de menos —Nazira lanzó un suspiro y lo soltó—. Puede hacerte bien estar afuera un tiempo.

—Tengo demasiadas cosas que hacer.

—¿Demasiados bailes y fiestas? —dijo ella en tono de burla, pero el brillo de sus ojos no expresaban eso. Las palabras de ella lo hirieron en el alma.

—Sabes que soy más que eso.

—Sí, pero tengo miedo de que te olvides. No tienes que hacerte esto a ti mismo.

—No me estoy haciendo nada ni tampoco lo estoy haciendo por mí. Simplemente, maldita sea. Demonios, demonios, demonios —Radu se quedó observando a un hombre vestido con uniforme de la marina (una capa resistente, un turbante más pequeño y estrecho que los que usaban los soldados comunes y corrientes, y una faja con los colores de Mehmed) que pasaba junto a ellos, acompañado por uno de los amigos de confianza del gran visir Halil.

—¿Qué? —Nazira siguió la mirada de Radu.

—Tengo que hablar con ese hombre sin que nadie nos escuche. Es el único motivo por el que estoy aquí.

—¿De verdad? —de pronto, ella estaba emocionada—. ¿Acaso es...? —alzó las cejas de manera sugestiva.

—¡No! No. Solamente necesito hablar con él en privado.

—¿Los pueden ver juntos? —la sonrisa de Nazira se transformó en un ceño pensativo.

—Sí, pero no puede parecer que nos encontramos adrede ni que estamos discutiendo algo importante. Esperaba hallar algún momento tranquilo para hacerlo, pero hay demasiadas personas. Desde que vino a la capital, no ha estado a solas. El gran visir Halil se ha encargado de que fuera así.

—Entonces, tu presencia en esta fiesta es más complicada de lo que creí.

—Mucho más complicada —Radu apretó los dientes.

—Bueno, eres muy afortunado de haberte casado tan bien —Nazira le puso una mano sobre el hombro y lo condujo hacia el sendero—. Háblame sobre él.

—Su nombre es Suleiman y es el nuevo almirante de la flota.

—Esto será muy sencillo —rio Nazira.

Ella bailaba sin esfuerzos y se desplazaba de un grupo hacia el otro con una sonrisa modesta y coqueta, y amables palabras para todos. Últimamente, Radu se encontraba al margen de las fiestas, a diferencia de antes que había sido el foco de atención de esta clase de eventos. Pero, ahora que tenía a Nazira del brazo, más personas estaban dispuestas a entablar una conversación con él. En un determinado momento, estiró el cuello para echar un vistazo a Suleiman, pero Nazira le pellizcó el brazo con fuerza.

—Paciencia —le susurró.

Luego de varias paradas más para hablar con el tío del fallecido padre de la mejor amiga de ella, con el primo de la difunta esposa de Kumal, y con muchas otras personas a las que Nazira trataba con encanto y respeto sin reparar en el lugar que ocuparan dentro de la jerarquía social otomana, se estrellaron directamente contra Suleiman. De alguna forma, Nazira se las había arreglado para que Radu empujara al hombre al suelo.

—Oh —chilló Nazira, al mismo tiempo que se cubría la boca velada con las manos—. ¡Lo siento mucho!

—Le ruego que me perdone —Radu extendió la mano para ayudar al hombre a incorporarse. No se habían conocido antes, pero los ojos de Suleiman se posaron sobre la insignia dorada en forma de navío que Radu llevaba en la capa.

—Por supuesto —Suleiman hizo una reverencia—. Soy Suleiman Baltoghlu.

—Radu —también hizo una reverencia.

–¿Radu...? –Suleiman hizo una pausa, expectante.

–Solo Radu –el joven sonreía con tensión. Lada lo había dejado atrás, envuelta en el manto de la familia Draculesti, pero Radu había renunciado al apellido de su padre y jamás lo volvería a utilizar–. Ella es mi esposa Nazira.

–Las esposas son más hermosas en Edirne que en Bursa –Suleiman la tomó de la mano, e hizo una reverencia más pronunciada.

–Eso es porque el viento sopla con demasiada fuerza en las ciudades con puertos –Nazira sonrió, radiante de orgullo–, y las pobres mujeres tienen que gastar todas sus energías en tratar de mantenerse en pie. No hay tiempo para la belleza.

Suleiman lanzó una profunda carcajada que llamó la atención de los presentes, quienes se centraron en Nazira y en él, pero no en Radu.

–Cuénteme, ¿qué es lo que hace en Bursa? –preguntó ella.

–Soy almirante.

–¡Barcos! Ay, amo los barcos. ¿Ha visto eso? –Nazira señaló una colección de delicados navíos que se balanceaban sobre el río. Tenían formas fantásticas y extravagantes. Uno de ellos tenía la proa como la cabeza de una rana, y los remos a ambos lados, como si fueran pies palmeados. Otro parecía una galera de guerra, con pequeños remos decorativos que sobresalían a los costados–. Radu teme que, si salimos a navegar, no podamos regresar a la costa. Pero si tuviéramos un almirante con nosotros... –Nazira observó a Suleiman a través de sus gruesas pestañas.

–Estoy a su servicio –Suleiman los condujo hacia el muelle y ayudó a Nazira a subir a un barco en forma de garza real. Una cabeza sobre un cuello largo y delgado señalaba hacia adelante, y dos alas de sedas se extendían a ambos lados. La cola consistía en una cubierta arqueada para proteger del sol a los pasajeros, pese a que no hacía tanto calor como para que fuera necesaria.

–¡Esto es precioso! –Nazira lanzó un suspiro, embelesada, al mismo tiempo que se inclinaba hacia un costado para rozar el agua con una mano. Radu no estaba tan encantado como su mujer, ya que detestaba los barcos, pero le esbozó una sonrisa secreta. Ella había hecho el trabajo por él.

Suleiman tomó los remos y Radu se acomodó con cautela en la parte posterior del pequeño bote.

—Voy a hablar alegremente y a agitar las manos sin cesar —expresó Nazira, mientras se alejaban del muelle y de los oídos curiosos e indiscretos—. De hecho, voy a hablar tanto durante todo el paseo que ustedes dos no podrán hacer ningún comentario.

Continuó con su monólogo... en silencio. Sacudía la cabeza de abajo hacia arriba, reía y, con las manos, marcaba frases imaginarias. Los espectadores hubieran jurado que estaba entreteniendo a Suleiman, mientras Radu se esforzaba por mantener el estómago en su lugar.

—¿Qué tan pronto pueden construir las nuevas galeras? —murmuró Radu, aferrándose a los costados del barco.

—Podemos construir barcos tan pronto como él pueda recaudar fondos —Suleiman se encogió de hombros como si estuviera intentando relajarlos por la actividad que le exigían los remos.

—Nadie puede saber cuántos navíos tenemos.

—Fabricaremos algunas galeras en Bursa para mostrar, a fin de que parezca que estoy haciendo algo. El resto lo fabricaremos en secreto, en un astillero privado de los Dardanelos. Pero necesitamos hombres. Podemos tener todos los barcos del mundo pero, sin marineros bien formados, serían igual de útiles que el bote en el que estamos ahora mismo.

—¿Cómo podremos adiestrar a tantos hombres en secreto? —si reclutaran hombres para un navío, alguien lo advertiría. Una serie de barcos nuevos podrían atribuirse al capricho imprudente de un sultán inmaduro, pero una armada completa con los tripulantes para navegarla sería algo muy distinto.

—Denme los fondos para contratar a navegantes griegos, y yo le proporcionaré la mejor armada del mundo —dijo Suleiman.

—Así será —Radu se reclinó sobre un costado, evitando apenas los movimientos agitados.

—Hagas lo que hagas, mantenla cerca —Suleiman se echó a reír ante una nueva pantomima de Nazira—. Es un verdadero tesoro.

—Lo soy —esta vez, la carcajada de Nazira era sincera.

Radu no tuvo que fingir el alivio que sintió cuando Suleiman puso fin al paseo alrededor de la isla y los trajo de regreso al muelle. Bajó a trompicones, agradecido de encontrarse de nuevo sobre tierra firme.

—Su esposo tiene un estómago débil —expresó Suleiman, al mismo tiempo que ayudaba a Nazira a descender del bote.

—Sí, es bueno que sea tan atractivo —Nazira dio una palmadita a Radu en la mejilla y, con mucha elegancia, saludó a Suleiman agitando una mano—. ¡Nuestra flota está en las mejores manos!

—¡Mis pequeños botes en forma de ave serán el terror de los océanos! —Suleiman rio con ironía, hizo una reverencia de manera dramática y se alejó.

—Gracias —dijo Radu, permitiendo que Nazira lo llevara a la fiesta y, luego a un rincón aislado, donde se sentaron en un banco, de espaldas al muro de los baños—. Eres brillante.

—Sí, lo soy. Ahora dime lo que realmente está pasando.

—Estoy... estamos... esto es muy secreto.

Nazira puso los ojos en blanco, exasperada.

—Estoy ayudando a Mehmed con sus planes de conquistar Constantinopla. Tenemos que trabajar en secreto para que Halil Pasha... —Radu se detuvo. El nuevo título de Halil siempre le generaba un sabor amargo en la boca. *¿Por qué* había insistido en que a Halil lo elevaran de pasha a gran visir?— ... para que él no descubra nuestros planes a tiempo como para sabotearlos. Sabemos que sigue asociado con el emperador Constantino. Me alejé del círculo íntimo de Mehmed de forma deliberada. Tengo que parecer poco importante; de esa manera, podré organizar cosas en las que Mehmed no puede mostrarse interesado, como el asunto de la armada. Todo lo que hacemos en público es para desviar la atención de sus verdaderos objetivos. Hasta esta fiesta es una farsa, para mostrar que Mehmed es frívolo y que solo le importa Edirne. ¿Por qué invertiría tanto dinero en un palacio si tiene la intención de establecer la capital en otro sitio?

—Pero si todo lo que haces es en secreto, ¿acaso no puedes continuar haciéndolo y además ser uno de sus consejeros?

—Mis acciones llamarían demasiado la atención si estuviera siempre al lado de Mehmed.

—No si se supiera que eres simplemente su amigo. Los sultanes suelen tener amigos cercanos que no son necesariamente importantes, pero sí muy queridos —Nazira bajó la vista, con el rostro acongojado pero decidido—. ¿Alguna vez te has preguntado si, tal vez... Mehmed comprende más de lo que tú piensas y que este distanciamiento no sea una estrategia sino un acto de bondad de su parte?

—No —Radu se puso de pie con tanta rapidez que casi pierde el equilibrio.

—No es tonto. Si yo he advertido tus sentimientos en una sola tarde, estoy segura de que él ha visto lo mismo durante todos los años que pasaron juntos.

Radu alzó una mano, como si, de esa forma, pudiera hacer que Nazira tragara las palabras que había pronunciado para que la conversación jamás hubiera existido. Si Mehmed comprendía verdaderamente cómo se sentía él, entonces... era demasiada información con la cual lidiar. Había demasiadas preguntas que no tenían las respuestas que Radu deseaba.

—Quizás tu hermana fue muy sensata al irse, porque se dio cuenta de que un sultán nunca podría darle lo que ella necesitaba.

—Elijo quedarme porque mi vida está aquí —el plan de Mehmed tenía sentido. Era la única salida que tenía y era por eso que había optado por ella—. Lada se fue porque quería el trono y lo consiguió.

A veces se preguntaba qué hubiera ocurrido si él no hubiese presionado a Lada para que los abandonara el año pasado. Había pronunciado las palabras exactas que ella necesitaba escuchar para tomar la decisión de abandonar a Mehmed... y a Radu. Había sido una jugada oscura y desesperada. Una jugada que él creyó que lo acercaría más a Mehmed.

Había apartado a Lada, y ella había ido en busca de Valaquia y de la gloria, es decir, de todo lo que siempre había deseado, sin siquiera echarle una segunda mirada al hombre que supuestamente amaba... ni a su patético hermano. A pesar de la presunta inteligencia que lo caracterizaba, Radu no podía asegurarse el mismo final feliz que le había regalado a su hermana.

Si Lada hubiera continuado allí, ¿el plan de distancia obligada seguiría en pie o ella hubiera ideado otra alternativa para neutralizar a Halil, que hubiese permitido que Radu mantuviera su amistad con Mehmed y no tuviera que quedarse solo todas las noches mientras se preguntaba cuándo llegaría el futuro que anhelaba? Él ni siquiera sabía en qué consistían esos anhelos o esperanzas.

La esperanza era como una flecha que nunca cesaba de perforarle el corazón.

Independientemente de los planes establecidos, Mehmed hubiera podido hacer lo que decía Nazira. Hubiera podido inventar excusas para que él y Radu tuvieran la posibilidad de hablar frente a frente, en vez de comunicarse con mensajes encubiertos. Había muchas cosas que Mehmed podía hacer y no hacía y, probablemente, jamás haría. Si Radu se obsesionaba con esas cosas, seguramente enloquecería.

—Todo está bien —Radu esquivó la mirada de Nazira—. Todo está como siempre estuvo y estará. Una vez que conquistemos Constantinopla, volveré a estar a su lado como amigo —la voz le tembló al pronunciar la última palabra, lo cual lo traicionó.

—¿Será suficiente? —preguntó ella.

—Tendrá que serlo —Radu intentó sonreír, pero era inútil fingir frente a Nazira. Por lo tanto, se inclinó hacia adelante y besó la frente de su esposa—. Saluda a Fátima de mi parte. Tengo mucho trabajo que hacer.

—Sin mí, será imposible. Necesitas un aliado —Nazira se puso de pie y tomó el codo de Radu con firmeza.

Radu lanzó un suspiro. Ella tenía razón. Se sentía extremadamente solo y perdido. No quería pedirle a Nazira semejante favor, pero lo cierto era que no se lo había pedido. Ella se había presentado por sus propios medios y le había dicho cómo serían las cosas. Evidentemente, esa era su forma de ser y él se sentía agradecido por ello.

—Gracias.

Regresaron juntos a la fiesta, que a Radu ya no le parecía un infierno, sino más bien un juego. Nazira saludaba deliberadamente a todas las personas que ya no deseaban hablar con Radu porque había perdido el favor del sultán. Lo hacía para incomodar a la gente, y él la adoraba por ello. Era encantador observar cómo aquellos que, tiempo atrás, pedían a voces contar con su favor y que ahora lo esquivaban, avergonzados, se esforzaban por ser corteses con él. Radu se estaba divirtiendo mucho y, *además*, tenía buenas noticias para Mehmed, lo cual equivalía a que tendría una excusa para escabullirse dentro de sus aposentos y dejarle un mensaje.

Se estaba riendo justo cuando se topó con unos fantasmas del pasado...

Aron y Andrei Danesti, sus enemigos de la infancia. Lo invadieron recuerdos de puñetazos en medio del bosque, que habían sido detenidos por la ferocidad de Lada. Radu no había sido capaz de enfrentarlos por sí mismo, pero había ideado otra alternativa. La última vez que los había visto, los habían azotado en público por ladrones. Les había tendido una trampa en represalia por la crueldad que habían ejercido con él.

El tiempo los había estilizado. Aron era delgado y de apariencia enfermiza. Tenía el bigote y la barba ralos e irregulares. Andrei, de aspecto saludable y hombros anchos, se había desarrollado mejor, pese a que había algo receloso en la expresión que no había estado antes del engaño de Radu. Radu sintió una punzada de culpa por el hecho de que sus acciones se hubieran grabado con tanta profundidad en rostros ajenos. Cuando Aron sonrió, Radu advirtió cierta bondad en la mirada de él que no había visto en su niñez.

Pero, aparentemente, el tiempo había sido más duro con Radu que con los rivales Danesti, o bien el turbante y las vestimentas otomanas lo encubrían por completo. En ambas sonrisas –la de Andrei, cautelosa; y la de Aron, bondadosa– no había rastro alguno de reconocimiento.

Nazira se presentó alegremente. Radu resistió la tentación de protegerla. Seguramente, no eran los mismos matones que habían sido de pequeños.

–¿De dónde son? –preguntó ella.

–De Valaquia –respondió Andrei–. Estamos aquí con nuestro padre, el príncipe.

Un sonido similar al rugido del viento invadió los oídos de Radu.

—¡Oh, qué coincidencia! —se le iluminó el rostro a Nazira—. Mi esposo es...

—Les pido disculpas, pero nos tenemos que ir —Radu la jaló del brazo y se apartó con tanta velocidad que Nazira tuvo que correr para seguirle el ritmo. Ni bien dobló en una esquina, Radu se dejó caer contra la pared, completamente abrumado. El padre de ellos... un Danesti... era el príncipe de Valaquia, lo cual equivalía a que Lada no había tomado el trono. Y si estaban aquí ofreciendo sus respetos, Mehmed *sabía* que Lada no lo había logrado.

¿Qué otra información tenía Mehmed que no le había contado a Radu?

Por primera vez en mucho tiempo la pregunta principal no giraba en torno a Mehmed. Durante todos estos meses, Radu no le había escrito a Lada, porque ella no se había comunicado con él y porque detestaba que ella obtuviera lo que deseaba y lo dejara sin nada, como de costumbre.

Pero, aparentemente, él se había equivocado.

¿Dónde estaba Lada?

Febrero de 1453

Tres dedos quebrados bastaron para que el asesino en potencia gritara el nombre del enemigo de Lada.

—Bueno —Nicolae alzó las cejas, antes una sola, pero que ahora estaba dividida por una despiadada cicatriz que se negaba a borrarse con el paso del tiempo. Se volvió, mientras Bogdan degollaba al joven. El calor humano que abandonaba el cuerpo se esfumó en el aire frío invernal—. Eso *es* decepcionante.

—¿Que el gobernador de Brasov nos haya traicionado? —preguntó Bogdan.

—No, que la calidad de los asesinos haya decaído tanto.

Lada sabía que Nicolae estaba tratando de alivianar la situación a través del humor —nunca le habían gustado las ejecuciones—, pero sus palabras calaron hondo. Era un golpe devastador que el gobernador de Brasov deseara la muerte a Lada, ya que le había prometido ayuda, y eso le había dado un resquicio de esperanzas durante los últimos meses.

Ahora ya no le quedaba ninguna. Brasov era la última ciudad de Transilvania en la que había intentado hallar un aliado. Las familias nobles boyardas de Valaquia ni le habían respondido las cartas que ella había enviado. Transilvania, con sus ciudades fortificadas en las montañas situadas entre Valaquia y Hungría, dependía en gran medida de Valaquia, pero Lada se había dado cuenta de que la clase dirigente de sajones y húngaros no tomaba en serio a su gente, y a ella la consideraba inútil y despreciable.

Pero lo que era aún peor que perder la última posibilidad de contar con un aliado era que *esto* era lo máximo que estaban dispuestos a gastar por ella: un asesino desnutrido y torpe, que apenas había pasado la niñez.

Ese era todo el temor que ella despertaba y todo el respeto que inspiraba.

Bogdan pateó el cadáver por el borde del pequeño barranco que rodeaba el campamento. Al igual que cuando eran chicos, no era necesario pedirle que limpiara el desorden que ella había ocasionado. Se limpió la sangre de los dedos y se calzó los guantes viejos que ya no le quedaban bien. Llevaba un gorro deformado, que apenas le cubría las orejas que sobresalían como asas de una taza.

Se había convertido en un hombre fuerte y robusto. No luchaba de forma llamativa, pero sí lo hacía con una eficiencia brutal. Cuando Lada lo vio en acción, tuvo que retener las palabras de admiración que brotaban de su interior. También era extremadamente limpio, una cualidad reforzada por los otomanos que no todos sus hombres habían conservado. Bogdan siempre tenía un olor fresco y agradable, similar al de los pinos entre los que se escondían. Todo en él le recordaba a su hogar.

Sus otros hombres estaban acurrucados alrededor de las hogueras, esparcidos en grupos a lo largo de los gruesos árboles. Estaban tan deformados como el gorro de Bogdan. La antigua homogeneidad prístina de los jenízaros se había evaporado hacía largo tiempo. Solamente quedaban treinta hombres. Habían perdido doce al toparse con una inesperada tropa del príncipe Danesti de Valaquia cuando intentaban cruzar el Danubio para ingresar a las tierras; y ocho más durante los meses posteriores, en los que se habían mantenido ocultos, escapando de los enemigos y en la búsqueda permanente de algún aliado.

–¿Piensas que Brasov está asociado con el príncipe Danesti o con los húngaros? –preguntó Nicolae.

–¿Acaso importa la diferencia? –lanzó Lada. Todos los bandos estaban en contra de ella. Frente a frente, le sonreían y le prometían ayuda, pero después enviaban asesinos en la noche para que se deshicieran de ella.

Lada había derrotado a asesinos muy superiores en nombre de Mehmed, lo cual no era un consuelo ya que aquello le hacía recordar el tiempo en su compañía. Daba la impresión de que todo lo que había hecho digno de orgullo había ocurrido cuando estaba junto a él. ¿Acaso había quedado reducida a la nada al haberlo abandonado?

Lada bajó la cabeza y se frotó el cuello, que la atormentaba con una tensión constante. Desde que había fracasado en apoderarse del trono, no había escrito ni recibido noticias de Mehmed ni de Radu. Le resultaba humillante poner en evidencia su derrota ante ellos, así como tener que escuchar lo que le dirían. Mehmed la invitaría a regresar junto a él y Radu la consolaría... pero no estaba segura de que su hermano la recibiera con los brazos abiertos.

También se preguntaba cuánto se habrían acercado durante su ausencia. Pero nada de eso importaba. Ella había elegido abandonarlos como un acto de fortaleza. Jamás regresaría junto a ellos mostrando debilidad. Había creído que —con sus hombres, con la dispensa de Mehmed y con todos los años de experiencia y fortaleza— el trono estaba destinado a ser suyo. Había pensado que ella sería suficiente.

Ahora sabía que nada de lo que hiciera podría ser suficiente, a menos que fuera capaz de tener un pene, lo cual era poco probable y para nada deseable.

Aunque, como últimamente vivían ocultos en el bosque, aquello le hubiese facilitado el tema de ir al baño. Vaciar la vejiga en medio de la noche era un esfuerzo incómodo y terminaba congelada.

Entonces, ¿qué le quedaba? No tenía aliados, ni el trono, ni a Mehmed, ni a Radu. Solamente contaba con esos hombres perspicaces, cuchillos afilados y sueños intensos, y no hallaba la manera de hacer uso de nada de eso.

Petru se apoyó contra un árbol cercano que estaba despojado de hojas por el invierno. Durante el año transcurrido, se había tornado más corpulento y silencioso. Se habían borrado las huellas del muchacho que había sido al incorporarse a la compañía de Lada. Le habían mutilado una oreja y llevaba el cabello largo para tapar la herida. Además, se había dejado de rasurar, al igual que la mayoría de los otros hombres de ella que ya no tenían los rostros desnudos que indicaban el rango que habían ocupado entre los jenízaros. Eran libres, pero estaban desorientados, lo cual preocupaba cada vez más a Lada. Cuando treinta hombres que habían sido educados para luchar y matar ya no podían cumplir con lo que sabían hacer, ¿qué los mantendría atados a ella?

Lada tomó una rama del fuego. Era un tizón ardiente que le abrasaba los ojos con la luz que emanaba. Percibió que la atención de los hombres se volvía hacia ella y, en vez de considerarlo como un peso, se colocó en una posición más erguida. Los hombres necesitaban algo para hacer.

Y Lada necesitaba ver algo que ardiera.

—Bueno —expresó, mientras agitaba por el aire el palo en llamas—. Creo que deberíamos hacer llegar nuestros saludos a Transilvania.

· · · · ·

Es más fácil destruir que construir, solía decir la nodriza de Lada, cada vez que la niña arrancaba todas las flores de los árboles frutales, *pero los campos vacíos generan estómagos hambrientos.*

De pequeña, Lada nunca había llegado a comprender qué era lo que quería decir su nodriza.

Pero ahora creía haberlo entendido, al menos la parte que afirmaba que destruir era más fácil que construir. Había desperdiciado el tiempo al escribir cartas y al tratar de forjar alianzas con nobles de baja categoría. Durante el último año, su vida había sido una lucha constante. Una gran lucha para organizar reuniones, para que no la consideraran como una niña que jugaba a ser un soldado, y para encontrar el modo de operar dentro de un sistema que siempre había sido ajeno a ella.

Estaban más cerca de la ciudad de Sibiu que de Brasov. Por afán de eficacia y pragmatismo, Lada había decidido detenerse primero allí. Se tardó menos tiempo en conducir a cientos de rebaños de ovejas de Sibiu hacia un estanque congelado para que se ahogaran que lo que demoró un sirviente en informarle que el gobernador no se reuniría con ella. Los pastores de Valaquia, a los que sin duda matarían por no haber podido salvar a las ovejas, se incorporaron discretamente a la compañía de ella.

Logrado eso, Lada y sus hombres cruzaron los tranquilos y desprotegidos suburbios de la ciudad de Sibiu, sin lastimar a nadie. Por delante de ellos, se alzaban los muros del centro urbano, en donde solamente podían quedarse a dormir los nobles de Transilvania, nunca los valacos. Ella se imaginaba que dormirían profundamente, mimados y protegidos por el sudor de las frentes valacas.

No contaban ni con el tiempo ni con la cantidad de soldados para lanzar un ataque al centro urbano de Sibiu. No estaban allí para conquistar el territorio, sino para destruirlo. A medida que la descarga de flechas de fuego se arqueaba por encima de los muros en dirección al entramado de techos, la sonrisa de Lada se tornaba, al mismo tiempo, más brillante y más oscura.

· · · · ·

Pocos días después, estaban en las afueras de Brasov esperando a que se pusiera el sol. La ciudad se situaba en un valle que estaba rodeado de frondosa vegetación. A lo largo de los muros del centro urbano, se erigían varias torres separadas por intervalos, cada una de las cuales estaba protegida por un gremio diferente. Sitiar la ciudad sería todo un desafío.

Pero, al igual que con Sibiu, la intención de Lada no era quedarse con la ciudad, sino castigarla.

—El terror se propaga más rápido que el fuego —al anochecer, Nicolae regresó de un recorrido para explorar el terreno—. Corren rumores de que has tomado Sibiu, que lideras cerca de diez mil soldados otomanos, y que eres la sierva elegida del diablo.

—¿Por qué siempre tengo que ser la sierva de un hombre? —se quejó Lada—. En todo caso, tendría que ser la compañera del diablo, y no su sierva.

Bogdan frunció el ceño y se santiguó. Continuaba aferrado a una versión bastarda de la religión en la que los habían criado. Su madre —la nodriza de Lada y de Radu— manejaba la cristiandad como si fuera un interruptor, ateniéndose únicamente a las historias que se ajustaban a sus necesidades del momento. Por lo general, las que afirmaban que los osos se devoraban a los niños que se portaban mal. Aunque Lada y Radu hubieran asistido a la iglesia con Bogdan y su madre, Lada recordaba poco de aquellas infinitas y sofocantes horas.

Bogdan debía haber mantenido su religión a lo largo de los años que había pasado con los otomanos. Los jenízaros se convertían al islam, y no había otras alternativas. Pero el resto de sus hombres habían abandonado el islam tan pronto como a los gorros jenízaros, y no lo habían reemplazado por nada más. Cualquiera fuera la fe que habían profesado en su infancia, había desaparecido por completo.

Lada se preguntaba cuánto le había costado a Bogdan aferrarse a la cristiandad pese a tanta oposición. Pero lo cierto era que él siempre había sido terco tanto en los rencores como en las lealtades. Ella estaba muy agradecida por esta última, ya que la lealtad de él hacia ella se había arraigado con profundidad desde la niñez en los bosques verdes y en las rocas grises de Valaquia, antes de que los otomanos se lo hubieran arrebatado.

De manera impulsiva, ella se inclinó hacia adelante y jaló de una de las orejas de él, como lo hacía cuando eran chicos. Una sonrisa inesperada iluminó los rasgos rígidos del muchacho y, de inmediato, ella regresó al pasado junto a él, en el que atormentaban a Radu, asaltaban las cocinas y sellaban el vínculo entre ambos con la sangre de sus manos mugrientas. Bogdan era su niñez. Bogdan era Valaquia. Y, como lo había recuperado, podría también recuperar todo el resto de lo que había perdido.

—Si estás trabajando para el diablo, ¿podrías pedirle que nos pagara? Tenemos los bolsos vacíos —Matei levantó una bolsa de cuero liviana para ilustrar su pedido. Sobresaltada, Lada se apartó de Bogdan y de la calidez que sentía en el pecho. Matei era uno de los jenízaros originales, su hombre más antiguo y de mayor confianza. Ellos se habían unido a ella en Amasya, cuando no tenía nada para ofrecerles, y todavía seguían sus pasos, con el mismo resultado de antes.

Matei era mayor que Stefan y tenía años de experiencia invaluable. No había muchos jenízaros que vivieran hasta la edad que tenía él. Cuando los habían sorprendido en la frontera, Matei había recibido un flechazo en el costado por proteger a Lada. Estaba canoso y demacrado, y se caracterizaba por tener una perpetua mirada hambrienta que se había acentuado aún más durante la estadía en las salvajes montañas de Transilvania.

Lada valoraba esa hambre en sus hombres, porque era lo que los instaba a seguirla, pero, al mismo tiempo, era justamente lo que podría alejarlos si no hacía algo pronto. Necesitaba mantener a Matei de su lado. Necesitaba la espada de él y, de modo menos tangible pero igual de importante, necesitaba su respeto. A Bogdan lo tenía sin importar lo que pasara. A los otros hombres debía retenerlos.

—Cuando termines tu trabajo, Matei, podrás llevarte lo que desees —Lada permaneció con la vista fija en los muros de la ciudad que se alzaba por debajo de ellos, observando las luces que parecían lámparas diminutas.

Brasov había bloqueado sus puertas de entrada para que nadie pudiera ingresar después del atardecer. Matei y Petru dirigían a cinco hombres cada uno, con el fin de escalar los muros bajo el amparo de la oscuridad. Cuando llegaron al lugar que habían acordado, Lada encendió la base de un árbol totalmente seco que acogió las llamas ávidamente hasta que alcanzaron la copa, obligando a ella y a sus hombres a escapar del fuego a toda prisa.

Las bases de las dos torres que estaban en el extremo opuesto resplandecían con llamaradas similares. Lada se quedó observando a los guardias asustados que correteaban por la torre más cercana a ella y que luego se asomaron por el borde.

—¿Son valacos? —gritó Lada en su lengua nativa.

Uno de los hombres lanzó una flecha. Lada alcanzó a inclinarse hacia un lado y la flecha rebotó contra la malla que ella llevaba puesta. Bogdan respondió con otra y el guardia cayó silenciosamente sobre el borde de la torre.

—¿Te hiciste daño? —dijo Bogdan con voz desesperada, mientras sus enormes manos buscaban alguna herida... alrededor de los pechos de ella.

—¡Bogdan! —ella le apartó las manos de un golpe—. ¡Si tuviera alguna herida, tú no serías el indicado para revisarla!

—Entonces, ¿necesitas que te vea una mujer? —preguntó, al mismo tiempo que miraba hacia todos los rincones como si pudiera aparecer una por arte de magia.

—¡Estoy bien!

—¡Sí, somos valacos! —gritó otro hombre con voz temblorosa, agitando un trozo de tela por encima del borde de la torre.

—Déjennos entrar y quedarán libres —Lada consideró la situación—. O también pueden unirse a nosotros, si lo desean.

Ella empezó a contar los latidos de su corazón y llegó hasta el número diez justo cuando se abrió la puerta de la torre y salieron siete hombres: tres se escurrieron en silencio entre los árboles y cuatro se quedaron. Lada pasó por delante de ellos y subió por las escaleras hacia la cima de la torre, que era circular. Había un ancho parapeto de piedra por el que ella se asomó para observar la ciudad.

Dentro de los muros, el terror se propagaba como si fuera una peste. Las calles estaban inundadas de personas; mujeres que chillaban y hombres que daban órdenes a los gritos. Era un caos.

Estupendo.

Tres días más tarde, en el cielo todavía quedaban vestigios del humo que la ira de Lada había dejado suspendido por sobre la ciudad en ruinas. Ella y sus hombres habían acampado descaradamente cerca del lugar, embriagados de hollín y venganza, seguros de que todos los habitantes de la ciudad dedicaban el tiempo a intentar salvar lo que aún no habían perdido. También estaban ebrios gracias al carro lleno de vino que Matei había conseguido llevar hasta allí.

Fue en ese momento cuando Stefan se deslizó dentro del campamento, en silencio y en secreto, al igual que una sombra. Él también había estado con Lada desde el principio. Siempre se había destacado por ser el mejor en reunir información: aquel rostro pálido y ordinario lo hacía lucir como un recuerdo casi olvidado, incluso para las personas que tenía en frente. Algún día, pensó Lada, el mundo se daría cuenta de que ella merecía un asesino similar a él.

—¿Qué noticias tienes de Tirgoviste? —preguntó ella con la garganta aún rasposa por haber inhalado tanto humo, pese a que la ronquera no ocultaba su emoción—. ¿Mataste al príncipe?

—No estaba allí.

Lada frunció el ceño. Las esperanzas de anunciar la muerte de su rival a sus hombres se habían esfumado. El asesinato de aquel no equivaldría a que el trono fuera suyo —ya que el hombre tenía dos herederos de la misma edad que ella, y todavía necesitaba que los malditos boyardos apoyaran su aspiración al principado—, pero, de todos modos, hubiera sido gratificante.

—Entonces, ¿por qué regresaste?

—Porque él está en Edirne por invitación de Mehmed.

Lada sabía que, ante aquella información, su fuego interno hubiese estallado en una profunda ira, pero estaba repleta de cenizas frías y amargas. Aunque su orgullo no le hubiera permitido pedir ayuda a Mehmed, durante todo este tiempo lo había mantenido aferrado a su corazón, consciente de que, en algún lugar, Mehmed y Radu aún creían en ella.

Y, ahora, también le habían arrebatado esa certeza.

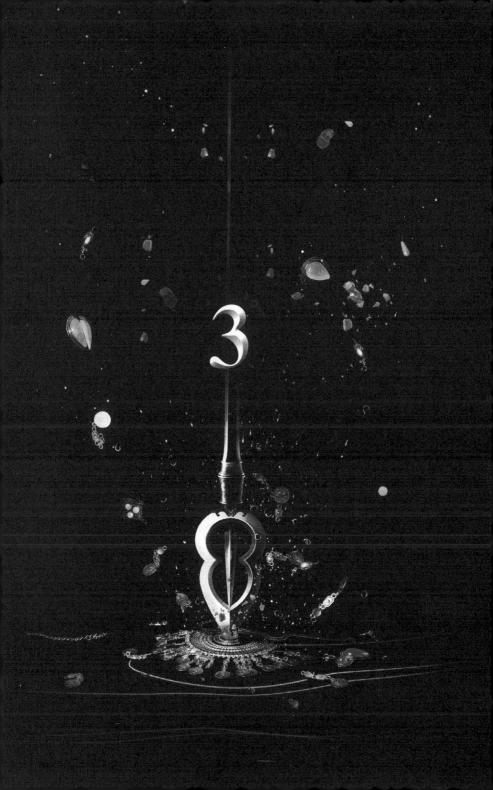

Enero

Mehmed no había dejado ninguna carta en la maceta donde solían intercambiar mensajes. Radu siempre atravesaba el pasadizo secreto –el mismo que Lada había cruzado la noche en que Ilyas y Lazar los habían traicionado–, con el deseo de que *alguna* vez Mehmed lo estuviera esperando en la habitación en la que Lada y él le habían salvado la vida. Pero Mehmed nunca estaba allí. Radu vivía por las breves frases que disfrutaba en su compañía. Sus ojos devoraban las agresivas líneas de la escritura del sultán, haciendo hincapié en las ostentosas curvas. Jamás firmaban ni ponían a quién iban dirigidos los mensajes. A Radu le hubiera encantado ver su nombre escrito en la letra de Mehmed.

Pero ese día, la maceta estaba igual de vacía que la vida de Radu. Mehmed debía estar al tanto de que Radu sabía lo del príncipe Danesti. A Radu no lo habían invitado oficialmente a la fiesta –el encuentro con Suleiman había sido un plan desesperado de último momento–, pero Mehmed lo había visto. Entonces, en vez de dejarle una nota para avisarle lo de la armada y escabullirse hasta que el sultán decidiera abordar la cuestión del destino de Lada, Radu permaneció sentado, mientras deseaba...

Bueno, lo cierto era que ya no sabía qué desear, por lo que se sentó a esperar.

A medida que el sol se ponía, Radu intentaba no afligirse por los horrores que habían ocurrido en ese aposento, pero, como tenía a Lada en mente, no podía pensar en otra cosa. Había estado tan seguro de que ella tomaría el trono de Valaquia que no había considerado la posibilidad de que pudiera fracasar en su objetivo. ¿Acaso seguiría viva? No podía ni concebir que Mehmed hubiera retenido la información de la muerte de su hermana.

Pero, en su momento, Mehmed *no* le había avisado a Lada de la muerte de su padre y hermano. ¿Quién podía afirmar que no estuviera haciendo lo mismo con Radu? Y, de ser así, ¿qué significaba? ¿Acaso que estaba protegiendo a Radu, que estaba tratando de que se mantuviera enfocado en los planes de conquistar Constantinopla por temor a cómo reaccionaría ante las novedades, o bien que le importaba tan poco la muerte de Lada que no había encontrado el tiempo para trasmitir la información...?

No, Radu no podía creer que esa última suposición fuera cierta.

Incapaz de enfocar los pensamientos en algo tranquilo, Radu recurrió al único consuelo que tenía en la vida. Oró con fervor, perdiéndose entre las palabras de las plegarias. Independientemente de lo que estuviera pasando, hubiera pasado o pasaría, siempre tendría a Dios y a los rezos.

Una vez que finalizó las oraciones, un velo de paz le cubría la mente atormentada. Aferrándose a él con fuerza, abrió la puerta y entró en el vestíbulo central de los inmensos aposentos de Mehmed. No podía hacer nada para cambiar el pasado, solamente podía hacer lo que creía mejor para el futuro. Y, para eso, necesitaba más información.

Todas las habitaciones estaban a oscuras. Radu encontró una silla en un rincón de la alcoba de Mehmed. Evitó mirar la cama, la cual amenazaba con destruir el velo de paz que lo cubría.

Tiempo después, una joven de la edad de Radu ingresó en el dormitorio, encendió las lámparas y volvió a irse. Radu permanecía tan quieto y en silencio que ni lo advirtió.

Tampoco Mehmed se dio cuenta de su presencia cuando finalmente entró en la alcoba, seguido por la misma muchacha de antes. Radu temía observar algo que no le gustara, pero la chica no vestía las sedas y pañuelos propios de las esposas o concubinas, sino las simples prendas de una sirvienta. Mehmed alzó los brazos, y ella le fue retirando cuidadosamente cada una de las lujosas prendas que llevaba en capas. Radu sabía que debía apartar la vista, pero no lo hizo.

Cuando Mehmed quedó en ropa interior, la mujer puso a un lado las prendas y le deslizó por la cabeza una camisa de dormir pintada con los versos del Corán. Después de hacer una reverencia, abandonó la habitación. Tan pronto como se cerró la puerta detrás de ella, el sultán se desvaneció, y toda la oscuridad y los temores que anidaban en el corazón de Radu se fueron con él. Allí estaba Mehmed, *su* Mehmed y no el desconocido que ocupaba el trono.

Mehmed se frotó la parte de atrás del cuello y lanzó un suspiro. A continuación, se sentó en el borde de la cama y se desenrolló el abultado turbante. Tenía el cabello más largo que nunca y se le rizaba a la altura de los hombros. Bajo la luz tenue parecía negro, pero Radu sabía que, bajo el sol, brillaría de un color castaño. Aunque Radu no tuviera conciencia de la sensación que le provocaría rozar esa cabellera, sentía unos deseos desesperados de hacerlo.

–¿Mi hermana ha muerto? –preguntó Radu.

Mehmed se puso tenso y se llevó una mano a la cintura, donde normalmente tenía el puñal. Luego, se relajó y dejó caer los hombros.

–No deberías estar aquí –expresó, sin volverse.

–Y tú no deberías haberte reunido con el *príncipe* Danesti de Valaquia sin haberme contado lo que pasó.

–Ella no está muerta –suspiró Mehmed, volviendo a frotarse la parte posterior del cuello.

Los ojos de Radu se cubrieron de inesperadas lágrimas, mientras lanzaba un suspiro de alivio porque Lada no había muerto y porque su reacción inmediata no había sido la desilusión. Evidentemente, no era tan malvado como para envidiar la vida de su hermana, sino simplemente el afecto que Mehmed sentía por ella.

–¿Qué pasó? Pensé que le habías dado el trono.

–Lo hice, pero, aparentemente, Valaquia no estuvo de acuerdo conmigo.

–¿Y aun así apoyas a su rival?

Mehmed alzó las manos en un gesto de impotencia. Seguía de espaldas a Radu, quien ansiaba ver la expresión de su rostro. Pero no podía acortar la distancia entre ellos porque, después de tanto tiempo, no confiaba en que pudiera contenerse al estar cerca de él.

–¿Qué otra cosa puedo hacer? Sabes que necesito asegurar todas las fronteras. No puedo luchar en dos frentes. Si queremos conquistar Constantinopla, tenemos que mantener la paz con el resto de las naciones. Hungría representa una gran amenaza, con Hunyadi que me hostiga en todo momento. No puedo darme el lujo de perder territorio en Europa, y no puedo librar una batalla allí sin correr el riesgo de que se organice una cruzada. El príncipe Danesti aceptó todas mis condiciones.

Su explicación tenía mucho sentido y era muy sensata, pero, aun así... Mehmed no lo miraba a los ojos.

–¿Eso es todo o quieres mantener a Lada apartada del trono con la esperanza de que regrese una vez que fracase? –la frustración y la soledad que había sufrido Radu durante el año salió a la superficie con aquellas palabras acusadoras.

–¿Acaso te la imaginas aquí? –Mehmed lanzó una carcajada más oscura que la noche que presionaba contra el balcón–. ¿Has recibido noticias de ella? Radu, si ella me hubiera pedido ayuda, se la habría enviado. Hubiera librado una batalla con una sola palabra suya. Pero *ella* nos *abandonó*. Nos rechazó y ni en sueños la seguiría sin una invitación.

Una vez más, la explicación tenía sentido, pero a Radu no le parecía necesario que hubiera mantenido esa información en secreto.

–¿Cuánto tiempo hace que sabes que Lada no está en el trono?

–¿A quién le importa? –Mehmed desvió la pregunta con un sonido gutural.

–A mí, porque es mi hermana. ¿Por qué me ocultaste esta información sobre ella?

Finalmente, *finalmente*, Mehmed se volvió hacia él. Bajo la tenue luz de la lámpara, se le marcaban las facciones del rostro; la nariz y las mejillas estaban doradas, y los labios a la vista y, luego, en penumbras.

–Tal vez tenía miedo.

–¿De qué?

–De que, si te enterabas de que estaba en problemas, fueras en su ayuda.

–¿Qué piensas que podría hacer para ayudarla? –Radu se echó a reír, conmocionado.

—¿De veras me lo preguntas? —Mehmed inclinó la cabeza hacia un lado, y mitad del rostro quedó en las sombras, y la otra mitad, iluminada.

Incómodo, Radu bajó la vista. Ansiaba una respuesta, pero temía otra. ¿Y si Mehmed no podía hallar razones que no sonaran vacías?

—Siempre fui el mejor con el arco y la flecha —sonrió Radu con sarcasmo.

—Lada no necesita una flecha perfectamente dirigida, sino una sonrisa, palabras y modales perfectamente dirigidos.

—La puntería de ella en esos asuntos *siempre* ha sido defectuosa —finalmente, Radu se atrevió a mirarlo a los ojos.

—Y tu puntería nunca falla. No subestimes lo que eres capaz de hacer solamente porque Lada no se destaca en eso. Ustedes dos son una pareja que se complementa muy bien —Mehmed apartó la vista de Radu y se quedó mirando un punto fijo en el espacio que los separaba—. O, al menos, lo eran.

—No me ocultes información —en ese preciso instante, Radu se dio cuenta de que Mehmed no lo estaba viendo a él, sino a la ausencia de su hermana.

—¿Qué? —Mehmed se volvió bruscamente hacia él.

—Cuando mantienes algo en secreto, esa información se agranda y adquiere más peso. Ni bien me enteré de tu engaño, asumí lo peor y estuve a punto de poner en riesgo que se descubriera nuestra amistad simplemente para hablar contigo. De ahora en más, sé honesto conmigo —Radu hizo una pausa, consciente de que se había dirigido a Mehmed como a un amigo y no como al sultán. Tiempo atrás, no lo hubiese advertido, pero ahora... se imponía cierta distancia entre ellos. Radu se preguntaba si aquella aparente distancia se había transformado en algo más. Asustado por esta nueva situación entre ellos, añadió un amable *por favor*.

—¿Y tú siempre has sido sincero conmigo? —el tono de voz de Mehmed tenía cierto matiz burlón que aterraba a Radu. *¿Acaso Mehmed le estaba preguntando lo que creía que le preguntaba?*

—Eh... sabes que trabajo solo para ti, y...

—Lo sé —Mehmed disipó el terror de Radu al esbozar una leve sonrisa—. Y fui un estúpido al poner en duda tu lealtad a nuestra causa. Pero no puedes culparme por quererte, de forma egoísta, para mí solo.

—No —dijo Radu con voz ronca, porque de pronto se le había resecado la boca—. Por supuesto que no —pese a que las palabras que querían brotar de sus labios eran *soy tuyo para siempre*, se las tragó con dolor.

—¿Tienes algún otro plan para esta noche? —Mehmed se desplazó sobre la cama.

—¿Qué? —a Radu le latía el corazón con tanta intensidad que se preguntaba si Mehmed podría oírlo—. ¿A qué te refieres?

—¿Tienes alguna idea de cómo vas a escabullirte de aquí sin que te vean? —Mehmed hizo un gesto en dirección a la puerta.

—No —el sudor que le había corrido por el cuerpo se tornó frío y asfixiante. Era un estúpido.

—Voy a salir y a asegurarme de que todos los guardias me sigan hasta la primera antecámara. En ese momento, podrás deslizarte por el pasadizo secreto.

Mehmed se puso de pie y Radu lo siguió de cerca. Demasiado cerca. Él se tropezó contra la espalda de su amigo.

Mehmed hizo una pausa, se volvió y aferró a Radu de los brazos.

—Qué bueno volver a verte, amigo mío —expresó.

—Sí —susurró Radu.

Y, luego, Mehmed desapareció.

· · · · ·

Una carta de Nazira lo esperaba en el escritorio. En la misiva, le informaba que Fátima y ella se quedarían en la ciudad en la modesta casa que Kumal tenía allí. Además, le rogaba a Radu que se reuniera regularmente a comer con ellas.

Radu estaba enfadado y, al mismo tiempo, satisfecho. Ella no tenía por qué preocuparse tanto, pero el joven debía admitir que sería agradable tener a alguien con quien hablar que, además, no esperara nada de él. Si tuviera la posibilidad de imaginar a la hermana ideal, Nazira se asemejaría mucho a ella.

La culpa resurgió. Había logrado apartar los pensamientos sobre Lada al asumir que ella había conseguido todo lo que quería.

Ahora sabía que no era así. Con un suspiro de cansancio, sacó un trozo de pergamino y una pluma.

Querida hermana, escribió. Al menos, una de las dos palabras era cierta.

. . . . .

Tres días después, Radu caminaba en dirección a una posada que estaba cerca del palacio, balanceando los brazos al son de sus pisadas. Un grupo de pashazadas –hijos de pashas tan poco importantes que aún lo recibían en sus reuniones– habían estado hablando sobre una mujer extranjera que intentaba que el sultán la recibiera. Bromeaban acerca de que quería unirse al harén y que había traído un carro repleto de cañones para compensar su rostro poco agraciado.

La mención del carro despertó la curiosidad de Radu... y también su preocupación. Si una mujer extranjera estaba en la ciudad con armas y quería reunirse con el sultán, Radu tenía que averiguar sus motivos. Los otros hombres podrían considerarla una loca, pero él sabía por experiencia propia que las mujeres podían ser tan violentas como los hombres.

Al doblar en una esquina, Radu chocó contra una mujer. Logró mantenerla en pie, pero el manojo de pergaminos que ella llevaba cayó al suelo. La mujer lanzó en voz alta una vehemente maldición en húngaro, que hizo sentir a Radu una extraña nostalgia por el antiguo tutor tartamudo y tedioso que les daba lecciones en medio del bosque. En ese preciso instante, se dio cuenta de que tenía que tratarse de *ella*... la mujer extranjera que intentaba reunirse con Mehmed.

–Discúlpame –dijo Radu en húngaro, pese a los años que había mantenido esa lengua en el olvido. Solía practicar con frecuencia los otros idiomas que sabía (el latín, el griego, el árabe, todo lo que había aprendido junto a Mehmed), pero no había vuelto a hablar en húngaro ni en valaco desde la partida de Lada–. Iba distraído.

–¿Hablas húngaro? –la mujer alzó la vista, sorprendida. Era joven, unos pocos años mayor que Radu, y vestía faldas y camisas diseñadas para viajar que tenían un estilo claramente europeo.

–Entre otras cosas –Radu le entregó los pergaminos. Ella tenía los dedos romos y sucios, y las manos cubiertas de cicatrices por antiguas quemaduras.

–No sé hablar turco, ¿podrías ayudarme? –expresó con enfado, en modo de exigencia más que de súplica–. Ningún habitante de esta maldita ciudad puede facilitarme una reunión con el sultán.

–¿Dónde están tus sirvientes? ¿Y tu padre? –a Radu le pareció sensato lo de la maldita ciudad.

–Viajo sola y me están por echar de la posada simplemente por eso. No tengo donde alojarme –se frotó la frente con el ceño fruncido–. Todo este viaje en vano.

–¿Quieres entrar al harén del sultán?

Lo fulminó con una mirada asesina tan repentina y dura que le hizo recordar a Lada. La mujer comenzó a agradarle aún más por eso, pero también sentía cierta preocupación. Tal vez ella *estaba* allí para asesinar a Mehmed.

–Antes que ingresar a su harén y dejar que me monte por delante, preferiría formar parte de los establos y permitir que montara sobre mis espaldas.

–Entonces, ¿qué necesitas? –Radu sintió que le ardían las mejillas y se aclaró la garganta.

–Tengo una propuesta para hacerle. Fui antes a Constantinopla, pero allí tampoco me quisieron recibir.

–¿Vienes de Constantinopla? –si era una asesina, era muy torpe por admitirlo en voz alta.

–Ese maldito emperador no me dejó mostrarle mi trabajo –ella extendió uno de los pergaminos enrollados–. Se echó a reír y me dijo que, aunque mis pretensiones fueran ciertas, no tenía suficiente dinero para ofrecerme.

–¿Dinero para qué?

–Puedo construir un cañón lo suficientemente grande como para destruir los muros de Babilonia –sonrió finalmente, dejando al descubierto todos los dientes–. Si el sultán me hubiera visto, lo habría hecho para él. Pero, aparentemente, tendré que regresar a casa tan deshonrada como mis padres me dijeron que estaría –sacudió la cabeza amargamente y se volvió para marcharse.

–¡Espera! ¿Cuál es tu nombre?

–Urbana de Transilvania.

–Yo soy Radu, y creo que podríamos ayudarnos mutuamente –él le arrebató el conjunto de pergaminos–. Busca tus pertenencias y te presentaré a mi esposa.

–No tengo intención alguna de unirme a *ningún* harén –Urbana alzó una ceja.

–Te aseguro que esa es una de las últimas cosas que tengo en mente –Radu contuvo una carcajada, porque la mujer podría malinterpretarla como un signo de maldad–. Yo nací en Transilvania y sé qué es ser extranjero en una tierra desconocida. Permíteme ayudarte como me gustaría que ayudaran a mi propia hermana.

–Te advierto que, si intentas hacer algo indecoroso, soy capaz de hacer estallar tu casa.

–Mi hermana aceptaría la ayuda con ese mismo espíritu –esta vez, Radu se echó a reír–. Vamos, te llevaré a mi hogar. Te encantará mi esposa.

Con la ayuda de Nazira, podría determinar si Urbana era digna de confianza. De ser así, Radu tenía la extraña y dichosa sospecha de que sería capaz de demostrarle a Mehmed lo valioso que podría llegar a ser.

Febrero

Lada sabía que castigar a Transilvania por todo lo que les había salido mal durante el último año no tenía sentido desde un punto de vista estratégico, pero, como aquello la hacía sentirse bastante bien, Transilvania ardía en llamas.

Ella no estaba feliz, pero sí ocupada, lo cual era casi lo mismo.

—¡Dios santo! —susurró, mientras intentaba sujetarse la tela alrededor de los pechos para que no le rozaran contra la cota de malla. Le resultaba difícil vestirse en medio de los bosques, pero esta opción era preferible a la que le había propuesto el gobernador de Brasov *antes* de enviar a un asesino para que la matara. Luego de acordar cuántos hombres y fondos podría dejar disponibles para apoyar la llegada al trono de Lada, el hombre había sugerido que ella permaneciera junto a él en vez de regresar al sitio que, según él, *no estaba hecho para ninguna mujer*.

Pero el lugar de ella era junto a sus hombres, aun si se congelaba. Por cierto, no cesaba de temblar por detrás de la manta que había colgado para disfrutar de cierta privacidad. Ya casi tenía la tela fijada al cuerpo, pero, con los dedos helados, todavía trataba de hacer el nudo a tientas. Arrojó el paño al suelo y gritó de rabia.

—¿Lada? —preguntó Bogdan, al mismo tiempo que se desplazaba hacia el otro extremo de la manta—. ¿Necesitas ayuda?

—¡No la tuya! ¡Déjame tranquila! —después de algunos minutos exasperantes, finalmente logró colocar todo en su lugar. Se puso una túnica limpia, lo cual era una novedad, y regresó junto a sus hombres.

—Necesitas ayuda —susurró Bogdan en voz muy baja para que nadie lo oyera.

—No necesito *ninguna ayuda*.

—Eres una dama. No deberías hacer todo eso por ti misma.

—Bogdan, ¿cuándo he sido una dama? —Lada lo miró con enfado.

—Para mí, siempre has sido una dama —él le devolvió la mirada fulminante con una sonrisa suave y tímida.

—Quizás no me conozcas tanto, después de todo.

—Sí, te conozco —Bogdan alzó una de sus duras manos con la palma hacia arriba para mostrarle la cicatriz de cuando se habían *casado* de pequeños.

Antes de que Lada pudiera decidir qué responderle —o cómo sentirse al respecto—, Petru llamó su atención.

El último carro que habían robado estaba repleto de vestiduras finas, las prendas estaban esparcidas por el campamento. Había pantalones que colgaban de los árboles, y camisas que bailaban al son de la brisa. Los colores vivos sobre las ramas desnudas daban un aire festivo al paisaje.

Petru luchaba con una camisa que tenía un intrincado bordado, con el fin de ponérsela por sobre la cabeza. Giraba de un lado hacia el otro. Nicolae lo observaba con los labios apretados, pero la mirada radiante de júbilo.

—Te sentaría mejor si estuviera diseñada para un hombre —dijo Matei, al pasar junto a él. El bolso de Matei ahora estaba lleno, pero el hombre aún lucía hambriento.

Petru dejó de dar vueltas y se arrancó la camisa con horror. Nicolae se echó a reír.

—¡Podrías habérmelo dicho! —exclamó Petru.

—Pero combinaba tan bien con el color de tus ojos.

Petru le lanzó una mirada fulminante. Luego, se volvió hacia Lada y le ofreció la camisa. Ella alzó una ceja ante los colores y el bordado delicado de la prenda, por lo que Petru, mascullando, arrojó la camisa por sobre la cabeza de Nicolae y se marchó.

Lada vestía una larga túnica por encima de unos pantalones. Todo era de color negro, excepto una faja roja que llevaba alrededor de la cintura. Una gruesa capa negra, cubierta de un magnífico forro de piel, la mantenía más abrigada de lo que había estado en meses. Las botas —de cuero finamente tallado con motivos delicados– eran la única prenda femenina que usaba. Se había acostumbrado a llevar el cabello atado con un paño negro, en lugar del blanco que usaban los jenízaros. Por encima de eso, le cubría la cabeza un gorro de piel.

Hacía tiempo que todos habían dejado de usar los uniformes y sombreros de los jenízaros, pero algunos mantenían ciertos recuerdos de su vida como esclavos: una faja por aquí, un cuchillo por allí. Bogdan usaba el paño blanco de la capa para limpiar sus armas, y otros lo utilizaban para limpiar cosas menos decorosas.

–¿Stefan ha regresado?

–Todavía no –Nicolae terminó de abotonarse la camisa y se cerró la capa–. ¿Debemos esperarlo para empezar con la diversión? Ya tenemos demasiados hombres.

–Esta noche no es para que haya demasiados hombres, sino para la rapidez y la reserva.

–Yo iré –Bogdan se aproximó a Lada.

–Tú no –el joven se entristeció. Lada apretó los dientes y añadió–: Necesito que te quedes a cargo del campamento.

Él se encogió de hombros y se alejó. Ella no supo si los fuertes pisotones que resonaron se debían a que estaba enojado o simplemente a que era corpulento. Lo cierto era que no podía llevar a Bogdan consigo porque él no estaría de acuerdo con lo que ella tenía en mente. A Nicolae tampoco. A Petru, no lo sabía, pero Matei...

–Matei, solo iremos nosotros dos.

–¿Qué van a hacer? –preguntó Nicolae.

Lada envainó los cuchillos. Uno en cada muñeca, y otro en el tobillo derecho. Un enorme recipiente de aceite para lámparas colgaba de una correa que llevaba por encima del hombro.

–Voy a visitar al gobernador de Brasov.

–¿Es realmente necesario?

–Él me traicionó. ¿Por qué me prometería ayuda y luego intentaría mandarme a matar? Debe haber recolectado información y, al entregarla, le debe haber llegado la instrucción de que se deshiciera de mí. O está trabajando para Hungría o está tramando algo con el príncipe Danesti. Quiero saber cuál de las dos opciones es la verdadera. Si es la del príncipe Danesti, no tenemos nada de qué temer. Ya sabemos que él me quiere muerta. Pero si es la de los húngaros, estamos en problemas.

–¿Cómo vas a llegar hasta él? La ciudad debe estar muy bien custodiada.

Lada hizo contacto visual con Matei y él asintió con seriedad. Estaba dispuesto a realizar la tarea que le pedía. Y Lada, como siempre, estaba dispuesta a todo.

· ● ● ● ·

Se deslizaron por las oscuras calles de la zona de los valacos: un laberinto de chozas que llegaban hasta el extremo de los muros. Algunas de las casas habían sido construidas contra las murallas mismas, utilizando las piedras como paredes exteriores. Lada y Matei oyeron varias veces el sonido de patrullas que pasaban, pero simplemente cambiaban de rumbo para evitar que los encontraran.

Las chozas edificadas contra los muros ofrecían ciertas ventajas. Ellos se aferraron a dos casas que estaban a poca distancia una de la otra y se impulsaron hacia el techo. Matei ayudó a Lada a subir al muro propiamente dicho. Después de respirar hondo un par de veces para asegurarse de que había pasado inadvertida, Lada bajó una soga para que él siguiera sus pasos.

Dentro de los muros de la ciudad, incluso el aire era diferente; parecía más puro, más rico y más privilegiado, ya que lo aspiraban menos bocas desesperadas, pero el olor a madera quemada acechaba bajo la superficie de todo el lugar y generaba en Lada cierta sensación de paz.

Aunque Lada sabía exactamente adónde ir, tardaron dos horas en recorrer una docena de calles. Bordearon los vestigios de las casas que habían incendiado, escondiéndose dentro de ellas cada vez que era necesario. Lada se había vestido de negro, lo cual resultó acertado ya que las cenizas hubieran arruinado otras prendas.

Las patrullas avanzaban por las calles con una constancia preocupante. Cuando finalmente se acercaron a la casa del gobernador, las cosas no se simplificaron. Había tres guardias vigilando la puerta, mientras otros rodeaban el terreno. Lada había contado con el plan de irrumpir a través de una de las ventanas del primer piso, pero ya no era posible.

Matei aguardaba en silencio, pero ella podía sentir la pregunta latente en su interior. *¿Y ahora qué?*

Al alzar la vista hacia el cielo de la noche para maldecir a las estrellas, las líneas de los techos llamaron la atención de Lada. Las viviendas habían sido construidas unas contras otras, dándose codazos para ganar espacio. Algunos callejones eran tan estrechos que había que ponerse de costado para poder atravesarlos.

No necesitaba entrar en la casa del gobernador, sino en la de uno de sus vecinos con menos vigilancia.

—¿Cuál es tu opinión sobre las iglesias? —susurró ella.

Matei frunció el ceño en medio de la oscuridad.

—¿Te diste cuenta de que, en el campo, todas las iglesias están fortificadas? Suelen dar cobijo a todos durante los ataques, pero aquí, en el corazón de la ciudad, la iglesia es hermosa y fría. No dejan entrar a ningún valaco para que rinda culto. Creo que deberíamos calentarla —ella le ofreció el recipiente con aceite y él, con el rostro iluminado al comprender las palabras de la muchacha, lo aferró con fuerza.

Matei desapareció entre las sombras. Aunque Lada contara ahora con más hombres, siempre confiaba en los primeros que había tenido antes que en los otros. Matei no dudaría en hacer el trabajo, mientras que Nicolae y Bogdan evitarían prender fuego a un edificio sagrado. Pero ¿cómo era posible considerarlo un recinto sagrado si les negaban la entrada a los valacos?

Ella se apartó del rincón en penumbras y corrió a toda prisa por un callejón que estaba al descubierto. A cuatro viviendas de distancia de la del gobernador, había un edificio de tres pisos que lucía grandes alféizares, perfectos para que los decoraran con tiestos repletos de flores durante la primavera.

Lada trepó a uno de los alféizares, se impulsó hacia el segundo piso y, a continuación, hacia el tercero. El techo tenía un ángulo inclinado y sobresalía demasiado como para que ella pudiera aferrarse a él. Por encima de ella, bastante fuera de su alcance, había una pequeña ventana que daba al ático, la cual le daría un fácil acceso al siguiente tejado.

La ventana que estaba delante de ella no se encontraba trabada, y una de las esquinas estaba lo suficientemente levantada como para poder introducir un cuchillo. Lada se esforzó por abrirla; cada leve crujido o queja de la madera le advertían de que podría ser descubierta. Una vez que lo logró, se deslizó dentro.

Había una niña sentada sobre la cama, que miraba fijo a Lada. Probablemente no tendría más de diez años. Llevaba el cabello debajo de un gorro y una camisa de dormir de color blanco.

—Si llegas a gritar —expresó Lada—, asesinaré a toda tu familia mientras duerme.

La niña permaneció seria —y en silencio—, completamente aterrada.

—Muéstrame cómo subir al ático.

Temblando, la niña bajó de la cama. Sus pies diminutos no hacían ruido sobre el suelo de madera. Abrió la puerta del dormitorio y miró hacia ambos lados antes de indicarle a Lada que la siguiera. Al final del pasillo, había otra puerta. Lada se preparó para enfrentar un enemigo, pero la habitación estaba vacía, excepto por un conjunto de muebles viejos y una escalera.

La niña señaló hacia arriba.

Lada puso una mano en la escalera e hizo una pausa. Se volvió hacia la niña que la miraba en silencio y con los ojos bien abiertos, como lo había hecho desde que Lada ingresó en su habitación.

—La próxima vez que alguien entre a tu dormitorio en el medio de la noche, debes estar preparada —Lada se tomó la bota, extrajo un pequeño cuchillo, lo sujetó por la hoja y se inclinó hacia abajo—. Toma, aquí tienes.

La niña tomó el puñal y lo observó como si fuera un acertijo. Luego, aferró la empuñadura y asintió.

—Muy bien. Ahora me voy. Regresa a la cama —Lada trepó por la escalera y abrió la trampilla que daba al ático, pero, con la ventana, no tuvo la misma suerte. Maldijo su falta de fortuna, tomó una silla que tenía una pata rota y la estrelló contra la ventana. Esperaba que Matei hubiera comenzado con su trabajo para alejar cualquier sospecha que pudiera despertar aquella acción. Después de apartar los restos del vidrio roto, Lada salió trepando y se puso de cuclillas sobre el alféizar. Por debajo, la esperaba la noche oscura y vertiginosa. Finalmente, saltó.

Se estrelló contra el techo antes de lo que había anticipado y estuvo a punto de salir rodando. Al fin, consiguió aferrarse a él. Una vez conseguida la estabilidad, echó a correr por la cima con el fin de tomar velocidad para arrojarse sobre el vacío que ansiaba devorarla. Otro techo. Este estaba inclinado en el sentido opuesto y el tejado que lo seguía era varios metros más elevado. Lada recorrió la cumbre a toda prisa, tomó un fuerte envión y volvió a saltar.

Sus manos se toparon con el borde del siguiente techo. Le quedaron las piernas colgando y el peso del cuerpo amenazaba con arrastrarla hacia abajo. Luego de balancearse de un extremo hacia el otro, enganchó una rodilla sobre el techo y se impulsó hacia arriba. Uno más.

En esta oportunidad, se arrastró cuidadosamente por las tejas. Aunque soplara un viento gélido, le picaba el cuerpo por el sudor. El techo de la casa del gobernador era más alto que aquel en el que ella se encontraba, pero ese no era su objetivo. Se paseó por el límite que separaba las viviendas hasta que halló lo que estaba buscando... una ventana con una pequeña saliente por debajo. Había planeado forzar la entrada, pero finalmente la suerte estaba de su lado.

La ventana con bisagras estaba abierta y se asomaba una cabeza calva que miraba hacia abajo en dirección al centro de la ciudad y a los gritos que resonaban desde allí. Hubo un tenue resplandor y un sonido distante a cristales rotos.

Durante el eterno espacio entre una respiración y la siguiente, Lada hizo una pausa. Él tenía aspecto de anciano débil y vulnerable con aquel camisón holgado. Era esposo y padre. De pronto, el hombre se aclaró la garganta con el mismo estertor flemático que había emitido mientras le prometía a Lada que la ayudaría y, al mismo tiempo, ideaba un plan para traicionarla.

Lada dio un salto para acortar la distancia que los separaba y chocó directamente contra el gobernador. Rodaron juntos dentro de la habitación, pero ella se recuperó de inmediato, se arrodilló contra el pecho de él y le colocó el cuchillo contra la garganta.

—¿Quién quería verme muerta?

Él empezó a temblar y, cuando intentó enfocar la vista en el puñal, se le pusieron los ojos bizcos.

Ella presionó el cuchillo y comenzó a brotar sangre. El gobernador suspiró algunas frases de una oración.

—Dios no está aquí esta noche —expresó Lada—. Solo somos tú, yo y el puñal. ¿Quién quería verme muerta?

—¡El príncipe! —respondió él—. El príncipe de Valaquia.

—¿Por qué motivo?

—Porque eres una amenaza para él.

Lada sonrió. Era consciente de que eso no debía complacerla, pero no podía evitarlo. El príncipe la consideraba lo suficientemente importante como para contratar a un asesino para que la ejecutara, lo cual significaba que todavía tenía una oportunidad. Donde había temor, había poder.

Ella retiró el cuchillo y lo colocó junto a la cabeza del gobernador, quien permanecía inmóvil.

—Un obsequio para el *príncipe*. Dale mis recuerdos y dile que nos veremos pronto. También pídele a tu dios que haga iglesias menos inflamables.

Lada se retiró por la ventana, seguida por los sollozos de alivio del gobernador. Ella los llevó consigo como un regalo, mientras corría por los tejados, lejos del centro de Brasov y cada vez más cerca de sus hombres.

Febrero

Urbana era una huésped decididamente extraña. Durante la semana que había estado viviendo con Nazira y Fátima en la casa que Kumal tenía en la ciudad, no había dejado de hablar.

—Si es una espía —dijo Nazira, mientras se acomodaba en el jardín junto a Radu—, es la peor que ha existido sobre la faz de la Tierra. ¿Cómo podría reunir información si no deja que nadie más hable?

—¿Sobre qué habla? —Radu no había frecuentado mucho la vivienda, precavido por no llamar demasiado la atención antes de estar seguro de que el riesgo valiera la pena.

—Sobre su horrible artillería y nada más. Toma ramas de la cocina para esbozar diagramas en las paredes... las hermosas paredes blancas, Radu. Y espera que Fátima las limpie, porque tenemos que fingir que Fátima es una simple sirvienta —Nazira lanzó un suspiro de cansancio.

—Lo siento —Radu sabía que estaba pidiendo demasiado a las dos mujeres al permitir que alguien se entrometiera en su vida privada.

—Cuando Urbana se retira a dormir, yo me ocupo de la mayor parte de la limpieza —Nazira agitó una mano—. Fátima lo entiende.

—Entonces, ¿qué opinas?

—Pienso que Urbana está loca, pero también puede que sea una genio. No sé nada sobre cañones, pero nadie podría fingir todo lo que ella hace. Y no miente cuando afirma que los fabricaría para cualquiera que estuviera dispuesto a financiarla. Se ha dedicado a esto durante toda la vida, y la han rechazado constantemente. La única lealtad que siente es hacia la posibilidad de crear los métodos de exterminación de personas más asombrosos, imponentes y efectivos que el mundo ha presenciado.

–¿Entonces crees que debería seguir adelante con el plan? –Radu intentó moderar la emoción que lo invadía.

–Ella es un hallazgo sorprendente. Puede que sea muy valiosa.

Radu no pudo evitar esbozar una sonrisa de satisfacción. ¿Y si le podía brindar a Mehmed algo, o alguien, muy valioso que había hallado por sí mismo? ¿Y si fuera gracias a él que Mehmed podría finalmente cumplir su sueño de conquistar Constantinopla?

–¿Dónde estás ahora mismo? –Nazira puso una mano sobre la mejilla de Radu.

–Lo siento –Radu sacudió la cabeza.

–¿Y qué hay de la armada? ¿Cómo está progresando?

–Tan bien como cabe esperar. Ya han construido la mayoría de las galeras y Suleiman ha encontrado marineros para contratar. Pensé que iba a ser complicado, pero los hombres acudieron a él en tropel. Echan espuma por la boca ante las riquezas de Constantinopla –Radu lanzó un suspiro–. Cada vez que surge el tema de Constantinopla, lo advierto entre los mismos soldados. La manzana dorada en el centro de la ciudad sostenida por la estatua de Justiniano, y las iglesias con ladrillos de oro y decoradas con joyas. No les interesa en lo más mínimo asumir nuestro destino de dominar la ciudad, como ha declarado el Profeta, la paz sea con él –Radu frunció el ceño. También había escuchado conversaciones más oscuras sobre las riquezas y botines que hallarían entre los habitantes de la ciudad. En este momento, lo decían bromeando ya que nadie sabía que Mehmed planeaba atacar la ciudad de inmediato. Sin embargo, a Radu le dejaba un sabor amargo en la boca.

–Pero ese no es el motivo por el que debemos tomar la ciudad.

–¿A qué te refieres? –era la primera vez que Radu hablaba con Nazira sobre Constantinopla, y le sorprendía que ella tuviera una opinión forjada al respecto.

–La gente piensa que es profético porque nos brindará bienestar y fortunas. Pero ¿por qué a Dios le importaría eso? Yo pienso que la ciudad será nuestra porque necesitamos que lo sea. Mientras exista Constantinopla, habrá cruzadas, es decir más personas que vendrán a nuestro territorio y nos asesinarán por el simple hecho de ser musulmanes. Creo que la caída de Constantinopla traerá seguridad y protección. Dios nos otorgará la ciudad para que podamos rendir culto en paz.

Radu cerró los ojos y levantó el rostro en dirección al sol. Había estado tan concentrado en *cómo* ayudar a Mehmed a tomar la ciudad que había dejado de pensar en el *porqué*. Nazira tenía razón. Esto no era solamente por Mehmed, sino que se trataba de un trabajo sagrado y él lo haría para proteger la fe que tanto le había dado a lo largo de los años.

—¿Cuál es el cronograma estimado? —preguntó Nazira, haciéndolo regresar al presente.

—Nos estamos acercando. Todo está casi en orden, pero Mehmed no se pondrá en acción hasta que todas las fronteras estén aseguradas. Hungría aún le genera problemas. Hunyadi es una amenaza.

—¿Y los italianos?

Radu estaba contento de haberse abierto a Nazira. Era un alivio poder discutir estas cuestiones con alguien que conocía todas las piezas del juego y que le recordaba cuál era el verdadero motivo de la hazaña.

—Están demasiado ocupados discutiendo unos con otros como para defender una ciudad con tantos antecedentes de hostilidad como Constantinopla. Una vez que aseguremos las vías fluviales, no podrán enviar ayuda aunque quisieran hacerlo.

—Sé que esto debe llevarse a cabo, pero no anhelo el día en que los muros de Constantinopla reclamen la presencia de mi hermano y de mi esposo. Tengo miedo de las consecuencias —suspiró Nazira.

—Sabes que, pase lo que pase, me encargaré de que te cuiden —Radu la acercó hacia sí.

—Ya empiezas de nuevo con eso de asumir que estoy preocupada por mi destino —Nazira rio con tristeza contra el pecho de él—. Nunca cuentas con que los otros puedan amarte por lo que *eres*, Radu, y no por lo que puedes hacer por ellos. Rezo por que, en algún momento, conozcas lo suficiente el amor como para reconocer al que te lo brinde libremente.

Radu no tenía respuesta para darle. A veces Nazira era *demasiado* perspicaz.

—Entonces, voy a hablar con Urbana. Gracias.

Radu besó la mano de Nazira y al pasar junto a Fátima, dentro del recinto, le susurró:

—Gracias por soportar todo esto. Nazira está en el jardín, y yo voy a mantener ocupada a Urbana por un par de horas. Ve a disfrutar con tu esposa.

—Buena suerte —respondió ella, después de echarle un rápido vistazo y esbozar una sonrisa de agradecimiento sobre su rostro bondadoso.

· ● ● ● ·

—Puede ser que tu esposa sea infértil —dijo Urbana, ni bien Radu y ella se acomodaron para disfrutar de una comida a media tarde.

—¿Qué? —Radu se atragantó de asombro.

—Hace más de un año que se casaron. ¿Con qué frecuencia copulan?

Radu alzó la vista hacia el techo en busca de respuestas, mientras sentía que las mejillas le ardían con más intensidad que los hornos de fundición.

—¿También eres experta en esos asuntos? —preguntó, tratando de adoptar un tono burlón.

—No —Urbana frunció el ceño—. Pero me pregunto por la viabilidad de continuar por un rumbo que no da resultados. ¿Y la sirvienta?

Radu entró en pánico. Había subestimado la percepción de Urbana.

—¿Fátima? —preguntó con rodeos. ¿Cómo le explicaría la situación? ¿Y si se la contaba a alguien?

—Ella es tu sirvienta. No ignoro las costumbres de estas tierras. Si te diera un hijo, sería un heredero admisible. Y también sería bueno para ella. Adquiriría estado civil y no podrías vendérsela a nadie. Me agrada Fátima. Deberías considerarlo.

—Prefiero serle fiel a mi esposa —expresó Radu con voz tensa y con alivio de que Urbana no se hubiera dado cuenta de la verdad que escondía su matrimonio y de lo vergonzosa que le resultaba esta conversación que, para ella, era apropiada.

—¿Es por eso que no trataste de venir a mi cama? Te hubiera rechazado, de forma violenta si hubiese sido necesario, pero no entendía por qué no lo habías intentado.

—¡Quiero hablar sobre tus cañones! —exclamó Radu, desesperado por cambiar de tema.

Urbana se entristeció y, luego, unió sus gruesas cejas como si estuviera soportando cierto dolor.

—Si simplemente me dejaras hablar con el sultán, yo podría...

—Quiero que lo hagas.

—¿Qué? —alzó las cejas a modo de sorpresa.

—Quiero que fabriques todo lo que sabes hacer. Por supuesto que el triturador de Babilonia, pero también todos los cañones que has soñado. Quiero que fabriques la artillería más grande que ha existido sobre la faz de la Tierra.

—Yo también lo deseo, pero ninguno de los dos cuenta con una fundidora, materiales ni dinero para adquirirlos —el entusiasmo de Urbana se transformó rápidamente en una gran desilusión.

—¿Puedes guardar un secreto?

—La verdad es que no —se lamió los labios y los apretó entre los dientes de manera pensativa.

—Bueno, entonces eso será un problema —Radu rio secamente. Urbana podría tornarse muy valiosa, pero no si él no lograba mantenerla escondida del gran visir Halil. Aparentemente, ningún aspecto de su vida era fácil. Se frotó la frente por debajo del turbante—. Dime, ¿sería posible fabricar todos los cañones sin llamar demasiado la atención?

—No con la cantidad de cobre que necesitamos. Y también nos harán falta hombres... muchísimos hombres. No puedo hacerlo sola. Y tampoco puedo hacerlo en cualquier sitio. Por eso vine aquí... Edirne y Constantinopla tienen las únicas fundiciones lo suficientemente grandes como para que pueda fabricar mis cañones.

Radu ya desbordaba de secretos, y no sabía cómo podría crear una artillería sin ser descubierto. Además de que el peso de los secretos lo estaba desgastando. No podía evitar dudar de todo, incluso de Mehmed, lo cual le dolía. Si Mehmed le había escondido los acuerdos con el príncipe de Valaquia y el apuro que sufría Lada, ¿qué más le estaría ocultando?

Los secretos otorgaban demasiado poder, más potencial para la devastación y la destrucción.

Radu se puso de pie y caminó hacia la ventana. Nazira y Fátima estaban en el jardín, recostadas sobre una manta blanca, mientras hablaban en voz baja y reían. Si él las hubiera observado sin saber la verdadera naturaleza de la relación, hubiese asumido que eran amigas muy cercanas. Nadie cuestionaba por qué Fátima estaba siempre junto a Nazira ni por qué estaban felices de vivir en el campo sin más gente que las rodeara.

Ocultaban su amor a la vista de todos.

–Urbana –dijo Radu, al mismo tiempo que se le formaba una idea atractiva en la cabeza–. ¿Qué opinas de las fiestas?

–Las detesto –respondió ella.

–¿Y si te digo que asistir a muchas fiestas será el precio que tendrás que pagar para fabricar tus cañones?

–¿Cómo debería vestirme? –expresó con voz apagada pero decidida.

El viaje de regreso luego del interrogatorio al gobernador de Brasov fue frío y solitario. Durante todo el camino, buscó a Matei. Cada vez que oía un ruido, se volvía esperando encontrarlo.

Él nunca apareció.

Cuando estaba a punto de llegar al campamento y las fogatas a lo lejos le prometían descanso y abrigo, a su derecha y en medio de la oscuridad, ella escuchó el relincho de un caballo. De inmediato, se puso de cuclillas y empezó a maldecir la generosidad que había tenido para con la niña, la cual la había dejado con un solo cuchillo de los tres que había llevado. ¿Por qué se había sentido obligada a darle uno a la mocosa?

La hija de Valaquia quiere que le devuelvan su cuchillo.

Ella se estremeció ante aquel recuerdo distante. Su padre le había dado un cuchillo que le había cambiado la vida. Solo cabía esperar que el obsequio también cambiara la vida de la niña, ya que Lada bien podría morir por aquel gesto.

—Quietos, muchachos —susurró un hombre en un tono exagerado, su voz arrastrándose sobre la noche. Hablaba en húngaro—. Parece que nos hemos encontrado con un pequeño depredador. Son muy peligrosos cuando se los acorrala.

Lada se apoyó de espaldas contra un árbol para poder enfrentar lo que le esperaba. Como tenía los músculos tensos por el frío, flexionó las manos rápidamente para tratar de hacer circular la sangre.

Oyó que alguien se bajaba del caballo y que, a medida que se le aproximaba, no hacía ningún esfuerzo por atenuar las pisadas. Se sentó lo suficientemente cerca para que Lada lo viera, pero demasiado lejos para un combate mano a mano. Ella no le arrojaría su último cuchillo ya que, si erraba, quedaría desarmada.

—Te he estado buscando, Ladislav Dragwlya —con un gruñido, el hombre tomó una piedra que estaba por debajo de él y la arrojó hacia un costado—. Estás aterrorizando a los habitantes de Transilvania, y eso es de muy mal gusto.

—No les debo nada —Lada alzó el mentón de modo desafiante.

—Has nacido aquí.

—¿Y también moriré aquí?

Él se echó a reír, al mismo tiempo que extraía algo de la camisa. Lada se puso tensa, pero él se limitó a inclinarse hacia adelante y a hacer chispas con las piedras hasta que encendió el fuego. Lo alimentó con algunas ramas que tomó del suelo congelado del bosque. A medida que crecían las llamas, el rostro de su enemigo se revelaba. El rostro del hombre que había llevado a su padre desde Tirgoviste hacia los brazos del sultán, donde había abandonado a sus hijos. El rostro del hombre que había regresado para asesinar a su padre y hermano mayor.

Lada se relajó contra el tronco. No aflojó la presión que ejercía contra la empuñadura del cuchillo, pero sintió una extraña sensación de alivio frente a la conexión que se había establecido entre ella y el hombre que sería su perdición.

—Hunyadi.

El cabello de color castaño resplandecía tan rojo como el fuego. Tenía la frente muy amplia, las cejas firmes y la nariz con indicios de haber sido quebrada varias veces. No parecía haber envejecido desde la última vez que Lada lo había visto en el salón del trono de Tirgoviste. Hunyadi tendría aproximadamente la misma edad que su padre, si aquel no lo hubiese asesinado. No era justo que Hunyadi no hubiese cambiado en lo más mínimo, pero que sus acciones hubieran alterado la vida de Lada de manera insospechada.

—¿Qué clase de travesuras has hecho esta noche? —Hunyadi inclinó la cabeza en reconocimiento.

—Incendio intencional, amenazas de muerte y reunión de información —Lada no encontraba beneficio alguno en mentirle.

—Has tenido una noche intensa y completa —suspiró Hunyadi—. ¿Qué prendiste fuego?

—La catedral.

—Yo pagué por el nuevo altar —tosió él, sorprendido.

—Fue una mala inversión.

—Supongo que sí —lanzó un resoplido—. Fui vaivoda de Transilvania durante un par de años y nunca he estado tan contento de que me relevaran del poder. *Sajones* —sacudió la cabeza y, al lanzar una carcajada silenciosa, empañó la noche con el aliento. Después, apoyó un codo sobre una rodilla y se inclinó hacia un costado—. Dime, ¿qué ganaste con quemar la iglesia?

—Distracción para poder cumplir con mi tarea —Lada se tocó el dedo índice hasta la punta del puñal—. Y también satisfacción.

—Mmm. Dudo que algo de aquí pueda satisfacerte. Sé que te enviaron al trono de Valaquia. ¿Sigues tramando algo con el sultán?

—¿Acaso parece que estoy sirviendo a los otomanos? —Lada giró el cuchillo.

—¿Entonces no le envías noticias acerca de dónde te encuentras y qué estás haciendo?

—No —Lada agradecía que la luz de la fogata ocultara su arrebato de humillación. ¿Escribir a Mehmed para admitirle sus fracasos? Jamás.

—Él te ha estado siguiendo el rastro —Hunyadi le enseñó un delgado pergamino, que estaba abarrotado de letras de trazo inseguro. Una de las esquinas tenía una mancha oscura con grandes chorros de tinta.

Lada entrecerró los ojos. No era tinta, sino sangre.

—Hallamos esto en manos de un hombre herido que te seguía. Es una carta dirigida al sultán, con detalles de todo lo que estás haciendo.

—Matei —dijo Lada. Así que ese era el motivo por el que no se había reunido con ella. No había podido hacerlo. Ella murmuró una especie de plegaria de alivio por el hecho de que hubiera dejado atrás a Bogdan. Le sorprendía la alegría que sentía de que él estuviera a salvo, pero no se quedó pensando en eso—. ¿Qué hiciste con mi hombre?

—Él se resistió y lo matamos.

Lada asintió, completamente aturdida. Matei estaba muerto. Herido en Brasov y aniquilado por Hunyadi. Además, llevaba una carta para Mehmed. ¿Hacía cuánto tiempo que le enviaba noticias sobre ella? ¿Qué tanto sabía Mehmed? Y ¿con quién debería estar más enojada... con Mehmed, por espiarla, con Matei, por traicionarla, o consigo misma, por confiar en Matei?

¿O consigo misma por tener tantos miserables fracasos sobre los cuales podían escribir?

La traición de Matei le provocó una herida muy profunda. Había elegido hombres valacos justamente porque había asumido que estarían tan ansiosos como ella por cortar lazos con los otomanos. Pero, aparentemente, el hambre de Matei se había extendido más de lo que ella podía brindarle.

—No sabía que él enviaba información a Mehmed.

—Me di cuenta por el contenido de la carta. Entonces, no estás trabajando para el sultán, pero lo llamas por su nombre. Lo conoces bien. Conoces su temperamento y sus tácticas.

—Mejor que nadie —aquello le parecía peligroso y, al mismo tiempo, prometedor.

—En ese caso, tengo otra carta para ti —Hunyadi arrojó al fuego la carta de Matei. Los dedos de Lada se estiraron hacia adelante de forma instintiva. Quería saber cómo se vería su vida ante los ojos de Mehmed, pero ya era demasiado tarde.

Hunyadi hurgó en su camisa, retiró un sobre y lo sacudió delante de Lada. Perpleja, ella lo tomó. El sello estaba roto.

—Esta se la sacamos a un turco que andaba preguntando por tu paradero. Es de parte de tu hermano —Hunyadi hablaba con la misma tranquilidad con la que hablaría del clima en una comida—. Se pregunta por tu suerte y teme por tu seguridad. Hasta te sugiere la posibilidad de regresar a Edirne. Dice que, bajo el reinado de Mehmed, están disfrutando de maravillosas fiestas.

—Dice eso porque sabe que nada podría mantenerme más alejada del lugar que la promesa de varias fiestas —se quejó Lada, pese a que, de todas formas, se guardó la carta dentro de la camisa y sobre el corazón, por debajo del collar que Radu le había dado. ¿Acaso él también estaba al tanto de todo? ¿Ninguna de las humillaciones que había sufrido quedaría en privado?

Hunyadi se puso de pie y extendió una mano enguantada. Estaba lo suficientemente cerca como para asestarle un golpe. Con un rápido movimiento del cuchillo, ella podría vengar a su padre y a su hermano mayor, Mircea. Sangre de su sangre.

Por la traición, Matei no merecía ser vengado.

–Ven –dijo Hunyadi–. Tengo una oferta para hacerte.

El puñal de Lada se detuvo a medio camino. Su padre había muerto por hacer lo que siempre hacía –huir– y nunca había sentido aprecio por Mircea. Tomó la mano de Hunyadi.

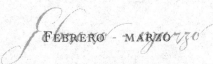

Todas las personas importantes de Edirne se encontraban alrededor de la enorme mesa: valís, beyes, pashas, visires, algunas de sus esposas e, incluso, un par de hijas que aspiraban a atraer las miradas de algún hombre poderoso. Una de las mencionadas hijas había intentado llamar la atención de Radu durante toda la noche, pero, como él sabía que el padre de la muchacha respaldaba firmemente a Mehmed, no tenía sentido ser cruel con ella y complacerla.

Salih, el segundo hijo de Halil y la única persona a la que Radu había besado, también estaba allí, pero hacía tiempo que había renunciado a la posibilidad de hablar con Radu, quien no podía mirarlo sin sentir una punzada de culpa, por lo que se había convertido en experto a la hora de mirar por encima de la cabeza del joven.

Todos estaban recostados sobre cojines y un espléndido banquete se extendía por delante de sus ojos. Junto a Radu, Urbana no dejaba de moverse, ya que trataba de sentirse cómoda con las rígidas prendas europeas que llevaba puestas. Se destacaba de manera terrible porque murmuraba palabras en húngaro con el ceño fruncido. Si llamaba la atención de alguno, definitivamente no era por coqueta. Daba la impresión de que quería estrangular a alguien, lo cual hacía que Radu echara de menos a Lada.

—Quédate quieta —le susurró Radu, observando hacia la cabecera de la mesa. Estaba sentado lejos de Mehmed que sobresalía del resto, ubicado a mayor altura. Un sirviente abanicaba al sultán, mientras el solitario portador de la silla aguardaba detrás. A la derecha del sultán, el gran visir Halil.

Radu esperaba, ansioso hasta el punto del vértigo.

—¿Qué es esto? —se quejó Urbana, al mismo tiempo que sumergía el dedo en una de las frías y cremosas salsas para condimentar la carne–. Estoy cansada de estas fiestas. ¿Por qué tengo que estar aquí cuando podría estar trabajando? –Radu la hizo callar justo cuando Mehmed se puso de pie.

–Amigos míos –dijo Mehmed, extendiendo los brazos para abarcar toda la habitación– ¡esta es una noche para celebrar! Hoy, quiero rendir homenaje a tres de mis mejores asesores, cuya sabiduría me fortalece y cuyos consejos construyen mi legado. Y, esta noche, quiero consagrar este legado frente al mundo. Zaganos Pasha, Sarica Pasha –hizo un ademán en dirección a los dos hombres que se encontraban a su izquierda. Radu sabía que esos hombres estaban profundamente comprometidos con la causa de tomar Constantinopla. Kumal ya se había marchado a trabajar en el terreno–. Y mi consejero más importante, el gran visir Halil.

Halil se sonrojó como si fuera un niño que había evitado el castigo de una hazaña de picardía. Inclinó la cabeza hacia abajo y se puso una mano en el corazón.

–Para honrarlos, mis tres queridos sabios, edificaré una fortaleza con una torre para cada uno de ustedes. Su poderío llegará hasta el mismo cielo y su sabiduría velará por nuestra tierra por el resto de los siglos. Los tres serán mis torres de fuerza, mis centinelas.

Los tres hombres hicieron una profunda reverencia.

–Para este homenaje, entregaré todo lo que poseo –dijo Zaganos Pasha.

–Es bueno escucharlo –Mehmed rio vivamente–, porque cada uno estará a cargo de la financiación y la construcción de su torre. No podría confiarle a nadie más sus legados.

El gran visir Halil parecía menos satisfecho que antes, pero el disgusto le desfiguró el semblante por poco tiempo. Se trataba de un gran honor y otra prueba de que su vínculo con Mehmed era más fuerte que nunca. A Halil no se le escapó el hecho de que Mehmed lo hubiera anunciado con tanta seguridad y en frente de todas las personalidades importantes del imperio.

–Por supuesto, mi sultán –asintió Halil.

–La tuya será la torre más elevada y sustancial –Mehmed tomó la mano de Halil y la apretó afectuosamente. Que él tocara a otro hombre era un gesto de alta estima. Halil echó un vistazo a lo largo de la sala, regocijándose del momento que le tocaba vivir.

»Comenzaremos con la construcción de inmediato –dijo Mehmed menos solemne–. La fortaleza se llamará Rumeli Hisari.

–Rumeli Hisari, como la fortaleza de su abuelo en el Estrecho del Bósforo, el Anadolu Hisari –las cejas de Halil se unieron para formar una sola línea.

–¡Sí, exactamente! –Mehmed hizo un ademán a un sirviente para que le volviera a llenar el vaso–. Ya he trasladado a los hombres al lugar y, mientras estamos hablando, están transportando las piedras. Kumal Pasha está allí para dirigir la construcción.

–¿Dónde...? –Halil se limpió la frente, que le había comenzado a sudar por debajo del turbante–. ¿Dónde se edificará la Rumeli Hisari?

–Frente a la Anadolu Hisari –Mehmed hizo un gesto despectivo con el pan plano que tenía en la mano.

–Frente a... pero esa zona está dentro del territorio de Constantinopla.

–Pertenece a unas cabras rudimentarias –rio Mehmed a carcajadas–. Todavía no hay nada allí, pero, en breve, ¡los cimientos de una fortaleza en su honor reemplazarán a las cabras! Ambas fortalezas se guiñarán el ojo a través de las aguas del Estrecho del Bósforo. Creo que los cañones podrán hallarse en el medio –Mehmed lanzó otra carcajada–. Tendremos que probarlo una vez que la torre esté construida.

Esta vez, el intenso rubor que se esparcía por el rostro de Halil no era de placer. Abría y cerraba la boca, mientras intentaba encontrar la forma de salir de la trampa que Radu y Mehmed le habían tendido.

Pero ya era demasiado tarde. Había estado de acuerdo con la edificación de la torre delante de todos, mostrando todo su apoyo. Incluso había accedido a pagar por ella. Si se echaba atrás, tendría que explicar los motivos por los que lo haría. Y lo cierto era que no podía desafiar a Mehmed en nombre de Constantinopla. Además, no contaba con pruebas sólidas de que Mehmed tuviera la intención de atacar la ciudad, y debía mantener en secreto sus lazos con el emperador Constantino.

Los recursos de Halil se estaban agotando y se terminarían de hundir una vez que los aliados que tenía en la corte de Constantino se enteraran de que se construiría una torre en su territorio con el nombre de Halil.

Los secretos hacían que la información se tornara más poderosa y sospechosa. La mejor forma de mantener la fortaleza a salvo de las maquinaciones de Halil era involucrándolo íntima e ineludiblemente en su edificación. Se trataba del mismo método que Radu estaba utilizando con la artillería, inspirado en la relación amorosa entre Nazira y Fátima. Ocultarse a la vista de todos.

—¿Qué es tan gracioso? —preguntó Urbana con el ceño fruncido—. No entendí nada de lo que pasó. ¿Por qué estás sonriendo?

—Porque estoy conforme con los sucesos de esta noche.

—Todavía no entiendo por qué tengo que estar aquí —suspiró ella, al mismo tiempo que recolectaba los huesos del lamentable pollo que tenía sobre el plato—. Ni siquiera hablamos con el sultán.

—Estás aquí para que todos sepan que eres mi proyecto especial. Quiero que la ciudad entera murmure acerca de lo estúpido que soy por contratar a una mujer para que fabrique el cañón más grande del mundo, con la sola intención de impresionar al sultán. Quiero que ambos seamos objeto de burla.

—¿Por qué harías una cosa así? —ella frunció aún más el ceño.

—Para que nadie nos preste atención hasta que logremos nuestro objetivo.

Por primera vez en la noche, Urbana sonrió y quebró uno de los huesos del pollo.

—Imagínate lo sorprendidos que quedarán todos cuando el sultán aparezca con la artillería más avanzada del mundo, fabricada por una mujer y el extranjero más apuesto e inservible de todo el imperio —Radu le dio un leve codazo y se puso de pie—. Vamos, tengo que presentarte a todos y comunicarles que estamos diseñando un cañón tan inmenso que podría hacer un agujero en las profundidades del Mar Negro y secarlo por completo.

—¡Adelante! —Urbana hizo una mueca, pero asintió.

• • • •

Esa misma semana, Radu descorrió el tapiz para informar sobre los avances de Urbana y la disposición de la armada. Se sorprendió tanto al ver a Mehmed sentado en medio de la habitación que estuvo a punto de lanzar un grito.

—Radu —sonrió Mehmed—. Llegas tarde.

—Yo... ¿qué pasó?

—Nada. Tengo algo para ti —Mehmed le entregó una carta.

Estaba dirigida a Radu en una letra como si alguien hubiera tomado un cuchillo y lo hubiese empapado de tinta. Sintió una fuerte punzada en el sector del corazón que tenía permanentemente vacío. Al girar el pergamino, se dio cuenta de que había sido sellado con la punta de un puñal presionado contra la cera.

—Lada —susurró él, mientras acariciaba el sello rojo con los dedos.

—Llegó esta mañana —el tono de voz de Mehmed era cuidadosamente neutro—. ¿Le escribiste?

—Sí, cuando me enteré de que no había accedido al trono. Había perdido las esperanzas de que el mensajero la encontrara.

Radu hubiera preferido leerla en privado, pero no se atrevía a deshacerse del regalo de tiempo que tenía junto a Mehmed. Pero la manera en que los ojos del sultán se fijaban en la carta, como si fuera un hombre hambriento en un círculo de pan, le hacía daño. En todo este tiempo que habían estado separados, Mehmed no había estado esperando a Radu.

Estaba allí únicamente por Lada.

Seguía enamorado de ella. Pese a que nunca hablaban de ella, era imposible ignorarlo. Como ella había partido antes de que Mehmed pudiera requerirla, tal vez él la desearía para siempre de la misma forma en que estaba obsesionado con Constantinopla... simplemente porque no era suya, pero él creía que debería serlo.

Sin embargo, según el islam, Mehmed no podía consumar la relación con Lada. Tenía prohibido intimar con mujeres que no fueran sus esposas o concubinas oficiales. Pero, como Lada había estado dentro del harén de Mehmed, legalmente formaba parte de él.

De algún modo, siempre había un futuro para Mehmed y Lada.

Radu dejó la cabeza colgando hacia abajo. ¿Qué esperaba realmente del porvenir? ¿Permanecer junto a Mehmed por el resto de sus días, como su querido amigo y leal consejero? Le había dicho a Nazira que con eso sería suficiente, pero lo cierto era que jamás sería suficiente.

Mehmed puso una mano sobre el hombro de Radu. El impacto del roce caló más profundo que la ligera presión de los dedos.

—¿Estás bien, amigo mío?

Radu se aclaró la garganta, mientras asentía. Abrió el sobre con más fuerza de la necesaria. Estaba dirigida, con el clásico estilo emotivo, a *Mi único hermano, Radu*, el cual era un mensaje más sincero que el de él para con ella.

—¿Qué dice? —preguntó Mehmed, completamente inmóvil. Bien podría haber saltado por toda la habitación, ya que aquella quietud cubría toda la ansiedad que lo invadía.

Radu leyó en voz alta y en un tono apagado por el cansancio que le habían generado sus emociones.

Me sorprendió recibir tu carta. Lamento informarte que el mensajero que enviaste ha muerto. Yo no lo maté. Supongo que, en cierto modo, lo asesinaste tú al haberlo enviado hasta aquí.

Radu hizo una pausa y entrecerró los ojos con indignación por las palabras de Lada y por el hecho de que ella podría tener razón. ¿Acaso había sacrificado una vida por enviarle una carta a su hermana?

—Está bromeando —dijo Mehmed—. Estoy seguro de que el mensajero está bien. Continúa.

A su vez, yo te sorprenderé al decirte que estoy con Hunyadi. Él me encontró en Transilvania y nos rehusamos a matarnos mutuamente. Me pregunto si me habré comportado de manera desleal con nuestro padre y hermano, pero, como ya han muerto, no pueden quejarse. Él invitó a mi compañía a unirse a la suya.

No sé cuáles habrán sido sus motivos, pero acepté. Finalmente tendré un aliado valioso. Si logro convencer a Hunyadi de que me apoye, podré tomar el trono. Estoy segura. Pero lo cierto es que no cuento con la habilidad de la nobleza. Soy un arma contundente y necesito un cirujano.

Estoy harta de ser la mano derecha de un hombre poderoso. Quiero que tú seas mi mano derecha. He observado cómo te mueves entre la aristocracia con la misma facilidad con la que un halcón se desplaza por el cielo. Ábrete camino a través de los boyardos por mí. Regresa a casa, Radu. Ayúdame. Valaquia nos pertenece, y nunca me sentiré completa sin ti.

Radu se detuvo, completamente conmocionado.

–Y luego firma con su nombre –pero Radu no lee cómo ella lo firma.

Lada, sobre el hielo y, esta vez, necesitada de tu mano.

Con una sola línea, lo había transportado de vuelta a su desesperada niñez, cuando había necesitado que lo rescataran por haber ido demasiado lejos sobre el lago congelado. Y –no podía dar crédito a lo que ocurría– ella le estaba pidiendo ayuda.

Ella reconocía que él era bueno en algo que ella no. Mehmed había estado en lo cierto. Lada lo necesitaba para asegurar su camino al poder. Por un breve y doloroso instante, él consideró la propuesta. Era su hermana y nunca le había pedido nada. Ella había esperado que él se le uniera en un principio, no porque quisiera, sino porque pensaba que debería hacerlo.

Pero, ahora...

—¿Irás con ella?

Radu alzó la vista, sorprendido. El tono de voz de Mehmed era tan bajo y carente de emoción como el que había utilizado antes, pero Radu conocía el semblante de su amigo mejor que nadie. Lo había analizado y venerado. Mehmed no podía ocultar el temor y la angustia que lo invadían.

Era un bálsamo para el alma, un alivio tan grande que Radu dejó escapar una carcajada temblorosa. Lada no era la única Dracul que le importaba a Mehmed.

—No, no, por supuesto que no.

Mehmed relajó los hombros y se evaporó la tensión que le dominaba el rostro. Volvió a poner una mano sobre el hombro de Radu y, después, le quitó la carta.

Radu estaba feliz de encontrarse allí con su amigo ya que, por más importante que fuera el hecho de ser valorado por su hermana, no pertenecía a su mundo. Lada quería que él alcanzara los objetivos *de ella*, pero, como de costumbre, no tenía en cuenta los sentimientos de su hermano, que había trabajado durante demasiado tiempo como para abandonar todo en pos de los sueños de ella, los que nunca habían sido los suyos.

A Lada le dolería la decisión de él y la sola idea de eso lo hacía sentir extrañamente poderoso. Detestaba que fuera así, pero no podía evitarlo. Lada lo quería, y Mehmed también lo quería. Elegiría a Mehmed, porque no tenía otra opción.

—Es muy interesante que ella forme parte del círculo íntimo de Hunyadi, después de todo lo que ese hombre hizo a su padre y hermano —Mehmed golpeteó el dedo contra la hoja.

—Lada solamente guarda rencores que le sean útiles —Radu también estaba asombrado, pero la situación tenía sentido—. En cierto modo, la muerte de nuestro padre la liberó. Puede que hasta se sienta agradecida hacia Hunyadi. Independientemente de eso, si puede usarlo para aprender algo y ganar poder es capaz de perdonarle todo lo que haga.

—Mmm —dijo Mehmed, mientras trazaba con el dedo el nombre de Hunyadi.

Radu quería que le devolviera la carta. Quería leer nuevamente la parte que insinuaba que él era capaz de hacer cosas que su despiadada y fuerte hermana jamás podría hacer. Quería sostener la carta y recordar el temor que invadía el semblante de Mehmed al pensar que Radu elegiría partir. Aquel temor era suficiente para infundir esperanzas en Radu.

Todavía podía llegar a cumplir su sueño.

Febrero

A una semana de que Lada emprendiera el viaje junto a los húngaros, Hunyadi cabalgaba por los límites del campamento en donde los hombres de ella se habían establecido. Les ordenaba en húngaro que guardaran sus pertenencias. Como nadie le respondía, echó un vistazo a Lada.

No hablaban mucho, y Lada se empezaba a preguntar si había actuado con imprudencia al enviar a Bogdan para que encontrara a alguien que le llevara la carta a Radu. Tal vez había confesado demasiado pronto que Hunyadi era su aliado. Y, si le pasaba algo a Bogdan, jamás se lo perdonaría porque él era la única pieza de su infancia a la que había logrado aferrarse. No podría soportar la idea de perderlo también a él.

La ausencia de Bogdan recordaba a Lada la ausencia de los otros dos hombres que más quería en el mundo. Pero, en breve, Radu recibiría la correspondencia y se uniría a ellos. En cuanto al otro, optó por no pensar en él.

Hunyadi volvió a gritar la orden.

—¿Por qué tus hombres no obedecen? —le preguntó.

—No hablan húngaro —Lada alzó una ceja.

Dio la misma instrucción en turco. Los hombres lo miraron al unísono, pero ninguno se movió.

—Y no responden al turco —Lada entrecerró los ojos.

—Entonces, ¿cómo hago para darles órdenes? —Hunyadi frunció el ceño y se jaló de la barba.

—Yo me encargaré de eso, no tú —en valaco, ordenó a sus hombres que guardaran sus pertenencias. De inmediato, se pusieron en marcha de forma eficiente. Hunyadi se quedó observándolos, con aire pensativo.

Después de ese episodio, Lada avanzaba con más ánimo. Le demostraría a él cuánto valía.

Esa misma tarde, Hunyadi encontró a Lada cabalgando junto a Stefan y Nicolae casi al final de la compañía. Stefan apartó su caballo para dar espacio a Hunyadi.

—Tus hombres son muy disciplinados —expresó Hunyadi, mientras se rascaba la barba, con la que solía juguetear. Lada se preguntaba si se debía a que, de muchacho, no le habían permitido dejársela crecer. Él había luchado arduamente para pasar de ser hijo de campesinos a uno de los líderes más fuertes en las fronteras del Imperio otomano. Ella suponía que él tenía todo el derecho del mundo a entretenerse y encariñarse con su barba.

O, tal vez, las barbas producían picazón.

—Nos han entrenado muy bien —respondió Lada en valaco.

—Prefiero combatir contra los spahis antes que contra los jenízaros —contestó Hunyadi en la misma lengua—. Los jenízaros son mucho más feroces.

—Ese es uno de los beneficios de los esclavos que no pueden tener posesiones ni familia —Nicolae sonrió con ironía—. Es más fácil ser feroz cuando no tienes nada que perder.

Hunyadi gruñó.

—¿Cómo te hiciste eso? —preguntó Hunyadi, señalando la prominente cicatriz que tenía Nicolae. Su acento valaco era tan malo que a Lada le dolía escucharlo hablar.

—En Varna —la sonrisa de Nicolae se acentuó, y la cicatriz se tensó y se tornó blanca—. Me la hizo un húngaro, justo antes de que matáramos a su rey.

Lada llevó las manos a las muñecas, lista para defender a Nicolae, pero, para su sorpresa, Hunyadi se echó a reír.

—Ay, Varna. Eso fue un desastre —Hunyadi continuó hablando, pero en húngaro—. Me retrasó varios años. Aún no nos hemos recuperado de la pérdida de nuestro rey. El nuevo, Ladislas Posthumous, no es lo ideal, exactamente —su expresión se tornó lejana y pensativa—. Podría ser reemplazado.

–¿Por ti? –lanzó Lada, antes de darse el tiempo para pensarlo bien. Hunyadi había sido príncipe de Transilvania. Su gente lo estimaba y constituía una temible fuerza militar. Si fuera rey y, además, su aliado...

El sendero hacia el trono de Valaquia se abría ante ella, cubierto de una luz dorada... hasta que Hunyadi se echó a reír, quitándole las esperanzas y volviéndola a cubrir de una profunda oscuridad.

–¿Yo, rey? No. Ya lo he intentado, pero resultó ser que no me gusta sentarme, independientemente de cuál sea la silla.

–Tu gente sería afortunada de tener semejante hombre como rey –Lada se encorvó sobre la montura. Hunyadi era un aliado muy fuerte, pero sería mejor si fuera rey.

–Yo soy un soldado –Hunyadi le dio una palmada en el hombro–. No estoy hecho para la política y las cortes. Mi hijo Matthias, por otro lado, ha sido criado entre ambas. Llegará lejos y logrará mejores cosas que yo –sonrió Hunyadi, radiante de orgullo–. Él es mi mayor triunfo. Y es muy apuesto.

–Estoy segura de que eso le será muy útil –Lada frunció el ceño, sin saber qué tendría que ver aquello con los méritos de Matthias. Sin embargo, había visto cuántas puertas se le habían abierto a Radu por su rostro bonito.

–Necesita una esposa fuerte. Alguien que pueda suavizar sus... extravagancias y ayudarlo a orientarse.

–Necesitará una buena alianza –si Matthias quería continuar creciendo dentro de las cortes húngaras, tendría que llevar consigo cierto poder. Hunyadi no tenía ni apellido ni historia. Sí, contaba con tierras y riquezas, pero eran nuevas. Y, en el mundo de la aristocracia, lo nuevo no era algo de lo que uno podía enorgullecerse.

–Las alianzas no me preocupan demasiado, porque van y vienen –Hunyadi le dio otra palmada en el hombro–, pero la fortaleza de carácter... es invaluable.

Hunyadi se alejó, y Lada quedó mirándole fijo la espalda, completamente confundida.

–¿Acaso quiere que le encuentre una esposa a su hijo? –preguntó ella, mientras se volvía hacia Stefan, quien había estado susurrándole algo a Nicolae. Stefan fingía no hablar húngaro, pero lo comprendía a la perfección. Nicolae tenía el rostro enrojecido por el esfuerzo que hacía por esconder algo.

–Lada, mi querido dragón, quiere que tú *seas* la esposa de su hijo –soltó él finalmente, con una risa ahogada.

–¡Que el diablo se lo lleve! –exclamó ella, presa de furia y humillación. Durante todo este tiempo, Hunyadi la había visto como un simple útero. ¿Qué podía hacer para que el mundo la viera como ella se veía a sí misma?–. Y que el diablo también se lleve a su hijo –se frotó la frente con cansancio. Con razón él había intentado dar órdenes a sus hombres. Probablemente ya los consideraba suyos, como una especie de dote–. ¿Dónde estamos exactamente?

–Cerca de Bulgaria –respondió Nicolae, acercándose.

Mientras miraba de forma sombría a los árboles que se habían secado por el invierno, Lada no se decidía acerca de cómo debía proceder. ¿Asesinar a Hunyadi y seguir adelante? ¿Casarse con su hijo para aspirar al trono de Hungría? ¿Esta última alternativa la acercaría a Valaquia o la apartaría aún más de ella? Era la misma opción que había enfrentado antes; la única opción que le ofrecían: adquirir un mínimo poder a través de un hombre.

Si hubiera sabido que aquel destino se repetiría una y otra vez, se hubiese quedado junto a Mehmed ya que, entre ellos, al menos existía cierta chispa. Si Matthias era tan inteligente y apuesto como su padre afirmaba, no necesitaría una esposa como ella. Además, ella no quería ser una esposa.

Jamás sería la esposa de nadie.

Había dejado atrás el amor y se había aventurado hacia un futuro desprovisto de poder.

–No tengo nada –susurró.

–Todavía nos tienes a nosotros –dijo Nicolae, con la voz suave y comprensiva, después de aproximar el caballo al de ella, hasta que las piernas de ambos se rozaron–. Ya se nos ocurrirá algo.

Lada asintió, tratando de no mostrar la desesperación que la invadía. ¿Por cuánto tiempo más podría mantener a Nicolae, a Stefan, a Petru y al resto de sus hombres? ¿Acaso elegirían seguir siendo fieles a ella frente a alguien con tanta reputación y poder como Hunyadi? No si permanecían junto a él durante mucho tiempo.

—Ni bien se nos presente la oportunidad, nos separaremos de Hunyadi —ella no sabía cómo reaccionaría él, pero, como él tenía más hombres que ella, no pondría en riesgo la vida de los suyos por enfrentarlo. Hasta que se les presentara la oportunidad, ella apretaría los dientes y eludiría el tema del matrimonio.

· · · · ·

Dos días más tarde, en el campamento, Hunyadi estaba reunido con tres de sus hombres. Aunque Lada lo hubiera estado evitando, la conversación intensa entre los hombres insinuaba alguna especie de novedad. Podría considerarse una oportunidad para que lograran huir, o bien, podría tratarse de la confirmación de que se encontraba en problemas.

—¿Qué está pasando? —Lada caminó hacia el punto en el que estaban reunidos y se abrió paso entre ellos.

—Se avecina un ejército de protobúlgaros —Hunyadi alzó la vista—. Están en uno de los barrancos. Si los dejamos escapar, se propagarán y armarán tropas. La mejor opción que tenemos es salir a su encuentro.

—Pero no tienes suficiente tiempo como para idear un plan.

—Atacar es mi método de defensa favorito.

Lada permitió que la frase le diera vueltas en la mente. Le hacía acordar a algo... a las palabras de Tohin, la mujer otomana que le había enseñado a utilizar la pólvora para los combates. Ella solía referirse a la necesidad constante de atacar para que las otras naciones no invadieran las tierras otomanas. Expulsar para que nadie pudiera ingresar. Según Tohin, había que convertirse en *un comerciante de la muerte*. Alimentar a la muerte lo suficiente como para mantenerla alejada del hogar.

–¿De qué clase de ejército se trata? –preguntó Lada.

–Montado y poderosamente blindado –respondió Hunyadi, pese a que uno de sus hombres lanzó un resoplido despectivo ante la incorporación de Lada a la conversación.

Hunyadi contaba con algunos soldados armados que podrían enfrentarse contra semejante fuerza, pero los hombres de Lada usaban mallas ligeras, inapropiadas para el combate directo.

–Esta no es una batalla para los jenízaros –expresó Hunyadi, que parecía haber leído los pensamientos de Lada–. Los mantendré en la retaguardia.

Lada se enfureció porque era consciente de que sus hombres valían el doble que los de Hunyadi. Él también lo hubiese advertido, si no hubiera estado tan enfocado en considerarla como un simple prospecto matrimonial. Pero ella se mordió la lengua para no discutir con él. Si Hunyadi se comprometía con el ataque al cañón y dejaba a sus hombres en la retaguardia, les proporcionaría una buena oportunidad para darse a la fuga.

Lada lanzó un suspiro, al sentir que los nuevos hilos que la ataban al trono se iban cortando uno a uno. Como de costumbre, se quedaba con el único hilo de poder con el que contaba: ella misma.

Cabalgaron a toda velocidad a través de los campos de cultivo, abiertos y llanos, hasta que se toparon con la amenaza. Los bordes del cañón se alzaban sobre ellos. Un estrecho tajo en medio de una línea de sierras rocosas y escarpadas de la longitud de una legua era el único pasaje fácil para las tropas montadas.

De inmediato, Lada se dio cuenta del motivo por el que Hunyadi necesitaba frenar a los protobúlgaros antes de que abandonaran el barranco. Una vez que lograran atravesarlo, tendrían acceso directo a todos los rincones del territorio de Hungría.

Fuertes gritos atravesaron la intensa brisa que soplaba. Hunyadi se desplazaba de un lado hacia el otro por delante de sus hombres. Apareció un centinela sobre un caballo que echaba espuma por la boca. Lada advirtió que Hunyadi tensaba los hombros, mientras escuchaba el informe. Dijo algo y, a continuación, la señaló a ella. El centinela asintió.

Hunyadi alzó el puño y rugió. Sus hombres le devolvieron el rugido y se abalanzaron contra el cañón por detrás de él.

¿Acaso le había dicho al centinela que se asegurara de que ella no se marchara? Lada esbozó una sonrisa forzada. Lo recibiría con los brazos abiertos. Cabalgó para reunirse con el centinela que se estremecía por encima de su caballo tembloroso.

–¿Qué pasa? –preguntó ella.

–Hunyadi pide que estés al acecho. Si los protobúlgaros llegan hasta aquí, dirígete rápidamente a la aldea más cercana y retira a todas las personas –él señaló hacia el este, donde Lada podía ver el distante humo de los hogares que marcaba la ubicación del pueblo.

–¿Él espera que los protobúlgaros se abran paso hasta aquí?

–Hay más hombres de los que creíamos –él se encogió de hombros con desaliento–. Son demasiados.

–Entonces, ¿por qué decidió atacar?

–Si logran atravesar el barranco, incendiarán la aldea y se llevarán todas las reservas para el invierno. Los habitantes morirán de hambre.

–Pero es una sola aldea –dijo Lada con el ceño fruncido.

–Es *su* aldea –sonrió con aire sombrío–. Él se crio aquí.

Lada regresó lentamente a donde estaban sus hombres. Las novedades le remordían la conciencia. Podrían huir, ya que nadie los frenaría, pero Hunyadi también podría haber partido, reagruparse en algún otro sitio y dejar que cayera la pequeña aldea.

–Al diablo con su honor –se quejó Lada, mientras echaba un vistazo hacia el cañón. Las fuerzas de Hunyadi ya habían desaparecido por detrás de una curva. No tardarían en encontrarse con el enemigo. Ambos bandos podrían quedar atrapados en el barranco. Sería una masacre para las dos partes.

No era problema de ella, pero sus ojos se volvieron hacia el borde del cañón, que parecía infranqueable para soldados blindados y montados. Pero eso no significaba que fuera imposible para todos.

Ella necesitaba un aliado y más hilos de poder. Si podía mostrarle a

Hunyadi de lo que era capaz, tal vez podría ganárselos. Tenía la opción de huir nuevamente... o de aprovechar la oportunidad que se le presentaba.

—¡Desmonten! —Lada bajó del caballo de un salto y tomó las armas—. Lleven consigo todo lo que puedan transportar fácilmente. Nicolae, conduce a algunos hombres hacia el otro extremo del cañón, en caso de que este lado no se pueda franquear.

—¿Qué estamos haciendo? —preguntó Petru, siguiendo sus pasos.

—Vamos a echar un vistazo.

Subieron a toda prisa por la colina, abriéndose paso con dificultad por entre los árboles y cantos rodados. Cada uno encontró un camino diferente para transitar. Lada iba por delante de todos. No era una travesía sencilla, pero lo hicieron a buen ritmo. El sonido de hombres que gritaban y caballos que relinchaban los acercaba hacia el objetivo.

Finalmente, completamente arañados y sudados, alcanzaron el borde del cañón, justo por encima de donde se libraba la batalla. Para ambos bandos se presentaban varios obstáculos, por lo que había pocos soldados que luchaban en el frente. Cuando morían esos hombres, avanzaban los siguientes. Lada observó la línea de los protobúlgaros. Como se extendía demasiado, era evidente que podrían aguantar por más tiempo.

Hunyadi no estaba lejos de la línea del frente. Todos los que estaban allí morirían. Él tenía que saberlo... tendría que haberlo sabido de antemano.

Pero había decidido dejar atrás a los hombres de Lada. Si ella hubiera estado al mando, habría sacrificado a soldados ajenos para desgastar las fuerzas enemigas. Por el contrario, él los había mantenido lejos de la batalla, con el cargo de proteger la aldea si sus intentos fracasaban.

Hunyadi había asesinado a su padre y a su hermano; antes de eso, había sido la razón por la que su padre la había entregado a los otomanos; y, por si esto fuera poco, la había invitado a unirse a sus tropas con el único objetivo de casarla con su hijo. Ella tenía todos los motivos del mundo para dejarlo morir, aunque estuviera agradecida de que hubiese protegido a sus hombres. Pero Valaquia la llamaba y ella tenía que responderle. ¿Cómo lograría ganar la batalla por él?

—Matarán a todos —dijo Petru.

Lada y sus hombres estaban a demasiada altura de distancia como para arrojar flechas con precisión. Además, los protobúlgaros llevaban armaduras pesadas. Desperdiciarían todos los proyectiles sin conseguir nada.

Pero...

—¿Han oído hablar de la historia de David y Goliat? —Lada la recordaba muy bien. Solamente le importaban los relatos antiguos que hablaban sobre batallas, leones y armadas. No le interesaban las parábolas y curaciones de Jesús. Le gustaba el dios iracundo, el dios de la venganza y de la guerra. Tomó una piedra grande y la lanzó al aire un par de veces.

Lada miró a Nicolae a través del cañón. Levantó la piedra y señaló el extremo de la línea de los protobúlgaros. Había una zona de la colina que insinuaba años de aludes —estaba desprovista de árboles y la tierra se había sacudido recientemente— y, en el borde del cañón, un conjunto de cantos rodados esperaba pacientemente a que el tiempo y los elementos los liberaran.

Lada hizo una mímica como si empujara algo y, luego, dejó caer la roca de entre sus manos. Nicolae echó un vistazo a los cantos rodados, agitó una mano y, junto a Stefan y a varios hombres más, corrió en dirección a las rocas señaladas.

Lada aguardó por un instante, con Petru de cuclillas al lado de ella. Los ruidos de la batalla que se libraba por debajo de ellos eran terribles. Nunca había presenciado tan de cerca un combate de esta envergadura. Observaba, embelesada. No era lo que esperaba. Su única experiencia con la lucha frente a frente había sido con los asesinos o durante las prácticas. Miraba cómo Hunyadi dirigía a sus hombres y cómo tomaba medidas desde la tierra como si tuviera una vista panorámica de la situación.

También veía cómo, pese a su inteligencia, Hunyadi estaba a punto de perder. Él había optado por el honor y había dejado de lado el sentido práctico. Tendría que haber sacrificado a los hombres de Lada para disminuir a los protobúlgaros, y reagruparse en otro sitio, ignorando las amenazas a su aldea.

Pero no había contado con la astucia de ella.

Un traqueteo que se transformó en un estruendo llamó la atención de Lada, quien volvió a concentrarse en el trabajo que hacía Nicolae. Los cantos rodados se vinieron abajo, acompañados de una enorme columna de tierra. Las piedras que se habían desmoronado no eran suficientes como para bloquear el cañón por completo, pero sí para que los enemigos pudieran regresar de a uno a la vez al sitio del que provenían.

Hunyadi alzó la vista. Ni bien miró a Lada, gritó algo y protestó con ira en dirección a las rocas. Lada se echó a reír al darse cuenta de que parecía que acababan de garantizar que los protobúlgaros solo pudieran ir hacia adelante, contra Hunyadi.

Lada levantó una piedra tan pesada que tuvo que usar los dos brazos. A continuación, con un fuerte chillido, la arrojó hacia abajo.

La roca voló por los aires y cayó con un ruido metálico sobre el casco de uno de los soldados de las filas de los protobúlgaros. El joven se desplomó de la silla de montar y se estrelló contra el suelo.

A ambos lados del cañón, los hombres de Lada se pusieron a trabajar. No había escasez de piedras. Los protobúlgaros estaban tan apretujados los unos contra los otros que no había necesidad de tener buena puntería. Solo había que lanzar rocas y golpear algo. Así de simple.

Los enemigos entraron en pánico. Intentaban apartarse del camino, pero no tenían lugar al cual ir. Los caballos no cesaban de relinchar. Los soldados desmontaban y trataban de escalar por los costados del cañón, pero se topaban con los cantos rodados. Algunos mantuvieron el sentido común y sacaron las ballestas, pero la distancia era demasiado extensa y los hombres de Lada estaban demasiado protegidos.

Los protobúlgaros que estaban en el frente presionaban con desesperación, pero Hunyadi había comprendido que su tarea consistía en bloquearlos. Había establecido una línea impermeable a los ataques del enemigo, y se limitaba a esperar.

Cuando llegó la noche, los brazos de Lada gritaban de cansancio, mientras arrojaba la última piedra. Luego, completamente exhausta, se sentó.

Nicolae y los hombres que estaban en el otro extremo del cañón siguieron su ejemplo. Como quedaban muy pocos protobúlgaros, a los soldados de Hunyadi les resultaría fácil derribarlos con las ballestas. Daba la impresión de que un dios inclemente había atravesado el terreno, abandonando cuerpos como si fueran desechos. Hombres y caballos destrozados obstruían el camino.

Cuando Lada y sus hombres bajaron a los tropezones de las colinas, fueron recibidos con crepitantes fuegos y comida. Los hombres de Hunyadi los aclamaban y les daban la bienvenida con los brazos abiertos. Hunyadi se dirigió hacia donde estaba Lada, la alzó por los aires y la hizo girar en círculos.

–¡Eso fue brillante! –gritó, lanzando una carcajada.

Ella esperó a que él la soltara y lo miró fijo con seriedad inquebrantable.

–Sí –expresó–. Lo fue. Tú no eres rey y yo no soy esposa de nadie. Soy líder y gobernadora, y quiero que me apoyes.

Hunyadi asintió solemnemente, volviendo a hundir los dedos entre la barba.

–Eres mucho más valiosa por fuera del matrimonio –dijo él, en un tono desprovisto de burla o desdén. Lada se dio cuenta de que, ahora, él la veía con otros ojos.

Adoptó una postura más erguida. Había hecho algo bueno. Se había asegurado un aliado por sus propios méritos. Y lo utilizaría como le fuera posible para destruir a sus enemigos.

Marzo

Era un día de fiesta en la ciudad portuaria de Bursa.

Todo estaba adornado con listones que se balanceaban alegremente por la brisa perpetua que soplaba a lo largo de las calles desde el Mar de Mármara. Los niños reían, mientras se abrían paso entre la muchedumbre apretujada. Los vendedores anunciaban sus productos –especialmente comida y, sobre todo, pescados– por encima de los ruidos de la multitud.

Radu permitía que el gentío los hiciera avanzar. Nazira hizo un ademán en dirección a una joven que transportaba un niño pequeño que era casi del mismo tamaño que ella y que no cesaba de gritar. El niño se las arregló para liberarse de ella, pero la chica lo sujetó de la muñeca y lo arrastró con determinación.

–¿Acaso eso te hace echar de menos a tu hermana? –preguntó Nazira.

–Lada jamás hubiera sido tan tierna –Radu negó con la cabeza.

–Ojalá hubiese podido conocerla mejor.

–No, no lo creo.

–Sí, por supuesto que sí –Nazira hizo una pausa y miró a Radu a los ojos–, porque ella es importante para ti y, como tú eres importante para mí, ella también lo es.

Radu evitó reconocer que Lada le importara tanto. Intentaba no pensar en eso ni en si él era realmente importante para ella. Ya había tomado una decisión. Nuevamente.

–No te caería bien, y tú tampoco le caerías bien.

–Les caigo bien *a todos* –Nazira inhaló por la nariz y la alzó altivamente–. Que no hayas logrado que tu terrible hermana fuera cordial y atenta no significa que a mí me hubiera ido mal con ella. Yo soy la persona más amable del mundo, ¿o no te has enterado?

—Lo he escuchado y he recibido varias evidencias que prueban el rumor —rio Radu, al mismo tiempo que la tomaba de la mano y avanzaba hacia un espacio abierto en la plaza.

Luego de detenerse un par de veces para que Nazira adquiriera listones para agitar, llegaron a los muelles. Tardaron un tiempo en hallar un sitio para acomodarse, pero la gente solía apartarse una vez que advertía las vestiduras finas que llevaban Radu y Nazira. Radu seguía vistiéndose como los frívolos miembros de la corte, con túnicas brillantes y todas las joyas que poseía. Nazira usaba las prendas que correspondían a su posición con la gracia y delicadeza de alguien que había nacido para eso.

El día estaba soleado y el calor cortaba el viento. La luz se reflejaba sobre el agua agitada, y se formaban pequeñas olas contra la dársena.

Sobre el agua, estaban los barcos de Radu. Bueno, los barcos del imperio. A Radu le invadía una oleada de orgullo cuando los observaba. Había visitado las dársenas en las que se construían bajo el pretexto de que viajaba a su casa de campo con Nazira. Suleiman era ambicioso, pero también tenía un sentido práctico muy desarrollado. Bajo su mando, todo se llevaba a cabo de acuerdo con el calendario previsto de antemano. Y ahora, delante de ellos, estaban los frutos de su trabajo.

Era una vista gloriosa y digna de contemplar.

—¡Tres de los grandes! —Nazira señaló los diferentes tipos de navíos—. ¿Cómo se llaman?

—Galeras. Las embarcaciones más grandes que ha tenido el imperio, todas completamente nuevas.

—¿Y esos cinco de tamaño medio?

—También son galeras. Tres son viejas, y dos, nuevas.

—Deberían haber sido más originales con los nombres —Nazira resopló con desilusión—. Galeras grandes y galeras medianas. ¿Y qué me dices de las más pequeñas que se mueven entre ellas?

—Te vas a decepcionar —Radu se echó a reír.

—¿Galeras?

—Sí.

—Me lo podrían haber consultado —ella frunció el ceño con enfado—. A pesar de todo, ¡son maravillosas! ¡Míralas! ¿Cómo es posible que el agua aguante tanto peso? ¡Oh, se están moviendo!

Se desplegaron las velas. Aunque los barcos estuvieran demasiado lejos como para que Radu llegara a ver las cubiertas, sabía que los marineros se estarían esforzando por atar y ajustar las velas para aprovechar el viento. Incluso habría más hombres sobre las bancas que maniobrarían los largos y pesados remos para navegar por los ríos.

Las embarcaciones bailaban sobre el agua, y, dependiendo del tamaño, se abrían camino a través de las olas o se deslizaban sobre la superficie de ellas. Cada vez que un barco hacía una maniobra especialmente buena, la multitud ovacionaba.

Después de algunos minutos, todas las galeras se pusieron en fila cerca de la orilla y se detuvieron allí, lo suficientemente cerca como para que los espectadores pudieran observar las actividades que se llevaban a cabo en las cubiertas. Y, a continuación, los cañones abrieron fuego hacia el mar abierto, lejos de la orilla.

Aunque los barcos no pudieran soportar una carga de artillería muy pesada, el sonido fue terrible e impresionante. Los bebés y los niños lloraban de temor y sorpresa, mientras que todo el resto de las personas aplaudían y sacudían los listones en el aire. Los otomanos nunca habían contado con semejante armada. Nunca antes habían presenciado semejante demostración.

Radu sonreía, porque sabía la verdad: esto era solo la mitad de la flota. La otra mitad estaba escondida en un astillero que se encontraba en una sección poco utilizada de uno de los ríos afluentes.

—Ahí está él —la voz suave de Nazira atravesó el ruido del gentío. Radu se volvió para ver a Mehmed, que estaba de pie en un balcón. Llevaba prendas de color púrpura, un turbante rojo y una capa de un blanco deslumbrante. Nazira y Radu no fueron los únicos en advertir su presencia. La mayoría de la gente giró para ovacionarlo y agitar los listones en su dirección. Radu estaba demasiado lejos como para confirmarlo, pero creyó que Mehmed sonreía. Hizo de cuenta que la sonrisa iba dirigida a él, y se unió a los vítores y ovaciones.

· · · ·

–Deberíamos tomarnos más vacaciones juntos –dijo Nazira, reclinándose sobre el carruaje–. A Fátima no le gusta conocer nuevos lugares. No sé cómo hice para convencerla de que se quedara en Edirne por tanto tiempo. Ella ama las cosas familiares y la rutina –sonrió Nazira cariñosamente–. De todas formas, se ha instalado bastante bien allí, siempre que no tenga que estar entre grandes multitudes.

–No sabía que le desagradaban tanto –Radu miraba pasar la campiña. Trataba de aferrarse al orgullo de haber visto su trabajo bailando sobre el agua, pero, en su mente, seguía repitiendo la misma escena, en la que, en lugar de estar en el muelle con Nazira, se encontraba en el balcón, junto a Mehmed: a medida que el sultán observaba el triunfo del plan de Radu, se aproximaba cada vez más a él, hasta que se rozaban las manos a los costados. En vez de apartarlas, los dedos de Mehmed se entrelazaban con los de Radu y permanecían mirando los barcos de esa forma, uno junto al otro.

–Así es –expresó Nazira, alejando a Radu de su fantasía. Era enfermizo aferrarse a esas cosas–. A Fátima no le gustan... ya ves, cuando era muy pequeña, ella –hizo una pausa–. Creo que no me corresponde a mí contar esta historia.

–Entiendo –tomó a Nazira de la mano, la cual era muy distinta a la de Mehmed dentro de su imaginación–. Me pregunto si alguien podrá atravesar la niñez sin sufrimientos. Claramente, yo no pude.

–¡Ay, yo tuve una infancia maravillosa! Nuestros padres fallecieron cuando era demasiado pequeña como para comprenderlo. Kumal se aseguró de que mi vida estuviera rodeada de amor y alegría. Y, luego, al descubrir que Fátima compartía mis sentimientos, recibí aún más amor y alegría. Y, cuando tú te casaste conmigo, todavía más. A veces pienso que soy la mujer más bendecida de toda la creación. Rezo para que Dios me dé la oportunidad de devolver toda la bondad que él me ha concedido.

Habían ingresado en la ciudad. Los edificios se alzaban alrededor de ellos, como invitados de una fiesta... todos familiares, pero que escondían demasiadas cosas.

—No tienes que devolver nada —Radu apretó la mano de Nazira—. Tu vida está llena de la bondad que atraes gracias a tu propia bondad.

—Sin embargo, me gustaría hacer más —Nazira rio y, después, adquirió un tono solemne—. *Ser* más. Quizás, algún día... —bajó la vista y se aferró el estómago, sonrojada.

—¿Te sientes mal? Hemos estado arriba del carruaje por demasiado tiempo —habían abandonado Bursa antes de lo previsto. Estaban de regreso en la ciudad un día antes de lo planeado. Él se dirigiría directamente a la fundición para ver a Urbana.

—¿Mal? No, no, me siento bien —miró hacia arriba y parpadeó rápidamente—. Radu, me pregunto si... —hizo una pausa, mientras se mordía los labios carnosos—. ¿Podrías venir a almorzar con nosotras la semana que viene para que disfrutemos de una comida especial y familiar?

—Por supuesto —el carruaje se detuvo frente a la angosta calle que llevaba a la fundición. Radu le dio a Nazira un rápido beso en la mejilla—. Saluda a Fátima de mi parte.

—¿Y tú saluda a Urbana de la mía?

—A Urbana no le importará tu saludo en lo más mínimo, a menos que vaya acompañado de suministros adicionales de bronce o de un nuevo horno —rio Radu.

Aunque a Radu no le agradara el intenso calor que hacía en la fundición, trataba de visitarla la mayor cantidad de veces posible. Y era bueno que hubiera regresado antes de su viaje, ya que Urbana estaba gritando en húngaro a varios trabajadores que parecían confundidos. Él se interpuso como traductor, pese a que decidió omitir la mayor parte del discurso de la mujer. No creía que decirles que eran *más inútiles que los cadáveres putrefactos de miles de perros muertos* ayudaría para subirles la moral.

Esa misma tarde, un rato después, él estaba apoyado sobre la entrada, mientras observaba cómo se acercaba una pequeña caravana. Urbana le había dicho que esperaban que llegara un pedido, pero Radu no había contado con que apareciera una mujer canosa con la pólvora.

Ella descendió del carro, con la espalda encorvada como una media luna.

—Puedo arreglármelas sola, estúpido —lo apartó ella, cuando Radu se acercó para ayudarla.

Un poco aturdido por el rechazo violento —las mujeres mayores solían amarlo—, ordenó a otros dos hombres que comenzaran a descargar los barriles de pólvora. La mujer observaba la situación con recelo. Otro carro se detuvo detrás del de ella y un hombre bajó para ayudar en el proceso de descarga.

—¿Cuántos, madre? —gritó él.

—Todos —ella sacudió la cabeza—. Ese imbécil no puede retener en la memoria ningún número superior al tres.

Radu arrugó el entrecejo ante la falta de afecto maternal. Ella giró su ojo crítico en dirección a él y se quedó mirándole las túnicas. Últimamente, usaba las tonalidades propias de las joyas, colores brillantes y enérgicos para combatir lo que realmente sentía.

—¿Quién te puso a cargo de tanta pólvora? —preguntó ella.

—Estamos fabricando el cañón más grande del mundo que será capaz de derribar las murallas de Babilonia —Radu intentó esbozar su mejor sonrisa, pero se le esfumó del rostro. Con esta mujer, daba igual.

—Nada tan útil como un cañón imaginario para derrotar a una ciudad que ya no existe —ella lanzó un resoplido—. Veo que mi viaje y todo mi trabajo fueron en vano. Uno de estos días, me pedirán que haga alguna otra cosa estúpida y, finalmente, superaré mi límite de idiotez. Como tengo un esposo y tres hijos, mi límite es alto, pero ni siquiera yo puedo tolerar todo. Y, cuando ese día llegue, habrá una explosión que derribará los muros de todas las ciudades *reales* del mundo.

Radu se desplazaba en el lugar con nerviosismo, deseando que los hombres se dieran prisa para que esa horrible mujer pudiera partir.

—Tú no eres turco —dijo ella.

—Valaco —respondió Radu, después de negar con la cabeza.

Ella asintió, mientras jugueteaba con algunos vellos blancos que tenía en el mentón.

—No hay muchos valacos en el imperio. Son demasiado estúpidos como para ser útiles. Pero conocí una buena valaca hace un par de años. Me causó una buena impresión y jamás la olvidaré.

—*¿Una valaca?* —con una sacudida similar a la explosión de un cañón, Radu asimiló las palabras de la mujer.

—Una pequeña bruja —la mujer sonrió con ternura, una emoción que parecía fuera de lugar en ella—. Lista como ninguna. Fue en... ¿dónde fue? No recuerdo.

—Amasya —dijo Radu con suavidad.

—Así es. ¿La conoces?

—Lada, es mi hermana.

—No parecen hermanos —su mirada se tornó más crítica, a medida que lo observaba de arriba abajo.

—Soy consciente de eso —sonrió Radu con cierta tensión.

—Bueno, siempre me pregunté qué podría ser capaz de hacer una mente tan brillante y despiadada como la de ella. Y esos hombres la seguían sin cuestionamientos. Ella me hacía sentir más joven.

Un arrebato de afecto brotó en el pecho de Radu. Le resultaba extraño hablar con alguien que había conocido a Lada y que la admiraba, no en la forma en la que la admiraba Mehmed, lo cual nunca lo hacía sentirse feliz. Pero los recuerdos de esta mujer vieja y encorvada hacían que Radu echara de menos a su hermana.

—¿Dónde está ella ahora? —preguntó la mujer.

—Creo que en Hungría.

—¿Qué está haciendo allí?

—Eso es lo que se pregunta todo el mundo.

—Bueno, sea lo que sea, no va a terminar bien para los que se interpongan en su camino. El mundo la destruirá finalmente. Demasiadas chispas producen explosiones —dio una palmada a un barril de pólvora—. Pero tu hermana destruirá todo lo que pueda antes de que se apague para siempre.

—Tal vez pueda encontrar un equilibrio —la profecía inquietante de la vieja mujer fastidió a Radu como un collar inadecuado.

—No. Ella va a hundirse entre las llamas y la sangre —la mujer sonrió afectuosamente—. Si le escribes, dile que Tohin le envía sus recuerdos —de inmediato, algo le llamó la atención y se volvió hacia su hijo—. ¡Timur! —le gritó—. ¿Revisaste la forma en que los están almacenando?

—Sí, madre —respondió Timur.

Tohin salió pisando fuerte en dirección al edificio de almacenamiento.

—Ya tengo tres hijos propios y, si pudiera, ella aún me vestiría —Timur sacudió la cabeza y le esbozó una sonrisa sufrida—. Ya sabes cómo son las madres.

Radu le devolvió una sonrisa reflexiva. Por cierto, él no sabía cómo eran las madres, pero sí sabía lo que era tener a alguien que lo vigilara. Permaneció pensativo, mirando los toneles que todavía quedaban allí. Al haberse unido a Hunyadi, Lada ya estaba jugando con fuego. Podía ser que ella respetara al hombre, pero él no había mostrado bondad alguna hacia la familia Dracul. ¿Quién sabía qué propósito tenía él al asociarse con Lada?

Radu se había sentido halagado y enojado cuando ella le había pedido que fuera a ayudarla. Pero, tal vez, debería haber sentido temor. Para que Lada le pidiera ayuda, tenía que encontrarse al borde de la ruina que la vieja mujer había vaticinado. Y, aunque jamás le hubiera pedido ayuda a Radu cuando eran niños, él la había ayudado; le había limado las asperezas y la había convencido de que se alejara de ciertos problemas. Tal vez... tal vez ella siempre lo había necesitado, y él siempre había elegido a Mehmed.

Alguien gritó su nombre, y él retomó sus tareas a toda prisa.

Sus deberes eran para con su Dios, para con el Imperio otomano y para con Mehmed. Lada tendría que arreglárselas sola. Él no le debía nada.

Pero la culpa que cargaría si ella muriera sin su ayuda se le aferraba a la piel como una sombra.

10

Febrero

Lada había rastreado a un grupo de cincuenta jenízaros. Se trataba de una agrupación de frontera de largo alcance, cuyo fin era defender la soberanía del imperio en los estados vasallos. Hunyadi no tenía ningún motivo para atacar a los jenízaros, pero no exigió razón alguna para aniquilar las fuerzas turcas.

Hasta el momento, habían luchado únicamente contra más protobúlgaros; breves destellos de sangre, alaridos y espadas habían interrumpido las monótonas cabalgatas, campamentos y noches a la intemperie.

Lada estaba orgullosa de sus hombres, que eran tan buenos e incluso mejores que los que acompañaban a Hunyadi. Y él también lo notaba. Desde la victoria en el cañón, Hunyadi solía consultar a Lada y pedirle consejos.

Ella había estudiado sus tácticas, pero solamente en teoría y sobre papel. Observarlo directamente en el campo de batalla era algo completamente diferente. Él siempre planeaba todo con tres días de anticipación, tanto la comida y la bebida como las posiciones de defensa. Pero no se atenía a planes a los que no pudiera responder con ataques relámpago frente a una amenaza u oportunidad inesperada.

El grupo de los jenízaros era una de dichas oportunidades. Lada miró con inquietud a Nicolae, quien estaba junto a ella.

—¿Qué piensas? —le preguntó.

—Pienso que podría haber sido yo.

Ella echó un vistazo a los hombres a los que acechaban. Él tenía razón. Eran iguales a ellos... chicos robados y convertidos en soldados, que servían a una tierra y a un dios ajenos.

—Entonces, los dejaremos ir –dijo Lada. No podía evitar imaginarse a Nicolae, a Bogdan, a Stefan, a Petru o a cualquiera de sus hombres del otro lado del campo. No quería sentir ese compañerismo por los jenízaros, pero no tenía otra opción.

Los jenízaros se detuvieron de forma abrupta. Lada se puso tensa, atemorizada ante la posibilidad de que ellos hubieran descubierto a los tres hombres de ella que les seguían el rastro. Pero, en cambio, ellos cambiaron de dirección y empezaron a encaminarse directamente hacia el campamento de Hunyadi.

Lada hizo un ademán de manera drástica. Sus hombres echaron a correr en silencio, agazapados. Ella dibujó ballestas con señas. Sin dejar de avanzar a toda prisa, ellos sujetaron las armas. Si los jenízaros no sabían que el campamento estaba allí, se enterarían en pocos minutos. A Hunyadi lo tomarían desprevenido. Lada hizo gestos a sus hombres para que regresaran al campamento.

—Vayan a advertirles –susurró Lada a Nicolae.

—¿Qué vas a hacer tú?

—Retrasarlos, idiota. Ahora, ¡váyanse!

Nicolae desapareció entre los árboles.

—¡El sultán es hijo de un mono! –gritó ella en turco.

Los jenízaros se volvieron al unísono, con los arcos en alto y las flechas apuntando en su dirección. Ella estaba escondida, pero los hombres no tardarían mucho en hallarla, por lo que salió corriendo hacia otro árbol.

—Lo siento, no debería haber dicho eso sobre el sultán. Es una ofensa hacia los monos, que son criaturas totalmente prácticas.

Lada echó un rápido vistazo por el borde de un árbol. Con las armas preparadas para atacar, los jenízaros estaban revisando las tupidas malezas en busca de la amenaza.

—¿Son jenízaros? –Lada lanzó una carcajada estruendosa y el eco resonó a través de los árboles–. Me han dicho que los jenízaros no están capacitados para lamer el polvo de las botas de los spahis.

—¿Quién anda ahí? –gritó una voz furiosa, mientras otra la maldecía.

–¡Déjate ver, mujer! –vociferó el líder de ellos, después de ordenarles que se mantuvieran callados.

–¿Por qué los protobúlgaros son pésimos campesinos? –respondió ella.

Se hizo un silencio. Ella se asomó por detrás del tronco, encantada de ver las miradas confundidas de los jenízaros. La mayoría de ellos había bajado los arcos, al no haber recibido ningún ataque.

–¿Qué? –chilló el comandante.

–Dije, ¿por qué los protobúlgaros son pésimos campesinos?

–No lo sé –uno de los jenízaros que estaba delante de ella envainó la espada. El comandante le gritó que hiciera silencio, pero él se limitó a encogerse de hombros–. Quiero saber.

–Yo también –exclamó otro. La mayoría de los restantes asintieron y algunos sonrieron ante el extraño interludio en el bosque.

–Porque confunden a las mujeres protobúlgaras con cerdos, y se niegan a sacrificar a sus esposas.

Se oyó el estallido de un coro de risas estruendosas.

–¿Quién eres? –le preguntó uno de los hombres–. No deberías estar en los bosques. No es un sitio seguro.

Una lluvia de flechas que venían del cielo cayó sobre los hombres.

–Lo sé –dijo Lada, al mismo tiempo que salía de detrás del árbol y permitía que su flecha se uniera a las otras.

· · · · ·

Una vez que terminó el duro trabajo de matar, Lada no sentía satisfacción alguna ante los cuerpos cubiertos de capas blancas que estaban desparramados por el suelo.

–¿Cómo se te ocurrió distraerlos de esa forma? –después de atravesar la fila de cadáveres, Hunyadi se reunió con ella y aferró una mano de la joven entre la suya.

–Son soldados –ella alzó un hombro, mientras regresaban al campamento–. Dependen de la rutina, y cualquier cosa que los aparte de ella los hará detenerse. Además, son hombres. Detestan que los insulten, pero les encanta escuchar que alguien se burle de los demás. Y son estúpidos porque no imaginan que una mujer en medio del bosque pueda ser una amenaza.

Más tarde, Lada estaba sentada entre Hunyadi y Nicolae frente a la hoguera. Los hombres intercambiaban historias como si fueran monedas; cada uno trataba de que la suya fuera la más valiosa y brillante. Petru hizo una mímica tan dramática de que alguien le atravesaba el ojo con una flecha, que estuvo a punto de caer sobre el fuego.

Lada recordó un tiempo no tan lejano en que algunos de estos mismos hombres habían vuelto de una batalla, y ella se había visto obligada a escuchar relatos de los que pensó que jamás formaría parte. Ahora, ella estaba en el centro de todo y pertenecía más que nunca.

—¿Cómo encontraste a tus hombres? —le preguntó Hunyadi. Cuando se encontraba en compañía de los hombres de ella tenía la gentileza de hablar en turco, ya que la mayoría no entendía el húngaro y su valaco era espantoso.

—*Nosotros* la hallamos *a ella* —respondió Nicolae, radiante de orgullo—. O, al menos, yo la encontré. Es una historia muy graciosa. Cuando Lada era así de pequeña... —bajó la mano casi hasta tocar la tierra y se volvió hacia ella—. Bueno, sigue siendo así de pequeña.

Lada le asestó un fuerte golpe en el hombro.

—Cuando Lada no era la imponente mujer que es ahora —él se frotó el hombro, con una sonrisa—, vivía en Amasya como la compañera de juegos del pequeño zelota. En ese entonces, nadie sabía que él se convertiría en el sultán. Era un simple mocoso.

Lada asintió, pero rápidamente sofocó la sonrisa melancólica que amenazaba con iluminarle el rostro.

—Nos espiaba, mientras entrenábamos y, un día, la encontramos. Luego, cuando le dio una paliza al pobre Iván... ¿Qué le pasó a Iván?

—Lo maté —expresó Lada sin pensar.

—¿Lo *mataste*? ¡Pensé que lo habían trasladado a otra ciudad! ¿Por qué lo mataste?

Lada se dio cuenta de que los constantes y bajos murmullos que los rodeaban se habían extinguido. Todas las miradas estaban fijas en ella. La mayoría de sus hombres no había conocido a Iván. Ella también hubiera deseado no haberlo conocido nunca. Él se había comportado de forma estúpida y cruel; siempre la había odiado. Finalmente, él había intentado forzarla para demostrarle que no era más que una niña a la que podía tomar en brazos y quebrar.

—Eso no es asunto tuyo —dijo Lada, alzando el mentón.

—Hablas como una verdadera líder —expresó Hunyadi en húngaro, al mismo tiempo que lanzaba una carcajada.

Cuando ella hizo contacto visual con él, el hombre le devolvió un leve gesto con la mirada penetrante y orgullosa. Ella observó que Hunyadi se mantenía erguido, aunque estuviera relajado junto a sus hombres. Continuaba al mando de todo y ligeramente apartado del resto. Ella imitó la postura de él. Era la líder de sus hombres y no les debía ninguna explicación, especialmente sobre traumas del pasado.

—Espera —dijo Petru con el semblante preocupado lo cual lo hacía lucir como un cachorro—. ¿También mataste a Bogdan? ¿Es por eso que se ha ido?

—No, no maté a Bogdan —Lada suspiró con exasperación—. Pero, si vuelves a actuar esa estúpida escena de la flecha que te atraviesa el ojo, no dudaré en matarte a ti.

· · · ·

Bogdan logró hallarlos.

Lada no sabía cómo había sido capaz de hacerlo, pero, a la semana siguiente, él entró en el campamento con una sonrisa tan incontenible, que ella no entendía cómo sus rasgos cuadrados podían sostenerla. Lada corrió a su encuentro.

La primera intención de ella fue arrojarse a sus brazos, y la segunda, asestarle un golpe por haber tardado tanto en regresar. Pero, en cambio, se limitó a ubicarse frente a él y se quedó observando aquellas estúpidas facciones, orejas y persona que tanto quería.

—¿Dónde has estado?

—Traje algo que necesitabas.

—¿Más hombres? —se asomó por detrás de Bogdan, pero había una sola persona que lo seguía y no era un hombre. La mujer caminaba con total seguridad. Una larga trenza le rebotaba en la espalda, y dejaba al descubierto dos enormes orejas que sobresalían como las asas de una jarra.

—¡Lada! —exclamó su antigua nodriza, mientras se apresuraba hacia adelante para abrazarla. Lada mantuvo los brazos fijos a ambos costados durante el abrazo de la mujer. No podía ni imaginar cómo Bogdan había hallado a su madre. Pero lo cierto era que Bogdan siempre había permanecido fiel a las mujeres de su vida.

—¿*Por qué* la trajiste? —Lada se volvió hacia él.

—Para que te ayudara —respondió, encogiéndose de hombros—. Necesitabas a alguien que pudiera ayudarte con... cosas de niñas —hizo una pausa y se ruborizó—. Cosas de mujeres.

—No necesito que nadie me ayude con nada —Lada apretó los dientes con fuerza y tensó la mandíbula.

—¿Dónde está tu hermano? —preguntó la nodriza—. Debería estar aquí. Pensé que lo cuidarías mejor.

Lada sintió un arrebato de ira. ¿Quién era esta mujer para decirle cómo debía cuidar a Radu? La nodriza no había estado en Edirne. No había presenciado todo lo que habían sufrido y lo que Lada había tenido que hacer para sobrevivir.

—Está viniendo —dijo Lada, con los dientes aún apretados, al mismo tiempo que se liberaba de los brazos de la nodriza.

—Permíteme que te cepille el cabello —expresó la nodriza, extendiendo la mano en dirección a la maraña de cabellos de la joven.

—¡No necesito ninguna nodriza! —la sensación hizo que Lada volviera a sentirse como una niña. Dio un paso hacia atrás y levantó las manos para esquivar el roce de la mujer.

—Decías lo mismo cuando tenías cinco años, pero al menos, en ese entonces, tu cabello lucía presentable.

—Vete al diablo —exclamó Lada.

Bogdan parecía herido, pero la nodriza se echó a reír. Los ojos de la mujer brillaban de júbilo y afecto, ninguno de los cuales eran tolerables para Lada. Y, lo peor de todo era que Hunyadi estaba sentado cerca de allí, presenciando todo el encuentro.

—¿Dónde está mi capa? —lanzó Lada, mientras sacaba prendas de su alforja.

—Deja que tu nodriza te ayude a hallarla —bromeó Nicolae, quien estaba frente a la hoguera, junto a Petru. ¿Acaso nadie se perdería aquel espectáculo? ¿Qué se le había pasado a Bogdan por la cabeza?

—¡Ella no es mi nodriza!

—Eres afortunada —Petru se encogió de hombros—. Ojalá tuviera alguien que se preocupara por mí. Tal vez debería conseguir una esposa.

—Tal vez podrías casarte con la nodriza —escupió Lada.

Después de renunciar a la posibilidad de encontrar la capa, ella se lanzó sobre el caballo y abandonó el campamento. Se habían desplazado del sitio de la masacre de los jenízaros y se estaban acercando cada vez más a la capital. El incremento de campos de cultivo cubiertos de escarcha hacía que a Hunyadi se le crisparan las manos. Cuando le preguntaban hacia dónde se dirigían, él se limitaba a encogerse de hombros y a decir *al castillo*, lo cual sonaba como un término extranjero cada vez que él lo pronunciaba.

Ese día, sin embargo, se encontraban en una zona con inmensos bosques. Pese a que no habían visto un alma en todo el día, eso no equivalía a que estuvieran solos. Por costumbre, Lada exploraba los árboles, siempre con una mano aferrada a la espada.

Los árboles estaban desnudos y congelados como el aire. Había salido el sol, pero lo único que hacía era enceguecerla. ¿Cómo era posible que algo fuera tan brillante y emitiera tan poco calor? Después de haber pasado tanto tiempo bajo el clima templado de Amasya, había olvidado lo que era el invierno.

En ese preciso instante, lo único que deseaba era regresar allí. *¡No!,* le gritó a su corazón traicionero. No se refería a volver al imperio, sino al campamento para poder estar alrededor de la fogata y junto a sus hombres.

La persistente nodriza continuaría allí, al igual que una mosca que zumbaba incesantemente, pero, al menos, se trataba de un insecto al que Lada podría aplastar. No necesitaba otra mujer. No necesitaba que la cuidaran. Esa mujer no era su madre. Su verdadera madre había volado de regreso a su tierra natal de Moldavia cuando Lada tenía cuatro años. Eso era lo que solían hacer las madres. Las nodrizas, aparentemente, eran más confiables y... embarazosas.

—Puede ser positivo contar con cierta ayuda —Hunyadi llevó su caballo hacia donde estaba el de ella.

—No veo a tu nodriza siguiéndote por todos lados para cepillarte el cabello.

—¡No me quejaría! —Hunyadi se acarició los bucles color castaño rojizo y, luego, suavizó el tono de voz—. Todos los líderes necesitan ayuda. Permite que alguien se ocupe de las tareas mundanas, para que tú puedas concentrarte en lo importante. Seguramente Mehmed no hace todo solo.

—Tiene un hombre cuya única función es seguirlo con una silla —Lada puso los ojos en blanco.

—Me pregunto si se limpiará el propio trasero.

—¿Por qué me pones esa imagen en la cabeza? —Lada hizo una mueca.

Hunyadi lanzó una fuerte carcajada y, a continuación, se acomodó más a fondo en la silla de montar, mientras suspiraba con satisfacción.

—Esta es una hermosa parte de mi tierra.

—Me recuerda a los bosques que están en las afueras de Tirgoviste. Solía obligar al tutor a que nos llevara a ellos para estudiar. El castillo era un horno durante el verano y un congelador durante el invierno. Siempre sospeché que el arquitecto era cocinero.

—¿Lo echas de menos?

—¿A qué? —Lada frunció el ceño, al mismo tiempo que seguía con la mirada el rastro de una oscura ave que cruzaba el pálido cielo azul.

—Tirgoviste.

—Nunca me importó Tirgoviste. Prefiero las montañas.

—Pero aún quieres el trono.

—Quiero Valaquia.

—¿Eso es todo? —Hunyadi se echó a reír.

—Es mucho menos de lo que Mehmed... —se detuvo de forma abrupta, tragándose el resto de la oración. ¿Cómo se atrevía él a deslizarse de su boca sin ser invitado?

—Así que de veras piensa ir en contra de Constantinopla —Hunyadi se acercó a Lada. Su caballo se desplazaba al ritmo del de ella.

Lada había evitado hablar sobre los planes de Mehmed, porque mencionarlos la hacía sentirse desleal, lo cual le provocaba una profunda furia. Él no había mostrado lealtad hacia ella al recibir alegremente al usurpador príncipe Danesti.

—La opinión general es que es joven y fácilmente influenciable —continuó Hunyadi—. Que está más interesado en las fiestas lujosas y en los harenes bien provistos que en la posibilidad de expandirse.

Si Lada se estremeció ante la mención del harén, Hunyadi fingió no darse cuenta.

—Todos han consolidado acuerdos favorables con él —prosiguió él—. Nadie le tiene miedo. La muerte de Murad ha sido vista como el fin de la expansión de los otomanos. Pero me pregunto si el sultán no nos estará engañando a todos para despejar su camino hacia Constantinopla.

La palabra *harén* seguía retumbando en los oídos de Lada. Era evidente que Mehmed no permanecía fiel a ella. La había mandado a espiar y apoyaba a sus rivales. Como ella no le debía nada, de una vez por todas eliminaría de su corazón aquel impulso traidor de protegerlo.

—Constantinopla es su único deseo —expresó finalmente—. Todo lo que hace, independientemente de lo inocente o poco sagaz que parezca, es con el fin de alcanzar ese único objetivo. No se detendrá hasta que la ciudad se convierta en su capital, es decir, hasta que sea sultán del Imperio otomano y césar de Roma.

—¿Crees que será capaz de hacerlo? —Hunyadi respiraba profundamente, mientras se hundía en la silla de montar.

—Si algún hombre puede hacerlo, es él.

—Lo temía —se frotó el rostro, al mismo tiempo que jalaba de los extremos del bigote gris—. ¿Cuándo piensas que comenzará la campaña?

—Lo más pronto posible. Esta primavera o la siguiente.

—Esto cambia todo. Esta misma noche, nos dirigiremos a Hunedoara. Tengo que escribir varias cartas y planear una cruzada.

—¿Defenderás Constantinopla?

—Por supuesto.

—Pero no es tu ciudad ni tu gente. Y no está más cerca de los límites de Hungría que los de los otomanos, por lo que no representa una mayor amenaza militar.

—Soy cristiano, Lada —sonrió Hunyadi—. Es mi deber unirme a la causa de Constantinopla. Es lo último que nos queda del poderoso Imperio romano. Me condenaría si permitiera que los turcos la tomaran —detuvo el caballo e hizo una pausa antes de volverse—. Sería un honor que estuvieras junto a mí. Creo que juntos podríamos vencer a las propias fuerzas del infierno.

Lada agradecía que él no la estuviera mirando. El rubor de orgullo ante las palabras de aquel hombre era algo que quería mantener en privado.

–¿Cuándo estará terminado? –preguntó Radu. El aire resplandecía por el calor.

–¡Cuando esté terminado! –Urbana se limpió el sudor de la frente, mientras utilizaba fuelles gigantes para ajustar la temperatura de las llamas de la fundidora más cercana.

–¡Lo necesito ahora mismo!

–¿Lo necesitas ahora mismo? ¡Yo lo necesito desde el día en que nací! –rio ella, con el sonido de un martillo que repiqueteaba contra un yunque–. La Basílica es *mi* legado, mi genialidad. ¡No me arriesgaré a que explotemos con un cañón imperfecto solo para que tú puedas mantener los tiempos de tu plan!

–¿Al menos puedes mostrármelo? –Radu se limpió las gotas de sudor que le caían sobre los ojos–. Ambos hemos invertido mucho en esto.

Urbana lanzó un resoplido y lo condujo hacia la parte trasera del sofocante edificio.

–Ahí está –dijo, señalando un pozo de arena que se extendía cuatro veces más que la estatura de Radu.

–¿Cuándo estará lo suficientemente frío?

–En dos días –Urbana se apoyó contra la pared y se quedó mirando fijo la arena como si todo pudiera salir bien por pura fuerza de voluntad–. Si no presenta grietas ni fisuras... si Dios quiere y esta vez funciona... dentro de dos días podremos hacer la demostración frente a tu preciado sultán –dio una palmadita a la bala de cañón de piedra, que pesaba doscientos setenta kilos, con la ternura y el afecto propios de una madre.

–Va a funcionar –dijo Radu. Tenía que funcionar ya que probaría, de una vez por todas, que él era el mejor de los hermanos Dracul. El más valioso, el más merecedor de amor. Además, confirmaría que había tomado la decisión correcta al quedarse allí.

• • • •

Los mensajeros de Constantinopla llegaron al día siguiente. Radu ya no ocupaba el puesto junto a Mehmed en la sala de recepción, sino que se hallaba en uno de los rincones del fondo.

Normalmente, a Radu le hubiera gustado presenciar el sufrimiento de los mensajeros. Mehmed aún se comportaba como el sultán estúpido y consentido, pero ya todo le resultaba aburrido. Estaba listo para que acabara aquel interminable período. Constantinopla tenía que caer. Cuando emprendieran la marcha, todo quedaría al descubierto y la situación mejoraría. Radu reclamaría su lugar junto a Mehmed y, juntos, derribarían los muros.

Además, Lada dejaría de estar presente, tanto físicamente como en los pensamientos de Mehmed. Cuando cayera Constantinopla, Mehmed tendría lo que más deseaba y se olvidaría de la muchacha que los había dejado atrás. Se daría cuenta de quién había permanecido con él y lo había ayudado en todo momento. Al fin y al cabo, advertiría lo mucho que valía.

Radu volvió a concentrarse en lo que estaban hablando. Aunque los mensajeros intentaran orientar la conversación hacia el asunto de la fortaleza que Mehmed había edificado de su lado del estrecho, no lo harían caer en la trampa.

—¡Deberíamos organizar un banquete! Una fiesta —sonreía, distraído, mientras se inclinaba para susurrarle algo a un hombre que tomaba notas—. Pescado. No, cordero. No, pescado. ¡Ambos!

—Pero deberíamos discutir el tema de la tierra —el mensajero principal se aclaró la garganta—. Asesinaron a los habitantes de una ciudad cercana.

—Nuestros hombres se defendieron de un ataque —Mehmed hizo un ademán de forma despectiva—. No es nada. Dígame, ¿le gusta bailar? ¿Qué clase de danza prefieren ahora en Constantinopla?

–Al menos, debemos exigir que nos paguen por la tierra que han tomado –el mensajero principal, que vestía una capa azul que dejaba entrever una camisa color rojo brillante, desplazaba el peso de un pie hacia el otro, mientras que los otros cinco permanecían completamente inmóviles.

–Sí, el pago –la sonrisa de Mehmed también heló la sangre de Radu–. Se podría decir que le debemos demasiado a Constantinopla. En poco tiempo, todas las deudas quedarán saldadas.

Un silencio tan pesado como la sangre descendió sobre la habitación.

De pronto, Mehmed se echó a reír. Había regresado el radiante y feliz joven sultán de antes.

–¡Una fiesta! Esta noche –aplaudió él–. Podrían mostrarnos cómo se baila en Constantinopla. Haremos bailar a todos.

Mehmed se inclinó sobre Kumal para entablar una conversación, ignorando a los mensajeros, quienes permanecieron en sus sitios, moviéndose sobre los pies o aclarándose las gargantas. Como Mehmed no los había despedido, no podían partir. Radu no alcanzaba a verles los rostros desde donde se encontraba, pero imaginaba su descontento.

Minutos después, uno de ellos, el que estaba más cerca de él, se volvió. Era el mensajero de ojos grises que le había entregado un obsequio a Mehmed –un libro– tras la coronación. Radu quedó sorprendido por la facilidad con la que había reconocido al joven después de transcurrido más de un año. Y, aparentemente, el mensajero también lo reconoció a él. Alzó las cejas con asombro, le sonrió con tristeza y se encogió de hombros en dirección al trono.

Radu le respondió con una sonrisa similar.

Para sorpresa de Radu, el mensajero interpretó el gesto como una invitación. Abandonó a sus compañeros y se dirigió hacia donde estaba Radu.

–Antes te ubicabas junto al sultán –dijo el mensajero sin preámbulo alguno.

–Las cosas cambian.

–Así es. Soy Cyprian.

–Radu.

Cyprian tomó la mano de Radu y la sostuvo por unos segundos que parecieron ser más de los estrictamente necesarios. Radu era consciente de los roces y se ponía nervioso ante la posibilidad de hacer algo fuera de lo común, como si alguien pudiera darse cuenta de que no era normal solamente por la manera en que extendía los abrazos o que se acercaba demasiado a los hombres. Cyprian no parecía compartir la misma preocupación que él. Se inclinó muy cerca de él, con los ojos penetrantes y peculiares fijos en Radu. Eran del color del océano en un día de tormenta y, cuando se posaban en él, le producían el mismo efecto que el de subir a un barco. El suelo por debajo de él se tambaleó durante unos segundos, hasta que Cyprian apartó la vista.

–Dime, ¿hay algún sitio en el que podamos comer algo por fuera del palacio? –preguntó el mensajero–. Aquí hace mucho más frío del que recordaba.

De hecho, hacía bastante calor en la sala pese a la estación en la que se encontraban, pero Radu entendía que Cyprian no se refería a la temperatura.

–Lo siento –para su asombro, Radu se dio cuenta de que realmente lo lamentaba–. Tenemos que organizar una fiesta.

–Entonces, te veré allí –Cyprian sonrió e inclinó la cabeza, entrecerrando los ojos hasta que desaparecieron casi por completo. Radu consideraba que la sonrisa de Mehmed era la mejor del mundo, pero no podía negar que había algo en Cyprian que le había transformado el rostro de manera tal que sentía ciertas esperanzas por primera vez en varios días.

· · · · ·

Mientras Radu se engalanaba para la fiesta, llamaron a la puerta de su habitación.

Al abrirla, quedó estupefacto al ver que Mehmed estaba allí, exactamente como había soñado y deseado.

–¿Mehm... mi sultán? –Radu hizo una profunda reverencia.

–Quédense aquí –dijo Mehmed a los guardias jenízaros que siempre lo escoltaban. Pasó junto a Radu y esperó a que él cerrara la puerta.

–¿Qué pasó? –el corazón de Radu latía con tanta fuerza que se preguntó nuevamente si Mehmed podría oírlo.

–Tengo una idea –Mehmed se paseaba a lo largo de la pequeña cámara de recepción de Radu, con las manos enlazadas detrás de la espalda y las cejas juntas.

–¿Sí? –Radu lo observaba. Su presencia llenaba la habitación. Mehmed no agregó nada más. Radu necesitaba que él hablara y que permaneciera allí–. ¡Tengo buenas noticias! Urbana me dijo que podíamos probar la Basílica mañana mismo. Me pregunto si deberíamos hacer una demostración. Podríamos invitar a los mensajeros para que corran de vuelta a sus tierras con las novedades de la asombrosa artillería que tienes.

–Hoy envié fuerzas al Peloponeso –Mehmed miraba hacia el suelo y, aunque asintió ante las palabras de Radu, no parecía haberle prestado atención–. No permitirán que los hermanos del emperador vayan en auxilio de Constantinopla. Tan pronto como nuestras tropas se establezcan allí, habremos declarado la guerra. Pero creo que lo haré antes.

Radu deseaba que hubiera suficiente espacio como para desplazarse junto a Mehmed. Iba a explotar si permanecía al lado de la puerta.

–¡La demostración del cañón podría ser el momento oportuno! –podía imaginárselo. Todos en fila, observando. La conmoción y el asombro de la corte. El temor de los mensajeros. Mehmed mirándolo a él con júbilo y orgullo secretos. Todo era obra de Radu. Sin él, nadie hubiese ayudado a Urbana. El cañón era su proyecto personal. El triunfo de Radu se usaría para declarar la guerra, y finalmente podrían dar fin a aquella distancia fingida.

Mehmed se detuvo y entrecerró los ojos en dirección a Radu, con el rostro impenetrable.

–Vi cómo te buscaba uno de los mensajeros.

–Yo... ¿qué?

–El joven. Salió a tu encuentro ni bien se le presentó la oportunidad. ¿Por qué lo hizo?

–No lo sé –Radu se esforzó por ordenar el hilo de sus pensamientos–. Quería que comiéramos juntos.

–¿Fue eso todo lo que te dijo?

–Hizo una observación sobre la diferencia de mi anterior ubicación a tu lado.

–Eso era exactamente lo que esperaba –sonrió Mehmed. Definitivamente, su sonrisa no tenía la calidez de la de Cyprian–. Radu, necesito que me hagas un favor. Algo que solo puedo confiarte a ti y algo que solamente tú podrías hacer por mí, por el imperio y por la causa de nuestro Dios.

–Sí, lo que sea –las palpitaciones de Radu se aceleraron aún más. Algo que solamente *él* podía hacer por Mehmed–. Sabes que por ti sería capaz de hacer cualquier cosa.

–Durante la fiesta, busca a aquel mensajero y dile que quieres abandonarme. Dile que quieres ayudar a Constantinopla con los conocimientos que tienes sobre mis planes. Dile que te gustaría ser un traidor.

–Pero... de esa forma, tendría que estar *en* la ciudad –Radu no podía procesar lo que le estaban pidiendo–. ¿Cómo regresaré a tiempo para unirme a ti?

–Serás más valioso detrás de los muros que cualquiera de los hombres que estén delante de él, junto a mí.

Radu no sabía cuál camino de pensamiento elegir: ¿la felicidad de que sería el hombre más valioso del mundo para Mehmed, el temor por lo que le estaban pidiendo que hiciera, o la desilusión de que, después de todo el trabajo que había hecho, no podría estar delante de los muros junto a Mehmed?

–¿Cómo podría convencerlos? Y si lo logro, ¿qué quieres que le diga a Constantino?

–Lo que desees. De hecho, dile la verdad. Dile que soy el hombre más preparado que ha logrado conducir fuerzas contra el muro. Háblale sobre la armada, los cañones, mi legión de hombres. Dile que Constantinopla caerá, o bien dile que aún le quedan esperanzas. Sea como sea, bríndale información comprobable y dile que te gustaría luchar en su bando contra las personas que te secuestraron y te robaron la niñez.

–¡Pero yo no pienso eso!

—Lo sé, pero él no lo sabe —Mehmed tomó a Radu de los hombros, lo tranquilizó y lo obligó a hacer contacto visual con él—. Tú serás mis ojos y mis manos detrás de las murallas.

—Yo quería estar contigo —Radu advirtió la nostalgia que expresaba su voz, pero no pudo ocultarla. La idea de otra separación, por un tiempo que nadie podría predecir, era tan cruel como recibir una puñalada en el pecho.

—Te necesito en otro lugar. ¿Crees que podrías hacerlo?

Radu asintió; la cabeza se le movía casi por voluntad propia.

—El mensajero confiará en ti. Me pareció que le... agradaste.

Radu recuperó la compostura de forma brusca, y buscó en el rostro de Mehmed algún indicio de algo que escondieran sus palabras.

—Prométeme que nunca te olvidarás de a quien le debes lealtad —Mehmed se inclinó hacia delante, tan cerca de su amigo que Radu podía sentir la respiración de él sobre sus labios.

—Jamás lo olvidaría —se las arregló Radu para susurrar. Era cuestión de acercarse un poco más para poder besarlo.

—Estupendo —Mehmed presionó los labios contra la frente de Radu, quien cerró los ojos y resistió la tentación de alzar la cabeza. La boca de Mehmed estaba demasiado cerca de la suya. ¿Tan malo sería? ¿Acaso Mehmed se asombraría y se resistiría, o le respondería de una manera en la que Radu nunca se había atrevido ni a imaginar?

Pero luego, Mehmed dio un paso hacia atrás.

—Estoy seguro de que lo lograrás. Visita por mí la catedral de Santa Sofía. Nos veremos dentro de los muros de Constantinopla.

—Dentro de los muros —repitió Radu sin emoción, a medida que Mehmed lo soltaba y se marchaba tan rápido como había llegado.

Si Lada tenía que soportar esta tortura, lo mínimo que podía hacer la torturadora era fingir que no estaba tan feliz. La nodriza tarareaba una canción fuera de tono, al mismo tiempo que finalmente se salía con la suya y peinaba el cabello de Lada.

—Podría matar a Bogdan por haberte hallado nuevamente —dijo Lada.

—No fue fácil. Mi niño es más inteligente de lo que parece —la nodriza hizo una pausa—. Pero no demasiado.

Lada rio, pero, cuando la mujer le jaló la cabeza hacia un costado porque el cabello se le había enmarañado en el cepillo, lanzó una maldición.

—Si buscaba a su madre, está bien. Pero no entiendo por qué sigues haciendo de cuenta que eres mi nodriza.

—Ay, niña tonta, Bogdan no me trajo por él. Apenas me saludó antes de decirme que tú necesitabas que alguien se ocupara de ti mientras *salvabas Valaquia*, lo cual está seguro de que lograrás hacer. Desde que aprendiste a hablar, él te ha pertenecido. En ese entonces, hubiera hecho cualquier cosa por ti y, ahora mismo, también haría cualquier cosa por ti.

Lada no tenía una respuesta para darle. De pequeña, había dado por hecho la lealtad de Bogdan hacia ella. Cuando se reencontraron, había regresado sin esfuerzo esa vieja creencia. Ahora sabía, después de lo de Matei, que la lealtad no era algo para dar por sentado.

—Yo no le pedí que te buscara.

—Bueno, Radu era el que me quería. Pero yo los quiero a ambos por igual —el peine se atascó en otro mechón.

—Dios Santo, nodriza, yo... —Lada se detuvo, apretando los dientes para tolerar el dolor—. No puedo seguir llamándote nodriza. ¿Cuál es tu nombre?

—Oana —la nodriza hizo una pausa, con los dedos sobre la sien de Lada, y le dio un golpe de manera tan sutil que Lada se preguntó si lo había hecho intencionalmente.

—Está bien, Oana. ¿cuánto te falta para terminar?

La nodriza —no, Oana— se echó a reír. Había perdido la mayoría de los dientes durante los años en los que habían estado separadas. Lada siempre la había considerado vieja, pero ahora se daba cuenta de que Oana debía haber sido una chica muy joven cuando empezó a ocuparse de ella y de Radu. En realidad, Lada no podía creer que la mujer continuara con vida. Para ella, había dejado de existir una vez que los trasladaron a Edirne. Pero lo cierto era que Oana era fuerte y robusta, tan capaz como siempre.

Esta noche, Lada la amaba y, al mismo tiempo, la detestaba por eso.

—Es más fácil destruir que construir —dijo Oana—. Y, desde hace tiempo, estás destruyendo tu aspecto.

Lada no pudo disfrutar la ironía de escuchar su frase preferida de la nodriza —de Oana— en referencia al cuidado del cabello y no al incendio de Transilvania.

—¿Y qué importa? Juro lealtad a un rey extranjero como un soldado, no como una mujer.

—Estas cosas son importantes, pequeña. Ahora, quédate quieta —Oana presionó el borde duro de madera del peine contra la sien de Lada, quien estaba segura de que, esta vez, lo hacía intencionalmente.

La minúscula habitación que les habían concedido en el castillo de Hunedoara no tenía fuego. Las piedras mismas parecían haber sido esculpidas del hielo. Oana había tenido que quebrar dos veces la capa de agua congelada del caldero. Lada se estremeció con violencia, pero no con tanta como la que invadía sus pensamientos bajo el continuo asalto del peine.

Una vez satisfecha con el resultado, Oana la ayudó a vestirse. El sustituto del rey, Ladislas, le había obsequiado un vestido. Lada sabía que rechazarlo sería una falta de respeto e incluso un peligro. Aun así, era bueno que el dormitorio no tuviera lumbre ya que, de lo contrario, el vestido la estaría alimentando.

Lada apartó las manos de Oana cuando ella le ajustó demasiado la ropa interior, y Oana le devolvió el mismo gesto. Al final, las dos quedaron con los rostros sonrojados y sudorosos, luego de haber luchado una intensa batalla para tratar de que Lada ingresara dentro del vestido.

—No puedo respirar dentro de esta maldita cosa —Lada intentó alzar los brazos, pero las mangas no estaban hechas para sus amplios hombros ni para sus gruesos brazos. Apenas se podía mover. Oana había tenido que ensanchar un poco el talle y los pechos de Lada aún se derramaban por la parte superior del corpiño. Oana remetió géneros adicionales en esa zona para tratar de cubrir los pequeños montículos.

—Esto pesa más que mi cota de malla —Lada jaló de las capas de tela que conformaban la falda y de algo duro que le mantenía la forma.

—Haz de cuenta que se trata de una armadura.

—¿De qué podría protegerme esto? —Lada torció el labio en una mueca.

—De las burlas, del ridículo. Tus hombres están acostumbrados a tu aspecto, pero esto es una corte. Tienes que comportarte de determinada manera. No arruines todo —Oana jaló de uno de los rizos de Lada para colocarlo nuevamente sobre el peinado. Un pañuelo de encaje iba por encima del tocado.

—Radu debería estar aquí —Lada observaba el suelo con desesperación—. No sé cómo hablar con esta gente.

—Siempre fue mejor para esas cosas. ¿Qué tal le fue cuando partieron? Estaba muy preocupada por él. Pensé que te matarían y que le romperían el corazón —había cierta ternura melancólica en el tono de voz de Oana.

Lada respiró hondo o intentó hacerlo, ya que no le resultaba fácil con aquella prenda tan abominable. La nodriza y ella no habían hablado sobre Radu desde que Oana le había preguntado adónde se encontraba. La verdad era tan fría y quebradiza como el hielo del caldero.

—Se convirtió en un nuevo hombre. Inteligente, astuto, demasiado apuesto y, eventualmente, en un desconocido —no había recibido ninguna noticia de Radu. Quería decirle a Oana que Radu estaba yendo hacia allí, pero había pasado demasiado tiempo. ¿Y si no estaba en camino a reunirse con ella?–. Cuando partí, él eligió a los otomanos. Así que, estabas equivocada. Yo sobreviví y a Radu le creció un nuevo corazón.

—Entonces, ¿no tenían nada en común?

—Bueno, una sola cosa –una risa ahogada escapó de la prisión del corsé.

Lada se volvía a preguntar si su ausencia habría garantizado a Radu la atención y el amor de Mehmed que él había implorado con tanta desesperación.

Pero, una vez más, se obligó a no pensar en eso.

Lada jaló del corsé y trató de moverlo para que fuera más cómodo. Echaba de menos las ropas elegantes de los otomanos. Al menos, aquellas capas envolventes de túnicas y vestidos eran cómodas.

—Voy a dar la impresión equivocada si uso esto.

—¿Te refieres a que darías una buena impresión?

—Sí, exactamente.

—En cuanto a tu aspecto, eso es lo mejor que podemos esperar. En cuanto a todo el resto, esta noche finge que eres Radu –Oana la observó con ojo crítico y, luego, lanzó las manos hacia arriba en un gesto de renuncia.

Lada sintió una punzada justo por encima del corazón. ¿Acaso Oana deseaba haberse reencontrado con Radu en vez de con Lada? Todos querían más a Radu y, ahora, Mehmed y Radu se tenían el uno al otro, y lo único que le quedaba a Lada era esta mujer que esgrimía el peine como si fuera un arma.

Está bien. Lada podría fingir ser Radu por una noche. Hizo una mueca y, a continuación, esbozó una amplia sonrisa y abrió sus grandes ojos lo más que pudo. Era la mejor imitación que podía hacer de él.

—Eso es aterrador, querida –Oana retrocedió–. Me equivoqué. Mejor sé tú misma.

Lada dejó caer los párpados. Jamás había podido ser otra persona.

· · · ·

El castillo de Hunedoara era pequeño comparado con todos los edificios de Edirne, pero más grande que Tirgoviste. Estaba rodeado por un foso y, en la parte posterior, había una colina que descendía de forma abrupta. A Lada le gustaba mirar por sobre los muros el paisaje invernal que se extendía a la distancia. Hacía de cuenta que alcanzaba a ver Valaquia desde allí.

Pero no había tiempo para eso. Abandonó la diminuta habitación y encaró las escaleras serpenteantes de la torre trasera. Durante segundos, pensó que el vestido le causaría la muerte, pero se las arregló para llegar al piso de abajo, donde se encontró con Stefan. Él era el único de sus hombres que sabía hablar húngaro... pero nadie estaba al tanto de ese dato. Su trabajo consistía en reunir información de diferentes sitios y entregársela.

Avanzaron a lo largo del patio abierto que se encontraba en el centro del castillo y atravesaron la inmensa puerta de madera que daba a la sala del trono. El suelo estaba recubierto de baldosas brillantes. A Lada no le impresionaron ya que, después de Edirne, todo le parecía insulso, excepto las iglesias. Los muros del castillo estaban encalados. De ellos, colgaban tapices elaborados y pinturas doradas y enmarcadas de la triste realeza húngara.

Durante la estadía en Edirne, Lada se había acostumbrado a los ventanales grandes y preciosos. Se había olvidado de que los castillos de otras regiones no habían sido edificados para ser ornamentados sino como medios de defensa. Para compensar el ambiente apagado, había varios candelabros encendidos y dos hogares que bramaban alegremente.

Así como su dormitorio estaba helado, en la sala del trono hacía un calor agobiante. A Lada siempre le había parecido una señal de debilidad que las mujeres perdieran el conocimiento, pero ahora lo entendía. No era por sus cuerpos, sino por sus vestimentas.

Ella no era la única cita de la tarde. Una vez finalizados los interminables discursos en húngaro, le llegó el turno. Arrodillarse frente al rey era un alivio porque dejaba de estar en pie. Mientras lo hacía, oyó algunas risas y murmullos consternados. El hombre que había pasado antes que ella se había arrodillado. ¿Qué esperaban que hiciera ella a cambio? Para su horror, se dio cuenta de que no podía *hacer* nada. Con aquel vestido, no podía volver a ponerse de pie por sí sola. Con el rostro ardiente, alzó la vista hacia el rey.

Ladislas Posthumous, el lamentable joven sustituto del monarca anterior, temblaba. Al principio, Lada creía que tenía frío o que estaba atemorizado, pero se trataba de un temblor incesante. Estaba afectado por cierta clase de parálisis y la enfermedad quedaba al descubierto con cada movimiento que hacía. Lada no tenía que ser despiadada para advertir que este rey no duraría demasiado.

Era más joven que ella, físicamente más débil que ella y, aun así, era más importante que ella. Por lo tanto, inclinó la cabeza y susurró las palabras. Hizo la reverencia para proteger la frontera de Transilvania –nadie objetó que ella había venido directamente de aterrorizarla– y para mantener los límites a salvo de la amenaza otomana. Finalmente, juró fidelidad a él y a la corona de Hungría.

La corona que no estaba a la vista. Por supuesto que no se encontraba encima de la cabeza temblorosa de Ladislas.

Cuando Lada terminó, permaneció en su sitio, sintiéndose profundamente humillada. No podía ponerse de pie y tampoco podía pedir ayuda. Una mano sobre el codo fue en su rescate. Stefan le esbozó una sonrisa débil, mientras la auxiliaba para levantarse. Ella le hizo un ademán de agradecimiento con toda la elegancia que podía, al mismo tiempo que deseaba que la expresión de alivio no se le viera reflejada en el rostro. Regresaron a su sitio en la parte posterior de la sala.

Una vez finalizada la ceremonia oficial, todos se quedaron allí. Aparentemente, le seguía una recepción informal. Lada se apoyó contra una pared para descansar. Le dolían todos los rincones del cuerpo por estar presionados en una posición poco familiar dentro de aquel vestido. Nadie le hablaba. Era consciente de que debía entablar conversaciones para intentar ganar aliados, pero no podía ni sonreír. Tenía los dientes apretados con fuerza para tolerar el sufrimiento. Era igualmente probable que asesinara a la persona que le hablara como que se hiciera amiga de ella. No. Era *muchísimo* más probable que matara a alguien que entablara alguna amistad.

Al no poder desentrañar el motivo de la vaga decepción que sentía, se dio cuenta de algo terrible. Ella había creído que si se vestía como una mujer noble, los hombres se acercarían a hablarle. Por supuesto que ella hubiera rechazado los coqueteos, pero se había preparado para recibirlos.

No se había preparado para pasar desapercibida con aquel vestido y aquel peinado. Tal vez esas prendas eran tan poco creíbles en ella o se había humillado de tal manera al arrodillarse que nadie suponía que pertenecía a la nobleza.

Lada recordó la boda de Mehmed, en la que había estado sola, siempre sola, sin una ubicación distinguida y sin méritos. Inhaló aire con dificultad. Esta situación no era similar a la anterior. Ella ya no era la misma persona. Ahora tenía más que a Radu y a Mehmed.

Pero ya no *los* tenía. Esta noche, sentía la pesada carga de la pérdida de un hermano, que hubiera permanecido a su lado y luchado por ella la batalla de los modales y la diplomacia, y de un hombre, que se hubiese reído del vestido y el peinado, pero que también hubiese estado desesperado por estar a solas con ella para quitárselo.

Quizás Lada nunca había dejado de ser la niña perdida dentro del palacio en el que jamás podría ser poderosa.

Tardó varios minutos en darse cuenta de que Stefan había regresado de sus rondas.

—¿Qué descubriste? —le preguntó ella, aliviada y agradecida de hallarse frente a un rostro familiar, aunque se tratara del semblante anónimo y vacío de Stefan.

—La corona —respondió, al mismo tiempo que hacía un ademán en dirección a donde Ladislas estaba hablando con varios sacerdotes y con un hombre alto y viejo, que parecía muy seguro de sí mismo. El resto de la realeza daba vueltas en torno a dos hombres y a una mujer. Lada tenía que admitir que aquella dama era magnífica. Llevaba las prendas elegantes como si fueran una armadura, y no algo que la debilitaba y marchitaba como era el caso de Lada. Por la forma en que llamaba la atención de todos los que la rodeaban y por las miradas fulminantes que echaba al rey, a Lada le recordó a Huma, la madre de Mehmed. Como Huma estaba tan enferma cuando Lada partió, lo más probable era que ya hubiera muerto. Esta idea llenó a Lada de una extraña congoja. La mujer no solo había sido una amenaza para ella, sino que también era una asesina, pero había sido demasiado *buena* en todo lo que se había propuesto hacer.

La dama de la realeza, enfundada en un elegante vestido bordado en oro, posó los ojos en Lada por un breve instante. Lada se sintió agobiada y sumamente rechazada.

—¿Dónde está la corona? —preguntó Lada, contenta de que Stefan estuviera allí para distraerla.

—Después de Varna, el rey polaco se la llevó para mantenerla bajo custodia. Pero nadie puede ser verdaderamente rey de Hungría sin la corona. Elizabeth está haciendo todo lo posible por conseguirla.

—¿Elizabeth?

Stefan hizo un gesto con la cabeza hacia la radiante mujer. De pronto, todo cobraba sentido.

—¿Es la madre de él? —preguntó Lada.

—Ella es la verdadera gobernante de Hungría, pero no cuenta con el dinero necesario para volver a comprar la corona. Y, hasta que Ladislas no se apodere de ella, su reinado será ilegítimo. El hombre que está junto a él es Ulrich, su regente. Entre él y Elizabeth gobiernan el territorio.

—Sospecho que el reinado de Ladislas será tan corto como su estatura.

—Nadie habla abiertamente sobre la posibilidad de matarlo. De hecho, ni siquiera hablan sobre él. No es para nada importante. Elizabeth es el trono.

—¿Y Ulrich?

—El presunto heredero. La relación con el linaje real es lejana, pero existe. Él es discreto, justo y muy querido.

—¿Cómo lo sabes?

—Hablé con sus sirvientes. Es la mejor manera de conocer a un hombre. Y el otro...

Fueron interrumpidos por un silencio abrupto, seguido de una ola de ruidos. Lada se volvió hacia donde miraba la multitud y se topó con Hunyadi delante de una puerta. El día anterior, él se había dirigido hacia la frontera de Transilvania para solucionar unas cuestiones. A juzgar por la capa de montar que llevaba sobre los hombros y el cansancio que reflejaba su semblante, acababa de regresar de allí. Un coro de vítores y ovaciones inundó la sala, mientras él sonreía y alzaba una mano. La gente se abalanzaba hacia adelante para hablar con él. Elizabeth observaba la escena con los ojos entornados. Segundos después, la muchedumbre se abrió para dejarla pasar y ella recibió a Hunyadi con un abrazo prolongado.

—Él podría tenerlo todo —dijo Lada.

—No lo tomaría —Stefan negó con la cabeza—. Pero sí controla a los soldados, lo cual significa que tiene más poder que cualquiera en este palacio.

Ocurría algo similar en Valaquia. Al príncipe no le permitían tener tropas propias. Dependía por completo de los boyardos, cada uno de los cuales mantenía a sus soldados listos. No había líderes poderosos.

El rey Ladislas saludó a Hunyadi con la mano, pero Hunyadi no lo vio. En ese momento, Lada sintió lástima del rey, pero, más que nada, lo detestó por ser tan débil. Aquellas eran sus tierras, y permitía que otro hombre tuviera todo el poder. Se merecía perder todas sus posesiones. Lada no comprendía por qué Elizabeth dependía de un hijo tan débil en lugar de tomar el trono por sí misma.

Huma había jugado el mismo juego y, al final, la habían expulsado. El poder a través de los hijos no era más seguro que el poder a través de los esposos.

—Dijiste que había otro aspirante al trono, ¿no es cierto? —Lada preguntó a Stefan.

Un hombre no se había movido de su sitio para dar la bienvenida a Hunyadi. Estaba solo y, con ojos penetrantes y calculadores, miraba cómo todas las personalidades importantes de Hungría clamaban por recibir la atención de Hunyadi. Pese a que era mucho más delgado y vestía ropas mucho más elegantes que las que podría usar Hunyadi, Lada notó que compartían la mandíbula decidida y la frente segura de sí misma. Pero, mientras que los ojos de Hunyadi eran audaces y sinceros, los de su hijo eran calculadores y reservados.

—Matthias —respondió Stefan.

• • • •

Lada observó a Matthias durante toda la noche y, como él no se volvió hacia ella en ningún momento, tuvo tiempo de sobra para estudiarlo sin temor a ser descubierta. Desplegaba una sonrisa tan ostentosa como la cadena de oro que llevaba alrededor del cuello y los prendedores de joyas que tenía en la camisa. Eran adornos con el fin de deslumbrar. Pero sus ojos eran estrechos y astutos siempre que hablaba con una persona o con la otra o, en la mayoría de los casos, cuando *no* hablaba con ellas.

A Hunyadi lo habían acorralado en un rincón, detrás de un muro impenetrable de vestidos. Lada no lo envidiaba. Era viudo y el hombre más poderoso de estas tierras. El hecho de que no tuviera un apellido era insignificante en comparación con sus riquezas. Ella deseaba que lo liberaran para poder hablar con él. No importaba sobre qué tema. Él era su único aliado aquí y, sin él, era lo mismo que si hubiera estado sola.

Nicolae se acercó furtivamente a Lada. Había conseguido vestimentas lo suficientemente elegantes para que lo dejaran entrar. Ella no sabía de dónde ni de quién había obtenido las prendas, ni le importaba en lo más mínimo. Era un alivio verlo allí.

—Deberías bailar o, al menos, hablar con alguien —dijo él.

—No serviría de nada —negó Lada con la cabeza—. Pertenezco a este sitio tanto como un cerdo con vestido, y todos se darán cuenta ni bien abra la boca.

—Por cierto, vi varios cerdos con vestidos mientras entraba. Ninguno pasó por la puerta. Es evidente que te va mejor que a ellos.

Lada sacudió la cabeza, pero dejó que Nicolae la alejara de la pared contra la que estaba apoyada.

—Mira, nadie le está hablando al rey —Nicolae la empujó en esa dirección—. Ve a hablarle.

—Nadie le habla porque no es importante. Le he jurado lealtad en vano.

Algo en el tono de voz de Lada debió haber preocupado a Nicolae, porque, de inmediato, cambió de dirección y arrastró a Lada fuera de la sala del trono hacia el aire congelado del patio abierto. Él sonreía y saludaba con un gesto de la cabeza a todos los que pasaban junto a ellos. Atravesaron la puerta a toda prisa y cruzaron el puente. Lada se dejó caer sobre uno de los pilares de piedra.

—Nicolae, me arrodillé y juré fidelidad a otro rey, un rey extranjero, completamente en vano. Él no me ayudará a asumir el trono. Ni siquiera es capaz de conseguir su propia corona. ¿Qué es lo que he logrado?

—Haces lo que puedes —Nicolae le aferró las manos contra las suyas—. No es muy distinto de lo que hace el pequeño zelota cuando firma acuerdos y establece alianzas que valen menos que el papel en las que están escritas. Tu hermano habría hecho lo mismo. Tienes que sobrevivir, y Hungría te ha recibido. Aprovecha la oportunidad. Hunyadi es un aliado muy poderoso y, a pesar de que te esfuerces por lo contrario, es evidente que le importas. Te encuentras en una buena situación. Definitivamente, estás mejor que cuando nos escondíamos en los bosques y atormentábamos a Transilvania.

—Pero no es para lo que hemos venido.

—Yo vine para alejarme de los otomanos —Nicolae se encogió de hombros, dando pisotones contra el hielo—. Todos vinimos por lo mismo. Tú nos has dado eso.

—Matei me estaba espiando —dijo ella. Era la primera vez que se lo confesaba a alguien porque sentía vergüenza, furia y, tal vez un poco de culpa por su muerte—. Le enviaba noticias mías a Mehmed.

—Entonces, Matei era un tonto —Nicolae soltó una maldición con tristeza. Se le empañaba el aliento por el aire de la noche—. Vigilaré a todos más de cerca. Pero sé que ya has hecho demasiadas cosas por nosotros. Estamos en una buena posición. Luchas del lado de Hunyadi, reyes extranjeros aceptan tu lealtad, tus hombres te respetan y son fieles a ti —sonrió él—. Eso ya es bastante para un pequeño dragón de Valaquia.

Lada era consciente de que él intentaba ayudarla, y a ella la reconfortaba saber que sus hombres estaban satisfechos. Los había liberado de la esclavitud, habían librado batallas con éxito y se había ganado el respeto de uno de los mejores hombres de su tiempo.

Completamente entumecida, permaneció mirando fijo la noche húngara, que no era la noche valaca.

No era suficiente.

Nunca sería suficiente.

Finales de marzo

Faltaba una hora para la fiesta, es decir, para que Radu tuviera que persuadir a Cyprian de que estaba listo para traicionar a Mehmed y unirse a la causa del emperador Constantino. Se apresuró hacia la casa de Kumal. Él no estaba allí, pero no era con quien Radu tenía intención de hablar.

—¿Nazira? —llamó, cruzando la entrada—. ¿Fátima? ¿Nazira?

Nazira salió a su encuentro a toda prisa, seguida por Fátima. Llevaba un paño en la mano e iba derramando agua a lo largo del suelo.

—¿Qué pasó? —preguntó ella con el rostro consternado.

—Me voy a Constantinopla.

—¿Tan pronto se marchan?

—No, no. Yo... —Radu hizo una pausa y miró hacia ambos costados de la sala—. ¿Estamos solos?

—Sí, por supuesto.

—Mehmed me pidió que fingiera desertar —Radu tomó asiento, dejándose vencer por un repentino cansancio, y bajó la vista hacia sus manos—. Debo convencer a un mensajero de que deseo ayudar al emperador Constantino. Si todo sale como lo hemos planeado, partiré esta misma noche.

—¿Esta noche? —Nazira se cubrió el rostro con el paño, pero después lo soltó.

—Así es.

—Pero... ¿y si descubren que sigues siendo fiel a Mehmed?

—No lo harán. Tengo que fingir que quiero una nueva vida junto a ellos. Debo persuadirlos de que jamás regresaré aquí. No sé qué es lo que Mehmed le dirá a Kumal, pero yo quería que supieras la verdad. No voy a poder escribirte ni comunicarme contigo de ninguna otra forma.

—Eso no será un problema —una brusca determinación endureció el semblante de Nazira—. Yo iré contigo.

—¿Qué? ¡No, no puedes! —Radu se puso de pie con incredulidad.

—Sí puedo y lo haré. Tú nos has cuidado durante todo este tiempo, ahora es mi turno para devolverte todo lo que hiciste por nosotras. Es un secreto demasiado grande como para soportarlo solo. Iré como tu esposa.

—¡Es muy peligroso! ¡Si me descubren, nos matarán a los dos!

—¡Exactamente por eso es que tengo que ir! ¿Por qué motivo pondría un hombre en semejante riesgo a su querida esposa? Mi mera presencia confirmará tu lealtad más que cualquier otra cosa. Además, durante todos estos años he estado estudiando griego. Ya es hora de que lo ponga en uso.

Radu sacudió la cabeza, horrorizado, y se volvió hacia Fátima para que lo apoyara.

—Dile que esto es una locura.

—Nazira tiene razón —susurró ella. Daba la impresión de que quería llorar, pero en cambio, negó con la cabeza—. Es la mejor manera de mantenerte a salvo. Iremos contigo.

—¡Pero tú detestas viajar! —Radu miró nuevamente a Nazira, con la mirada triunfante—. No puedes pedirle a Fátima que venga.

—No lo haré —Nazira giró en dirección a Fátima y, con dulzura, le tomó el rostro entre las manos. Se acercó al oído de la chica y le susurró algo que Radu no alcanzó a oír. Después, añadió—. ¿Lo comprendes?

Fátima sacudió la cabeza, mientras silenciosas lágrimas le recorrían las mejillas.

—Puedo ir —susurró—. Quiero estar donde tú estés.

—Y yo quiero estar donde tú estés, pero necesito que estés a salvo —Nazira contemplaba a Fátima con una ternura que a Radu le dolía presenciar—. Únicamente podré sobrellevar esta tormenta por las dos, si tengo la seguridad de que mi Fátima se encuentra bien.

Fátima volvió a negar con la cabeza y, luego asintió, llorando.

—Regresaré contigo para siempre —Nazira acortó la distancia entre las bocas de ambas, de la misma manera en que Radu había imaginado que

Mehmed haría con él. Pero este beso era mil veces más dulce e íntimo de lo que Radu había podido soñar. Apartó la vista porque no quería entrometerse en el amor y el desconsuelo de las dos mujeres.

Nazira se aclaró la garganta. Al volverse nuevamente, Radu se encontró con que ella seguía aferrando a Fátima, quien escondía el rostro en el hombro de Nazira.

—¿Cuándo partimos? —preguntó la esposa de Radu con una mirada feroz.

· · · · ·

Cyprian estaba esperando afuera de las magníficas puertas que daban a la fiesta de Mehmed. Aunque el mensajero se había obligado a serenarse, se notaba que estaba nervioso por la forma en que repiqueteaba los dedos contra la pierna vestida de azul. A Radu no le gustaba la moda de Constantinopla. Consideraba ordinario y banal que expusieran de modo deliberado las múltiples capas de ropa que llevaban. Pero, a diferencia del atavío de los otros mensajeros, las capas de Cyprian combinaban y eran menos llamativas. Radu suponía que, dentro de poco tiempo, él también se vestiría de esa forma.

No se dio cuenta de que se estaba acariciando el turbante hasta que un dedo le quedó atrapado en uno de los pliegues.

Y el rezo. ¿Cuándo podría rezar? Que lo apartaran de orar junto a sus hermanos era similar a que no le permitieran dormir. Ya podía sentir el alma cansada y débil de solo considerarlo. Encontraría la manera de rezar. Tenía que hacerlo. Aunque solamente pudiera orar en su corazón, Dios lo entendería.

Las luces y la música se derramaban por la entrada principal, en contraposición con los tristes pensamientos que invadían a Radu. Demorarse más no tenía ningún sentido. Cruzó el vestíbulo en dirección a Cyprian, cuyo semblante se tiñó de júbilo antes de regresar a su estado normal de preocupación.

—Viniste —dijo Cyprian—. Había empezado a temer que no aparecerías.

—Somos todos esclavos de los caprichos del sultán —Radu detestaba la fluidez con la que brotaban las palabras de su boca, como si realmente anidaran allí—. Cyprian, ella es Nazira, mi esposa.

Al advertir la presencia de Nazira al lado de Radu, un momentáneo desconcierto desfiguró el rostro de Cyprian.

—¿Tu esposa? —con movimientos producto de la rutina, Cyprian tomó la mano de la mujer, hizo una reverencia y la besó.

—Hola —respondió Nazira con la voz forzada. No paraba de mirar por encima de su hombro. Radu no sabía cuánto tenía ese gesto de verdadero nerviosismo y cuánto de actuación para que Cyprian cayera en el engaño.

—No... no pensé que tendrías una esposa —Cyprian frunció el ceño y, luego, sacudió la cabeza—. Me refiero a que eres demasiado joven, de mi edad.

—Cuando encuentras a alguien como Nazira, no esperas más —sonrió Radu con tensión. Segundos después, miró por encima de Cyprian en dirección a la fiesta y, a continuación, nuevamente hacia el vestíbulo—. ¿Podemos hablar en privado? —le preguntó en voz baja.

—Por supuesto —Cyprian los siguió hasta un jardín lateral, el mismo al que Radu había ido tantas veces para leer y destruir los mensajes secretos de Mehmed. Ante el riesgo de lo que estaba por hacer, deseaba recuperar aquel nivel de confianza entre ellos.

Ni bien se internaron en el jardín, Radu se volvió hacia Cyprian.

—Queremos huir.

—¿Qué?

—Ahora mismo. No podemos continuar fingiendo que apoyamos a Mehmed. Su padre me secuestró, me torturó, me arruinó la infancia. No puedo permanecer junto a Mehmed y observar cómo hace lo mismo con Constantinopla.

—Entonces, tiene la intención de atacar —Cyprian se desanimó.

—Tan pronto como esté listo. ¿Podrías llevarnos a la ciudad, frente al emperador? Haré todo lo que pueda. Crecí junto a Mehmed y lo serví durante varios años. Conozco su verdadero temperamento y muchos de sus planes. Puedo ayudarlos.

Cyprian asintió. Mehmed tenía razón. Cyprian había planeado tratar de sacarle información a Radu. ¿Por qué otro motivo hubiera confiado tan fácilmente en ellos?

–Deberíamos partir ahora mismo.

–Estamos listos –Radu tomó las bolsas de viaje de él y de Nazira de detrás de un banco de piedra.

–¿Ella también vendrá? –la sorpresa de Cyprian confirmó lo que Nazira había dicho. Ningún espía sería capaz de poner en riesgo la vida de una mujer inocente. *Por favor*, rezaba Radu, *por favor deja que Nazira salga ilesa de esto*. Una cosa era arriesgar su propia vida en nombre de la causa de Mehmed, pero sentía náuseas al saber que también estaba jugando con la vida de Nazira.

–Radu es mi esposo –Nazira aferró la mano de Radu y parte del temor de él se suavizó. Le parecía una actitud egoísta el hecho de alegrarse por el sacrificio de ella, pero no podía evitarlo–. Iré a donde él vaya.

–Muy bien –siguieron a Cyprian hasta las caballerizas para los invitados, donde él se topó con uno de los sirvientes de los mensajeros. El muchacho era pequeño, tenía ojos perspicaces, y el cabello negro, grueso y enmarañado como la paja. Después de una rápida conversación en voz baja, el chico ensilló tres caballos.

Pese a que Radu sabía perfectamente que no los perseguirían, el recelo de Cyprian era contagioso. A medida que atravesaban la ciudad, Radu se encontró echando vistazos por encima del hombro. Mientras subían por la colina que estaba por fuera de Edirne, la última mirada de Radu fue idéntica a la primera que había disfrutado del imperio. Las torres y los minaretes eran puntos negros contra el cielo estrellado. Los despidió en silencio y rezó para que cuidaran la ciudad en su ausencia.

14

Principios de marzo

Lada no estaba segura de si le sorprendía más que la hubieran invitado a ella a uno de los consejos del círculo íntimo de Hunyadi, o que no hubiesen invitado a su hijo Matthias.

Hunyadi estaba sentado a la cabecera de la mesa, y lo rodeaban varios hombres con el cabello canoso como el suyo. En el extremo opuesto, había dos sacerdotes. El asiento que estaba junto a Hunyadi permanecía vacío. Él se puso de pie e hizo un ademán a Lada para que se instalara allí, a su lado. La punzada de invisibilidad que la había perseguido durante toda la semana desde que había jurado lealtad al rey se esfumó tan pronto como se sentó a la derecha de Hunyadi. Ni bien lo hizo, él se inclinó hacia adelante y dio un puñetazo contra la mesa.

—¡Constantinopla! —exclamó él con un rugido—. Una vez más está en peligro. Tal vez se trate de la mayor amenaza que ha experimentado. No podemos permitir que el corazón de la cristiandad, la Roma antigua, caiga en manos de los infieles. Si Constantinopla sucumbe ante la plaga musulmana, ¿cómo haremos para detener su propagación por todo el mundo?

Uno de los sacerdotes asintió con vehemencia, mientras que el otro se mantuvo impávido. Algunos hombres estaban de acuerdo con él, pero muchos otros se alejaron de la mesa como si se estuvieran distanciando de aquel asunto.

—¿Qué estás sugiriendo? —preguntó el sacerdote entusiasmado.

—Que emprendamos una cruzada, como ya hemos hecho antes. Que reunamos a todos los justos hasta expandirnos a lo largo de las murallas al igual que una oleada divina, a fin de hundir para siempre la amenaza de los infieles.

—Creo que la última cruzada cristiana exitosa *saqueó* Constantinopla —el otro sacerdote sonrió con ironía.

—Italianos, carecen de honor —Hunyadi lanzó un resoplido, al mismo tiempo que desechaba con las manos las palabras del religioso—. Si dejamos que los musulmanes tomen Constantinopla, el corazón del cristianismo oriental, ¿qué ocurrirá después? ¿Irán por Transilvania y Hungría? Ya hemos soportado bastante esta posición entre medio de la expansión islámica y el resto de Europa. Como defensores de Cristo, no podemos ignorar la grave situación de Constantinopla.

Lada lo observaba, mientras intentaba comprender el punto de vista de Hunyadi. El Imperio otomano ya había rodeado Constantinopla. Si la ciudad caía, les daría una capital prácticamente inaccesible, pero no los acercaría más a Hungría ni al resto de Europa. La amenaza no era física, sino meramente espiritual. Perder la gran ciudad sería desmoralizador, pero no peligroso. Al menos, no para Hungría.

—Ya nos has hecho enfrentarnos a otro sultán —expresó uno de los hombres, que tenía la cabeza brillante y pelada, pero la barba negra—. Luchamos contigo en Varna y perdimos. Perdimos a nuestro rey. Hungría todavía sufre las consecuencias y la situación seguirá así hasta que la corona vuelva a recuperar la estabilidad. ¿Por qué nos arriesgaríamos nuevamente a eso por Constantinopla?

—No tiene que ver con Hungría, sino con el cristianismo. ¿Has oído hablar del sacerdote que condujo a unos simples campesinos en contra de los otomanos? ¡Los hicieron retroceder gracias a la ferocidad de la fe! Tuvieron una victoria decisiva y sorprendente porque Cristo estaba de su lado.

—Sí —respondió el hombre pelado, frotándose el rostro con cansancio—. Y, después, el sacerdote se contagió la peste y la mayoría de los campesinos murieron congelados.

Lada observaba mientras Hunyadi se jalaba de la barba y trataba de entusiasmar con su vehemencia a los otros hombres. Ella se había dado cuenta de que él no tenía estrategia alguna. Personalmente, él no contaba con ninguna ventaja política en Constantinopla, sino que, por el contrario, perdería todo lo que había construido con tanto esfuerzo para su hijo y para él mismo.

Al escucharlo hablar y discutir, Lada no podía evitar sentirse conmovida. Él era apasionado, encantador y absolutamente firme en que la idea de defender Constantinopla era lo correcto. Lo comparó con el deseo ferviente de Mehmed hacia la ciudad. Sabía que varios pensaban que la quería por el simple hecho de ganar –incluso sus hombres deseaban la ciudad por las supuestas riquezas que albergaba–, pero eso no era lo que movía a Mehmed. Mehmed sentía sobre los hombros el peso de la profecía y el mandato de su dios, los cuales no desaparecerían hasta que tomara la ciudad o muriera en el intento.

Lada se preguntaba cómo podría sobrevivir el mundo con hombres como Mehmed y Hunyadi en bandos opuestos. O, tal vez, así era como lograba sobrevivir. Si tuvieran el mismo propósito, ella no podía imaginar territorio alguno que no cayera ante aquella fuerza combinada.

Cada dios, el cristiano y el musulmán, contaba con un paladín que mantenía a raya al otro.

¿De qué lado se pondría ella? ¿Sería capaz de unirse a Hunyadi?

¿Sería capaz de ir en contra de Mehmed?

· · · · ·

Esa misma tarde, Lada caminaba junto a Stefan. Él no tenía muchas noticias para darle, independientemente de que a la madre del rey no le caía bien Hunyadi y estaba intentando quitarle poder, o bien casarse con él.

–¿Qué piensas de Constantinopla? –preguntó Lada, mientras miraba el cielo crepuscular a través de las ramas desnudas de los árboles.

–Hunyadi no tiene suficiente apoyo como para luchar, pero, de todas formas, lo hará. La madre del rey lo está animando a hacerlo porque espera que muera en batalla y se le resuelvan algunos problemas. Ella se va a asegurar de que él cuente con las fuerzas y los fondos que necesita.

–Me refiero a ustedes. ¿Qué opinas tú al respecto? ¿Qué piensan los hombres? Si les pidiera que marcharan con Hunyadi para defender los muros... ¿lo harían?

—Yo creo que sí —respondió Stefan, encogiéndose de hombros, luego de un largo rato de silencio.

—Pero no es nuestro objetivo, no es lo que nos ha mantenido unidos.

—Los objetivos cambian —dijo con simpleza—. Si tú lo pides, la mayoría te seguirá.

—¿Y tú?

—No lo sé —una sonrisa fantasmal desfiguró el espacio vacío de su semblante.

—Está bien —asintió Lada, volviendo a alzar la vista hacia el cielo—. Yo tampoco lo sé.

• • • •

Dos semanas después del concilio sobre Constantinopla, Hunyadi invitó a Lada a cenar en el castillo. Como ella siempre comía junto a sus hombres, esto era algo inusual. En contra de su buen juicio, ella aceptó, pero luego de que Hunyadi le confirmara que no tendría que ponerse un vestido.

Ella entró en el comedor con la espalda tan erguida como una espada, y el cabello amarrado con un pañuelo negro, desafiando los peinados elaborados propios de la corte húngara.

Pero lo cierto era que no se debería haber preocupado tanto. Con vestido o con pantalones, rizos o pañuelo, continuaba siendo invisible.

Mientras los sirvientes pasaban los platos de comida, Lada intentaba escuchar las conversaciones que se entablaban en torno a ella. Los comensales hablaban de personas a las que ella no conocía y de asuntos que no tenían nada que ver con ella, por lo que no podía contribuir en nada y, ni siquiera, entretenerse. La familiaridad que reinaba en la habitación la agobiaba. De hecho, era la misma junto a la que había crecido: círculos de chismes, palabras y favores que se intercambiaban por poder, acuerdos en los que la nobleza sacaba varias ventajas sin tener que esforzarse.

Como no tenía nada para ofrecer, nadie le prestaba ni la más mínima atención. Hunyadi se desempeñaba mucho mejor que ella. Era sumamente popular y todos le pedían a gritos que contara las historias de su conquista. Pero su diferencia era ineludible. Era un soldado de pies a cabeza y, aunque no hubiera dudas de su encanto, tenía una faceta tosca que lo hacía quedar fuera de lugar. Los nobles se ponían a su disposición con cierta arrogancia condescendiente. Elizabeth, la madre del rey, le pedía que relatara anécdotas que siempre se remontaban a su niñez.

Con un arrebato de ira, Lada se dio cuenta de que Hunyadi era como la mascota de todos. Estaban orgullosos de sus logros, se jactaban de todo lo que había logrado, pero jamás lo considerarían un igual. Y Elizabeth se aseguraba de que nadie se olvidara de dónde provenía.

Él valía más que cada una de las basuras que ocupaban el castillo.

Pese a que Hunyadi nunca bebía cuando se encontraban en campaña o cabalgando, Lada observaba cómo, en ese momento, vaciaba un vaso de vino detrás del otro. Ella cambió de idea con respecto a que él estaba en una mejor posición que la suya; era un fracaso. A medida que la gente se ponía de pie y se dividía en grupos, Hunyadi sugería que bailaran. Lada lo había visto bailar —era un estupendo bailarín— y, además, comprendía la necesidad del hombre de hacer algo con el cuerpo. El movimiento equivalía a la libertad. Pero no había músicos y todos se reían de las propuestas de él, como si estuviera bromeando.

Lada atravesó la sala dando pisotones y lo tomó del codo.

—Lo necesito —dijo a las cortesanas que contaminaban el ambiente con sus agresivos perfumes. Ellas se quejaron débilmente de que él no había concluido su narración, pero, ni bien Lada apartó a Hunyadi de su lado, ellas ocuparon el espacio como si él no hubiera existido nunca.

—Gracias —expresó Hunyadi, balanceándose ligeramente—. Estas personas son más aterradoras que un contingente de jenízaros.

—Y mucho más despiadadas.

Lada lo condujo hacia la puerta, pero él se detuvo de forma brusca y una sonrisa de verdadero júbilo le iluminó el rostro alcoholizado.

–¡Matthias! –exclamó.

Matthias, con el cabello castaño rojizo lubricado y cuidadosamente peinado a diferencia de la melena de su padre, frenó la conversación que estaba entablando con otros hombres. Lada sabía que había oído el llamado de Hunyadi, pero él continuó como si no lo hubiera escuchado.

–¡Matthias! –Hunyadi salió apresurado en su dirección y dio unas palmadas en los hombros del joven. La sonrisa de Matthias era igual de cuidadosa que el estilo de su cabello.

–Padre.

–Matthias, quería que conocieras a Lada Dracul –Hunyadi se volvió hacia ella e hizo un gesto a Matthias con desvergonzado orgullo. Por la manera en la que él la miró con desdén, a ella le dieron ganas de atravesarlo con la espada.

–Así que tú eres la muchacha salvaje de Valaquia a la que ha tomado bajo su protección –él hizo una reverencia superficial y mecánica. Los hombres que lo rodeaban se echaron a reír y uno de ellos hizo un gesto obsceno a espaldas de Hunyadi. La opinión que tenían sobre la relación entre ambos era evidente. Lada presintió que Matthias no estaba al tanto de que su padre quería casarlos.

–Lada derrotó por sí sola a un contingente de protobúlgaros, me salvó la vida y se crio junto al sultán Mehmed. Tiene una perspicacia muy valiosa y es muy inteligente –Hunyadi sonrió a Lada con el mismo nivel de orgullo que había mostrado por su hijo y algo dentro de ella se quebró.

–¿En serio? –uno de los hombres se inclinó hacia adelante y la miró con lascivia–. Dime, ¿es cierto lo que dicen? ¿Que tiene mil mujeres en su harén y que tiene otro harén entero solamente con muchachos?

Lada sintió la puñalada de ira que siempre venía aparejada con la mención del harén y, por un instante, cierto temor. ¿Un harén masculino? ¿Acaso era posible? ¿Acaso Radu...? Apartó esos pensamientos con una inesperada actitud defensiva en nombre de su hermano. ¿Cómo se sentiría Radu, quien ya estaba atormentado por la imposibilidad de su amor, si escuchara aquellas insinuaciones utilizadas como calumnias?

Además, estos hombres no conocían a Mehmed. ¿Cómo se atrevían a hablar sobre él de esa forma?

—Si estás tan interesado en los harenes masculinos, puedo presentarte al sultán —respondió, alzando una ceja con frialdad—. Pese a que no creo que seas suficiente para él.

El semblante del hombre se tornó de un peligroso color rojo. Hunyadi lanzó una estruendosa carcajada y dio una palmada a Matthias en la espalda. Su hijo se avergonzó, pero, de inmediato, cambió la expresión del rostro.

—Creo que a Elizabeth le gustaría hablar contigo —dijo a su padre.

Hunyadi se quejó con un gruñido.

—Yo pienso que le gustaría hacer algo más que hablar contigo —volvió a hablar el hombre de mirada lasciva. Matthias hizo de cuenta que se indignaba, pero era todo en broma. Hunyadi estaba avergonzado. Le era imposible responder porque no solo no podía poner en duda el honor de Elizabeth, sino que tampoco quería criticar a los amigos de Matthias.

—En esta sala hace demasiado calor —Lada no podía tolerar más la situación—. ¿Me llevarías afuera? —Hunyadi asintió gentilmente y le ofreció el brazo. Ella lo condujo una vez más hacia la puerta, tomó una botella de vino en el camino y se la ofreció sin decir ni una sola palabra. Atravesaron el patio central, cruzaron el puente y descendieron hacia la orilla en dirección a un sauce llorón sin hojas. Hunyadi se tropezó varias veces y estuvo a punto de tirar al suelo a ambos.

Lada pensaba en Mehmed. Le resultaba muy extraño escuchar las opiniones que la gente desconocida tenía sobre él; al parecer, infinitas versiones distorsionadas y exageradas sobre la misma persona. Pero ella conocía al verdadero Mehmed.

¿O realmente no era así?

Él la había espiado. La había enviado a Valaquia con su respaldo, pero luego había apoyado a su rival. Mientras le declaraba su amor, se había casado y había tenido hijos. Y, en medio de todo eso, jamás había apartado las miras de Constantinopla. Jamás lo haría ni podría hacerlo. Ni siquiera por ella.

¿De verdad podría considerar la posibilidad de pelear del lado de Constantinopla, sabiendo que estaría yendo en contra de Mehmed y de todo lo que él había significado para ella? Creía que no iba a poder alzar una espada en contra de él. Por mucho que quisiera a Hunyadi y odiara a los otomanos, no estaría luchando directamente contra los otomanos, sino contra Mehmed.

Recordó aquellas noches cálidas que habían pasado juntos, encerrados en la habitación de ella, mientras planeaban el ataque a la ciudad. Había sido como una especie de juego, pero para Mehmed nunca había sido ficticio. Constantinopla era su sueño, la única cosa a la que jamás renunciaría. Todo estaba en función de ese objetivo, incluyendo el hecho de haber apoyado al rival de ella en el trono de Valaquia. Él había sacrificado los sueños de ella en pos de los suyos.

Tal vez ella *iría* a defender las murallas.

—¿Lo viste? —le preguntó Hunyadi, una vez que se sentaron.

—¿A Mehmed? —Lada se apartó de sus pensamientos.

—¡No! —rio Hunyadi—. ¡A mi hijo! Parece un rey.

A Lada no le parecía que esa fuera una característica para estar orgullosa, pero sopesó las siguientes palabras que pronunciaría con el mayor criterio del que era capaz.

—No se parece en nada a ti.

—Lo sé —asintió Hunyadi con una sonrisa—. No lo llego a entender. Pero he trabajado con sangre y sudor durante toda la vida para que él pudiera tener acceso a todo lo que yo no pude. Mi espada le ha abierto el camino a las cortes. Él jamás tendrá que pasar por lo que yo he pasado. Eso es lo que le he dejado —Hunyadi bajó la cabeza y cerró los ojos—. Creo que tiene la posibilidad de asumir el trono. ¿Puedes imaginarlo? Yo soy hijo de campesinos, y mi hijo podría llegar a ser rey. Todo lo que he hecho y lo que he perdido, todas las luchas y las muertes, han sido por él.

Lada recordó la mirada de orgullo que el hombre le había regalado. Matthias no merecía a Hunyadi.

—Ojalá hubieras sido mi padre —expresó ella. Si Hunyadi hubiese sido su padre, todo habría sido más fácil. No dudaría en emprender la cruzada con él y luchar a su lado.

Si Hunyadi hubiese sido su padre, jamás habría conocido a Mehmed, sus lealtades no se habrían torcido ni transformado en nuevas formas extrañas, y no habría tenido que escudar el corazón de la faceta que echaba de menos a Mehmed con tanta desesperación. Hunyadi también hubiese protegido a Radu, quien lo habría apreciado de una manera en que Matthias era incapaz de hacerlo.

—No desees lo que no eres —Hunyadi le dio una palmada sobre el brazo—. Si hubieras sido mi hija, habría apagado tu fuego tiempo atrás. Te habría dado los mejores tutores, las ropas más finas y te habría transformado en una muñeca hermosa para entregar en matrimonio. Hice lo mismo con mi hijo; lo convertí en alguien que no conozco, lo cual me llena de orgullo y, al mismo tiempo, de tristeza. Eso es lo mejor que podemos hacer por nuestros hijos: convertirlos en desconocidos con aspiraciones mejores de las que nosotros hemos tenido. Tu padre era un tonto y un cobarde, pero sus acciones te transformaron en la temible criatura que eres hoy en día. No me quiero ni imaginar un mundo en el que tú no estuvieras.

Durante años, Lada había alimentado odio por su padre, con el fin de borrar el dolor que le había dejado el hecho de haberlo amado. Pero esa noche, mientras estaba en la tienda por conciliar el sueño, se deshizo de parte de aquel aborrecimiento porque ella también estaba agradecida de la persona en la que se había transformado. No le gustaría ser diferente.

Lo cual equivalía a que aún estaba dividida entre el amor a Mehmed y las ganas de luchar al lado de Hunyadi.

15

Finales de marzo

Tres horas después de partir de Edirne, Radu, Cyprian y Nazira oyeron un caballo que galopaba desenfrenadamente en dirección a ellos. Se apartaron hacia un costado del camino y Cyprian desenvainó la espada. Pese a que no pudiera imaginar quién los seguía, Radu hizo lo mismo. Era evidente que no se trataba de las fuerzas de Mehmed. Tal vez, alguno de los mensajeros había descubierto el engaño y quería advertir a Cyprian.

El caballo, empapado de sudor y tembloroso, se detuvo de forma abrupta por delante de ellos.

—¡Los ha asesinado! —gritó el jinete.

—¿Valentín? —Cyprian enfundó la espada. Era el muchacho de cabello de paja que los había ayudado en los establos.

—¡Los asesinó! —Valentín trató de desmontar, pero, en cambio, cayó al suelo con dureza.

—¿A qué te refieres? ¿Por qué estás aquí? —Cyprian saltó del caballo y aferró a Valentín.

—¡Él los mató en la fiesta! El sultán los asesinó. Los asesinó a todos.

—¿Ustedes lo sabían? —Cyprian alzó la vista hacia Radu y Nazira con consternación.

Radu negó con la cabeza, entumecido por la conmoción. No sabía nada. Esa, entonces, era la declaración de guerra de Mehmed. Radu era consciente de que los mensajeros perderían la vida —por supuesto que sería así, porque aquel era el precio del asedio—, pero esta noticia le parecía demasiado personal, demasiado... extrema. Era un asesinato más que una guerra. No dudaba de que Mehmed habría tenido sus motivos y, si se los podía explicar, él comprendería.

La imagen de los mensajeros echados sobre el reluciente suelo de baldosas y cubiertos de sangre invadió la mente de Radu de forma espontánea. Una sensación amarga le atravesó la garganta, amenazando con salir a la superficie. Tenía que existir alguna razón.

—No sabía nada —susurró.

—Su elección del momento oportuno me salvó la vida —Cyprian abrazaba al muchacho, con la vista fija en Radu y Nazira—. Les debo todo y los llamaré amigos hasta el día de mi muerte.

Nazira y Radu intercambiaron miradas, mientras el peso de lo que realmente eran les caía finalmente sobre los hombros.

· · • • ·

Tres días después, la conjetura de Radu acerca de que Nazira necesitaría muchísima ayuda en el camino fue refutada. No solo había empacado las cosas esenciales, sino también varias provisiones. Radu ni se había detenido a pensar en ello, lo cual Nazira había tenido en cuenta. A medida que encendía una fogata sin esfuerzos y sacaba comida de la alforja, ella pestañeaba con astucia.

—Las esposas somos algo muy útil —dijo.

—Y todo este tiempo pensé que eras algo meramente decorativo —Radu se acurrucó cerca del fuego, completamente agradecido por el calor que emanaba y por las habilidades de Nazira.

Cyprian se echó a reír, mientras Radu y Nazira intercambiaban una sonrisa secreta por el verdadero papel decorativo que cumplía ella. Era bueno oír las risas de Cyprian, ya que había estado de luto desde que había recibido las noticias de los asesinatos.

Magnicidios, se corrigió Radu. Como no se debían a cuestiones personales, sino políticas, eran magnicidios y no asesinatos, lo cual le parecía más fácil de digerir, pese a que ningún término fuera agradable.

—¿Cuánto falta para llegar a la ciudad? —preguntó Radu.

—Mañana deberíamos estar allí —habían tomado una ruta sinuosa por el terror que invadía al sirviente Valentín y el temor de Cyprian a que los persiguieran. Como Radu y Nazira no les podían asegurar a sus compañeros de viaje que Mehmed deseaba que arribaran todos a salvo, se esforzaban por avanzar a través de caminos poco transitados y de zonas rurales.

Nazira les sirvió sopa y se acomodó junto a Radu.

—¿También te acordaste de traer especias? —preguntó Radu. La sopa sabía deliciosa y picante.

—Te casaste demasiado bien, Radu —ella se apoyó contra el brazo libre de Radu, quien alzó la vista para ver cómo los miraba Cyprian con expresión triste y melancólica.

—¿Estás casado, Cyprian? —Nazira también notó la nostalgia del joven.

—No —negó con la cabeza, como si saliera de un aturdimiento, y bajó la mirada en dirección al cuenco.

—Me preguntaba si estarías regresando a casa para reencontrarte con tu esposa. ¿Te criaste en Constantinopla?

Él asintió, mientras remojaba el pan duro en la sopa para suavizarlo.

Nazira continuó haciéndole preguntas, para intentar sacar información a Cyprian. Radu se sentía orgulloso de ella y, al mismo tiempo, triste de que aquel interrogatorio fuera necesario.

—¿Aún tienes familia allí?

—Sí, algo así —la sonrisa de Cyprian se retorció y no le llegó a los ojos—. Mi padre es Demetrios.

—¿El déspota? —preguntó Radu, sorprendido. Los dos hermanos de Constantino, Demetrios y Thomas, gobernaban otras regiones en el Peloponeso. Solían estar en desacuerdo entre sí, por lo que eran tanto enemigos como aliados. Radu no entendía por qué uno de ellos permitiría que su hijo fuera mensajero, ya que se trataba de un trabajo de dudoso prestigio, ingrato y verdaderamente peligroso. Tanto las cortes extranjeras como las propias podrían asesinar a los mensajeros si regresaban con informes indeseables.

—Desafortunadamente, soy hijo bastardo —asintió Cyprian—. Mi madre era su amante, por lo que no soy tan valioso como sus hijos legítimos.

Constantino me recibió y me concedió un cargo en la corte como un favor hacia mi madre.

—¿Ella era de Chipre? —preguntó Nazira.

—Me puso este nombre en honor a su isla —el semblante de Cyprian se suavizó—. Decía que, dondequiera que estuviera, yo siempre sería su hogar.

—Ya me agrada demasiado —Nazira suspiró de forma encantadora—. ¿Alguna vez has estado en Chipre? Dicen que es maravillosa.

—No. Mi madre murió hace cuatro años. Quería viajar y conocer su lugar de nacimiento, pero las necesidades de Constantino han sido más importantes que mis deseos.

—¿Es tan exigente tu tío emperador? —el tono de voz de Nazira era ligero y con un dejo de burla. Radu se inclinó hacia atrás, mientras se preguntaba qué más haría Nazira para probarle cuánto la había subestimado.

—No —rio Cyprian—. Eso es lo que me mantiene a su lado. Temería por mi alma si le retribuyera toda la bondad con la que me ha tratado abandonándolo en este momento de tanta necesidad —su expresión se tornó sombría nuevamente—. Temo que se angustie si le llegan las noticias de la muerte de los mensajeros antes de que lleguemos. Creerá que me han asesinado y se culpará. Pero no fue su culpa, yo le pedí que me dejara venir.

—¿Por qué lo hiciste? —Radu frunció el ceño.

—Me gustó la primera visita —respondió Cyprian, después de tomarse un momento para beber la sopa y observar el cuenco, como si pudiera lograr que apareciera más comida—. Edirne me pareció hermosa e... intrigante. No pensé que las cosas habían cambiado tanto —volvió a alzar la vista y trató de esbozar una sonrisa, pero no se le modificó la expresión triste de los ojos—. Además, he estado aprendiendo turco. Me parecía una lástima desperdiciar todo lo que había aprendido.

—Si lo hubiera sabido, les habría advertido a todos —a medida que lo decía, Radu sabía que no era cierto. Hubiera deseado advertirles, pero no habría ido en contra de lo que Mehmed consideraba que era lo mejor.

Cyprian se reclinó hacia adelante, como si fuera a tomar a Radu del hombro, pero, de inmediato, se acomodó hacia atrás.

—Es para mejor que no lo hayas hecho —dijo—. El sultán habría advertido tu deslealtad y tú habrías muerto con nosotros. No, es mejor así. Lloraré la muerte de mis compañeros, impulsado por las esperanzas que tú nos has brindado.

La sopa se había vuelto agria en el estómago de Radu.

16

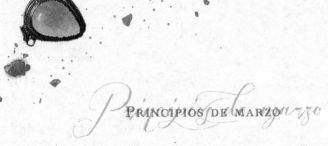

Principios de marzo

—Han llegado los mensajeros de Edirne —Stefan apenas pudo terminar de pronunciar aquella frase, cuando Lada salió corriendo del campamento en dirección al castillo. Radu estaría con ellos. Tendrían mucho de qué hablar, y ella había estado esperando con ansias el momento en que lo reuniría con Oana.

Se dirigió hacia la sala del trono, intentando mirar por encima de las cabezas de las demás personas que también trataban de entrar. Había dos guardianes que no le permitían el paso. Hunyadi se topó con ella, que discutía con los dos hombres.

—Mi hermano vendrá con los mensajeros —expresó ella.

—No —Hunyadi negó con la cabeza—. Son todos turcos, pero trajeron esto —le ofreció una carta dirigida a ella. A diferencia de la última vez, se la entregó sin abrirla.

—Es de parte de Radu —Lada aferró la mano de Hunyadi, tratando de ocultar la desilusión y la frustración que la invadían—. Le pedí ayuda. Si hay novedades importantes, te las comunicaré.

—Lo sé —asintió él, con una sonrisa.

Ella tomó la carta y se refugió debajo del puente, donde las pesadas ramas de los sauces llorones la protegían y donde podía fingir estar alejada del castillo venenoso. Existían varias razones por las que Radu habría decidido no ir. Podría estar enfermo, retrasado, muerto o, finalmente, habría adquirido lo que tanto deseaba y nada podría incitarlo a partir.

Lada apenas prefería la última opción antes que la de la muerte.

Rompió el sello y abrió la carta. Tardó un momento en procesar que no provenía de Radu (quien le respondería acerca de la petición de ella de unírsele para recuperar Valaquia), sino de Mehmed.

A medida que leía y releía las primeras líneas, se sonrojaba, horrorizada.

Sueño con su cuello, delgado y desnudo como el de una gacela.

Ansío ver sus trenzas, cubriendo un paño entre nosotros y nuestra desnudez.

Sus pechos, cual suaves espejos; sus piernas, como delgadas cañas curvadas por el agua.

A la caída de la tarde, ella suaviza las sombras, una luz contra la noche.

Y yo no renunciaré al fuego ni a la pasión que enciende en mi cuerpo, veloces y tensos como una flecha preparada, con ella, mi diana.

—¿Qué demonios es esto? —murmuró Lada, con el ceño fruncido frente a las palabras. Mehmed había intentado leerle poesía, pero ella siempre se había negado. Le parecía una pérdida de tiempo. ¿Quién había mirado con lujuria a una gacela? Y sus pechos no se parecían en nada a los espejos.

Echó un vistazo al resto del poema. Cuando finalmente había terminado de comparar su cuerpo con varios objetos y animales, procedía a hablar de otras cuestiones.

Sé que no has logrado tu objetivo de acceder al trono. Ojalá pudiera ayudarte. Sin embargo, tengo una propuesta para hacerte.

Lada frunció el ceño. No era cierto que él deseaba ayudarla... le había demostrado muy bien que no quería hacerlo. Se preparó para la sugerencia de que regresara junto a él.

Haz todo lo posible por convencer a Hunyadi de que se mantenga lejos de Constantinopla, y yo seré capaz de ponerme en camino con la suficiente cantidad de hombres como para proveerte de la fuerza que necesitas para reclamar el trono. Envía tu respuesta a través de mis mensajeros. Una vez que la reciba, te esperaré en el sur de Transilvania, en el punto de unión con Serbia y Valaquia.

Lada dejó caer la carta sobre el regazo. Todo lo que creía que Mehmed le escribiría, los astutos intentos para que regresara con él o para que le recordara que había tomado una mala decisión, no estaban allí.

Ella no sabía si aquello la decepcionaba o no, pero había hallado algo que no se esperaba. Apoyo. Él quería que ella triunfara y le estaba ofreciendo su ayuda.

El camino al trono se le había abierto nuevamente. Lo único que tenía que hacer era traicionar a Hunyadi.

Ya había oscurecido cuando Lada caminaba de regreso al campamento, completamente aturdida. Sus hombres aún vivían afuera, porque no había espacio para ellos en los cuarteles, lo cual les sentaba bien tanto a ellos como a Lada. Ella prefería dormir en una tienda antes que en la prisión de piedra de Hunedoara.

Al ingresar a su tienda, se encontró con Oana que estaba sentada sobre un tapete, al lado de una lámpara. Sobre el regazo, tenía prendas para remendar. De pequeña, Lada se había preguntado si su nodriza venía atada permanentemente a suministros de costura. Lada se desplomó sobre las mantas y lanzó un suspiro.

—¿Qué estás haciendo aquí? —preguntó a Oana.

—Bogdan ronca. Esta es la recompensa por haber cargado con su peso durante nueve meses y haber estado al borde de la muerte al traerlo al mundo. Mi hermoso pequeño se transformó en un enorme hombre corpulento que, cuando duerme, emite ruidos similares a los de un cerdo agonizante.

—¿Has caminado por el campamento de noche? —Lada no pudo evitar echarse a reír—. Un ejército de jabalíes haría menos ruido que el que hacen mis hombres.

Oana asintió, con los ojos entrecerrados y, después, puso a un lado el trabajo que estaba haciendo.

—Está demasiado oscuro para mis viejos ojos.

—Duerme —Lada separó algunas pieles y se las arrojó a Oana—. O, si quieres, podría conseguirte una cama en el castillo.

—Mi querida Lada, tú me devolviste a mi Bogdan. Ya no necesitas hacer más nada por mí —parecía que la nodriza estaba al borde de las lágrimas—. Aunque —dijo con la voz ronca—, me gustaría salir de Hungría. Todos tienen canicas en la boca, no entiendo ni una sola palabra de las que pronuncian.

—Puede que pronto se cumpla tu deseo.

—¿Regresaremos a Valaquia?

—No —Lada respiró hondo ante la pesada carga del futuro—. Hunyadi planea defender Constantinopla.

—¿Por qué deberíamos ir ahí?

—Porque él cree que es lo correcto.

—Que el diablo se lleve a Bizancio y toda su gloria —la nodriza emitió un sonido burlón—. Nunca hicieron nada bueno por nosotros.

Lada se quedó escuchando cómo la nodriza se acostaba y se desplazaba sobre las mantas, mientras hacía todos los leves ruidos propios de los cuerpos cansados. Era bastante molesto, pero también había algo reconfortante en contar con la presencia de otra mujer que, además, se preocupaba por ella.

—¿Cuál es el camino equivocado? —preguntó Lada—. ¿Cuánto debería dar para regresar a Valaquia?

Podría mentirle a Mehmed, decirle que había convencido a Hunyadi de que se mantuviera lejos de Constantinopla. Él no descubriría el engaño hasta que ella contara con las tropas. Pero después tendría que pagarlo y su castillo ya estaba repleto de enemigos.

La estima y la confianza de Hunyadi eran algo muy valioso; habían adquirido mayor importancia de la que Lada había imaginado. Pero él no podría ayudarla a asumir el trono y ella no sentía la atracción hacia Constantinopla que tenían todos los hombres de su vida. Le importaba Hunyadi. Constantinopla era otra ciudad más.

Valaquia, en cambio, era todo.

—Todo —repitió la nodriza, como si hubiera leído los pensamientos de Lada—. No hay precio suficientemente alto para tu gente y tu tierra.

—¿Aunque signifique traicionar a alguien que confía en mí, o bien hacer acuerdos con el imperio que te ha arrebatado a tu hijo?

—Tú lo trajiste de vuelta. Te trajiste de vuelta a ti misma. Valaquia te necesita, y tú te la mereces. Deja que tu lealtad esté únicamente donde está tu corazón. Todo el resto podrá caer en el camino y ser pisoteado mientras regresamos a casa —Oana dio una palmada en el brazo a Lada—. Mi pequeña niña feroz. Tú eres capaz de hacer cualquier cosa.

Lada no sabía si se trataba de un permiso o una profecía, pero, de todas formas, lo creyó.

· ● · ● ·

Pese a que Radu fuera el experto en manipular a la gente, a Lada se le presentó la oportunidad de hacerlo al alcance de la mano y con la gracia poética del cuello de una gacela.

Hunyadi se paseaba por delante de ella. La había llamado para que asistiera a la sala de reuniones del castillo, pero, esta vez, estaban solamente ellos dos.

—¿Y qué hay de Serbia? —preguntó él.

—Sé que Mara Brankovic, una de las esposas de Murad, firmó un nuevo tratado a favor de Serbia —Lada negó con la cabeza—. Si te diriges a Constantinopla, no lucharás con los serbios, sino contra ellos —Lada se preguntó qué estaría haciendo Mara Brankovic con la libertad que había alcanzado con tanta astucia. Mara había utilizado la propuesta matrimonial que le había hecho el propio Constantino para forjar un acuerdo entre Mehmed y su padre, el príncipe de Serbia. De esa manera, se había asegurado una nueva vida de soltería permanente.

–Maldita sea –Hunyadi se echó hacia atrás con un suspiro–. ¿Qué piensas del príncipe Danesti? Sé que lo detestas pero, ¿crees que nos ayudaría? Tal vez muera frente a los muros, lo cual sería muy conveniente para ti.

–Él es un gusano –Lada arrastró un cuchillo a lo largo del tablero de la mesa, haciendo un tajo profundo en la madera–. Y hace poco tiempo, estuvo en Edirne para asegurarle en persona su lealtad a Mehmed.

–¿Cómo lo sabes?

–Porque, en aquel entonces, había enviado a una persona a Tirgoviste para que lo asesinara.

Hunyadi sacudió la cabeza, pero su expresión reflejaba más diversión que conmoción.

–Además –continuó Lada–, él no puede reunir tropas sin que los boyardos le den su consentimiento. Esperarán la hora propicia y se quedarán de brazos cruzados hasta que su utilidad haya pasado. Después, enviarán sus condolencias.

–Pero a los boyardos de Valaquia les agrado.

–Sí, y temen a Mehmed. ¿Cuál crees que será la mayor motivación entre ese grupo de cobardes?

–Sin embargo, cuento con cierto apoyo –expresó Hunyadi, luego de asentir a regañadientes–. Elizabeth me anima a que vaya. Y te tengo a ti y a tus hombres. Sería bueno para ti que tuvieras algo para hacer.

Lada ya tenía algo para hacer. Respetaba a Hunyadi, pero él no podría darle el trono. En cambio, Mehmed sí. Y también podría quitárselo si ella no lograba cumplir con su parte del pacto.

–Justamente Elizabeth es la razón por la que deberías permanecer aquí –dijo Lada, mientras seguía acentuando el corte que estaba haciendo sobre la mesa.

–¿A qué te refieres?

–Hungría es un caos. Ladislas no vivirá por mucho tiempo más, y Elizabeth sabe que eres una amenaza para su poderío. Matthias tiene la posibilidad de acceder al trono. Tu hijo podría ser *rey* –hizo una pausa para que la palabra permaneciera en el aire que los separaba–. Jamás se le presentará una oportunidad como esta. Si tú partes a Constantinopla, Elizabeth logrará expulsarlo del castillo. *Tienes que ver* que tu fortaleza y reputación son las que mantienen a flote las posibilidades de Matthias. Todos tus esfuerzos y la sangre derramada habrán sido en vano si los cambias por la lealtad hacia el emperador de un territorio agonizante.

–Pero yo respondo a la cristiandad –las líneas del rostro de Hunyadi se profundizaron.

–Sirve a la cristiandad desde aquí. Asegura las fronteras. Haz que Mehmed no se expanda por el resto de Europa. No se conformará con conquistar Constantinopla. Ni bien caiga la ciudad, sus ojos se volverán hacia Hungría. No puedes dejar estas tierras bajo el mando de un rey débil y de su madre conspiradora –Lada se detuvo, como si estuviera pensando en algo–. Además, no marcarás la diferencia en los muros.

Ella sabía que eso no era cierto. Si Mehmed estaba dispuesto a intercambiar tropas por la promesa de que Hunyadi se mantuviera al margen del asunto, era porque él creía que la experiencia y la reputación de Hunyadi eran armas peligrosas que podrían apartar a los otomanos de la ciudad que tanto deseaban. Sin ninguna duda, Hunyadi marcaría una gran diferencia en la defensa de la ciudad. Y Lada no podía permitir que aquello ocurriera.

–Pero los infieles...

–Si ni siquiera el papa lo ve como una amenaza a la cristiandad, me parece que no tienes de qué preocuparte. Las ciudades caen, las fronteras cambian, pero Dios permanece –finalmente, Lada se atrevió a mirar a Hunyadi, y lo que vio estuvo a punto de destruir su resolución y propósito.

Lucía más viejo que cuando había empezado a hablar e infinitamente más cansado.

–Ya le dije al emperador Constantino que lucharía con él. Depende de mi ayuda. Matthias se las podrá arreglar sin mí.

—Entonces, no eres mejor que mi padre —Lada vio la oportunidad y le asestó un golpe bajo—. Él vendió nuestro futuro en pos de sus deseos egoístas, al igual que tú venderás a Matthias para satisfacer tu orgullo soldadesco.

Hunyadi estiró las manos, con las palmas hacia arriba, y se las observó. Eran gruesas, callosas y tenían articulaciones nudosas. Luego, las dejó caer a ambos lados, al igual que sus hombros.

—Tienes razón. Sería egoísta de mi parte buscar la gloria en otro sitio. Mi deber está aquí.

Lada tenía ganas de abrazarlo. Quería consolarlo, confesarle que no le importaban Matthias ni Constantinopla en lo más mínimo, pero que sí le importaba él, a quien, pese a todo, había manipulado.

En cambio, dejó que se marchara solo y redactó la carta para Mehmed. Los mensajeros partirían al día siguiente y llevarían las noticias consigo. Le entregarían su traición —y su futuro— a Mehmed.

Valaquia la esperaba.

FINALES DE MARZO

Al día siguiente, pasaron por Rumeli Hisari, la nueva fortaleza de Mehmed. Desde el camino, Radu estiró el cuello lo más que pudo para echarle un buen vistazo. La fortaleza se alzaba amenazante, con las tres inmensas torres que miraban por encima del Bósforo. Cyprian la observó con mirada triste y solemne, mientras que Valentín lanzó un escupitajo en dirección a ella. Se detuvieron en cuanto visualizaron un conjunto de estacas. Una serie de cuerpos decapitados bordeaba las orillas del Bósforo.

–¿Qué pasó? –susurró Nazira.

–Alguien debe haber tratado de atravesar el bloqueo –la expresión de Cyprian se ensombreció–. Esta es la advertencia del sultán de que el estrecho está cerrado.

Continuaron cabalgando, abatidos y en silencio. Radu tenía grabada en la memoria la primera lección que le habían enseñado en la corte del padre de Mehmed. A Lada y a él los habían obligado a presenciar cómo el jefe de los jardineros atravesaba a varios hombres con estacas. Había sido el comienzo de innumerables lecciones semejantes en el estado de derecho absoluto. Desde que Mehmed lo había tomado bajo su protección, Radu había logrado olvidar casi todas, pero, al parecer el nuevo sultán había recibido la misma instrucción.

Poco tiempo después, divisaron la patrulla que venía de Rumeli Hisari. Una de las ironías de la misión secreta era que a Radu podían asesinarlo tanto los miembros de su propio bando como los del bando enemigo.

Cyprian sacó la espada.

–No –dijo Radu–. Déjame hablar con ellos. Creo que puedo conseguir que nos dejen pasar.

A medida que se les acercaban, Radu echó un rápido y desesperado vistazo a los rostros de los soldados, pero no reconoció a ninguno. Se enderezó sobre el caballo y adoptó la actitud más autoritaria posible, pese a la fatiga de los tres días de cabalgata. Todavía no estaban abiertamente en guerra con Constantinopla, por lo que su estrategia podría funcionar.

Tenía que funcionar.

—¿Quién es el comandante? —preguntó él en un tono de voz despreocupado e imperioso, como si no tuviera nada que temer y todo el derecho del mundo a hacer peticiones.

Los hombres frenaron el paso y se dispersaron para rodear a la pequeña comitiva. Los caballos trotaban en círculo alrededor de ellos.

—¿Qué asuntos los traen por la ciudad? —preguntó el hombre que iba por delante del resto. Ceceaba porque le faltaban algunos dientes por debajo del labio rasurado. En circunstancias normales, a Radu le hubiera parecido gracioso pero, como el hombre llevaba una espada en alto, la situación carecía por completo de humor.

—Traigo un mensaje para Constantino de parte del glorioso sultán, la Mano de Dios sobre la tierra, el bendecido Mehmed —Radu alzó una ceja.

—¿Qué mensaje?

—No estaba enterado de que te habían nombrado emperador de Constantino —Radu torció el labio superior, imitando a Lada.

—¿Cómo sé que estás diciendo la verdad? —el hombre adelantó el mentón con enfado.

—Desde ya, demórame y tómate el tiempo de enviar un mensaje al sultán. Estoy seguro de que el sultán estará encantado de que interfieras en su voluntad expresa.

—Entonces, ¿quién eres? Avisaré que te hemos visto —el soldado parecía menos seguro de sí mismo, e hizo retroceder al caballo bruscamente.

—Mi nombre es Radu.

—¿Radu, el Hermoso? —después de fruncir el ceño, el hombre esbozó una sonrisa malvada y dejó al descubierto todos los huecos que tenía en la dentadura—. He oído hablar de ti.

—Entonces, sabes que deberías apartarte de mi camino —Radu fingió no estar sorprendido por aquel título inusual con el que se refería a él.

El hombre hizo un ademán a los otros solados para que se hicieran a un lado.

—¿Estás seguro de que no eres un obsequio para el emperador? —preguntó en voz baja y desagradable el soldado al que le faltaban los dientes, cuando Radu pasó junto a él—. Tal vez a él también le gusten los jóvenes hermosos.

Los soldados se echaron a reír. Las carcajadas golpearon a Radu en la espalda como si fueran puñetazos, pero él no se estremeció ni se volvió, sino que continuó avanzando directamente hacia la ciudad.

—Bien hecho —dijo Cyprian, cabalgando a la par de él—. Pensé que estábamos todos muertos.

—Después de todo, tener fama de hermoso tiene sus ventajas —Nazira lanzó la frase como si fuera una broma, pero Radu advirtió la tensión con la que la pronunciaba.

Lo cierto era que Radu había quedado intranquilo por la insinuación del soldado. ¿Cómo era que había oído hablar de él? ¿Y a qué se refería al decir que al emperador también podrían gustarle los muchachos hermosos? Aquello insinuaba que Radu había sido la hermosa mascota de otro hombre.

Podía pensar en un solo hombre al que podría atribuírsele el rumor. Trató de apartar esa idea de la cabeza, pero le pesaba más que el manto de invierno que llevaba encima.

—Miren —exclamó Nazira, al mismo tiempo que señalaba hacia adelante—. Barcos.

El camino se curvaba y se abría ante sus ojos el estrecho del Bósforo. Siete embarcaciones grandes y bellas navegaban a buen ritmo en dirección a las fortalezas gemelas. Radu se preguntaba hacia dónde se dirigirían. Envidiaba el visible talento de los marineros. Jamás había visto esas maniobras magistrales entre sus propios navíos. Se le plantó una semilla de duda en lo más profundo del corazón.

–¡No! –gritó Cyprian.

–¿Qué? ¿Qué pasó? –Radu estaba seguro de que se había revelado su engaño y que el soldado sin dientes estaba yendo por ellos. Pero el camino estaba vacío y Cyprian observaba el agua.

–Son naves italianas. Deben llevar a bordo centenares de hombres. Están huyendo de la ciudad –Cyprian dejó caer los hombros y le quedó la cabeza colgando–. Nos abandonan. Las noticias de la guerra los superaron. Vamos. Debemos darnos prisa para que pueda consolar a mi tío.

Impulsaron hacia adelante los caballos cansados. Los muros, que hacía tiempo estaban entre las primeras filas de los pensamientos de Mehmed y, por lo tanto, también de los de Radu, eran decepcionantes. Miles y miles de piedras desgastadas y remendadas con mezclas de rocas que no se ajustaban a los agujeros atravesaban los campos de cultivo. Radu no entendía cómo alguien podría ser capaz de desguarnecer la muralla. Era demasiado larga, pero también demasiado alta... fácilmente cinco veces más alta que él. Cualquier avance se vislumbraría y sería sofocado. No había ningún rincón para esconderse, ningún punto que fuera más vulnerable para atacar. Y, detrás del muro exterior, había otro.

–Deja de mirar boquiabierto –le dijo Nazira, dándole un codazo–. Pareces un chico de campo desencajado –la sonrisa de ella era una firme advertencia. Él había estado observando el muro como un invasor. Tenía suerte de que Cyprian estaba concentrado en el camino que tenía por delante.

Radu había esperado demasiado para estar allí, pero nunca pensó que lo escoltarían por una puerta y que recibiría los saludos de los soldados que hacían guardia. En un abrir y cerrar de ojos, se encontraban dentro de los muros externos. Radu se arriesgó a echar un último vistazo a la puerta que se cerraba a sus espaldas. No sabía cuándo volvería a salir... o si es que podría hacerlo.

Lanzó una mirada a Nazira, quien se erguía con orgullo sobre el caballo y tenía una sonrisa esperanzadora adherida al rostro. Él imitó la seguridad de ella, y, como Cyprian estaba mucho más adelante, se atrevió a hablarle.

–¿Cómo eres tan buena para esto? –se inclinó sobre ella.

—Cuando pasas toda la vida aprendiendo a mostrarle a la gente únicamente lo que quieres que vea para que tu verdadera naturaleza quede a salvo, te tornas especialista en eso —ella alzó una mano en el aire e hizo un gesto en dirección a sí misma. Luego, esbozó una triste sonrisa a Radu—. Tú lo entiendes.

Él asintió. Ella tenía razón. Él sabía cómo hacerlo y lograría que todo saliera bien.

—Me alegra tenerte conmigo.

—Por supuesto que sí —rio ella—. Ahora, adopta una expresión apenada pero curiosa, y adentrémonos en la ciudad que es el destino de nuestro sultán.

Radu miró nuevamente hacia adelante, a medida que se acercaban al muro más pequeño que limitaba el acceso a la ciudad. Tenía la sensación de que todos los acontecimientos de su vida lo habían conducido hasta allí. Si acaso esa no era la forma en que creyó que entraría, bueno, al menos sacaría el mayor provecho de la situación. Después de todo, Constantinopla era la ciudad más grandiosa del mundo.

· ● ● ● ·

Constantinopla no era la ciudad más grandiosa del mundo.

Comparada con Edirne, era una ciudad en ruinas. Una ciudad fantasma. Más de la mitad de las viviendas angostas y apiñadas por las que pasaron tenían un aire de abandono. Las calles estaban abarrotadas de desperdicios que se acumulaban contra los cimientos. Las puertas de las casas estaban torcidas o, en algunos casos, ni siquiera estaban allí. Atravesaron manzanas enteras sin ver un alma, a menos que los gatos callejeros y los perros sarnosos tuvieran alma, en cuyo caso se habrían cruzado con varias.

A medida que la comitiva de Radu se apartaba de los suburbios, las cosas iban mejorando. Las viviendas parecían más habitadas y, por aquí y por allí, se veían algunos puestos con vendedores que les ofrecían provisiones sin entusiasmo. Las mujeres se apresuraban por las calles, arrastrando niños y lanzando miradas furtivas a la procesión montada. Radu había esperado que hubiera más soldados patrullando, especialmente si las novedades de la guerra habían alcanzado la ciudad, pero no se había cruzado con ninguno, sin contar los guardias de la entrada.

Y tampoco había visto ninguna de las legendarias riquezas de Constantinopla. Racionalmente, sabía que las calles no estarían pavimentadas con oro, pero había esperado más. Incluso Tirgoviste brillaba más que esto.

Finalmente, llegaron a un barrio que parecía tener más vida. Cuando un sacerdote –que llevaba un incensario y dejaba a su paso una estela de humo aromático– se les cruzó en el camino, se detuvieron de forma abrupta. El hombre entonaba una conmovedora canción en griego. Por detrás de él, había un desfile de gente. Los ciudadanos, en un profundo silencio a diferencia del sacerdote que cantaba, tardaron varios minutos en pasar y volver a despejarles el camino.

–¿Qué fue eso? –preguntó Radu.

–Una procesión –Cyprian lucía preocupado–. Hay algunos disturbios internos. La mayoría se centra en torno a la Iglesia ortodoxa y a la Iglesia católica. Se lo explicaré más tarde. Vamos.

Tañeron las campanas y el redoble hizo eco por toda la ciudad.

–Me he olvidado del día que era hoy –Cyprian miró hacia arriba y suspiró–. Mi tío estará en la catedral. No podemos hablar con él allí dentro. Los dejaré que se acomoden. Tengo una casa cerca del palacio.

–No queremos entrometernos –dijo Nazira–. ¿Seguro que no hay algún otro sitio?

–Tengo varias habitaciones y solo soy yo –Cyprian disipó las preocupaciones de la mujer–. Podríamos vivir todos allí y nunca vernos las caras. Al igual que esta ciudad, mi hogar necesita mayor población.

La casa de Cyprian no estaba lejos. Era un edificio hermoso y bien mantenido. Las viviendas en Constantinopla casi parecían compartir muros, ya que las estrechas divisiones entre ellas solían desaparecer donde se juntaban los techos. Él sacó una llave y abrió la entrada principal. Fueron recibidos por un frío glacial.

—Valentín, ve a encender el fogón —el chico asintió y salió corriendo hacia dentro. Cyprian frunció el ceño—. Tengo una sirvienta. ¿Dónde está esa muchacha? En la sala principal ya debería estar prendido el fuego. ¿María? ¡María! —no hubo respuesta—. Bueno, adelante. El ambiente se calentará en poco tiempo —los condujo hacia una pequeña sala de estar donde Valentín ya había logrado encender el fogón.

—¿María? —oyeron pasos en las escaleras.

—Soy yo —exclamó Valentín—. No hay nadie más.

—Tu hogar es encantador —como Cyprian parecía preocupado, Nazira puso una mano sobre la suya—. Muchas gracias. Espero que sepas que estamos muy agradecidos por tu bondad.

—¡Por supuesto! —Cyprian le cubrió la mano con la otra que tenía libre—. Lo siento. He estado tan concentrado en mis preocupaciones y temores que ni tuve en cuenta lo que debes estar sintiendo. Has abandonado tu casa, tu tierra y todas tus posesiones —se volvió hacia Radu—. Ambos lo han hecho.

—Edirne no era un hogar, sino una prisión —Radu pensó rápidamente en lo que respondería Lada—. Nazira es la que verdaderamente se ha sacrificado.

—Echaré de menos mi jardín —asintió ella mirando hacia abajo—, pero ya no reconozco el paisaje del imperio bajo el mandato del nuevo sultán. Y creo que ya he dejado de pertenecer allí —se incorporó, con el semblante iluminado—. Además, tengo a mi Radu.

Radu intentó imaginarse qué estaría haciendo Fátima en ese preciso instante, ahora que estaba sola en la casa que compartía con Nazira, y lo preocupada que debía estar. Si la separación de Mehmed había sido una agonía, ¿cuánto peor sería el hecho de separarse de alguien con quien compartías todo, incluyendo el corazón?

Abrió los brazos de par en par. Nazira fue hacia él y apoyó la cabeza contra el pecho de su esposo. Cyprian los observaba con la misma mirada de anhelo que había adoptado frente a la escena de antes. Luego, se aclaró la garganta.

–Voy a buscar algo de comida y a enviar un mensaje al palacio para averiguar cuándo nos podremos reunir con el emperador.

Los dejó solos. Radu acarició la espalda de Nazira por última vez y se sentaron uno al lado del otro a contemplar el fuego.

–Me agrada –dijo Nazira, como si se tratara de una elegía.

–A mí también –coincidió Radu.

18

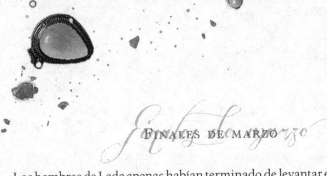

FINALES DE MARZO

Los hombres de Lada apenas habían terminado de levantar el campamento, cuando apareció Hunyadi. El caballo que montaba se encabritaba y se meneaba, consciente de la agitación del jinete.

–¿Te has enterado, entonces? –preguntó a Lada, quien, por un momento, dejó de ajustar las tiras de la montura.

–¿De qué? –preguntó ella, esmerándose en no dejar que el tono de voz revelara nada.

–Del rumor de que las tropas otomanas se están concentrando en Belgrado, con las miras puestas en nuestras fronteras con Serbia. Tenías razón con respecto a la lealtad de Serbia. ¡Están recibiendo a los infieles en su propia capital!

Lada se empezó a poner inquieta. ¿Cómo era posible que Mehmed fuera tan estúpido? Se tenían que encontrar en el sur de Transilvania. Por supuesto que no se acercaría a los límites con Hungría. Ella había aceptado que necesitaba la ayuda de Mehmed, pero ni en sueños permitiría que Hunyadi se enterara de lo que había hecho.

–¿Estás seguro?

–Un solo informe –Hunyadi sacudió la cabeza–, y el explorador no vio nada con sus propios ojos. Pero no me puedo arriesgar a que esto ocurra, menos aún con Matthias tan cerca del trono. Fue muy acertado el sabio consejo de que me quedara aquí –le sonrió con ojos tristes–. Mi deber está aquí. No puedo darle la espalda a Matthias por Constantinopla. ¿Cuándo estarán listos tus hombres para partir?

–¿Quieres que nos dirijamos a Serbia? –Lada sintió la necesidad de volver a reforzar las tiras de la silla de montar.

—No. Quiero que vayan a Transilvania a proteger los pasos, en caso de que los otomanos intenten entrar a Hungría a través de Transilvania.

Hunyadi la ayudaba nuevamente a alcanzar de la forma más simple posible sus verdaderos objetivos: Mehmed y Valaquia.

—Iremos a Transilvania —asintió ella—. Pero después, no regresaremos. Continuaremos cuando el camino esté despejado —dejó que sus palabras insinuaran que se marcharían una vez que partieran los otomanos, pese a que quería decir que se marcharían una vez que los otomanos le despejaran el camino—. Iremos a Valaquia.

—¿Qué te espera allí? —Hunyadi le preguntó con cierta preocupación, al mismo tiempo que se apeaba y estiraba una mano para que Lada dejara de jalar con frenesí de una hebilla que ya estaba ajustada.

—No sé lo que pasará, pero sé que se trata de mi tierra. Pasé demasiados años en el exilio. No puedo seguir así. Regresaremos a lo que sea que el destino nos depare. Quiero vivir o morir en suelo valaco.

—Dame un poco más de tiempo. Permíteme que asegure las fronteras y que me ocupe de que este rumor no se transforme en una amenaza. Una vez que Matthias asuma el trono, podremos ayudarte.

Lada negó con la cabeza. Aunque algunas semanas atrás se habría aferrado a esa oferta, ahora contaba con una mejor opción. Una promesa de ayuda que tal vez jamás se materializaría valía menos que un sultán que ya la aguardaba con las tropas. Tenía que hacer esto por Valaquia.

Se puso a pensar en Mehmed. Su Mehmed la estaría esperando. Ella fingía que ese no era un factor determinante en la desesperación que sentía por marchar, pero su corazón sabía que ella era experta en mentiras.

Valaquia, se susurró firmemente a sí misma.

—Gracias —antes de poder pensarlo dos veces, envolvió a Hunyadi entre sus brazos—, por todo.

—Ten cuidado, pequeño dragón —él le dio una palmada en la espalda—. Tú y yo hemos sido hechos para los campos de batalla, y no para las cortes reales. No desates batallas cuando no tengas armas para defenderte —le dio un beso en la frente y volvió a subir al caballo—. Que Dios esté contigo.

–Dios solo me ve cuando estoy en Valaquia –sonrió Lada, esta vez de forma genuina.

–Dale mis saludos, entonces –rio Hunyadi, antes de volverse y emprender la marcha con más lentitud que con la que había llegado. Lada lo observó partir y se le fue borrando la sonrisa. La nodriza, que transportaba las pieles de dormir, le llamó la atención y le hizo un gesto severo.

Había llegado la hora de regresar a casa.

Finales de marzo

Cyprian regresó con un cesto de pan, queso y una gallina escuálida a la que ya le habían quebrado el pescuezo. Les hizo gestos para que lo siguieran hasta la cocina. Radu y Nazira habían permanecido sentados en silencio delante del fuego, ambos consumidos por sus conflictos personales. A Radu no le cabía ninguna duda de que Nazira pensaba en Fátima. Sus pensamientos, en cambio, giraban en torno a una eterna preocupación por lo que Mehmed estaría haciendo y a cómo podría probarle lo valioso que era para él.

—Muéstrame dónde está la vajilla y ve a encender el horno —Nazira apartó del camino a Cyprian con extrema gentileza.

Cyprian asintió y le hizo un recorrido por la cocina que, al parecer, también era el primero que él hacía en su vida.

—¡Oh, mira cuántas ollas! ¿Para qué necesitamos tantas?

—Ve a sentarte, tonto —con una carcajada, Nazira le señaló la mesa—. De todas formas, me las podré arreglar mejor sola.

—Resolví el misterio de la sirvienta desaparecida —Cyprian hizo lo que le ordenó—. Aparentemente, el rumor de que he muerto se ha expandido por todas partes. Ella consideró que aquello marcaba el fin de su trabajo aquí, y no solo huyó de mi casa, sino de la ciudad. Muchas lo han hecho. Espero que esté bien —suspiró él, al mismo tiempo que se frotaba el rostro con cansancio—. Trataré de hallar un reemplazo, pero no creo que sea fácil.

—Nos podemos arreglar bastante bien —respondió Nazira, antes de sonreírle a Valentín, que había aparecido y estaba ayudando a encender el fuego del horno—. Valentín es extremadamente habilidoso, y yo no soy ajena a las cocinas. Creo que nos irá bastante bien sin ayudas adicionales en la casa —ella llamó la atención de Radu. Por supuesto que tenía razón. Cuanta menos gente los observara de cerca, mejor.

—Gracias —dijo Cyprian. Se notaba que se sentía aliviado porque se le había relajado la mirada y la tensión de los hombros.

Llamaron a la puerta. Valentín partió y, luego, regresó acompañado de un sirviente en librea que vestía un chaleco con la doble cresta de águila del emperador.

—El emperador desea verlos inmediatamente.

—Estoy a su servicio —Radu se puso de pie—. Iremos enseguida.

Radu y Cyprian se arrebujaron en las capas a medida que salían hacia la fría tarde. El sirviente avanzaba a paso tan veloz que parecía que estaba corriendo.

—¿Hay algo que deba saber antes de entrar? —preguntó Radu, dominado por los nervios. La primera reunión era la más importante. Si podía ganarse la confianza del emperador, quedaría en una perfecta posición. Si no lo lograba... Bueno, ocuparía una posición mucho más desafortunada.

—No tienes nada que temer —Cyprian puso una mano en el hombro de Radu.

Radu no estaba de acuerdo con eso.

· • · • ·

Constantino, al igual que la ciudad que gobernaba, no era lo que Radu había esperado. Estaba más cerca de los cincuenta años que de los cuarenta, casi calvo y, en lugar de llevar una corona con muchos adornos, una simple diadema de metal le cubría la cabeza. Pese a que todos los demás hombres adherían a la moda de las múltiples capas, el emperador no los imitaba. Vestía una camisa blanca y unos pantalones púrpura bastante simples, incluso austeros. Parecía completamente desligado de cualquier clase de pretensión.

Lo que era una dignidad de lujo.

Radu y Cyprian permanecían en la parte trasera de la sala que estaba abarrotada de gente. Constantino se paseaba por el frente, y su silueta alta y delgada se inclinaba a cada paso, de manera tal que la cabeza iba abriendo el camino. Con un sobresalto, Radu se dio cuenta de que el emperador tenía los pies descalzos. Tuvo que contener una carcajada de asombro ante el absurdo de que el emperador de Roma estuviese caminando por el salón sin siquiera un par de calcetines.

—¿Qué hay del Cuerno de Oro y del dique marino? —preguntó el emperador.

—No tenemos nada que temer allí —respondió un hombre, haciendo un ademán para descartar dichas preocupaciones. Era alto y ancho; su cuerpo, un claro instrumento de guerra—. Un puñado de barcos con escasa formación contra mis marineros italianos no es nada. Estamos perfectamente a salvo en el dique marino.

Radu aprovechó la oportunidad que se le presentaba. Decirle la verdad a Constantino sobre algo fácilmente comprobable consolidaría su situación. Que supieran a qué se enfrentaban no reemplazaría los siete barcos que ya habían huido ni cubriría los muros con hombres que no vendrían.

—No están a salvo allí —expresó Radu, y todos los rostros se volvieron hacia él con curiosidad—. Cuando partí, el almirante Suleiman contaba con seis galeras inmensas, diez de tamaño mediano, y quince pequeñas; setenta y cinco botes de remos para trasladar hombres y atravesar pequeños estrechos; y veinte transportadores de caballos.

El cambio que se produjo en el ambiente era palpable.

—¿Quién eres? —preguntó el hombre italiano.

—Radu de... —Radu hizo una pausa, sin saber qué nombre darse a sí mismo—. Radu recientemente de Edirne, donde servía a Mehmed... al sultán... desde hacía varios años. Específicamente, supervisando el desarrollo clandestino de la armada.

—Tío, este es el hombre que me salvó la vida —Cyprian puso una mano en el hombro de Radu.

—Trasmítele el mensaje al gobernador de Gálata —Constantino señaló a un hombre que estaba cerca de la puerta—. Comunícale que vamos a amarrar una cadena alrededor del Cuerno para bloquear todas las entradas —nadie se movió—. ¡Ahora mismo! —gritó.

El hombre se puso de pie, hizo una reverencia y salió corriendo de la habitación.

—Entonces, ¿ese será su principal punto de ataque? —preguntó Constantino.

—Tiene la intención de presionar por todos los rincones —Radu negó con la cabeza—. Si puede ingresar por el lado marítimo, lo hará. Pero está enfocado en los muros terrestres.

—Los muros resistirán —dijo un sacerdote—. Siempre lo han hecho y siempre lo harán.

—Han resistido los ataques anteriores, pero los ataques cambian —dijo Radu—. El sultán no escatima gastos en nuevos métodos y armamentos. Ha estudiado las murallas e, incluso, ha estado aquí en persona. Va a concentrarse en el valle del río Lycus y en la parte exterior del palacio.

—Esas son opciones evidentes —frunció el ceño un hombre que estaba adelante. Estaba vestido con prendas más cercanas a la moda otomana que a la bizantina—. Esto ya lo sabíamos.

—Orhan tiene razón —dijo el italiano.

Sorprendido, Radu miró de cerca al hombre de ropas extrañas que acababa de hablar. Orhan era el falso heredero del Imperio otomano, el hombre que Constantino había usado para amenazar el reinado de Mehmed desde antes de que comenzara. Incluso ahora, Mehmed tenía que enviar dinero de forma periódica o, de lo contrario, Constantino enviaría a Orhan al imperio para que se desatara una guerra civil.

Orhan había sido y era una amenaza activa y constante en la vida de Mehmed. El corazón de Radu se llenó de ira. Quería hacer algo para lastimar a toda esta gente, para que sintieran el temor que se merecían.

—Él tiene artillería.

—¡Hemos visto la artillería! —gritó un hombre corpulento—. Arroja un par de piedras, pero las nuestras son más grandes —resonaron estruendosas carcajadas en la sala. Animado, el hombre continuó–. Los otomanos nunca tuvieron piedras tan inmensas como las nuestras.

–Tienen un cañón cuatro veces más alto que yo y que puede lanzar balas de doscientos setenta kilos a más de un kilómetro de distancia –Radu esbozó una tensa sonrisa en respuesta a la bravuconada sucia del hombre.

Nadie se rio ante aquella declaración, pese a que varios se burlaron abiertamente.

–Será mejor que traigamos comida –suspiró Constantino–. Y espero que alguien esté registrando todo esto por escrito –hizo un ademán para que Radu se acomodara en un asiento cercano que estaba vacío.

Radu se sentó. Su suerte estaba echada, para bien o para mal.

–¿Y si renunciamos a la demanda de Orhan? –Constantino alzó la vista hacia el techo, como si allí se encontraran las respuestas.

Radu observó al aspirante al trono. Orhan se miraba las manos, que eran suaves y pálidas. A diferencia de las de Constantino y de las de los italianos, no eran manos de guerrero. Orhan asintió.

–Renunciaremos a cualquier amenaza contra la legitimidad de Mehmed –Constantino se acercó al hombre y le presionó el hombro–. Rehusaremos con gentileza al pago por las tierras en que han edificado la Rumeli Hisari, e incrementaremos el dinero que le pagamos a él.

Radu se preguntaba si debería apoyar aquella propuesta. Tal vez Mehmed la deseaba, pero, aun así, los atacaría. Y, al fin y al cabo, todo lo que estaba allí sería de Mehmed, por lo tanto no importaba demasiado. Radu diría la verdad.

–Tiene las miras puestas en la ciudad con singular atención. No ha hablado ni ha soñado con otra cosa desde los doce años. No creo que algo lo detenga. Pueden hacerle la oferta, pero, si no quieren rendirse, deberían prepararse para el asedio.

Radu esperaba que, después de haber escuchado los relatos sobre los hombres y los cañones, ellos decidieran rendirse, de manera tal que pudiera entregar a Mehmed la ciudad completamente ilesa.

—¿Giustiniani? —Constantino se volvió hacia el italiano, con las cejas alzadas y expectantes.

—Ya estamos casi establecidos, su Excelencia —el griego de Giustiniani tenía un acento muy marcado, pero hablaba con un tono de autoridad y jovialidad que emanaba seguridad—. Extendimos el presupuesto lo más que pudimos. Toda la comida y el agua están almacenadas. Tenemos suficiente para un año entero con suplementos mínimos —sonrió de forma implacable—. Después de todo, que tanta gente se haya marchado tiene algunos beneficios.

Radu se marchitó por dentro. Entonces, la entrega no sería tan fácil.

—Puede que nos superen en artillería, barcos y hombres... nos superen inmensamente en la cantidad de hombres... pero, con todo el resto asegurado, Constantinopla sigue siendo la ciudad con la mejor defensa del mundo —continuó Giustiniani—. No caerá fácilmente. Dime, Radu, ¿crees que podríamos sobrevivir a Mehmed?

Radu sopesó las opciones que tenía. Aún no tenían en mente la idea de rendirse, y hacían bien en poner algo de su parte. Pronunciar la verdad le parecía desleal, pero reconocer la realidad del asunto no la cambiaría.

—Si pueden alargar el asedio lo suficiente, tienen posibilidades de sobrevivir. Los otomanos ya han atacado Constantinopla y han fracasado. Como son supersticiosos, a cualquier retraso lo considerarán un presagio de la catástrofe. Mehmed luchará contra el tiempo y la moral. Es el hombre más preparado de todos los que han venido antes, pero se está jugando el trono y el legado en este único ataque. Si logran sobrevivir a él, nunca será capaz de volver a reunir las fuerzas para organizar otro asedio.

—Entonces, si lo logramos, la ciudad quedará a salvo de él.

—No tengo ninguna duda de que, si Mehmed fracasa frente al muro, no vivirá por mucho tiempo más —asintió Radu—. Hay demasiadas personalidades importantes que no lo quieren —aquella idea aterraba a Radu. El gran visir Halil continuaba junto a Mehmed y, en cada oportunidad que se le presentaba, se ponía en contra de él. ¿Cómo iba él a poder proteger a Mehmed desde allí?

—Entonces, lo único que tenemos que hacer es sobrevivir —Constantino miraba el suelo con el semblante inexpresivo y distante.

Era así de simple y, al mismo tiempo, igual de imposible.

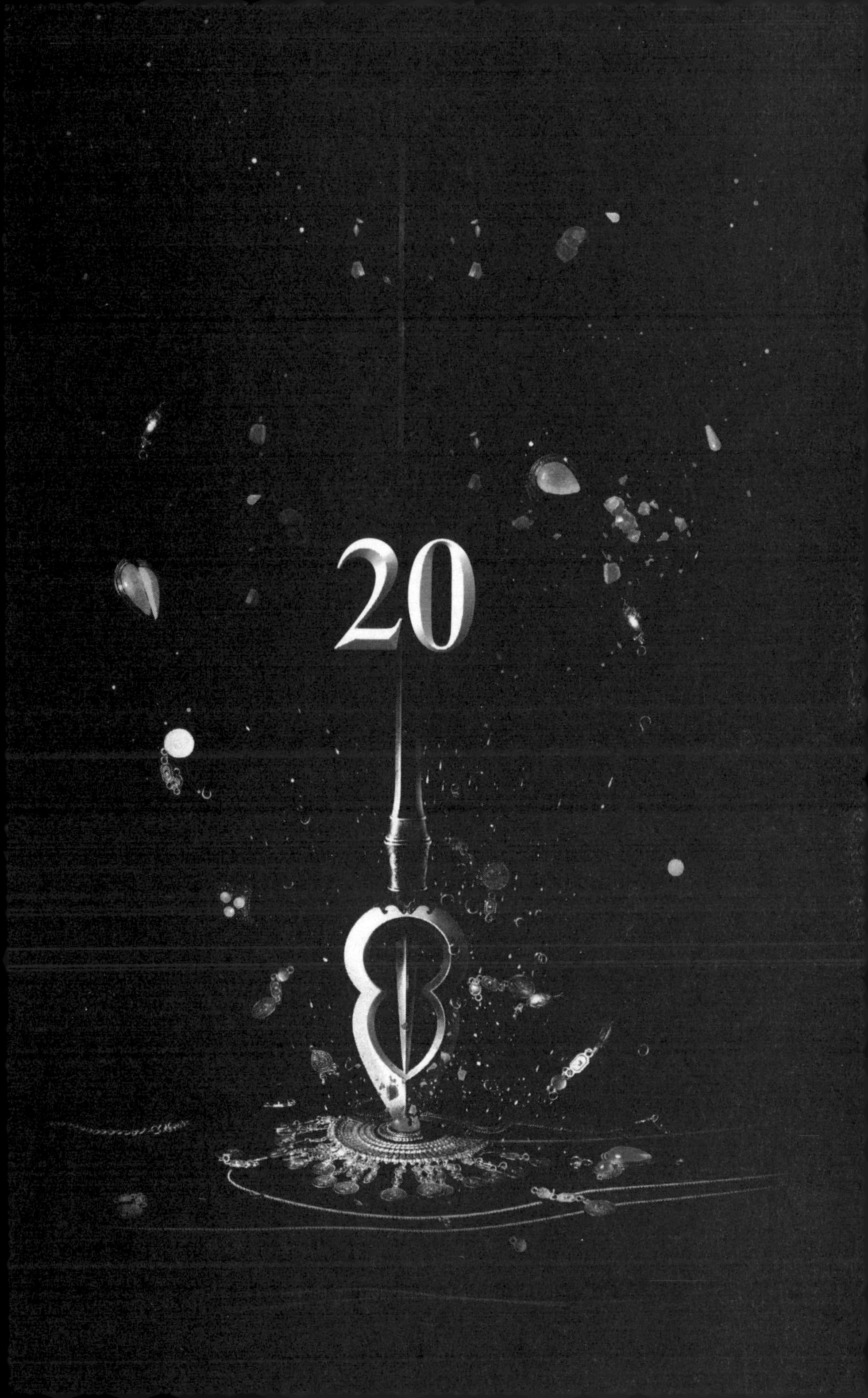
20

—¿A dónde vas? —preguntó Bogdan.

Lada daba vueltas, con los cuchillos en la mano. Respiró hondo y los guardó. Ya era casi la medianoche. Había creído que la escapada furtiva del campamento pasaría desapercibida. Tendría que haber previsto que Bogdan la notaría, al igual que todos los otros movimientos que hacía. Él siempre hallaba la forma de localizarla, de vigilarla sin mirarla. La lealtad de la infancia se había tornado grande y fuerte como la persona de él. Por lo general, Lada se sentía reconfortada con eso, pero últimamente le parecía que se trataba de algo más serio, como si él no solo la buscara a ella, sino que esperaba algo *de* ella.

No había dado demasiados detalles sobre el propósito en la triple frontera entre Hungría, Transilvania y Valaquia. Ninguno de sus hombres le había cuestionado el hecho de haber desobedecido la directiva de Hunyadi al haber abandonado los pasos de Transilvania que debían controlar.

Lada no sabía cómo reaccionarían sus hombres ante la posibilidad de volver a vincularse con los otomanos. Algunos guardaban cierta simpatía por sus antiguos captores y benefactores; pero otros los odiaban. Sin duda, algunos preferirían luchar a favor de Constantinopla que del lado de los otomanos. Pero ella era la líder. Se habían unido a ella para recuperar Valaquia, y no necesitaba pedirles permiso para tomar decisiones. Si no estaban de acuerdo, tenían la posibilidad de seguir sus propios caminos.

El camino de ella era hacia adelante, hacia el trono, independientemente de cómo accediera a él.

—Deberías estar haciendo patrulla en el otro extremo del campamento —lanzó ella.

—No me respondiste la pregunta —aunque Lada no pudiera verle el rostro, podía sentir la sonrisa directa del joven.

—Porque no tengo por qué hacerlo. Me estoy yendo, pero volveré. Eso es todo lo que deberías saber.

—Pasó algo.

—¡No pasó nada! —durante todo el día se había sentido inquieta, consciente de lo cerca que estaba de Mehmed. No conocía el emplazamiento exacto del campamento de él, pero sí que se encontraba a pocos kilómetros del suyo. Ya no los separaban ríos, territorios y el año que había transcurrido sin que se vieran, sino una corta distancia. Al parecer, ella no había escondido su inquietud tan bien como había creído.

—Iré contigo.

—¡No! —Bogdan no. Cualquiera menos Bogdan. Lada no podría enfrentar el hecho de que él se enterara de lo que estaba haciendo. Admitírselo sería similar a pedirle permiso, y se negaba a hacerlo. Además, recordaba el desagrado apenas encubierto que Bogdan sentía por Mehmed—. Tengo que ir sola.

—¿Por qué?

—Regresa a la patrulla.

Durante cinco eternas respiraciones, Bogdan permaneció en su sitio. Luego, desapareció entre las penumbras.

Lada se apresuró a emprender la marcha, empuñando nuevamente un cuchillo en cada mano. Tenía un largo terreno por recorrer. Hubiera sido más sencillo hacerlo a caballo, pero aquello habría llamado demasiado la atención. Aun así, después de una hora de atravesar las tierras en busca de indicios del campamento, Lada disminuyó el paso. Le habría gustado disfrutar de la caminata a solas —últimamente, la soledad no era un lujo del que podía disfrutar—, pero era consciente de lo que la esperaba.

De *quién* la esperaba.

Y no sabía cómo se sentiría al verlo después de tanto tiempo de estar separados. No había logrado desentrañar sus emociones, separar lo que era real de lo que era una mera reacción ante las circunstancias de la infancia. ¿Y si veía a Mehmed y no sentía nada? Peor todavía, ¿qué pasaba si veía a Mehmed y sentía exactamente lo mismo que había sentido cada vez que estaban juntos? Dejarlo le había resultado demasiado difícil. ¿Acaso el encuentro reabriría la herida?

Antes de que pudiera resolver dichas emociones, vislumbró uno de los familiares sombreros blancos de los jenízaros que brillaba bajo la luz de la luna. La invadió una sensación de molestia. No tendrían que usar esos sombreros blancos de noche. Si ella fuera una asesina, aquel centinela ya estaría muerto.

Una sonrisa lenta y despiadada se le dibujó en el rostro. Había planeado entrar en el campamento y anunciarse. Nadie la esperaba aquella noche. De hecho, Mehmed no le había dado la ubicación exacta de dónde se encontraban. No habían establecido una hora de encuentro.

Era una noche para jugar a *Matar al sultán*.

Decidió generosamente no lastimar a ningún guardia. Probablemente los castigarían por no haberla frenado, pero se lo merecían. El primero fue fácil de esquivar. El segundo y el tercero anunciaron su acercamiento con una cacofonía de ramas que se partían. Cuanto más se aproximaba al campamento, más difícil se tornaba la empresa. Las tiendas estaban cerca unas de otras, y cubiertas por las sombras de los árboles. Entre los árboles y la oscuridad, Lada no podía darse una idea de cuántos hombres habría traído Mehmed. No parecían ser suficientes, pero lo más probable era que estuvieran dispersos. Al menos, eso era lo que ella hubiera hecho.

Se escondió detrás de una carpa, en la penumbra, mientras dos jenízaros pasaban hablando en voz baja. Al oírlos hablar turco, sintió un extraño arrebato de nostalgia. Con el ceño fruncido, apretó los cuchillos con fuerza.

La tienda de Mehmed bien podría haber tenido su nombre pintado a lo largo. Era la más grande de todas, y había sido fabricada con telas lujosas que, al parecer, adoptaban un color rojo y dorado bajo la luz del sol. Aquel era otro error. Si ella estuviera a cargo, él estaría durmiendo en una de las tiendas pequeñas y anónimas, a fin de que los posibles asesinos tuvieran que revisar cada una de ellas en lugar de descubrir el objetivo con tanta facilidad.

Él había hecho todo demasiado sencillo.

Lada se asomó por el borde de la carpa de un soldado, de la que emanaban suaves ronquidos. La entrada a la inmensa tienda de Mehmed estaba custodiada por dos jenízaros que estaban despiertos y en alerta. Lada se deslizó hacia la parte trasera, la cual estaba vigilada únicamente por su amiga, la oscuridad.

Se lanzó hacia adelante y, sin pensarlo dos veces, hizo un corte en la tela con el cuchillo. Con el escaso susurro del material, consiguió una entrada privada.

Adentro, estaba oscuro, con la excepción de un brasero de carbón que estaba en una esquina y que daba una tenue iluminación al ambiente. Lada se preguntaba quién tendría que trasladar los muebles con los que Mehmed viajaba: un escritorio, una silla, una mesa completa, una colección de cojines y una cama. No había un atado de pieles para el sueño del sultán, cuyo cuerpo era demasiado valioso como para dormir en el suelo.

Y ese cuerpo estaba tendido sobre la cama, respirando suavemente.

Lada se arrastró hacia adelante con el puñal en alto y, de pronto, se detuvo para observar a Mehmed.

Se había olvidado de la espesa curvatura de sus pestañas negras. Tenía los extremos de los labios carnosos torcidos hacia abajo, como si estuviera teniendo pesadillas. El cabello –que, en los últimos años, había estado cubierto con turbantes– envolvía el cojín y uno de los mechones le atravesaba la frente. A Lada la invadió un repentino arrebato de ternura. Se acercó y le acarició el cabello.

Él se despertó de un salto y la tomó de la muñeca. Tenía los ojos bien abiertos, y el cuerpo tenso y listo para una pelea. Lada se inclinó hacia él. Nunca había visto aquella ferocidad en el rostro de él, y quería saborearla.

–¿Lada? –preguntó él, mientras pestañeaba rápidamente, pero no relajaba la presión en la muñeca de ella.

–Te acabo de asesinar. Nuevamente.

Él la impulsó hacia abajo y la besó con hambre voraz. Ella dejó caer el cuchillo. No recordaba lo que era que la besaran y la desearan. Había pensado que no lo necesitaba.

Pero se había equivocado.

–Cuando te fuiste, mi corazón se fue contigo –Mehmed le empezó a besar el cuello, al mismo tiempo que le acariciaba el cabello–. Mátame, Lada –dijo él con tanta nostalgia que ella no podía dejar de tocarlo. Él giró para que ella quedara debajo de él y, con ambas manos, le exploró el cuerpo, alternando entre una avidez brutal y una suavidad tan dulce que a ella le hacía daño.

–He aprendido algunas cosas –dijo él, con la voz burlona–, sobre el placer.

Antes de que ella pudiera preguntarse en dónde las habría aprendido –en el pasado, ella lo había acusado de que solamente le importaba su propia satisfacción–, él empezó a recorrerle el cuerpo. Encorvó la espalda, mientras deslizaba las manos por debajo de la túnica de ella y por encima del torso. Ella lo tomó del cabello, sin estar segura de si quería arrancárselo o atraerlo más cerca de sí. Si él continuaba, ella temía perder el control. Nunca antes se había permitido perder el control.

Las manos de él hallaron el espacio entre las piernas de Lada y, ante aquella intensidad y conmoción, ella lanzó un grito. Él le respondió con mayor entusiasmo, le besó el estómago, los pechos. Le levantó la túnica hacia arriba, pero ella, impaciente por la torpeza del joven, se la sacó por sí misma. Ya lo habían hecho antes, pero la ausencia intensificaba cada una de las sensaciones. Ese era el punto en el que ella siempre lo había frenado, en el que había marcado los límites para mantener el control de lo que hacían, a fin de que ella siguiera siendo pura y exclusivamente de ella misma.

Pero, esta vez, no lo detuvo.

Él se quitó la camisa de dormir. No llevaba nada debajo de ella.

Él le desenlazó los pantalones y se los arrancó. Ella pensó que él intentaría ingresar dentro de ella, y también pensó que –tal vez– quería que lo hiciera.

Pero, en cambio, él le levantó las piernas y empezó a besarla, besarla y besarla en los rincones que ella jamás se imaginó que podrían cubrirla de besos. El control de Lada se dejó llevar por la ola de placer, y no hizo nada para retenerlo. Gritaba como si estuviese herida, pero Mehmed le cubrió la boca con la mano y se colocó por encima de ella.

Lada se lo permitió.

FINALES DE MARZO

—¿Cuántos ángeles pueden bailar en la cabeza de un alfiler? —exclamó un hombre, al mismo tiempo que una mueca le deformaba el rostro picado de viruela.

Otro hombre puso un dedo en el pecho del primero, mientras gritaba algo acerca del Padre y del Hijo. El que estaba picado de viruela lanzó un puñetazo y, segundos después, estaban enzarzados en una lucha libre sobre la calle embarrada, mordiendo y asestando patadas.

Cyprian condujo a Radu lejos de ellos y ni se detuvo.

—¿La gente aquí es muy... religiosa?

—Para nuestra perdición, sí —rio Cyprian sombríamente—. Ahí está —señaló él.

Como no tenían más obligaciones, Radu le había pedido que lo llevara a conocer la ciudad. Más que nada, deseaba ver la legendaria catedral de Santa Sofía, porque Mehmed le había pedido que la visitara. De hecho, esa había sido la única instrucción que le había dado. Y, hasta que Constantino lo volviera a llamar, no había mucho más para hacer, aparte de mantener los ojos y los oídos bien abiertos.

La calle daba a un patio, donde se alzaba la inmensa catedral, la cual era más oscura que la risa de Cyprian. Habían pasado junto a varias iglesias, habían escuchado tañer sus campanas y visto filas interminables de gente que ingresaba y salía, pero Santa Sofía, la joya de Constantinopla, la magnífica iglesia que, según las leyendas, había convertido a la ortodoxia a toda la población de Rusia, se erguía fría y solitaria bajo la lluvia de la tarde.

—¿Por qué no hay nadie aquí? —preguntó Radu. Se acercaron a la entrada, y Cyprian intentó empujar la puerta, pero estaba cerrada con llave.

—Hace algunas semanas hubo misa en latín.

Pese a que Radu sabía que los oficios ortodoxos eran en griego, no entendió el mensaje de Cyprian.

Pasó un perro corriendo junto a ellos, seguido por un chico joven que estaba con los pies descalzos.

—¡Papa Rum! —gritó él—. ¡Detente, Papa Rum! ¡Regresa ahora mismo!

—¿Acaso ese chico acaba de llamar a su perro papa de Roma?

—Sí —Cyprian presionó los nudillos contra la magnífica puerta de madera laqueada de Santa Sofía—. A la mitad de los perros de la ciudad los llaman de esa forma. Mientras que mi tío pide ayuda al papa, la gente lo maldice. Él impulsó la unión entre las dos Iglesias, e incluso hizo oficiar misa aquí para celebrar el fin del cisma entre Oriente y Occidente. Y, ahora, la iglesia más hermosa de la cristiandad está en silencio y abandonada porque estuvo contaminada con vino aguado, hostias católicas y la liturgia en latín —suspiró Cyprian, al tiempo que apoyaba con respeto la palma de la mano sobre la puerta—. Y a pesar de todo el sacrificio, Santa Sofía no nos benefició en nada. El papa no nos envió ninguna ayuda —sacudió la cabeza—. Vamos a ver algunas reliquias, que siempre es divertido.

—Tú y yo tenemos conceptos diferentes de lo que es la diversión.

—En esta ciudad, nos tomamos muy en serio las reliquias —rio Cyprian, con una carcajada brillante en contraste con el día húmedo y gris—. Nos brindan protección —le guiñó el ojo.

—¿De veras crees eso?

—¿Importa tanto? Si la gente lo cree y le da fuerzas, la ciudad también se fortalece, lo que equivale a que las reliquias cumplieron su función.

—Eso es muy circular.

—Los bizantinos amamos los círculos, ya sea el del tiempo, el de la luna, o el de las discusiones, pero, sobre todo, el de las monedas. Todo lo bueno tiene forma circular.

Pasaron junto a otra parte vacía de la ciudad. A medida que avanzaban, Cyprian le contaba animadamente la historia de los pilares y de las ruinas. La ciudad tenía una larga tradición, y se venía abajo alrededor de ella.

Cuando estaban por llegar a otra iglesia, retumbó el suelo por debajo de sus pies. Radu se tropezó, pero Cyprian lo atrapó. Por encima de ellos, se escuchó un sonido a deslizamiento.

—¡Corre! —gritó Cyprian, apartando a Radu del muro de una casa que estaba junto a ellos. De inmediato, unas tejas se derrumbaron con una fuerza devastadora sobre el espacio que habían ocupado segundos atrás. Los dos hombres cayeron contra la calle cubierta de lodo.

Radu respiraba con dificultad. Tenía los brazos entrelazados con los de Cyprian, quien lo miró por un instante con las pupilas negras tan dilatadas que se tragaban la parte gris, antes de sacudir la cabeza y ponerse de pie. Se sacudieron el barro de la ropa lo mejor posible, pero era un caso perdido.

—Gracias —le dijo Radu—. Tus rápidos reflejos nos salvaron a ambos.

—Considéralo como parte del pago por lo que te debo —sonrió Cyprian con timidez, mientras estiraba la mano para limpiar el lodo del hombro de Radu.

La culpa apagó los colores del mundo que rodeaba a Radu, quien tragó saliva y se volvió.

—¿Es normal que la tierra tiemble de esta manera?

—Cada vez es más común. También hemos tenido tormentas fuera de estación, un invierno miserable y una primavera tortuosa. Puedes imaginarte cómo esos fenómenos naturales desaniman a la gente que ve signos y presagios en todos lados.

Oyeron unos gritos más adelante. Radu se preguntaba si serían de otra pelea, pero la cadencia insinuaba que se trataba de una puesta en escena. Se encaminaron hacia donde provenía la voz y, dos calles más allá, se toparon con una multitud que estaba reunida alrededor de un hombre subido a un muro, por fuera de un santuario.

—¡Romanos desgraciados, cómo se han dejado engañar! ¡Han confiado más en el poder de los francos que en la esperanza en su Dios! ¡Han perdido la verdadera religión, y la ciudad será destruida por culpa de sus pecados! —el hombre, que llevaba vestiduras de un tejido basto, alzó los brazos y el rostro hacia el cielo cubierto de nubes—. Oh, Señor, ten piedad de mí. Soy puro y estoy libre de culpa de la corrupción de esta ciudad —se volvió para mirar al público y pasó una mano por encima de sus cabezas—. Miserables ciudadanos, sean conscientes de lo que han hecho al traicionar la fe en Dios por las promesas del papa. Han renegado de la verdadera fe que recibieron de sus padres, y han aceptado la esclavitud de la herejía. Al hacerlo, han confesado todos sus pecados a Dios. ¡Ay de ustedes cuando sean juzgados!

Las mujeres gritaban y se golpeaban el pecho, mientras que los hombres alzaban a los hijos, rogando que los bendijeran. Aullidos salvajes y espantosos contra Constantino, el papa y toda Italia atravesaban el ambiente.

—Ese tonto detesta más al papa que al sultán —Cyprian hizo un gesto grosero, tomó a Radu del brazo y lo apartó de allí—. No hay nada que le gustaría más que ver la ciudad en llamas y recibir el infierno con los brazos abiertos como prueba de que tenía razón.

—¿Cómo es posible que odien a Constantino por hacer todo lo posible para protegerlos?

—Esto es Constantinopla —Cyprian se frotó el rostro con cansancio y se observó las manos llenas de lodo—. Nos preocupa más la pureza de las almas que la supervivencia de los cuerpos. Vamos. No nos queda nada muy interesante para ver por aquí.

· · · · ·

Después de darse un baño y de cenar junto a Nazira y Radu, Cyprian se excusó porque tenía que ir a ver a su tío. La obligación principal de Constantino parecía consistir en una interminable campaña de escritura de cartas, en la que el arma era la pluma y las municiones, las promesas vacías y los ruegos desesperados. Radu deseaba que Cyprian le hubiera pedido que lo acompañara.

—Paciencia —le recordó Nazira, estrujándole el hombro, mientras él lavaba los platos—. Encontrarás la forma de ayudar. Lo mejor que podemos hacer ahora es volvernos parte de la ciudad.

Al girar, Radu alzó las cejas al percatarse de que ella vestía prendas propias de la moda de Constantinopla: un corsé de mangas largas, rígido y a medida, y numerosas faldas.

—¿Te gusta? —sonrió con suficiencia, después de dar una vuelta en redondo—. Me siento como una flor con los pétalos equivocados.

—Siempre luces encantadora. ¿Irás a algún sitio?

—Oh, sí. Hoy en el mercado, conocí a la esposa de uno de los consejeros del emperador Constantino. Se compadeció de mí cuando le confesé que no sabía cómo cocinar con los alimentos de aquí. Me invitó a cenar con ella.

—Pero acabamos de cenar... y fue una comida muy deliciosa.

—Pero ella no lo sabe —Nazira intensificó la sonrisa de satisfacción—. Y, en esa cena, conoceré a todas las esposas de las personalidades importantes y hablarán sobre las amantes de los hombres importantes. De esa forma, en poco tiempo tejeré redes más amplias que las tuyas.

—No me había dado cuenta de que esto era una competencia.

—Lo es —rio Nazira, mientras se ponía de puntillas para besar ambas mejillas de Radu—. Es una competencia para ver quién puede recolectar más información a fin de que podamos volver antes a casa.

Pese a que ella lo dijo a la ligera, Radu advirtió la cuota de nostalgia que se le reflejaba en la voz. Nazira nunca hablaba de Fátima. Él se sentía extremadamente apenado por haber separado a las dos mujeres, pero lo cierto era que si él echaba de menos la dolorosa y unilateral relación que tenía con Mehmed, no podía ni imaginarse cuánto extrañaría ella a la mujer que correspondía a su amor.

—Entonces, confío plenamente en los chismes que conseguirás. Eres una criatura aterradora.

Después de hacer una reverencia encantadora, Nazira se marchó. Radu estaba inquieto y ansioso de antemano. A solas por primera vez desde que había llegado a la ciudad, salió de la casa de Cyprian y se internó entre la oscuridad de la noche. Se aferraba a la capa por el frío que emanaban las piedras que iba pisando.

Pensamientos terribles le mordían los talones. Nazira ya tenía planes en acción, mientras que lo único que él había logrado había sido una reunión con Constantino en la que se había limitado a decir la verdad. El temor que intentaba evitar lo envolvía con más fuerza que el manto que llevaba puesto.

No tenía ni idea de lo que estaba haciendo.

Todo esto había sido un error. Aunque consiguiera información crucial de boca de Cyprian o de Constantino, no tendría forma de comunicársela a Mehmed. No compartían ningún código ni contaban con ninguna otra manera de intercambiar mensajes. A menos que Radu hallara algún modo brillante de sabotear la ciudad desde adentro, su función de espía no tenía demasiado sentido. No quería fallar a Mehmed, pero no lograba deshacerse de la idea de que Mehmed le había fallado a él. ¿Por qué lo había enviado con tan pocas instrucciones y tan poca preparación? Radu habría sido más valioso si hubiese permanecido a su lado.

Pero tal vez, eso era simplemente lo que Radu quería creer, porque no deseaba estar en ningún otro sitio que no fuera junto a Mehmed. ¿Acaso era tan prescindible?

¿O Mehmed habría descubierto los verdaderos sentimientos de Radu y había decidido enviarlo lejos? Radu era consciente de que no debía sentir lo que sentía por otro hombre. Había varias cosas que podían justificarse, pero nada validaba lo que él quería de Mehmed.

¿Acaso ese amor lo separaría tanto de la persona más importante de su vida como del Dios que le brindaba consuelo en medio de la soledad?

Se había propuesto pasear por la ciudad para hacerse una mejor idea de la configuración del terreno, pero se encontró de regreso frente a la oscura silueta de Santa Sofía. Incluso ahora y sin haberlo hecho consciente, accedía a los pedidos de Mehmed.

Las calles estaban vacías. Radu sacó algunas herramientas del bolsillo secreto que tenía en el chaleco y, con mucho cuidado, intentó abrir el cerrojo. Después de un par de minutos de paciencia, fue premiado con un *clic* y se deslizó dentro del recinto. Tardó unos instantes en acostumbrarse a la oscuridad. Al oír un susurro, dio un salto por temor a que lo hubieran descubierto, pero se trataba del sonido del aleteo de las palomas. Ellas también habían entrado en la iglesia vacía para rezar.

Con una profunda exhalación, se libró del cansancio y el miedo que lo agobiaban, y comenzó a orar. Desde que había llegado a Constantinopla, no había podido elevar una verdadera plegaria a Dios. Realizar los movimientos propios del rezo lo reconfortaba más que darse un baño caliente, y a su vez, le resultaba igual de purificador. Pudo librarse de todo lo que había estado reteniendo. Tenía la atención puesta en una sola cosa, y su fe era un punto brillante en medio del edificio en penumbras.

Como no quería irse de allí una vez que terminó de orar, subió las escaleras hasta la galería que ocupaban las mujeres durante los oficios. Eventualmente, halló una pequeña puerta que daba a otro tramo de escaleras y, a continuación, a una escalera de mano. Empujó la trampilla de arriba y salió al tejado. Constantinopla se abría ante sus ojos. Desde allí, podía ver el contorno del palacio, el edificio descomunal en el que Constantino trabajaba.

Sería suficiente estar en la ciudad y esperar. Se acercaría a Constantino y confiaría en que hallaría la forma de ayudar a Mehmed. Depositaría la confianza en que Mehmed tenía un plan para él y en que Dios lo auxiliaría en su misión.

Radu trató de aferrarse a aquella confianza más que al temor. Al echar un vistazo a la ciudad, se preguntó por cada una de las luces. ¿Quién viviría allí y en qué pensarían? ¿También estarían rezando por la paz, por la orientación y por la protección? ¿Cuál Dios escucharía las plegarias?

Se sentó en el borde del tejado, con los pies colgando sobre el vacío que hacía eco del que se había abierto en el interior. Sentía que estaba a punto de caer... o de salir volando. No sabía cuál de las dos opciones se haría realidad, pero no tenía dudas de que el tiempo lo diría.

22

Principios de abril

Mehmed estaba recostado con tanta comodidad y sosiego que parecía una persona distinta. Lada se preguntaba... No, no se preguntaría nada, no pensaría en nada. Si él podía existir en ese espacio como si no necesitara nada más en el mundo que lo que acababan de tener, ella haría lo mismo.

Pero aquel estado le duró aproximadamente dos minutos.

—¿Siempre sudas tanto? —exclamó ella, mientras se retorcía y lo apartaba de sí.

—¿Te gustaría que te hiciera sudar más? —rio él, acercándola nuevamente y acariciándole el cuello con el rostro. Posó la mano en otro rincón del cuerpo de ella, quien lanzó un grito de placer y, al mismo tiempo, de conmoción por los dedos curiosos de él, y le dio un empujón. Antes de que pudiera percatarse del error que había cometido al hacer tanto ruido, la solapa principal de la tienda se abrió y entraron dos jenízaros a toda prisa. Mehmed se corrió para que Lada quedara escondida detrás de él.

—Retírense —dijo Mehmed en un tono de voz arrogante y frío que contrastaba con el que había adoptado segundos atrás.

—Oímos...

—Retírense.

Los dos jenízaros hicieron una reverencia, pero uno se detuvo.

—Su excelencia, tenemos noticias de una escaramuza con Hunyadi en la frontera de Serbia y Hungría.

—¡Las noticias pueden esperar hasta la mañana! No vuelven a entrar por ningún motivo.

Los jenízaros casi caen a tierra al hacer una reverencia profunda y salir corriendo de la carpa.

Lada se apoyó sobre un codo y levantó la manta por encima de su pecho desnudo.

—Entonces, ¿tienes tropas allí?

—Estás dejando que se filtre todo el aire frío —Mehmed intentó volver a impulsarla hacia abajo.

—¿Por qué tienes hombres en la frontera de Hungría? —ella se corrió todavía más.

—Para recordarle a Hunyadi que aún lo necesitan en Hungría —la voz de Mehmed expresaba una naturalidad tan estudiada que a Lada se le erizó el cabello.

—Pero yo convencí a Hunyadi de que se mantuviera alejado de Constantinopla y te lo dije. ¿No confías en mí?

—¡Por supuesto que confío en ti! Pero no puedo arriesgar nada. Lo hice simplemente para reasegurarme de que fuera así.

Lada suponía que aquello tenía sentido, pero el hecho de que él sintiera que tenía que reforzar el trabajo que ella había hecho le molestaba bastante. También estaba preocupada por la seguridad de Hunyadi, porque era una de las pocas personas en el mundo a la que consideraba parte de la familia.

Familia. A Lada no se le había ocurrido preguntar por Radu.

—¿Dónde está Radu? ¿Vino contigo? —no había ido con los mensajeros pero, donde estuviera Mehmed, Radu también estaría.

Mehmed cesó de tratar de persuadirla de que se impulsara hacia abajo. Se dejó caer de espaldas y se puso una mano en el rostro en señal de que estaba cansado.

—No, Radu no vino.

—Radu no vino —repitió ella con la voz apagada por la desilusión y el asombro que la invadían. Necesitaba a su hermano. Él sabía cómo tratar a las personas como los boyardos. Hunyadi había estado en lo cierto... ella no contaba con las armas propias para esa clase de combate, pero Radu sí. ¿Cómo se atrevía a rechazarla una vez más?—. ¿Te dijo por qué?

Mehmed negó con la cabeza.

—¿Dónde se encuentra ahora? –¿qué podía ser tan importante como para mantenerlo alejado de Lada y de Mehmed?

Mehmed se encogió de hombros. Estaba esquivando la respuesta. Ella le tomó el brazo con el que se cubría y lo apartó para que él no pudiera ocultarle la expresión que tenía en el rostro.

—¿Dónde está mi hermano, Mehmed?

—En Constantinopla –él alzó la vista hacia el techo de la tienda.

—¿Ya ha comenzado el asedio? –el ataque se había ejecutado y Mehmed estaba allí con ella, quien sentía un inmenso placer por haber superado en estatus a esta estúpida ciudad.

—No.

—Entonces, ¿qué está haciendo en Constantinopla? –el júbilo que la había invadido se evaporó en un abrir y cerrar de ojos, y la dejó fría por dentro–. ¿Lo enviaste como mensajero? ¡Sabes lo peligroso que es eso!

—Necesitaba a alguien dentro de la ciudad.

Lada se incorporó y las mantas cayeron a ambos costados. Mehmed no había respondido a la pregunta de si había nombrado mensajero a Radu. La había eludido con algo que parecía una respuesta, pero claramente no lo era. Por lo tanto, no había viajado como mensajero.

—¡Lo enviaste como espía!

—Necesitaba a alguien en quien pudiera confiar plenamente.

—¡No me importa lo que necesitabas! ¡Debería estar aquí conmigo! O, al menos, a tu lado durante el asedio, donde estaría completamente a salvo.

—¿A qué te refieres con eso? –Mehmed también se sentó y le brillaron los ojos de manera peligrosa.

—Me refiero a que, dondequiera que tú estés durante el ataque, será el sitio más seguro del mundo, ¡que es donde también debería estar mi hermano! ¿Cómo pudiste lanzarlo a semejante peligro?

—Era la mejor opción.

—¿Para ti o para él?

—Para el imperio.

–¡Ah, para el imperio! Bueno, eso mejora todo –Lada arrojó las sábanas, salió de la cama y empezó a ponerse la ropa que había desechado.

–Radu estará bien. Es mucho más inteligente y fuerte de lo que tú crees –expresó Mehmed.

–No te atrevas a decirme que conoces más a mi hermano que yo –Lada le puso un dedo sobre el pecho desnudo.

–Pero es verdad –rio Mehmed.

Palabras que sabía que se arrepentiría de pronunciar se le frenaron en la punta de la lengua. Si Mehmed no sabía lo que Radu sentía por él, no se iba a enterar por ella.

–Le estás pidiendo demasiado.

–Solamente le pido lo que está dispuesto a hacer. Nada más.

–Entonces yo lo conozco mejor que tú, imbécil. Radu haría cualquier cosa por ti.

Mehmed apartó la vista, al mismo tiempo que las mejillas se le cubrían de un color rojo oscuro.

–Ya sabes... –Lada entrecerró los ojos y apretó los puños con tanta fuerza que le comenzaron a doler–. Ya sabes que él está enamorado de ti.

–Tu hermano es muy importante para mí –Mehmed inclinó la cabeza hacia un lado, como si quisiera sacarse algo del hombro.

–Pero nunca será tan importante para ti como tú lo eres para él. Mehmed, libéralo. Debes librarlo de las falsas esperanzas que tiene.

–No puedo –él negó con la cabeza–. A mí me importa Radu y lo necesito.

–Pero nunca podrás amarlo de la forma en que él te ama.

–¿Cómo podría? –Mehmed se puso de pie e intentó aferrarla de los puños apretados–. Si te amo a ti.

Lada cerró los ojos frente a la intensidad con la que las palabras de él la golpearon. Radu era como un fantasma en medio de la habitación, amenazante en el susurro de la brisa que soplaba contra la parte de atrás del cuello de Lada. Ella tenía lo que quería, y no sabía qué hacer con ello.

–Tráelo de regreso. Podría morir allí.

–No cuento con nadie más apropiado para realizar la labor –Mehmed le soltó las manos–. Sí, soy consciente de que es un riesgo, pero es un riesgo aceptable. Él conoce los peligros y ha aceptado. Le importa Constantinopla tanto como a mí.

–A nadie le importa tanto algo como esa maldita ciudad te importa a ti –Lada lanzó una carcajada severa.

–A ti te importa Valaquia con la misma intensidad.

–¡Porque es mía! ¿Qué derecho tienes sobre Constantinopla que podría justificar poner en riesgo la vida de Radu?

Mehmed sacudió la cabeza y se sentó sobre el borde de la cama con los hombros curvados hacia adelante, mientras se acariciaba el cabello con los dedos.

–Te prometo que Radu saldrá ileso. Y, una vez que todo termine, podremos volver a estar juntos.

–No puedes prometerme eso. ¿Y cómo estaremos todos juntos? Él siempre preferirá estar de tu lado antes que del mío.

–No si mi bando y el tuyo son los mismos –él le sonrió. El cansancio se le había acumulado en la parte inferior de los ojos–. No puedo hacer esto solo. Hiciste bien en marcharte. No me había dado cuenta de lo que valías, y te hubiera dejado atrás. Pero ahora lo sé –la sonrisa se tornó más dulce–. Y, ahora, tú también lo sabes. Te necesito y te quiero conmigo. Vayamos juntos a los muros de la ciudad. Ayúdame a reclamar mi destino. Y luego... gobierna junto a mí, como emperatriz de Roma.

–Emperatriz –Lada dio un paso hacia atrás, abrumada.

–Toma la ciudad conmigo –todavía desnudo, Mehmed se ubicó delante de ella, completamente sincero y vulnerable, con las manos abiertas y las palmas hacia arriba–. Toma la corona. Tómame a mí, Lada.

Un recuerdo olvidado hacía tiempo se le vino a la memoria. Huma, la aterradora madre de Mehmed, contándole la historia de Theodora, la actriz, prostituta y mujer sin autoridad que había despertado el amor del emperador y había reinado junto a él. Lo había salvado a él y a la ciudad, y había cambiado todo en función de cómo ella creía que debía gobernarse, basada únicamente en su propia fortaleza.

Y en la fortaleza del hombre que la amaba.

¿Acaso Lada podría transformarse en esa mujer?

Pero Mehmed no había dicho emperador, sino emperatriz. Consorte del emperador. Le debería el poder y la posición a un hombre. Además, ella no era una humilde prostituta ni una actriz. Ya contaba con un derecho de nacimiento propio.

–¿Y qué hay de Valaquia?

–¡Olvídate de Valaquia! ¿Por qué ser vaivoda de una tierra insignificante si puedes ser emperatriz del imperio más grande del mundo?

–Porque si yo no lidero Valaquia, nadie lo hará –ella se apartó aún más de él.

–Nos aseguraremos de que Valaquia esté siempre bien cuidada –Mehmed pasó una mano por el aire.

Lada sacudió la cabeza lentamente. La oferta era tentadora, pero ella estaba demasiado cerca de Valaquia. La podía sentir, así como había sentido a Mehmed. A esta altura, no podía darle la espalda a su tierra.

–¿Dónde están las tropas? Puedo... podemos discutir esto más tarde. Una vez que Valaquia esté asegurada y tú tengas Constantinopla... en ese momento, no lo sé. Tal vez siempre encontremos la forma de estar juntos. Luego de que consigamos lo que necesitamos.

–¿Es esa la única razón por la que viniste? –el dolor atravesó el semblante de Mehmed, transformándolo en un rostro más joven y suave.

–¡Por supuesto que sí! –lanzó Lada.

La vulnerabilidad de él fue reemplazada por gestos duros y fríos, y cejas imperiosas. Tomó la camisa de dormir y se la deslizó por la cabeza.

–No hay ninguna tropa.

–¿A qué te refieres?

–Necesito a todos los hombres que tengo. No puedo escatimarlos para desestabilizar una nación que ya tengo bajo control. Hice un acuerdo con el príncipe Danesti.

–Pero pudiste enviar hombres para que hostigaran a Hunyadi –Lada quedó pasmada–. No necesitabas hacerlo. Podrías haber confiado en mí y, en cambio, haberme cedido esas fuerzas. ¿Alguna vez hubo tropas destinadas a mí? ¿Alguna vez tuviste la intención de ayudarme?

–¡Te estoy ayudando! ¡Estás destinada a cosas más grandes! Junto a mí –él se acercó a ella, pero Lada alzó las manos en el aire.

–No me escribiste ni una sola vez, hasta que me comuniqué con Radu para decirle que contaba con la confianza de Hunyadi. Aprovechaste la oportunidad y me usaste. Yo traicioné a Hunyadi por ti –era la primera vez en la vida que Lada se sentía tan pequeña y miserable. Había traicionado la bondad de Hunyadi en vano. Todas las explicaciones y los razonamientos no habían servido para nada. Pese a los sacrificios que había hecho, no estaba más cerca de Valaquia–. Me engañaste.

–¡Te hice un favor! Aunque te hubiera traído las tropas y aunque hubieras asumido el trono, jamás podrías haberte mantenido en él. Ellos no seguirían a una mujer como príncipe. Abandona este delirio, Lada. Te destruirá. Ven conmigo, lucha a mi lado. Solamente confío mi vida a ti –señaló la abertura en la pared de la carpa–. Sin ti, moriría.

–Supongo que ese es un riesgo aceptable –Lada alzó una ceja.

–Te estoy ofreciendo mucho más –Mehmed levantó las manos en el aire y comenzó a pasearse por la habitación–. Te estoy ofreciendo el mundo entero y toda mi persona –hizo un ademán hacia la cama, completamente enfurecido–. Estabas bastante feliz como para aceptarlo algunos minutos atrás.

–¡La situación era diferente! Me habías prometido soldados.

–¿Acaso esto fue una mera transacción para ti? –el disgusto le cubrió las palabras.

Lada le asestó un puñetazo en el estómago. Él se dobló hacia adelante y ella le susurró al oído:

–Nunca jamás me vuelvas a hablar de esa forma.

Pero las palabras de él la habían afectado demasiado y lágrimas de rabia le cubrían los ojos. No le había vendido su cuerpo a él, y ella lo detestaba por pensar que lo había usado para manipularlo. Pero lo cierto era que sí había vendido la resolución de llegar al trono por sí misma, al igual que la relación que tenía con Hunyadi, por la falsa promesa de unos cientos de hombres.

—Independientemente de lo que creas, debes saber que lo que hice lo hice por amor. Te amo y siempre te he amado —Mehmed le aferró la mano y la apretó contra su pecho—. ¿Elegirás a Valaquia?

—Traicionaste a mi hermano fingiendo que ignorabas lo que sentía por ti y también me traicionaste a mí —Lada liberó la mano y rescató el cuchillo que se le había caído al suelo—, pero yo jamás traicionaré a Valaquia —levantó el puñal en dirección a él—. Si vuelves a poner un pie en la tierra de Valaquia, mi tierra, te mataré.

Ignoró a Mehmed que gritaba su nombre y salió de la tienda por la misma grieta por la que había ingresado, que, esta vez, parecía más profunda.

Principios de abril

Bajo la fría y húmeda neblina de la mañana, Radu estaba cubierto de sudor. Antes de seguir escalando, se apoyó contra los peldaños de piedra para recuperar el aliento. El extraño contorno del trozo de lápida que sostenía le acalambraba los dedos. Cuando finalmente alcanzó la cima del muro, se tambaleó sobre el montículo de rocas y añadió la que acarreaba.

—Qué curioso que se usen las lápidas de los muertos para reparar los muros.

Radu alzó la vista y se topó con el rostro ajado, pero alegre, de Giovanni Giustiniani, el hombre italiano de la primera y, hasta el momento, única reunión que había tenido con Constantino. Giustiniani era alto, tenía hombros anchos y, por la forma en que se movía, reflejaba cierta fortaleza. Una profunda arruga que le atravesaba las cejas hacía que el ceño pareciera siempre fruncido, pero todas las otras líneas que tenía en el rostro eran consecuencia de sonrisas y carcajadas.

Radu se limpió la frente con el brazo y se incorporó. Era unos pocos centímetros más alto que aquel hombre mayor.

—Bueno, es lo mínimo que esos ciudadanos podían hacer para contribuir con la defensa de la ciudad.

—Me acuerdo de ti —rio Giustiniani, con una carcajada similar a un cañonazo, mientras le daba a Radu una palmada en el hombro—. Nos trajiste noticias de los planes de los infieles.

Radu asintió. Siempre le resultaba discordante el hecho de oír que a los otomanos se los llamara infieles, ya que ese era el mismo término que usaban ellos para referirse a los cristianos.

–Ojalá hubiera venido armado con mejores noticias.

–Todas las noticias, sean buenas o malas, ayudan –suspiró Giustiniani, mientras se volvía hacia un grupo de hombres que se gritaban los unos a los otros–. Los difuntos que contribuyen con las piedras de sus lápidas hacen más que estos vivos que no pueden dejar de pelearse entre sí –se alejó de él para dirigirse hacia donde se desataba la pelea.

Radu se asomó por el borde del muro y observó el panorama que se abría por debajo de él. No quedaba rincón alguno en el que pudieran ocultarse las fuerzas otomanas. Por delante de ellos, se extendía un foso largo y profundo, que tenía el fin de reducir la marcha de los atacantes y lograr que fueran más fáciles de derribar. La zanja de defensa de Constantinopla, las murallas exteriores donde se encontraba Radu y el muro interno habían ahuyentado todos los ataques externos desde hacía más de mil años.

Pero ninguno de esos atacantes había sido Mehmed.

–¡Radu! –aquella voz le provocó un arrebato de felicidad, incluso antes de que advirtiera de quién provenía.

Al girar, Radu se encontró con Cyprian que avanzaba junto al emperador. Hizo una profunda reverencia, al mismo tiempo que intentaba lucir sorprendido, como si no hubiera escuchado a Cyprian decir que, aquel día, haría un recorrido con Constantino por las murallas de la ciudad y como si tampoco se hubiese ubicado estratégicamente en uno de los puntos más bajos del muro, consciente de que, tarde o temprano, los dos hombres pasarían por allí. Cyprian había estado tan ocupado que él y Radu apenas se habían visto, pese a que vivían en la misma casa.

Pero haberse desviado para toparse con el otro hombre había sido una táctica planeada de antemano, que no se debía a que no tenía con quién conversar por fuera de la habitación que compartía con Nazira. Ella solía estar siempre afuera de la casa por cuestiones sociales, por lo que Radu contaba con demasiado tiempo para pensar.

–¿Has visto a Giustiniani? –le preguntó Cyprian.

–Se acaba de marchar. Unos hombres estaban discutiendo y él fue a ver qué pasaba.

—Aunque los italianos solamente nos hayan enviado a Giustiniani, ya con eso nos han ayudado más que ningún otro pueblo —Constantino se asomó por encima del muro, al mismo tiempo que se rascaba la barba—. No puedo evitar que los genoveses se peleen con los venecianos, quienes discuten con los griegos, quienes desconfían de los genoveses, quienes odian a los ortodoxos, quienes detestan a los católicos. Únicamente los turcos liderados por Orhan parecen llevarse bien con todos —sonrió a Radu con sarcasmo.

—¿Orhan continúa aquí? —Radu estaba sorprendido de que no hubiera huido de la ciudad por el asedio.

—No tiene ningún otro sitio al cual ir. Estoy agradecido por su ayuda y la de sus hombres. No es Giustiniani, pero lo cierto es que no existe nadie como él... bueno, excepto Hunyadi, tal vez.

—No había oído hablar de Giustiniani, pero si se parece a Hunyadi, los otomanos le temerán y lo odiarán —Radu estaba impaciente por participar de un tema de conversación del que sabía algo al respecto.

—¿Le tienen tanto miedo a Hunyadi?

—Él es como un espectro que los acecha. Hasta las victorias contra él no significan nada en comparación con lo que él les ha costado. La mera mención de su nombre causaría problemas a Mehmed.

—Ya debería estar aquí —asintió Constantino con aire pensativo—. Temo que lo hayamos perdido.

—Pero ¿tienes más venecianos? —Radu esperaba que aquello no sonara como si estuviera tratando de recolectar información, sino como si simplemente se estuviese mostrando positivo.

—Solo un puñado. Estamos esperando a que lleguen más. Gálata, nuestra vecina, no enviará ningún hombre. Tienen terror de quedar atrapados en el conflicto. Son aliados de todos, por lo tanto de nadie. Lo único que logramos de ellos fue que fijaran una barrera a través del cuerno.

La enorme cadena que bloqueaba el acceso a la bahía del Cuerno de Oro se extendía desde Constantinopla hasta Gálata, ciudad que se posaba sobre el agua caudalosa del cuerno y que carecía de las defensas naturales de Constantinopla. Si Mehmed la atacaba, no habría dudas de que caería, pero lo cierto era que él no quería agotar los recursos en Gálata. Si tomaba Constantinopla, Gálata también pasaría a ser suya.

Durante el día, la gente caminaba libremente por ambas ciudades, pero, por las noches, las dos cerraban y bloqueaban sus accesos. Radu deseaba que todos los habitantes de Constantinopla atravesaran la bahía hacia la región de los gálatas y se quedaran allí. No entendía por qué regresaban a Constantinopla. Cuando Mehmed llegara, Radu esperaba que finalmente advirtieran lo inútil que era permanecer allí.

–Ahí –señaló Constantino. Cyprian tomaba notas de todo lo que decía, y Radu se acercó a ellos para seguir la dirección del dedo del emperador–. Necesitamos la mayor concentración posible de hombres en la sección del río Lycus.

Pese a que Constantinopla se encontraba sobre una colina, había un sector del muro que no estaba sobre terreno elevado. El río Lycus lo atravesaba directamente, allí era imposible cavar un foso y transformaba aquella porción de tierra en un acceso bajo y peligroso. Radu sabía todo esto por los planos de Mehmed pero, aun así, se deleitaba al verlo en persona y desde esa parte del muro, adonde no pensaba que llegaría hasta después del asedio.

Cuando Constantino explicó detenidamente dónde debían ubicarse los hombres y comandantes, Radu guardó la información en la memoria junto al resto de los datos que había acumulado durante su estadía en esas tierras. Adondequiera que fueran, Constantino se mostraba erguido y seguro de sí mismo, elogiaba a los hombres por el progreso del trabajo que hacían y les daba sugerencias para continuar mejorando. Puede que lo abuchearan en las calles, pero entre los soldados era evidente que lo respetaban y que él devolvía aquel respeto.

–Aquí –señaló, deteniéndose nuevamente. Habían llegado a un tramo de remiendo. Mientras que en las otras secciones de la muralla brillaba la piedra caliza atravesada por una soldadura de ladrillos rojos, en esta todo lucía descuidado e irregular. Y, a diferencia del resto, había un solo muro en vez de dos, el cual sobresalía en ángulo recto. El palacio donde vivía Constantino se alzaba por detrás de él.

—¿Por qué esta parte es tan diferente? —preguntó Radu, pese a que ya sabía la respuesta.

—No podíamos dejar un templo por fuera de los muros —el tono de voz de Constantino reflejaba cierta molestia, pero la sonrisa confiada no le abandonaba el rostro—. Estamos mejor protegidos por una muralla y un lugar sagrado que por dos murallas sin uno. O, al menos, ese fue el motivo hace cientos de años cuando edificaron el muro para cercar el santuario.

Constantino señaló varios puntos débiles y desmoronados, a medida que hablaba con un capataz a cargo de las reparaciones. Finalmente, los tres hombres bajaron las escalinatas y regresaron a la ciudad a través de una tronera de salida, una puerta constantemente vigilada que se utilizaba para que los soldados entraran y salieran durante los ataques.

—Dime, Radu, ¿qué opinas de mis murallas? —le preguntó Constantino.

—Creo que son merecedoras de su admirable reputación. Se han mantenido durante tantos años por alguna razón.

—Todavía nos protegerán —asintió Constantino con aire pensativo.

Se habían preservado por más de mil años de incontables guerras de asedio. Pero Mehmed no era parte del pasado, sino que era el futuro. Contaba con varios recursos que nadie había imaginado antes y que los muros no habían contemplado hasta el momento.

—He oído que el sultán está reparando caminos y puentes dentro de mis tierras —volvió a hablar Constantino, con el pensamiento puesto en el mismo hombre que Radu—. Es muy generoso de su parte que se ocupe del mantenimiento de todos esos rincones, ahora que yo estoy tan ocupado. ¿Crees que sería capaz de darme algunos hombres para que nos ayuden a reparar las murallas, mientras él esté delante de ellas?

—Me temo que ya no me encuentro en una posición privilegiada como para hacer esa clase de peticiones —rio Radu débilmente.

El semblante de Constantino se tornó serio con tanta rapidez que Radu temía haber revelado algo indebido.

—Sé por qué huiste —la mano del emperador cayó sobre el hombro de Radu pero, en vez de darle un golpe, depositó todo el peso del cuerpo sobre él—. Todos han oído hablar de su inmoralidad, de los harenes tanto femeninos como masculinos. Aquí estás a salvo, Radu. Nunca más tendrás que regresar a esa vida.

Radu tardó varios minutos en asimilar las palabras y el tono de voz de Constantino. Echó un vistazo a Cyprian, quien estaba mirando el palacio con determinación. De pronto, todo cobró sentido: el guardia irónico junto al que habían pasado al atravesar Rumeli Hisari, la facilidad con la que todos habían aceptado la traición de Radu hacia Mehmed, y las miradas de desprecio o compasión.

—Yo... sí, gracias. Tengo que... Discúlpenme —Radu se volvió y partió con rigidez. Una vez que dobló en la esquina y quedó fuera de la vista de ellos, se hundió contra una pared y, horrorizado, se llevó el puño a la boca.

Entonces, ¿aquel era el rumor que corría? ¿Que Mehmed tenía un harén masculino? ¿Y que Radu había sido la joya principal de él? Radu, el Hermoso. Recientemente, alguien lo había vuelto a llamar de esa forma, antes que el soldado. El gran visir Halil, en Edirne. ¿Aquella sería la fuente de todo? ¿Acaso sería otra táctica para rebajar a Mehmed y hacerlo quedar como un perverso?

Radu no sabía qué era lo que lo desesperaba más... si el hecho de que todos conocieran el rumor menos él o la mera insinuación de que consideraran perverso que Mehmed amara a mujeres y a hombres. Lo que él sentía por Mehmed no era depravado ni retorcido, sino que, por el contrario, eran los sentimientos más puros que había albergado y que casi bordeaban lo sagrado. Le daba náuseas que profanaran aquel amor con tanta despreocupación.

Inmediatamente después, le vino a la mente otro horrible pensamiento. Mehmed debía conocer los rumores. Por supuesto que estaría al tanto. ¿Acaso la distancia entre Radu y Mehmed no se debía simplemente a una treta contra los enemigos? Mehmed había aprovechado la oportunidad de enviar a Radu lejos de sí con muy poca preparación y sin ayuda. Se había mostrado dispuesto a hacerlo sin mucha información ni garantías. Radu había pensado que era porque Mehmed confiaba en él, pero ahora se cuestionaba los motivos.

¿Acaso Mehmed estaba al tanto de los rumores y de los verdaderos sentimientos de Radu hacia él, y había decidido enviarlo lejos del imperio para poner fin a ambos?

· · · · ·

Radu se desplomó sobre la cama junto a Nazira. Había pasado un largo día de trabajo ayudando a reparar las murallas. La ironía de que lo hubieran enviado detrás de los muros para debilitarlos y, en cambio, se encontrara reparándolos físicamente no escapaba de los dolores musculares que lo invadían.

–Tú primero –con un profundo suspiro, se puso un brazo sobre el rostro.

Nazira lo hizo ponerse boca abajo y empezó a hacerle masajes en la espalda. Radu se hundió más profundamente en el colchón irregular, sin prestar atención a las púas de las plumas que le pinchaban. El simple contacto humano de alguien que lo quería lo curaba más de lo que podrían hacerlo las pequeñas manos de Nazira. Radu se dio cuenta de lo poco que lo habían tocado en los últimos años. Lada nunca había sido afectuosa con él, a menos que tuviera en cuenta los puñetazos que le asestaba, y Lazar lo había rozado frecuentemente de forma *accidental*, pero Radu intentó no pensar en su amigo muerto. Recordaba todos los momentos en que había tenido contacto físico con Mehmed, pese a que habían sido demasiado breves y formales; nunca suficientes.

También tenía que contar el horrible beso con Salih, el hijo de Halil, el cual todavía le generaba aversión a sí mismo por lo mucho que le había gustado el hecho de ser deseado, a pesar de que no sintiera nada por el muchacho.

La intimidad amistosa con Nazira tenía sus beneficios, pero era un hecho que el aspecto negativo de estar casado era que les dieran la misma habitación y cama para compartir. A veces, Radu se despertaba de algunos sueños desesperados en los que era consciente de las sensaciones que le faltaba experimentar en el cuerpo, es decir, en un estado que realmente no quería que Nazira presenciara. A menudo, no podía volver a conciliar el sueño, independientemente del cansancio que sintiera, por temor a lo que pudiera soñar al lado de Nazira.

—Déjame pensar en lo que escuché hoy —Nazira intentó aflojarle un nudo y Radu hizo una mueca—. Mehmed es el Anticristo.

—Sí, yo también escuché ese comentario.

—¿Oíste hablar del niño que soñó que el ángel guardián de la ciudad abandonaba su puesto en las murallas?

—No, eso es nuevo. Oí hablar del pescador que levantó ostras manchadas de sangre.

—¡Qué bueno que nunca me gustaron las ostras ni el pescado! Hay demasiado pescado en esta ciudad. Si no vuelvo a comer pescado cuando nos marchemos, seré feliz. ¿Qué más? Mmm ¡Ah! Helena, una de mis nuevas amigas, está muy amargada. Al parecer, el primer emperador de la ciudad fue Constantino, hijo de Helena, y ahora este emperador también es Constantino, hijo de Helena, lo cual significa que el círculo de la historia se está cerrando y la ciudad está perdida. También equivale a que el nombre Helena está demasiado mal visto y ella se lo está tomando demasiado personal.

—¿Por qué eres amiga de ella?

—Actualmente, uno de los capitanes del barco veneciano, un hombre llamado Coco, está hospedado en su casa, y ella habla constantemente sobre él.

—Bien hecho —dijo Radu, estremeciéndose mientras ella le tocaba otra parte adolorida de los hombros—. Desde los muros aseguran que, como la ciudad alberga una reliquia de la verdadera cruz, no puede ser tomada por el Anticristo. Por otro lado, las aves que atraviesan el cielo no parecen ser favorables. Sin embargo, la ciudad está protegida por la mismísima

María, pero, desafortunadamente, el tío de uno de los habitantes al fin logró descifrar los mensajes secretos que están escritos sobre un pilar de mil años de antigüedad, en los cuales se afirma que este es el último año de la Tierra. Pero habrá luna creciente en breve y la ciudad no puede ser tomada en luna creciente, así que ahí lo tienes. La ciudad está condenada y, al mismo tiempo, es imposible que caiga.

—Esta gente está loca —dijo Nazira, con tristeza.

—Al menos nos ahorra el problema de tratar de generar el caos dentro de los muros. No necesitan ayuda alguna con eso.

—¿Cómo vienen los planes de acercarte a Constantino?

Radu se encogió de hombros y rodó a un lado de la cama. Nazira se recostó junto a él, apoyada sobre uno de los codos. Él no podía confesarle el verdadero motivo por el que Constantino había recibido su lealtad sin cuestionamientos; se sentía demasiado humillado como para decirlo en voz alta.

—Solamente lo veo de pasada. Está en constante marcha por todos los rincones de la ciudad para motivar a las personas.

—Lo he visto un par de veces. Helena lo detesta. A mí me parece agradable. ¿Y qué hay de las otras personalidades importantes?

—En este momento, están intentando organizarse, mientras esperan a que llegue la ayuda para decidir a dónde enviar las tropas. No los veo demasiado. No sabía que el trabajo de la espera pudiera tornarse tan agotador.

—¿Y qué me dices de Cyprian?

—Él es muy cercano a Constantino, toma notas por él —Radu se desplazó, de pronto incómodo—. Estoy seguro de que está al tanto de la mayoría de los arreglos de la ciudad, pero...

—Pero ¿qué?

Radu cerró los ojos y se frotó el rostro. Había una cuestión nebulosa con respecto a Cyprian, cuyos contornos Radu aún no había trazado. No sabía si podría hacerlo, o bien, si podría ser capaz de hacerlo.

—Estamos viviendo en la casa de Cyprian. Comemos con él y dormimos junto a su dormitorio —además, les caía bien. Nazira no se lo había dicho, pero Radu lo advertía en las sonrisas que le brindaba y en la facilidad con la que se reía de las historias que él relataba durante las comidas. Radu no era el único que tenía sensaciones encontradas en relación con el enemigo, pero, de todas formas, las racionalizaba–. Sería peligroso abusar de la información que sacamos de él. Demasiado sospechoso.

—Es cierto —Nazira alzó la manta hasta el mentón y se acurrucó junto a Radu–. Seguimos adelante, entonces.

Radu le dio una palmada en el brazo, mientras aguardaba a que la respiración de ella se tornara estable y profunda. Una vez que ocurrió, él se apartó y se sentó en el borde de la cama con la cabeza entre las manos.

La única consecuencia de haber viajado hasta allí era que Radu se había alejado de Mehmed y que los rumores sobre ellos se habían disipado. Radu sabía que debería estar contento, si eso era lo que Mehmed necesitaba. Debería estar dispuesto a sacrificarse a sí mismo para proteger la visión de futuro y la reputación de Mehmed, pero lo cierto era que no podría ni estaría dispuesto a sacrificar a Nazira.

Se mantendría firme hasta el final, aprovecharía al máximo la estadía en aquel sitio y, sin importar lo que pasara, ella saldría viva de esto.

Principios de abril

A la mañana siguiente, Oana –la única que estaba enterada del encuentro entre Lada y Mehmed– no dijo nada al respecto cuando Lada ordenó a sus hombres que levantaran el campamento. Lada estaba muy agradecida con ella, ya que no hubiera podido lidiar con las preguntas acerca de los soldados que se suponía que debía traer consigo.

Bogdan se mantuvo más cerca de ella que de costumbre. En ningún momento le preguntó adónde había ido. Al menos, continuaba aceptando incondicionalmente todas sus acciones, pero, aunque se lo hubiera preguntado, ella jamás le hubiese contado la verdad.

Ni a él ni a nadie.

A Lada la perseguían pensamientos cargados de ira. Mehmed, en quien siempre había confiado, la había engañado. ¿Y de veras creyó que elegiría a Constantinopla después de eso? Evidentemente, la conocía muy poco.

Sin embargo, la noche siguiente, mientras estaba acostada sobre la tierra congelada, la mente la traicionó. Cada vez que cerraba los ojos, la acosaban imágenes de ella como emperatriz junto a Mehmed. Lo peor de todo era que sabía que, en cierta medida, deseaba alcanzar ese poder, a pesar del costo que implicaba.

Se despertó con fuertes dolores en el cuerpo y con la respiración entrecortada. No. Lo peor eran los sueños en los que Mehmed se encontraba a su lado vestido con un estilo completamente distinto al suyo.

Obligó a sus hombres a que partieran antes del alba. El sueño no era uno de sus aliados. Los condujo hacia Hunedoara, exigiéndoles al máximo. Al menos la tranquilizaba saber que había hecho algo bueno por Hunyadi. Constantinopla caería –de eso, no tenía ninguna duda, pese a

215

cuánto ahora odiara y dudara de Mehmed–, y Hunyadi hubiera muerto allí. Podía consolarse con el hecho de que, gracias a que había sido hipócrita con él, le había salvado la vida.

–Detesto Hungría –se quejó Petru, cabalgando junto a Lada, Nicolae y Bogdan–. ¿Y ese señor, noble o príncipe Matthias? Siempre que está cerca de mí, se lleva un pañuelo a la nariz –Petru dobló la cabeza para oler por debajo de sus brazos–. Yo no huelo nada.

–Eso es porque tu sentido del olfato se esfumó por propia desesperación –Nicolae se inclinó hacia delante y simuló que se desvanecía.

–Matthias no es un príncipe –dijo Lada–. Es el hijo de Hunyadi.

–¿Cómo es posible que la semilla de Hunyadi haya sembrado un político tan débil? –el rostro de Petru se cubrió de asombro.

–¡De la misma manera en que la semilla traicionera de Vlad Dracul engendró a nuestra valiente Lada! –le respondió Nicolae con voz alegre.

Lada miraba fijamente hacia adelante, entumecida. En ese preciso instante, se dio cuenta de que era exactamente igual a su padre. Hunyadi le había advertido que no subestimara al hombre que la había hecho como era. Al parecer, su padre había hecho un estupendo trabajo. Ella también se había aprovechado de alguien que confiaba en ella para conseguir ayuda de los otomanos, lo cual no la había beneficiado en nada. Y había sido lo suficientemente estúpida como para involucrarse personalmente con Mehmed.

Sin lugar a dudas, era extremadamente tonta.

–¿Lada? –la llamó Bogdan en su tono de voz bajo y gruñón suavizado por la preocupación.

Ella impulsó el caballo hacia adelante, con el fin de dejar atrás a todos para que no pudieran ver las primeras lágrimas que derramaba desde que era pequeña.

Sin embargo, Oana la alcanzó.

–¿Qué diablos quieres? –Lada se limpió el rostro con furia.

–¿A dónde estamos yendo?

–A Hungría, que es mi único aliado.

—No es tu único aliado –dijo Oana, después de murmurar algo–. Tienes otra familia aparte de la de tu padre.

—Mircea también ha muerto. Y ninguno de los boyardos guarda una relación tan estrecha con el linaje de los Dracul como con el de los Danesti o Basarab.

—No me refiero a esa rama, sino a la de tu madre. Lo último que escuché es que está en Moldavia y forma parte de la nobleza.

—Ella no es nada para mí –Lada giró la cabeza hacia un costado y lanzó un escupitajo.

—Sea como fuere, puede que tú valgas algo para ella. La sangre llama. Tal vez puedas hallar tu camino al trono con el apoyo de su familia. Y, aunque no sea así, es un buen sitio para descansar y reorganizarse. Necesitas descansar un poco.

—No quiero verla –se quejó Lada, al mismo tiempo que se frotaba la frente. Había un motivo por el que jamás se le había cruzado por la cabeza la posibilidad de acudir a sus parientes de Moldavia. Para ella, su madre había dejado de existir hacía varios años. La idea de volver a recibir a esa mujer en su vida, aunque aquello le garantizara el trono...

—No te puede costar más de lo que sea que haya pasado con ese sultán –Oana se inclinó hacia adelante.

—¡Dios Santo, mujer! De acuerdo –a medida que daba vuelta el caballo, Lada ignoró la sonrisa de satisfacción que Oana esbozaba–. Nuevo plan –exclamó, una vez que se reunió con sus hombres.

—¿Nuevo plan? –preguntó Petru.

—¿A dónde iremos ahora? –preguntó Nicolae.

—A Moldavia.

—¿A Moldavia? –repitió Petru.

—¿Acaso hay un eco allí? –Lada lanzó una mirada fulminante a Petru.

—¿Vamos a incendiar las ciudades de Moldavia al igual que hicimos con las de Transilvania? –pese a que bajó la cabeza y se sonrojó, el tono de voz de Petru se cubrió de entusiasmo.

Lada no se había olvidado de Matei ni del desperdicio de su muerte, hubiera sido o no un traidor. No perdería más hombres por un insignificante deseo de venganza, sino únicamente por una venganza que de veras valiera la pena. Negó con la cabeza.

—Entonces, ¿qué vamos a hacer? —preguntó Nicolae.

—Vamos a recurrir a mis parientes. Vamos a ver a mi... —hizo una pausa, al sentir que los bordes de la siguiente palabra se le adherían a la garganta y amenazaban con sofocarla—. Mi madre.

· · · ·

—Ella es muy hermosa —susurró Petru, mientras se asomaba por el seto detrás del que se escondían—. No te pareces en nada a ella.

—Y ese, Petru, es el motivo por el que tu linaje morirá contigo —Nicolae sintió vergüenza ajena.

Lada no respondió —ni podía hacerlo—, porque estaba observando cómo su madre cabalgaba con elegancia en dirección a ellos, a lo largo del camino de tierra que salía de su palacete.

El único recuerdo vívido que Lada tenía de aquella mujer era de cuando la había visto arrastrándose por el suelo, con el cabello lacio suelto sobre el rostro, los omóplatos angulosos abatidos y los ojos llorosos. Pensó que se encontraría con la misma criatura frágil de aquel entonces. No había podido imaginársela de pie y, menos aún, montada a caballo.

Su madre era de complexión minúscula y huesos finos como un ave. Su cabello negro, fijado con minuciosidad debajo del sombrero, brillaba con tintes plateados. Tenía la espalda erguida, el mentón en alto y un velo de encaje por encima del rostro.

Lada se había mostrado inquieta ante la posibilidad de aprovechar el lazo con su madre para obtener ayuda del rey de Moldavia, su abuelo. Pero le había resultado más sencillo imaginarse a su madre como un mero peldaño importante para escalar que como a alguien que estaba más arriba que ella. Su madre ya no estaba en el suelo.

—Deberíamos partir —expresó—. Esta no fue una buena idea.

—Al menos, deberíamos hablar con ella —dijo Nicolae.

—Ni siquiera estoy segura de que sea ella. No la veo desde que tenía tres años. Tal vez estemos mal informados. Puede que mi madre haya muerto.

—Es ella —Bogdan empujó a Petru hacia un lado y se acomodó en su punto estratégico.

—¿Cómo lo sabes?

—Yo era mayor que tú cuando partió —él se encogió de hombros.

—¡Solamente un año mayor!

—Recuerdo toda nuestra infancia —parpadeó a Lada, con la expresión irresoluble. Resaltó la palabra *nuestra* con una ternura fuera de lo común, lo cual hizo que Lada se sintiera más nerviosa de lo que ya estaba.

—Bueno, ¿qué se supone que debemos hacer? —Lada se cruzó de brazos—. ¿Salir del escondite y gritar *¡Hola, Madre!*?

—Por supuesto que no —sacudió la cabeza Nicolae—. No es nuestra madre, sino la tuya.

—Ni siquiera es la mía. No creo que me reconozca —Lada tendría que probar su identidad a la mujer que había huido cuando ella era una niña. No había forma de que lo hiciera.

—Podríamos traer a mi madre —ofreció Bogdan—. Ella fue la acompañante de tu madre durante varios años.

Habían dejado a Oana en el campamento junto al resto de los hombres, el cual estaba escondido en el desfiladero que habían atravesado para llegar a Moldavia. Durante toda la travesía, Lada había sentido la tentación de dar la vuelta, huir y regresar a casa. Pero no podía hacerlo porque necesitaba ayuda. Detestaba necesitar cosas.

—De acuerdo —Lada se puso de pie y se abrió paso a través del seto, del cual se libró justo cuando pasaba el caballo de su madre.

—¡Santo Dios y sus heridas! —exclamó Vasilissa, usando la maldición preferida del padre de Lada—. ¿De dónde...? —se detuvo en seco, llevándose los dedos a la boca, presionando el velo.

—Deberías viajar con guardias —Lada utilizaba la furia como armadura contra esa mujer—. Podríamos haber sido cualquiera.

Vasilissa se llevó la mano temblorosa al corazón.

—No vamos a asaltarte —suspiró Lada—. Queremos hablar contigo.

—Ladislav —susurró Vasilissa—. Mi pequeña.

Lada se había preparado para sentir la humillación de tener que presentarse, pero no había considerado cómo reaccionaría si su madre la reconociera. Retrocedió como si hubiese recibido un golpe y se le acotó la visión a un túnel estrecho. Se le tensaros todos los músculos, a la espera de un ataque.

Vasilissa se inclinó hacia abajo lo más que pudo desde el caballo que montaba. Lada apenas podía distinguir la voz de la mujer por sobre el torrente de sangre que se le había subido a la cabeza.

—Ladislav —la mujer extendió una de sus diminutas manos enguantadas en dirección al cabello de Lada. Inmediatamente después, se aclaró la garganta y la miró de arriba abajo de manera tal que Lada se sintió desnuda—. Ven. Te daremos un baño y algunas ropas nuevas —su madre giró el caballo hacia el palacete y se marchó a paso ligero.

—¡Traje a mis hombres conmigo! —gritó Lada, al recuperar el habla.

—No —dijo Vasilissa, sin volverse—. Solo tú, sin los hombres.

—Simplemente... por ahora, quédense aquí —desconcertada, Lada hizo un gesto a Petru, a Nicolae y a Bogdan, que la observaban desde el escondite—. Regresaré por ustedes.

—¿Estás segura de que no sufrirás ningún daño? —le preguntó Bogdan, con los ojos entrecerrados, a medida que seguía con la mirada la partida apresurada de Vasilissa.

—Esperen aquí —Lada estaba segura de lo contrario, pero no esperaba la clase de herida que Bogdan temía.

Cuando llegó a la casa, la puerta principal estaba cerrada. Todas las superficies del edificio estaban cubiertas de hiedra seca, cuyas ramas nudosas y enredadas se tragaban las esquinas y la silueta de la vivienda. Durante el verano todo sería verde y encantador, pero ahora no lo era.

Lo mínimo que podría haber hecho su madre era esperarla. Lada rio amargamente. No, su madre era experta en hacer mucho menos de lo mínimo que las madres hacían por sus hijas. Por supuesto que la obligaría a llamar a la puerta, por lo tanto, golpeó el puño enguantado contra el umbral. Las hojas se abrieron con tanta rapidez que la sirvienta debía estar aguardando allí.

—Bienvenida, señorita —la muchacha hizo una reverencia con incomodidad. Llevaba un vestido oscuro sin mangas y un gorro que no le quedaba bien—. Mi señora ha mandado a prepararle una habitación.

—Pero me la he encontrado hace un momento en el camino —Lada frunció el ceño. ¿A quién más estaría esperando su madre?

—Mi señora le ha preparado una habitación. Por favor, sígame —la muchacha se aclaró la garganta y permaneció con la vista hacia abajo.

—¿Dónde está mi mad...? ¿Dónde está Vasilissa?

—Si viene conmigo, le mostraré su dormitorio y le preparé un baño. Su Señoría recibe a las visitas después de la cena.

—Pero ella ya sabe que estoy aquí. Y mis hombres me están esperando afuera.

La sirvienta finalmente alzó la mirada, y Lada advirtió que sus ojos apuntaban en diferentes direcciones, uno estaba ligeramente torcido hacia la izquierda.

—Por favor, señora, no le hable de hombres —susurró—. Hagamos lo que ella desea, es mejor. Permítame que la lleve a su dormitorio, y ella se reunirá con usted después de la cena.

—De acuerdo —exasperada, Lada lanzó una mano hacia afuera—. Lléveme a mi habitación.

La muchacha le esbozó una rápida sonrisa de agradecimiento, y condujo a Lada dentro de la casa. Mientras más se adentraban en el palacete, a Lada más se le estrujaba el estómago de temor.

Había algo allí que no estaba nada bien.

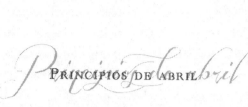

Cristo observaba a Radu desde arriba con la mirada triste. Sin importar cuánto se desplazara o hacia dónde mirara, los ojos redondos de Jesús lo seguían.

—¿Estás bien? —le susurró Cyprian, al mismo tiempo que se inclinaba hacia él.

—Sí —Radu dejó de moverse con nerviosismo por debajo del inmenso mosaico—. Solo estoy cansando.

Frente a ellos y por detrás de una enorme puerta de madera, un sacerdote leía una liturgia detrás de la otra. Pese a que el griego de Radu era bueno, apenas podía comprender aquellas frases y palabras anticuadas. Y, aunque pudiera entenderlas, no le importaba. Estar dentro de esa iglesia lo remitía a la infancia, un período de la vida que Radu no había disfrutado, por lo que le resultaba profundamente incómodo que se lo recordaran.

En la iglesia, todo era exuberante. A pesar de que no fuera tan grande ni hermosa como Santa Sofía, todos los rincones estaban recubiertos de oro. El sacerdote llevaba sotanas elaboradas, cosidas y bordadas con kilos de historia y tradición. Un incensario inundaba la habitación con un humo perfumado que hacía que a Radu le lloraran los ojos y le diera vueltas la cabeza.

En el estrado elevado, junto al sacerdote, Constantino estaba sentado en un trono. Radu envidiaba aquel asiento. Los demás hombres estaban de pie e inmóviles unos al lado de los otros, escuchando con atención. Radu ansiaba que llegara el momento de la verdadera plegaria, para disfrutar de la simplicidad, la belleza y la complicidad de ella.

La liturgia continuó, fría e indiferente como los murales de los santos que decoraban las paredes. Al menos, a Lada le gustarían. Radu sonrió al recordar cuando habían visitado con su hermana el monasterio de la isla de Snagov en Valaquia. A Lada la habían reprendido por reírse de la espantosa escena de muerte de San Bartolomé. Uno de los muros de aquel monasterio estaba adornado con la pintura minuciosa de aquel santo desollado. Radu no había podido mirar el mural sin temblar de temor, pero Lada le había dicho que, en cambio, tenía que pensar en el frío que debía sentir el pobre San Bartolomé sin la piel que le cubriera el cuerpo.

En este momento, deseaba que Lada estuviera allí con él. Pero, aunque fuera así, estaría en la galería junto a Nazira y a todas las demás mujeres, lo cual la haría ponerse furiosa.

Radu esquivó nuevamente la mirada de Jesús y observó un mosaico igual de triste que representaba a María. Tenía la cabeza inclinada hacia abajo y, en un costado, estaba Cristo niño apoyado contra su regazo y con expresión solemne. *¿Protegerás a tu ciudad?*, le preguntó Radu a ella en voz baja. Sabía que había un solo Dios, pero en esta ciudad mística impregnada de tanto fervor religioso, no podía escapar del miedo de que el otro Dios, el Dios de su niñez, merodeara en la niebla, la lluvia y los temblores de la tierra. Radu estaba atrapado detrás de esas murallas, separado del ser en el que se había convertido. Con la lengua, maldecía a los infieles musulmanes y, con el corazón, imploraba que lo perdonaran.

Por supuesto que el verdadero Dios, el Dios de su corazón, sabía lo que él estaba haciendo allí, aunque él mismo no lo supiera.

Una vez que la liturgia finalizó, Radu solamente deseaba volver a la casa de Cyprian y dormir durante un día entero, pero Cyprian lo tomó de la mano y lo arrastró hacia un grupo de personas que pululaban cerca de Constantino.

—Quería presentarte a... ¡ah, aquí están! —Cyprian estrechó afectuosamente las manos de dos chicos que tenían los mismos ojos redondos y la expresión triste de los mosaicos que los rodeaban. Radu se imaginó que inclinarían la cabeza y alzarían los brazos para adoptar las posturas de los santos, pero, en cambio, sonrieron con timidez.

—Ellos son Juan y su hermano Manuel. Son mis primos. Su padre era Juan, el emperador anterior a Constantino.

El mayor de los dos parecía tener ocho años, mientras que el más pequeño, cinco. Llevaban túnicas de color púrpura y diademas de oro. Los broches de las cadenas que les sujetaban las prendas brillaban como joyas, pero, a medida que Radu las miraba con más detenimiento, se dio cuenta de que estaban hechos de cristal.

—Yo soy Radu —dijo, haciendo una reverencia.

—¿Del palacio del sultán? —Manuel, el más pequeño, se despabiló y los ojos se le tornaron más redondos de lo habitual.

—¿Quién te ha hablado de mí? —preguntó Radu, con una sonrisa desconcertada.

—¡Cyprian nos contó todo sobre ti!

—No todo... —Cyprian se aclaró la garganta—. Simplemente... que me salvaste la vida.

—¿Es cierto lo que dicen sobre el sultán? —preguntó Manuel.

Radu sonrió para ocultar el agujero que se le había abierto en el estómago. ¿Hasta este niño pequeño había escuchado que Radu era el juguete vergonzoso del sultán? ¿Por qué motivo Cyprian se lo habría dicho?

—Se dicen muchas cosas. Me temo que tendrás que ser más específico.

—Que el sultán asesina un hombre antes de cada comida y rocía los alimentos con la sangre de la víctima para protegerse de la muerte.

—No, a menos que las cosas hayan cambiado de manera drástica desde que me marché —Radu se sentía tan aliviado que tuvo que contener una carcajada, a la que disimuló haciendo de cuenta que tosía—. Al igual que la mayoría de los hombres, el sultán prefiere la comida sin sangre.

—He oído que es tan rico que se ha cambiado todos los dientes por joyas —expresó Juan, el mayor de los niños, con una naturalidad bien estudiada, pese que se inclinó hacia adelante con la misma intensidad que su hermano.

—¡Le resultaría bastante difícil comer los alimentos rociados con sangre! No, eso tampoco es verdad. Pero ¡sí es cierto que, a veces, usa un

225

turbante tan grande que puede llegar a rozarse con el techo! –eso era una exageración, pero los niños asintieron con asombro–. Tiene fuentes de agua cristalina en todas las habitaciones, y tiene los dedos tan cubiertos de anillos que no puede escribir su nombre sin retirárselos de antemano.

–Entonces, no entiendo por qué desea tanto nuestra estúpida ciudad –expresó Manuel con el ceño fruncido.

–Estás celoso porque yo soy el heredero al trono, y tú no –Juan le dio un codazo al hermano en uno de los costados.

–¡No si tú mueres antes! –Manuel le sacó la lengua.

–Basta de decir esas cosas, muchachos –Cyprian les puso una mano en el hombro, y ambos se desanimaron y bajaron la vista hacia el suelo, avergonzados–. Y voy a tener que hablar con su nodriza sobre los rumores que permite que lleguen a sus oídos.

–¿El sultán es tan cruel como dicen? –Juan fue el primero que alzó la mirada y, pese a que levantó el mentón con audacia, se notaba que le temblaba un poco.

–Él es... –Radu quería negarlo, pero debía recordar que estaba representando un papel–, muy inteligente y centrado. Es capaz de hacer cualquier cosa para obtener lo que desea. Así que, sí, puede llegar a ser muy cruel.

–Bueno, no importa –asintió Juan, antes de acomodar la mandíbula con determinación–. Los muros nos protegerán. Y, aunque él logre atravesarlos, un ángel bajará del cielo con espadas de fuego para que no puedan cruzar la estatua de Justiniano. Los infieles jamás tomarán mi ciudad.

–¿Tu ciudad? –una risa estruendosa y profunda resonó junto a ellos. Constantino despeinó los rizos cobrizos del chico, torciendo la diadema hacia un lado–. Estoy casi seguro de que todavía me pertenece.

–Me refería a que... –sonrió Juan, ruborizado.

–No temas, Juan. La cuidaré bien hasta que sea tu turno.

Los niños se volvieron sonrientes hacia Radu. El peso del amor y esperanza que emanaba de los niños, sumado a la profunda mirada de Jesús por encima de ellos, estuvo a punto de tirar a Radu al suelo. Hizo una reverencia para ocultar sus sentimientos y, luego, se incorporó.

—¿Te gustaría acompañarnos en la comida? —le preguntó Constantino—. Sería agradable tener a alguien que finalmente pudiera responder a las constantes preguntas de los niños.

—Me encantaría —dijo Radu, aún exhausto pero con un arrebato de entusiasmo. Era la primera vez que recibía una invitación personal para pasar tiempo con el emperador. Se trataba de algo muy bueno, una pisada en la dirección correcta y una forma de sentir que estaba logrando algo, pese a que temiera que no tuviera mucho sentido.

De pronto, una mano pequeña se deslizó dentro de la de Radu, quien miró hacia abajo para toparse con los ojos piadosos de Manuel. Al niño se le iluminó el rostro, y Radu sintió que se le marchitaba el alma mientras le devolvía la sonrisa.

$$\bullet \ \bullet \ \bullet \ \bullet$$

Todo fue demasiado normal durante la cena. Incluso Radu se las había arreglado para relajarse y disfrutar de la comida, las risas y las anécdotas. Las esperanzas que tenía en cuanto a la posibilidad de escuchar algo útil se vieron frustradas en medio del pan, de la carne y de las frutas en conserva.

Y en ese momento fue cuando se le ocurrió una idea.

Mehmed podría haberlo enviado sin un plan previo, pero él podía destruir las probabilidades de que la ciudad sobreviviera al asedio antes de que los otomanos llegaran a Constantinopla. Si la comida los hacía sentirse normales y les permitía actuar como si la ciudad no estuviera bajo una amenaza inminente, la ausencia de ella les dejaría en claro que no podrían sobrevivir.

Destruir los suministros alimentarios sería un gesto de misericordia por el que los habitantes se verían obligados a huir. Aunque aquello no implicara la rendición, al menos la ciudad quedaría vacía de personas inocentes.

Orhan, el falso heredero al trono otomano, demostró ser el instrumento clave para el descubrimiento del lugar en el que albergaban la mayoría de los suministros de comida. Como a los hombres que estaban bajo su mando no se les permitía acercarse a las murallas –por temor a que los soldados los confundieran con los turcos fieles a Mehmed–, les habían asignado otras tareas a lo largo de la ciudad, una de las cuales consistía en patrullar y comprobar los cerrojos de los depósitos. A Radu no se le ocurría ningún otro motivo para protegerlos salvo el hecho de que esos edificios albergaran los alimentos.

Para Radu fue un trabajo bastante sencillo el seguir a los hombres y hallar su objetivo, pero el problema principal era el siguiente: ¿cómo podría eliminar los suministros?

Radu no tenía ninguna duda de que Lada los hubiera incendiado, pero lo cierto era que el depósito se encontraba en una zona relativamente poblada de la ciudad. Si prendía fuego el edificio, el incendio se propagaría y podría terminar asesinando a varios ciudadanos inocentes... y, en parte, lo que lo motivaba a realizar ese cometido era salvar a esa gente. No podría vivir tranquilo con los daños colaterales.

El veneno tendría el mismo efecto, ya que no se darían cuenta de que los alimentos estaban envenenados hasta que murieran personas intoxicadas. Además, Radu no contaba con los medios necesarios como para obtener tanta cantidad de veneno y, menos aún, para hacerlo en secreto.

Estaba en la cocina partiendo el pan, mientras sopesaba el problema de los suministros, cuando Nazira lanzó un grito de terror desde el dormitorio que compartían. Él subió las escaleras a toda prisa y se encontró con su esposa de pie arriba de la cama.

–¡Una rata! –señaló un rincón en el que una rata enorme y sarnosa parecía igual de asustada que ella–. ¡Mátala!

Radu suspiró y se puso a buscar algún elemento lo suficientemente grande como para aplastar al roedor, pero, de pronto, se detuvo y se le iluminó el rostro con una sonrisa.

–No, mejor la voy a atrapar.

· · · · ·

Pese a que las ratas abundaban en la ciudad, capturar una cantidad significativa de ellas no era una labor tan sencilla. Mejor dicho, se trataba de varias tareas cortas y cansadoras. Como Radu no podía poner en riesgo su participación en la reparación de los muros, tenía que sacrificar horas de sueño. Nazira estaba encantada con el plan, pero era físicamente incapaz de interactuar con los roedores sin empezar a gritar, comportamiento que no se prestaba a la discreción que buscaban.

Por lo tanto, Radu pasaba todas las noches de cada día atrapando ratas, lo cual distaba mucho de lo que había sido su vida junto al sultán, pero no demasiado del papel que siempre había ocupado, confabulando a espaldas de la gente, reuniendo suministros y construyendo en función de un objetivo final.

Habría sido maravilloso si la labor no hubiera involucrado a tantos malditos roedores.

—¿Qué te pasó en las manos? —le preguntó Cyprian una mañana, una vez que ya habían comenzado las aventuras con las ratas. Él y Radu estaban almorzando hombro con hombro en la muralla, mientras observaban el terreno vacío que, sin embargo, se encontraba plagado de las inminentes amenazas del futuro.

—A los canallas que residen en el cementerio no les agrada compartir las piedras de las lápidas con intrusos —Radu se miró los dedos.

Cyprian apoyó el trozo de pan que sostenía, tomó ambas manos de Radu y las examinó cuidadosamente. A Radu se le revolvió el estómago con una sensación diferente a la del temor al descubrimiento, pese a que no podía precisar con exactitud de qué se trataba.

—Ten cuidado —dijo Cyprian, al mismo tiempo que acariciaba la palma de Radu con la misma suavidad que la de un suspiro—. Necesitamos estas manos —Cyprian alzó la vista, y Radu fue incapaz de tolerar la intensidad de aquella mirada. Cyprian lo soltó y se echó a reír con incomodidad—. Necesitamos la mayor cantidad de manos posible.

—Sí —murmuró Radu, sintiendo aún la caricia del dedo de Cyprian sobre la palma de la mano.

· · • • • ·

Esa misma noche, Radu ya contaba con la cantidad suficiente de ratas. Si recolectaba más no sería capaz de trasladarlas en secreto. Aguardó a que los hombres de Orhan finalizaran la guardia de las puertas traseras del depósito. Nunca entraban, sino que se limitaban a vigilar los candados. Se arrastró en silencio a lo largo de las calles con una desagradable bolsa de arpillera colgándole de la espalda. Dejó la bolsa en el suelo y forzó la cerradura del edificio, mientras maldecía a sus dedos con mordeduras por la lentitud con la que lo hacía. Cyprian había estado en lo cierto. Definitivamente, necesitaban esas manos.

Al fin y al cabo, Radu logró abrir la puerta. Temblaba de los nervios. Se escurrió dentro y se abrió paso hasta el centro de la inmensa sala. Los cajones y los barriles se erguían como lápidas en la oscuridad. Emanaba un aroma cálido y polvoriento. Había adivinado qué era lo que se conservaba en aquel depósito. Utilizó la barra de metal que había traído para quitar las cubiertas, e introdujo las ratas dentro de los cajones y barriles hasta que en la bolsa quedaron solamente los roedores que no habían sobrevivido al cautiverio. Como se las había arreglado para dañar un tercio de los contenedores, tendría que continuar con la labor durante varias semanas para destruir todos los suministros.

Quémalos, le susurró Lada mentalmente.

"Siempre hay otra salida", respondió Radu. Los truenos retumbaron por encima como si estuvieran de acuerdo con él. Estaba por desatarse una lluvia torrencial, Radu tenía que apresurarse a regresar a la casa para que no lo sorprendiera en la calle. Pero, al alzar la vista al techo... se le ocurrió otra idea.

Nuevamente bajo la oscuridad de la noche, analizó las opciones que tenía. Los edificios de Constantinopla eran antiguos y estaban construidos demasiado cerca los unos de los otros. Atravesó el callejón a toda prisa en busca de lo que necesitaba y, tres viviendas más adelante, lo halló: una escalera de mano. A medida que subía al tejado de una edificación, las primeras gotas de lluvia caían sobre él. Respiró hondo, tomó carrera y saltó por encima de la calle hasta el techo contiguo, con el cual se chocó con tanta fuerza que estuvo a punto de deslizarse hacia abajo. Lada lo habría hecho mejor que él, pero lo cierto era que tampoco se hubiera molestado, ya que, a esa altura, hubiese incendiado todo.

Mientras intentaba apartar los pensamientos de que su hermana estaba más capacitada que él, Radu corrió hacia el siguiente tejado y, esta vez, aterrizó con más suavidad. Se dejó caer de espaldas sobre las tejas y se echó a reír, permitiendo que la lluvia lo empapara. Debajo de él, se encontraban los alimentos cálidos, polvorientos y secos de toda la ciudad.

Escaló hacia la cumbre del techo inclinado. La clave estaba en levantar la suficiente cantidad de tejas para hacer agujeros, pero que no fueran demasiados para que no advirtieran el daño hasta que fuera demasiado tarde. Las tejas eran pesadas y estaban bien fijadas, por lo que hizo palanca para removerlas. Aprovechó las zonas en las que era evidente que el agua se había filtrado con el paso de los años.

Empezó a llover torrencialmente. Como las tejas estaban resbaladizas, Radu tuvo que aferrarse a ellas con mucho cuidado. No podía arriesgarse a que lo descubrieran ni a lastimarse. Durante unos segundos, se quedó observando con una sensación de triunfo cómo el agua caía del cielo y atravesaba el tejado por medio de los agujeros que él había creado.

Se arrastró hacia el extremo del edificio y, en el camino, trató de romper la mayor cantidad de tejas posibles. Pero le había surgido un nuevo inconveniente... ya no podía tomar carrera para saltar. Con el techo tan resbaladizo, no había dudas de que se tropezaría y caería al vacío. La distancia al suelo era amplia —tres veces su estatura—, por lo que no tendría demasiadas probabilidades de sobrevivir a la caída.

Junto al borde del tejado, había un estrecho alféizar. La lluvia no cesaba; la tormenta era cada vez más fuerte. Radu abandonó el sitio en el que estaba y se aferró del alféizar. A continuación, se deslizó hacia abajo, colgado de las yemas de los dedos, y se dejó caer, mientras oraba en silencio. Ni bien se chocó contra el suelo, se desplomó, tratando de que ninguna parte de su cuerpo absorbiera demasiado el impacto. Era un truco que había aprendido hacía muchos años, cuando tenía que escapar de Mircea, su cruel hermano mayor. En la niñez, había tenido que saltar de varias ventanas y muros.

Mircea había muerto, y Radu no lo lamentaba, pero, a medida que se ponía de pie y se examinaba el cuerpo en busca de lesiones, se sintió momentáneamente agradecido por las lecciones que le había hecho aprender. Uno de los tobillos le molestaba y era probable que, por la mañana, estuviera inflamado; un bajo precio a pagar. Radu volvió a cubrir su cabeza.

—¡Oye, tú!

Radu se volvió, perplejo. Los hombres de Orhan habían regresado de la ronda, pero estaba demasiado oscuro como para que le pudieran ver el rostro. Como Radu se encontraba junto a la entrada del depósito, si a ellos se les ocurría echar un vistazo adentro, todo su trabajo habría sido en vano.

Sacó a toda prisa un trozo de pedernal del bolsillo, lo dejó caer y se echó a correr, mientras maldecía en turco.

—¡Tenía la intención de quemar la comida! ¡Espía! ¡Sabotaje! —los gritos se alzaron a sus espaldas, seguidos por los sonidos de las pisadas.

Radu corrió por su vida. Empezaron a sonar las campanas de alarma y lo persiguieron con sus repiques. Radu cortó camino por varios callejones y saltó varios muros, manteniéndose siempre en los rincones más oscuros de la ciudad. En poco tiempo, llegó a una zona abandonada, pero continuaba oyendo los ruidos de la persecución. Sentía que estaba viviendo una pesadilla: corría por una ciudad muerta, lo perseguían en las penumbras, y no tenía ningún lugar para esconderse.

Desesperado, Radu pensó en la posibilidad de dirigirse a la muralla exterior. Si lograba alcanzarla, podría atravesarla y encontrar a Mehmed.

Pero si desaparecía la misma noche en que habían hallado a un saboteador dentro de la ciudad, la gente no tardaría en asociar los acontecimientos y Nazira estaría en peligro. Radu giró y salió corriendo en dirección a una caballeriza que estaba vacía y se acurrucó en la esquina de una de las casillas. La lluvia atravesaba el tejado dañado.

En una oportunidad, se había escondido con Lada en un establo, y ella le había prometido que si alguien, algún día, lo asesinaría, sería ella misma. *Por favor,* pensaba Radu, *que aquello sea profético.*

Después de aguardar allí durante bastante tiempo como para que al corazón le bajaran las pulsaciones y para que ya no temblara de miedo sino de frío, Radu se puso de pie y se arrastró a través de las sombras. A medida que avanzaba lentamente desde aquella zona abandonada de la ciudad en busca de un camino más poblado, la lluvia iba cesando. Dejó la capa larga y negra sobre un tendero y se acomodó el cabello en una cola de caballo. Luego, caminó sin ninguna prisa, encorvado bajo la lluvia.

Ni bien puso la mano en el pomo de la puerta, alguien lo sujetó de los hombros de forma brusca. Lo hizo girar y lo abrazó.

—¡Radu! —exclamó Cyprian, aferrándolo con fuerza—. Te he estado buscando por todos lados. Hay un saboteador en la ciudad. Lo vieron tratando de desatar un incendio. Estaba muy preocupado por ti.

—Ni bien oí que sonaban las campanas, salí a ver qué era lo que pasaba —dijo Radu, después de respirar hondo e intentar calmar su tono de voz—. Tenía miedo de que hubieran llegado los otomanos. Pero ¿por qué estabas tan preocupado por mí?

—Si los hombres del sultán te hubieran descubierto... —Cyprian mantuvo el abrazo, pero luego lo soltó y permaneció con las manos sobre los hombros de Radu—. Temía por tu seguridad.

Radu envolvió nuevamente a Cyprian entre sus brazos, tanto porque lo hacía sentirse cálido y reconfortado ante la fatiga de una noche tan larga, como porque era la única forma en que podía ocultar lo triste y conmovido que se sentía al saber que la primera preocupación de Cyprian era por la vida de un traidor como él.

26

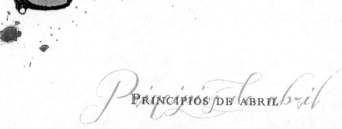

Principios de abril

Había una nube de polvo frente a la ventana, allí donde habían corrido las cortinas mohosas hacia un costado. La habitación estaba en el segundo piso, al fondo de la casa. Ante los ojos de Lada se abría un inmenso terreno baldío que daba al seto detrás del que ella había observado a su madre, pero el panorama no estaba lo suficientemente claro como para que pudiera distinguir el sitio en el que sus hombres la esperaban.

Esperaba que continuaran aguardándola. Se sentía demasiado aislada. ¿Y si ellos también la abandonaban? Había perdido a Radu para siempre, Mehmed la había traicionado y ella se había distanciado de Hunyadi. Definitivamente, no podía perder a sus hombres.

La sirvienta se aclaró la garganta. Lada deseaba que la muchacha se marchara, pero seguía de pie junto a la tina humeante que había preparado.

—¿Y? —lanzó Lada.

—¿Te ayudo a desvestirte?

—¡No!

—Se supone que debo hacerlo —la chica retrocedió, como si le hubieran asestado un golpe.

—*No* tienes por qué hacerlo.

—Pero… debería lavarte el cabello, trenzarlo y ayudarte a ponerte uno de los vestidos de su señoría —la muchacha frunció el ceño con nerviosismo, al mismo tiempo que miraba la gruesa cintura y los enormes pechos de Lada.

Lada se echó a reír, a medida que asimilaba la situación absurda en la que se hallaba. Se había reunido con su madre después de quince años de no verla y, evidentemente, la mujer que la había dado a luz quería cepillarle el cabello y vestirla. No, mejor dicho su madre había ordenado a un tercero para que lo hiciera por ella. Aquello tenía bastante sentido. Al menos, Oana –a quien le hubiera encantado ofrecerse para hacerlo– no estaba allí.

–Puedes quedarte detrás de la puerta para que ella piense que continúas aquí. Y, luego, podrías trasmitirle un mensaje y llevarles comida a mis hombres que están afuera. Vislumbrarás la fogata de ellos.

–¡Hombres! –la sirvienta temblaba de temor–. No podría hacerlo, está prohibido. Por favor, no me pida que haga una cosa así. Si ella se enterara...

–¡De acuerdo! –Lada alzó las manos en el aire–. Sobrevivirán a mi ausencia. Ahora, fuera de aquí.

La muchacha asintió, mientras se retorcía las manos y salía del dormitorio. Lada siguió sus pasos y puso una oreja sobre la puerta, a través de la cual pudo escuchar las respiraciones entrecortadas de la sirvienta.

¿Qué sucedía en esta casa?

Lada se dio un baño. Durante el último año que había estado huyendo, había aprendido que jamás debía negarse a un baño ni a una comida. Pero no se lavó el cabello ni hizo ningún esfuerzo para amansarlo. Se volvió a vestir con las ropas de viaje, es decir con pantalones de montar, una túnica y una capa, todo negro, y una faja roja alrededor de la cintura. Una vez que finalizó de calzarse las botas, abrió la puerta. La sirvienta estaba tan cerca que estuvieron a punto de chocarse las narices.

–¿El cabello?

Lada sacudió la cabeza, con expresión seria.

–Encontré algunos de los antiguos vestidos de la señora. Podría abrir las costuras y... –la voz de la muchacha se fue apagando y sus esperanzas se extinguieron ante la inmutabilidad del semblante de Lada.

–¿A qué hora es la cena? –preguntó Lada.

–Ella ya ha cenado.

–¿Sin mí?

–Nuestros horarios son muy específicos –la sirvienta se inclinó hacia adelante, como si temiera que la descubrieran–. Por la noche, traeré comida de la cocina –le susurró.

Lada no sabía cómo responderle. ¿Con gratitud o incredulidad? Pero, en cambio, continuó con su objetivo primordial.

—Si la cena ha terminado, ahora podré reunirme con ella.

—¡Sí! Ella estará esperando a las visitas en la sala principal.

—¿Recibe muchas visitas?

—Casi ninguna —negó la muchacha con la cabeza.

—Entonces, está esperando allí para verme a mí.

—Después de la cena, recibe a las visitas. Como usted es una visita, puede reunirse con ella ahora mismo.

Lada siguió a la muchacha a lo largo del pasillo, y ambas bajaron las escaleras. Hubiera preferido enfrentar a un contingente de protobúlgaros o a una caballería montada, ya que, al menos, a ellos los comprendía.

De pronto, se le vino a la mente Huma, la madre de Mehmed, quien había sido una mujer feroz y aterradora. Había hecho uso de su condición de ser mujer como si fuera un arma, la cual Lada no comprendía y jamás podría utilizar. ¿Acaso era eso lo que estaba haciendo su madre? ¿Tomar a Lada desprevenida para ganar terreno? Huma había logrado manipular a Lada y a Radu obligándolos a reunirse según sus propias condiciones. Tal vez su madre estaba haciendo lo mismo.

En cierto sentido, a Lada le resultaba reconfortante la idea de aprestarse para hacer frente a un desafío como el de la formidable madre de Mehmed. Huma era un rival que valía la pena tener. Había asesinado en varias oportunidades e incluso había enviado a ahogar en una tina al medio hermano de Mehmed, apenas un infante. Lada temblaba, y el cabello se le pegaba a la parte trasera del cuello. ¿Existiría algún motivo más oscuro por el que la sirvienta había insistido en quedarse durante el baño de Lada?

Se quedó observando a la pequeña y temblorosa silueta que tenía por delante con nueva desconfianza. Lada flexionó las manos, al mismo tiempo que desestimaba aquel pensamiento. Si su madre la quisiera muerta, contrataría a otra persona para que lo hiciera, no había dudas, esta chica esquelética tendría que recurrir al envenenamiento o a asesinarla mientras dormía. Después de todo, estaba contenta de haberse perdido la cena.

Pero todo lo que había hecho Huma había sido para garantizarle a su hijo una mejor posición en la vida. ¿Qué ganaría Vasilissa con matarla? ¿Y por qué a Lada le parecía más fácil considerar a Vasilissa como una asesina en potencia y al acecho que como a una madre?

Antes de que Lada pudiera ordenar sus ideas, la sirvienta abrió la puerta que daba a la sala de estar. Era como si le estuviera dando la entrada a un horno abierto. La atmósfera estaba sofocante y el calor sobrepasaba los grados razonables. Las ventanas estaban bien cerradas y, en el hogar, bramaba un fuego demasiado grande para una habitación de ese tamaño.

La sirvienta prácticamente arrastró a Lada hacia adentro y cerró la puerta detrás de ellas lo más rápido posible. Los ojos de Lada tardaron unos instantes en adaptarse a la oscuridad de la sala. Su madre estaba sentada en una silla de respaldo alto, con las manos plegadas delicadamente sobre el regazo y una falda abultada que le cubría los pies. Había reemplazado el sombrero por un largo velo prendido a la parte superior de la cabeza, que le tapaba el rostro por completo. No llevaba el mismo vestido que antes. Este era blanco, y tenía un cuello con volados tan alto que daba la impresión de que la cabeza velada se posaba sobre un plato. Los pliegues del vestido la tragaban casi por completo.

—Ay —dijo ella. Esa única palabra contenía todo un discurso que expresaba desilusión—. No te cambiaste.

—Esta es mi ropa —Lada ansiaba extraer los cuchillos que tenía enfundados en las muñecas. Sin que la invitaran, tomó asiento en la silla que estaba frente a la de su madre, cuyo relleno desgastado y enfundado en terciopelo se hundió bajo su peso.

—¿Te gustaría beber algo? ¿Té, vino?

—Vino.

Vasilissa asintió en dirección a la sirvienta, quien preparó los dos vasos y ofreció a cada una el que le correspondía. Lada bebió un sorbo o, al menos, hizo de cuenta que lo hacía, ya que prefería esperar a que su madre tomara primero. Tenía el recuerdo de Huma demasiado fresco como para arriesgarse a hacer lo contrario. Sin embargo, hasta el momento, su madre no se parecía en nada a Huma, que solía llenar los espacios que la rodeaban, independientemente de lo grande que fueran. Incluso en esa sala tan pequeña, la madre de Lada parecía fundirse con los muebles.

Vasilissa se levantó el velo y bebió un sorbo con elegancia. Lada siguió su ejemplo. Los ojos de su madre eran enormes, al igual que los suyos, pero su rostro era más similar al de Radu. Era sorprendente ver a su hermano reflejado en el semblante de una desconocida. Lada no podía precisar cuáles eran las similitudes; ambos tenían una delicadeza y una belleza en común. Pero el rostro de su madre estaba deteriorado y quebrantado en los bordes. ¿Acaso aquello también le ocurriría a Radu? ¿Acaso se marchitaría con el tiempo y se transformaría en la sombra ajada de sí mismo?

Lada ansiaba que Radu estuviera a su lado. Si estuviera allí, ella podría concentrarse en tratar de protegerlo. Tener que cuidarse únicamente a sí misma la hacía sentirse más vulnerable.

—Dime —dijo su madre, con una mano sobre la boca—. ¿Qué te trae a la campiña? Me temo que no es la mejor época del año para venir. El tiempo mejora cuando empieza la primavera.

—Vine aquí para verte —Lada frunció el ceño.

—Qué adorable. No recibimos muchas visitas —bajó la mano y esbozó una sonrisa con los labios sellados. Después, se quedó mirándola. Lada se preguntaba si sus enormes ojos entrecerrados serían tan desconcertantes.

Lada nunca había sido buena para los juegos propios de las mujeres, las batallas que solían luchar y ganar gracias a conversaciones incomprensibles, por lo que siguió adelante.

—Asumo que te han llegado las noticias de la muerte de mi padre y también de Mircea.

Vasilissa se volvió a llevar la mano a la boca. Lada creyó que se trataba de un gesto de horror o de luto, pero el tono de voz de Vasilissa era coloquial.

—¿Montas a caballo? Me di cuenta de que un rápido paseo por las tardes me tranquiliza y me despierta el apetito. Tengo tres caballos. Ninguno tiene nombre. ¡Me cuesta tanto elegir nombres! Pero todos son amables y dulces. Tal vez los puedas conocer mañana.

–¿Por qué me hablas de caballos? –Lada apoyó el vaso y se inclinó hacia adelante–. Hace varios años que no nos vemos, desde que nos abandonaste. Al menos, hazme el favor de tratarme como a un igual. Tu esposo, mi padre, está muerto.

Su madre se mostró herida, un destello de la verdad había salido a la luz. Al separar los labios como si fuera un animal, Lada notó que tenía la boca repleta de dientes rotos. No se trataba de dientes podridos –Lada había visto demasiados de esos– ni de agujeros propios de los dientes caídos. La boca de Vasilissa era un cementerio de dientes rotos. Lada no se imaginaba qué podría haber causado semejante daño.

Su madre arrastrándose por el suelo y llorando.

No, lo cierto era que *sí* sabía lo que podría haber causado ese daño.

–Él está muerto, se ha ido para siempre –Lada bajó el tono de voz.

Si su madre la oyó, no se lo demostró. Volvió a bajarse el velo y emitió un sonido reiterativo con la lengua.

–Dime, ¿sueles salir a cazar? Me parece una práctica abominable, pero he oído que, ahora, todas las señoras refinadas suelen hacerlo –lanzó una carcajada estruendosa, similar al vuelo de un ave sobresaltada–. Si quieres, puedo enviarle un mensaje a tu primo, que es un estupendo halconero. Estoy segura de que te dará una maravillosa demostración, si es que lo deseas. Nos visita todos los veranos. Por supuesto que tiene que quedarse en la ciudad, que está a varias leguas de distancia, ¡pero siempre pasa a saludar cuando tengo visitas! Seguramente venga en un par de meses.

–Dentro de unos meses, ya no estaré aquí. No he venido de visita. Necesito ayuda.

–¡Ya lo creo! –Vasilissa rio nuevamente, con el mismo sonido terrible–. Pero mi sirvienta hace maravillas con el cabello. Te lo acomodaremos en poco tiempo. ¿Te gusta tu dormitorio?

–Necesito hablar con tu padre –Lada se puso de pie.

–Él está... Él ha... creo que ha muerto –Vasilissa negó con la cabeza.

–¿Quién gobierna Moldavia? –con un suspiro de derrota, Lada se volvió a sentar.

—Creo que tu primo. Ay —Vasilissa se retorció las manos sobre el regazo—. ¿Crees que eso equivale a que no vendrá este verano? Lo siento. Te prometí una demostración de un halconero.

—¡No me interesan los halcones! Necesito hombres y hacer alianzas —Lada se agitó, mientras una oleada de ira y aflicción incomprendidas la sobresaltaba. Su padre le había dado un cuchillo, y su madre la había dejado sin nada. Necesitaba aferrarse a algo con desesperación o, al menos, algo contra lo cual luchar—. ¡Necesito que me preguntes dónde he estado en los últimos quince años! ¡Necesito que me preguntes dónde está tu *hijo*!

—Es hora de que me retire —su madre se puso de pie y los extremos del vestido se sacudieron—. La sirvienta se encargará de ti. Tu dormitorio es el más hermoso de la casa. Estarás feliz allí y también estarás a salvo; esta es una casa muy segura.

Cuando Vasilissa extendió una mano, la sirvienta corrió a su lado. Por primera vez, Lada notó que su madre caminaba con una pronunciada renguera. Al asomarse los pies por debajo de las faldas, advirtió que uno de ellos estaba inclinado en un ángulo anormal. La forma en que Vasilissa se desplazaba sin avergonzarse mostraba que se trataba de una lesión antigua y permanente. Lada no sabía qué decir ni cómo dirigirse a esta criatura extraña y arruinada. La impresión que le había dado Vasilissa sobre el caballo era errónea. Su madre era la misma persona que los había dejado atrás hacía tantos años, con la diferencia de que había hallado un sitio seguro en el cual refugiarse.

Tal vez, a Radu le despertaría cierta ternura. Lada sabía que la situación de su madre lo haría sentir compasión, pero ella únicamente sentía rabia.

—Nunca volviste por nosotros —dijo Lada—. Él nos vendió a los turcos. Allí nos torturaron. Fuimos criados por paganos en una tierra extranjera. Radu se quedó atrás. Ellos lo destrozaron.

—Bueno —Vasilissa se inclinó hacia adelante, como si fuera a darle una palmada a Lada en el brazo cuando pasara junto a ella, pero la mano se agitó en el aire y luego se apoyó sobre el brazo de la sirvienta—. Eres bienvenida a quedarte para siempre. Todas estamos a salvo aquí.

—Yo pertenezco a Valaquia.

—Nadie pertenece allí —dijo su madre con el tono de voz más duro que Lada le había escuchado. Finalmente, ese tono estaba cargado de verdadera emoción.

· ● ● ● ·

La sirvienta se mostraba reacia a develar cualquier información, pero por lo que Lada advertía, su madre estaba loca. Vivían juntas en esa casa, alejadas de todos y de todo, desde hacía diez años. El padre de Vasilissa le había obsequiado el palacete a su hija, ya que lo más probable era que el hombre no pudiera soportar ver lo estropeada que estaba.

Cada día era idéntico al anterior. La sirvienta sonreía, mientras le contaba lo placentero que le resultaba estar a salvo y saber de antemano lo que iba a ocurrir. Eso era lo que había elegido la madre de Lada. La seguridad y el aislamiento. Había abandonado a sus hijos por completo a fin de vivir en un encierro consentido, en vez de tener que lidiar con la cruda realidad de la vida.

La cruda realidad de sus propios hijos que habían intentado sobrevivir sin que nadie los ayudara.

Lada no se despidió. Pasó por la cocina y robó la mayor cantidad de comida que podía trasladar. Luego, cerró la puerta principal detrás de ella y atravesó el sendero oscuro que desembocaba en la fogata que habían encendido sus hombres, sus amigos. Se acomodó junto a ellos, extrayendo calor y fortaleza de sus hombros. Bogdan se le acercó y ella se acurrucó contra él.

—¿Y? —preguntó Nicolae.

—Ella está loca.

—Entonces, ¡después de todo sí tienen algo en común! —Lada no reaccionó ante el intento de Nicolae por aliviar el ambiente, por lo que el muchacho adoptó un tono de voz más tranquilo—. ¿Recibiremos ayuda de Moldavia?

—Ella no nos puede proveer nada. Podríamos ir a la capital y recurrir al nuevo rey, pero no creo que esta gente quiera ayudarnos. Ella es como toda la nobleza de los boyardos, sufre la misma enfermedad de ellos. Se encierran en sus finezas y abundancias, y se niegan a aceptar cualquier cosa que pueda poner en peligro sus comodidades –Lada hizo una pausa, al recordar los dientes y los pies de su madre. Tal vez no debería envidiar los limitados consuelos que una mujer desvalida se había arreglado para hallar en medio de un mundo cruel.

Pero sí detestaba profundamente el fracaso de su madre a la hora de fortalecerse. Huir y abandonar a los que más la necesitaban era la actitud más baja y débil que existía. Lada no haría una cosa así. No podría hacerlo. Sea como fuera, Lada no pertenecía en lo más mínimo a la clase de personas que podrían seguir con sus vidas después de haber dado la espalda a aquellos que dependían de ella.

–¿Qué haremos? –preguntó Nicolae–. ¿Tratar de convencer a más boyardos de que eres una princesa domesticada y no un príncipe guerrero?

–No lo sé –Lada tomó una cantimplora de agua, la vertió sobre las llamas y observó cómo echaban chispas y se esfumaban–. He intentado... –se le apagó la voz. Había intentado todo. Había jurado fidelidad a reyes extranjeros, había traicionado a un aliado, había confiado en que el amor era lo mismo que la honestidad–. Ya lo he intentado todo.

–El pequeño zelota siempre fue extraño. Ninguno de nosotros te culpa por haber buscado ayuda allí.

–¿A qué te refieres? –Lada se incorporó, alarmada.

–Todos somos *muy* buenos soldados y exploradores, Lada. ¿De veras creíste que no nos daríamos cuenta de que el sultán había acampado a pocos kilómetros de nosotros?

–Les dije que los iba a liberar –dejó la cabeza colgando, con el peso de la culpa que la jalaba hacia abajo–. Pero, cuando él me ofreció ayuda, aproveché la oportunidad.

–No nos importa –dijo Petru.

La forma en que Bogdan permanecía completamente inmóvil junto a ella indicaba que a él tal vez sí le importaba.

—Sabemos que luchas por nosotros, por Valaquia —Nicolae se encogió de hombros—. El pequeño zelota era un medio para obtener un fin y no funcionó. Por lo tanto, tenemos que buscar otros medios para el mismo fin.

—Ya he agotado todos los medios posibles —Lada alzó ambas manos—. Lamento mucho que me hayan seguido hasta tan lejos.

—Aún tenemos a Hunyadi —expresó Bogdan.

—No, Hunyadi no es la mejor opción —Nicolae se frotó la barba y se reclinó hacia atrás con aire pensativo—. Lada es nuestro propio Hunyadi. Necesitamos a alguien que pueda manejar nuevas perspectivas de poder. Necesitamos a Matthias.

—Él es igual que los demás líderes —dijo Lada, negando con la cabeza.

—Ese es el punto —sonrió Nicolae, mientras el fuego le iluminaba el rostro en medio de las penumbras—. Él es igual a ellos, y si llegamos a él...

Lada respiró hondo e inhaló todo el humo, el cual le quemó los pulmones. No quería saber nada con Matthias, y estaba segura de que, si recibía ayuda de él, tendría que darle algo a cambio. ¿Cuánto más tendría que sacrificarse para alcanzar lo que le pertenecía?

—Por Valaquia —dijo Bogdan.

—Por Valaquia —asintió Lada.

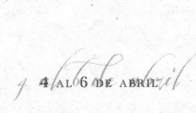

4 AL 6 DE ABRIL

La densa niebla que envolvía la ciudad apagaba su vitalidad: silenciaba las campanadas de las iglesias, suavizaba las pisadas y cubría las calles con una capa de humedad y con un misterio sofocante.

Radu pasó de mirar tranquilamente por la ventana a observar con detenimiento el vacío blanco que se había asentado a la distancia al igual que una enfermedad que se acercaba. Después de respirar hondo, se puso de rodillas sobre el suelo en dirección a La Meca. Se desprendió del temor y de los cuestionamientos que lo invadían, deseoso de que las plegarias pudieran librar a la ciudad de la neblina, aunque nadie más pudiera hacerlo. Estaba tan absorto en el ritual que no advirtió el incremento en la frecuencia de las campanadas de las iglesias hasta que le abrieron la puerta de par en par.

Por una fracción de segundo, Radu se paralizó. Como estaba erguido sobre las rodillas, se estrechó las manos por delante de sí como si lo hubieran pillado rezando a la manera de los cristianos. Con la respiración entrecortada, Cyprian echó un vistazo a la habitación al nivel de sus ojos. Para cuando bajó la mirada, Radu estaba *casi* seguro de que todo estaba como debería.

–¿Qué pasó? –preguntó Radu, poniéndose de pie.

–Los turcos –Cyprian se estabilizó contra el marco de la puerta–. Ya están aquí.

Sin decir nada, Radu se puso la capa. Nazira estaba en la cocina preparando la comida vespertina con verduras anémicas y un pan lleno de grumos.

–¡Si salen, traten de comprar un poco de carne! –exclamó ella, cuando pasaron por su lado.

—¡Llegaron los turcos! —gritó Cyprian. Nazira salió corriendo para alcanzarlos en la entrada principal. Llevaba solo unas babuchas y un vestido con varias capas. Radu se desató la capa y la colocó sobre los hombros de su mujer. Ella la aferró con fuerza, a medida que seguía el paso de los dos hombres que atravesaban la ciudad a toda prisa en dirección a las murallas.

Radu estaba seguro de que, si Cyprian no hubiera estado con ellos, se habrían perdido. La niebla había modificado la naturaleza de la ciudad, había oscurecido los principales monumentos y había extraído los colores que ya de por sí estaban apagados. Como las torres de las iglesias no eran visibles, las campanas repicaban como si representaran el mundo de los espíritus; los sonidos metálicos quedaban suspendidos en el aire de forma solitaria.

—¿Cuándo llegaron? —Radu estuvo a punto de tropezarse en una zona resbaladiza del camino, pero Cyprian lo tomó del codo para que recuperara el equilibrio.

—No lo sé. Me acabo de enterar.

Para cuando habían pasado junto a varias procesiones religiosas y habían alcanzado los muros de la ciudad, a Nazira le faltaba el aire y Radu estaba exhausto. Les permitieron atravesar por una poterna, una de las puertas entre las murallas que los soldados utilizaban para entrar y salir de la ciudad. La neblina se había instalado por completo en esta tierra de nadie, jalada hacia abajo por el peso del temor, y curvada y palpitante como si fuera un ser viviente. Radu no cesaba de cepillarse los brazos para tratar de removérsela.

No eran los únicos que habían ido corriendo hasta allí. Tuvieron que esperar varios minutos para que los dejaran subir por una estrecha escalera que llevaba a la cima del muro externo. Mientras buscaba un buen sitio para acomodarse, Radu se chocó con Giustiniani. El italiano asintió y se corrió hacia un costado para abrirles el paso.

Allí, codo a codo con sus enemigos, Radu y Nazira observaron a sus compatriotas. Las tiendas de campamento se alzaban por fuera de la neblina, al igual que una multitud de hongos perfectamente espaciados entre sí. El movimiento sacudía los blancos rulos de la niebla, ofreciendo fugaces vistazos de hombres que luego volvían a quedar ocultos.

—Estamos rodeados por un ejército de fantasmas —susurró Cyprian.

—No permitas que nadie te escuche decir eso —expresó Giustiniani en un tono de voz severo—. Ya tenemos suficientes supersticiones contra las cuales debemos luchar.

—¿Cuándo llegaron? —preguntó Radu, al mismo tiempo que se inclinaba hacia adelante y entrecerraba los ojos, pese a que era consciente de que aquello no le permitiría atravesar el aire cargado de humedad y que tampoco podría ver lo que... o, mejor dicho, a quien... quería ver. Sin embargo, lo intentó.

—Deben haber llegado por la noche —dijo Giustiniani—. La maldita neblina era tan espesa que ni siquiera los vimos. Recibí informes de ruidos extraños y, luego, finalmente se despejó el misterio.

—¿Qué debemos hacer? —preguntó Cyprian.

—Aguardar hasta que podamos ver algo. Luego, empezaremos a reunir información.

Giustiniani tenía razón... la visibilidad era escasa, pero los sonidos flotaban por sobre el aire apagado. Por momentos, todo se silenciaba, como si los ruidos provinieran de distancias muy lejanas. Y, a veces, se abrían paso con tanta claridad que todos temían que los otomanos ya estuvieran detrás de las murallas.

—Palas —dijo Nazira, señalando el campo abierto—. ¿Oyen aquel raspado rítmico?

—Están cavando sus propios fosos para protegerse —asintió Giustiniani—, construyen un bastión para ocultar sus filas detrás de él y generan material para tratar de rellenar nuestros fosos.

Otro ruido atravesó el ambiente. Radu estaba a punto de volverse cuando se dio cuenta de lo que estaba haciendo. Se trataba del llamado a la oración, pero Radu no podía responder a él. Había rezado demasiado temprano. La mano de Nazira halló la suya y la aferró con fuerza. Ambos permanecieron de pie, paralizados, hasta que finalizó.

–Infieles asquerosos –dijo un hombre que estaba a la derecha de Giustiniani, mientras lanzaba un escupitajo en dirección a los muros–. La horda del diablo –de inmediato, el hombre se enderezó y se le iluminó el rostro–. ¿Escuchan eso? ¡Cristianos! Reconozco esa liturgia. ¡Les estamos respondiendo! Yo... –se detuvo, con las cejas hacia abajo–. ¿De dónde proviene?

–De afuera de las murallas –respondió Cyprian, en un tono de voz vacío y pesado como la niebla.

–¿Mercenarios? –preguntó Giustiniani.

–Probablemente sean hombres de los estados vasallos a los que han apresado por la fuerza. Serbios, protobúlgaros y, tal vez, algunos valacos. También cualquiera que haya venido voluntariamente al oír hablar del ataque –Radu advirtió que el italiano se dirigía a él.

–¿Por qué cristianos irán contra nosotros? –al soldado se le había desfigurado el semblante por la desesperación. Se volvió hacia Radu, como si él tuviera todas las respuestas.

–Por la misma razón por la que no nos enviaron ayuda –fue Giustiniani el que le respondió–. Por dinero –esta vez, él escupió por sobre los muros–. ¿Cómo se organizarán?

Radu se apoyó contra la muralla, de espaldas a los campos otomanos y con la mirada hacia el banco de niebla. El único edificio que se alzaba con suficiente altura como para atravesarla era la aguja de Santa Sofía, la catedral que la ciudad había dejado en penumbras.

–Soldados irregulares y cristianos en los frentes de casi todos los sectores del muro que el sultán supone que son menos importantes. Él no confía en los que están aquí solamente por dinero. Las fuerzas de los jenízaros y de los spahi en los puntos más débiles... el río Lycus y el área del Palacio de Blanquerna.

–Entonces, será débil donde las otras fuerzas son débiles. Si salimos y nos abrimos paso...

–Tendrá demasiados hombres adicionales para asegurarse de que los irregulares mantengan el mayor orden y disciplina posibles –Radu sacudió la cabeza–. En sus filas no habrá ningún punto de ruptura. Concentrará los ataques en sus puntos débiles, pero no tendrá ninguna deficiencia a la hora de dirigir los ataques.

–Entonces, esperaremos –suspiró Giustiniani.

–Entonces, esperaremos –repitió Radu.

· · · · ·

La mañana siguiente amaneció clara y despejada. Por la expresión en el rostro de los soldados, se notaba que hubieran deseado que no fuera así.

Radu estaba nuevamente al lado de Giustiniani, junto con Cyprian. Nazira se había quedado en la casa. El abrazo de despedida entre los esposos había sido muy apretado. Ella le había susurrado que tuviera cuidado, Radu tenía que ser más cuidadoso que nunca.

Giustiniani le ofreció un catalejo y le señaló uno de los rincones más escondidos del campamento, del que brotaba humo.

–¿Qué están haciendo allí?

Radu tardó unos minutos en enfocar el aparato y en ajustar la lente sobre lo que intentaba encontrar. Se sintió invadido por la familiaridad de lo que veía, pero tuvo que ocultar el afecto detrás de una mirada seria.

–Fundiciones –respondió, al mismo tiempo que le devolvía el catalejo.

–¿Para qué necesitan fundiciones tan grandes? –preguntó Cyprian.

–Para los cañones.

–¿Van a fabricar cañones en el campo de batalla? –rio Cyprian–. ¿Acaso también planean hacer un horno de ladrillos y edificar un muro propio mientras estén allí?

–Creo que debe ser para reparar los cañones.

–Necesitarían una enorme cantidad de suministros –Giustiniani frunció el ceño–. Los aspectos de logística serían una pesadilla. ¿De veras crees que podrían lograrlo?

–Sí. Mehmed... –Radu se avergonzó y empezó de nuevo–. El sultán es organizado y metódico. Tiene recursos que puede extraer de dos continentes. Si los necesita, ya deben estar allí o, al menos, en camino. Ya he presenciado un asedio otomano, bajo el mando del sultán Murad. Este será más importante, ordenado y eficiente. Mehmed observó y aprendió de su padre. Contará con las suficientes provisiones para aguantar todo lo que necesite. Los hombres deberán comer una vez por día para reservar los alimentos. Mantendrá todo con un orden y una limpieza meticulosa, a fin de prevenir enfermedades.

–Por lo que estimo, debe haber aproximadamente doscientos mil hombres allí –Giustiniani señaló las filas de tiendas.

–¿Tantos? –Cyprian exhaló aire, como si le hubiesen dado un golpe en el estómago.

–Más o menos dos hombres por cada uno que lucha –dijo Radu.

–Pero ¿aún quedarían sesenta mil o setenta mil? –Cyprian se cubrió la boca con la mano. Radu se sintió conmocionado al ver cómo brotaban lágrimas de los ojos grises del muchacho–. Son demasiados. ¿Qué podría lograr la cristiandad con una mínima parte de la unidad que tiene el islam? ¿Cómo es posible que nuestro Dios resista la ferocidad de su fe?

–No digas blasfemias, joven –dijo Giustiniani con el tono severo que suavizó cuando volvió a hablar–. Y tampoco pierdas las esperanzas. No llevamos tanta desventaja como parece –dio una palmada en la piedra que estaba por delante de ellos con una de sus gruesas y callosas manos–. Con un puñado de hombres y estas murallas, podría detener a las fuerzas del mismísimo infierno.

–Bien –expresó Cyprian con la voz vacía, al mismo tiempo que volvía la vista hacia al campo otomano–. Porque parece que tendremos que hacerlo.

Giustiniani partió, pero Radu y Cyprian permanecieron en sus sitios.

–Mira a esos animales en las jaulas –Cyprian agitó la mano con disgusto–. Ese que está allí. ¡Ni siquiera son animales de guerra! ¡Ese señor los trajo para hacer alarde de ellos!

–Probablemente, se trate de un pasha o de un ghazi de la zona oriental –Radu no apartaba la vista de la tienda roja y dorada que estaba en el centro... la de Mehmed–. Como no suelen verse seguido, seguramente quisieron traerlos como muestra de abundancia y fortaleza.

–Ni siquiera les importa asustarnos –rio Cyprian–, sino que están concentrados en impresionarse los unos a los otros –lanzó un suspiro y, finalmente, se volvió y se dejó caer para sentarse de espaldas a las piedras. Radu sabía que Mehmed todavía no había llegado, que aquella tienda estaba vacía, así, lo único que podía hacer era apartar la vista y sentarse junto a Cyprian.

–Si cuentan con todo eso y si son capaces de hacer todo esto en una *campaña militar*, ¿por qué quieren nuestra ciudad? Ese campamento es más hermoso que cualquiera de las cosas que tenemos aquí dentro.

–Piensan que Constantinopla está pavimentada con oro –suspiró Radu, mientras apoyaba la cabeza contra la fría piedra caliza que se alzaba entre él y su gente.

–Han llegado doscientos años tarde. ¿Cómo es posible que el sultán no lo sepa?

–Lo sabe –Radu estaba seguro de que era así. Mehmed era demasiado precavido y meticuloso como para no estar al tanto del verdadero estado de la ciudad–. Él permite que los demás crean que la ciudad está cubierta de riquezas para que estén dispuestos a luchar. Pero él quiere la ciudad para sí, por su historia, por su posición. Para que sea *su* capital.

–Por lo tanto, la tomará.

–Por lo tanto, la tomará –Radu repitió las palabras de Cyprian, luego de asentir.

–¿Cómo es la vida para los estados vasallos y la gente vencida bajo el gobierno de los otomanos?

Radu cerró los ojos, y vislumbró una tienda roja y dorada en la oscuridad. Vio el rostro del hombre que la ocuparía dentro de poco tiempo y se vio a sí mismo, donde debería haber estado, en la tienda vecina a la de Mehmed.

Para profundizar la lealtad hacia Cyprian, probablemente debería hablarle de los horrores que supuestamente se vivían, pero la mirada de desesperación del joven lo angustiaba. Como la verdad era reconfortante, Radu la desarrolló.

–¿Sinceramente? Es mejor que muchas otras situaciones –Radu hizo a un lado las imágenes de lo que no sería, y se concentró en la ciudad que estaba sobre una colina por delante de sus ojos–. Los otomanos no creen en el sistema feudal. Las personas son más libres bajo su mandato. La industria y el comercio están prosperando. Permiten que los sujetos vasallos continúen con sus religiones, sin perseguirlos por ello.

–¿No los obligan a convertirse?

–Los cristianos tienen la libertad de seguir siendo cristianos. De hecho, los otomanos lo prefieren, porque los musulmanes pagan impuestos más bajos.

–Bueno, esa es una medida bastante... práctica de su parte –rio Cyprian, sorprendiendo a Radu.

–No sé si esto te servirá de consuelo, pero, cuando comparo a la gente de Valaquia con la del Imperio otomano, me doy cuenta de que los otomanos tienen una vida mejor –Radu sonrió con tristeza.

–Pero no fue mejor para ti –Cyprian tragó saliva y el movimiento se reflejó en el cuello. Se miró las manos, que tenía cruzadas por delante de sí.

Al recordar lo que las personas creían qué era él para Mehmed, Radu giró la cabeza como si le hubieran asestado un golpe. Por los rumores que habían llegado hasta allí, todos consideraban que llevaba una carga dolorosa y vergonzante. Pero lo cierto era que él hubiera estado feliz de ser lo que Mehmed había insinuado como una posibilidad.

–No –expresó Radu, con una voz fría como una sombra bajo la clara luz del sol. Se puso de pie justo a tiempo para ver cómo avanzaba la procesión de Mehmed. Las murallas de la ciudad eran la barrera más insignificante entre Radu y el verdadero deseo de su corazón–. Para mí no fue mejor.

Paralizada por la furia y la aflicción, Lada se detuvo junto a la cama donde Hunyadi yacía moribundo.

Tres semanas atrás, cuando ella lo había abandonado, él estaba robusto y fuerte, con poder, pero ahora era la sombra consumida de lo que alguna vez había sido.

Después de todo, Mehmed se las había arreglado para suprimirlo.

—Él envía a los hombres infectados por la peste a las primeras filas —Hunyadi silbó una débil carcajada—. Es muy inteligente, realmente. No pudo alcanzarme con la espada, pero me alcanzó con… —se le entrecortaron las palabras, a medida que jadeaba y se esforzaba por respirar.

Era la primera vez que Lada se sentía tan impotente. Tenía ganas de destruir algo.

Quería asesinar a Mehmed.

—¿Dónde está Matthias? —le preguntó a la muchacha que asistía a Hunyadi en la habitación oscura y pequeña de una humilde vivienda a una buena distancia del castillo.

—No viene nunca —con la mirada desviada, la chica avivaba el fuego como si aquello pudiera mejorar la situación.

—Su padre se está muriendo. Envía a alguien para que lo traiga.

—Él no vendrá —la muchacha negó con la cabeza, y algunos rizos del cabello le cayeron sobre el rostro.

—Mejor así —expresó Hunyadi, al recuperar el habla. Cuando sonrió, dejó al descubierto las encías blancas y los labios rajados—. Yo no estaba cuando murió mi padre. Estaba demasiado ocupado en una batalla como para presenciar la agonía de un viejo granjero. Ahora, mi hijo está demasiado ocupado en el castillo como para presenciar la agonía de un viejo soldado. Está bien.

Lada detestaba aquella conversación. Deseaba tener más tiempo junto a Hunyadi. Quería recuperar el tiempo que había desperdiciado y que tanto les había costado a ambos. Lo ayudó a beber un poco de agua y le acomodó el cojín.

—¿Cómo lograste llegar tan lejos desde un comienzo tan humilde?

—Siempre elegí el camino con mayor resistencia e hice las cosas que nadie estaba dispuesto a hacer. Asumí los riesgos que todos temían. Fui más inteligente, más decidido y más fuerte que el resto —alzó en el aire una mano temblorosa y rio débilmente—. Bueno, algunas cosas cambiaron. Pero siempre fui cruel y despiadado, el más cruel y despiadado de todos. Cuando empiezas desde abajo, tienes que luchar por cada espacio que ocupas en el mundo —le dio una palmada a Lada en la mejilla, con la mano demasiado caliente y delgada como un pergamino—. Aunque haya empezado de la nada, fui más afortunado que tú. Si hubieras sido varón, el mundo entero temblaría ante tu presencia.

—No tengo ningún deseo de ser hombre —dijo Lada con el ceño fruncido, antes de estremecerse frente al recuerdo de las manos, la lengua y los labios de Mehmed acariciándole el cuerpo. Nunca se había sentido feliz con su condición de mujer salvo en aquel espacio falso y precioso. En ese momento, no se había sentido una extraña en su cuerpo. Quería recuperar aquella sensación.

—No, tienes razón —Hunyadi entrecerró los ojos con aire pensativo—. Si hubieras sido varón, tal vez te habrías conformado con lo que el mundo te ofrecía. En ese aspecto es que somos tan parecidos. Al ver todo lo que no nos pertenecía, sentimos hambre. No pierdas esas ansias. Siempre tendrás que luchar por todo, incluso cuando ya lo tengas, deberás continuar luchando para mantenerlo. Tendrás que ser más despiadada, más inflexible y más *todo*. Cualquier debilidad podrá revertir todo lo que has alcanzado. Cualquier grieta que vean en ti, la usarán en tu contra como evidencia de que una mujer no es capaz de hacer lo que tú haces.

Hunyadi hablaba con conocimiento de causa. Los méritos, los logros y la fortaleza de ella jamás hablarían por sí mismos. Tendría que abrirse paso en el mundo, cuesta arriba, por el resto de su vida.

—Haré que estés orgulloso de mí —al esbozar una sonrisa, ella dejó al descubierto sus diminutos dientes—. No habrá nadie más cruel y despiadado que yo. Y jamás dejaré de luchar.

Hunyadi se echó a reír, silbando y jadeando hasta palidecer tanto que parecía muerto en vida. Lada lo ayudó a beber. Él se atragantó y escupió la mayor parte del líquido, pero se las arregló para tragar un poco. Finalmente, cerró los ojos.

—No hay descanso para los malvados. Pero creo que esta alma malvada está por disfrutar de un merecido descanso.

—Duerme —ella quería garantizarle que mejoraría, pero no era capaz de volver a mentirle a aquel hombre.

—Prométeme —le susurró él—. Prométeme que cuidarás a mi Matthias. Alíate con él.

—Te lo juro —no le había mencionado que aquella ya era su intención.

· · ● · ·

—Tu padre se está muriendo —dijo Lada, mientras se acomodaba en una habitación privada junto a Matthias. La frase brotó como una acusación, pese a que sabía que Matthias no tenía la culpa. Al menos en parte, *ella* era la culpable.

—Nunca lo entendí del todo —expresó Matthias, jugueteando con una copa de vino—. Ni siquiera pude conocerlo. Tan pronto como aprendí a hablar, me envió lejos. Cada vez que me visitaba, me miraba... como si no pudiera creer que yo fuera suyo. Lo único que sabía de él eran las historias que me contaban sobre sus conquistas, su valentía y sus triunfos. Cuando me visitaba, yo le recitaba *poesía*. En una oportunidad, le pedí que me enseñara a pelear. Pese a que nunca había perdido la paciencia conmigo ya que nunca se había quedado el suficiente tiempo como para hacerlo, ese día tuve miedo de que me golpeara. Me dijo que no había luchado toda su vida para que su hijo aprendiera a usar una espada –Matthias acarició una empuñadura desgastada que tenía a su lado–. Ahora he tomado posesión de su espada y no tengo ni idea de cómo usarla. Ese fue el legado que me dejó.

–Tú no necesitas una espada, sino trabajar con gente que sepa cómo esgrimirlas –Lada se inclinó hacia adelante, obligándolo a que la mirara a los ojos–. Tú quieres ser rey.

–Soy un fiel servidor de nuestro bendito rey, cuyo reinado espero que sea largo –Matthias sonrió con astucia.

–Si estuviera en busca de mierda, no habría pedido una audiencia contigo, sino que hubiera visitado el baño –Lada desechó con la mano el falso sentimiento del joven.

–Creo que has estado viviendo con soldados por demasiado tiempo –rio Matthias.

–Y yo creo que tú y yo tenemos algo para ofrecernos el uno al otro. Tú quieres Hungría, y yo quiero Valaquia. Haré todo lo que sea necesario para asegurarte el trono. Y, una vez que lo tengas, tú me ayudarás a conseguir el mío.

–¿De veras? –Matthias alzó las cejas–. Dime, ¿por qué querría hacerlo?

–Una Valaquia fuerte equivale a una Hungría más segura. Ambos sabemos que el actual príncipe le ha otorgado al sultán el derecho de moverse libremente dentro de sus territorios. Pueden dirigirse directamente hacia tus fronteras con tan solo un cuchillo para abrirse paso. Si me ayudas a adueñarme de Valaquia, te prometo que ninguna armada otomana atravesará la región con vida.

–¿Estás al tanto de que Polonia tiene la corona? –la mano de Matthias trazó por encima de su propia cabeza algo que Lada no podía ver–. Se la llevaron para *custodiarla*. Nadie puede ser el rey legítimo de Hungría sin esa corona.

–¿Qué importa eso? Es un simple objeto.

–Es un símbolo.

—Depender de símbolos engendra debilidad. Si eres rey, no necesitas una corona.

—Mmm —Matthias dejó caer la mano y observó a Lada de arriba abajo de manera tal que la hizo sentir más como ganado que como un ser humano—. Mi padre te ha dejado a cargo mientras se recupera.

—Tu padre no sanará jamás —¿qué tanto sabía Matthias sobre el estado de su padre? Lada no estaba preparada para informárselo de forma sutil. Él ya debería estar enterado.

—No —Matthias negó con la cabeza—. Mi padre está recluido por su estado de salud pero, mientras descansa, te ha confiado sus asuntos más privados y sus responsabilidades más importantes.

—Sí —expresó ella, captando el sentido de las palabras del joven al igual que el comienzo de un resfrío—. Me ha dejado a cargo de todo.

—Y te ha asignado la tarea de erradicar las amenazas al trono, tales como las traiciones.

—Las traiciones —Lada esperaba tener que discutir con Matthias para tratar de convencerlo de su utilidad, pero había subestimado la disposición de él para aprovecharse de cualquier ventaja.

—Así es. Al parecer, Ulrich, el protector del rey y mi principal rival, ha estado cometiendo actos de traición. Tú y tus hombres irán a su vivienda en busca de todas las evidencias necesarias —sonrió Matthias, con los dientes oscuros por el vino—. Y lo ejecutarás en nombre de mi padre.

—¿Sin previo juicio? —Lada alzó una ceja.

—Ustedes son valacos, y todos saben lo despiadados que son —se quedó esperando la reacción de Lada, probablemente que se negara a cometer un asesinato o que se ofendiera ante la denominación de despiadada, pero ella no respondería de esa forma. Lo miró a los ojos con una insinuación de sonrisa. Él creería que a ella le molestaría que hablara de su gente de esa manera, pero, en cambio, a ella la llenaba de orgullo. Satisfecho con que Lada no objetara nada, Matthias continuó—. Una vez que Ulrich haya muerto, el rey necesitará un nuevo protector y un regente.

—¿Y después? —asintió Lada. Aquello era lo suficientemente simple.

–Y después el rey sucumbirá ante su propia debilidad, y el protector se convertirá en la opción evidente para ser rey. Un rey que podrá vincularte con los que se asegurarán de que alcances tu trono –Matthias extendió una mano, que se alzó entre ellos como una cadena que cargaba con el peso de la muerte de dos hombres inocentes: Ulrich, a quien Lada no conocía, pero que tenía reputación de ser justo y moral, y el hijo del rey, que no había hecho nada mal aparte de nacer con un poder que no podría ejercer.

Dos muertes y dos tronos.

Lada le estrechó la mano.

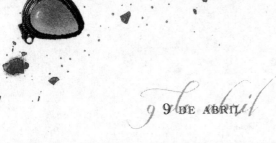

9 DE ABRIL

Radu se deslizó dentro de la cocina, con un cuchillo en la mano. El ruido que lo había despertado en medio de la noche quedó al descubierto por una vela, cuya luz puso de relieve la habitación. Un par de brillos dorados, y una multitud de sombras oscuras.

Uno de los puntos resplandecientes era el semblante de Cyprian, pero que no tenía la luminosidad habitual.

—¿Qué pasó? —Radu atravesó la sala hasta llegar a él y le tocó la frente, por temor a que estuviera enfermo, pero, de inmediato, sintió el olor a alcohol y comprendió el malestar del muchacho.

—Vamos —Radu tomó a Cyprian del codo para estabilizarlo—. Deberías ir a la cama.

—¡No, no! No puedo dormir ahora. Tengo miedo de lo que pueda llegar a soñar esta noche, después de la reunión con mi tío.

—Entonces, deberíamos ir a caminar —la faceta paralizada de Radu que aún deseaba marcar una diferencia, se puso en alerta—. El aire fresco de la noche te ayudará a despejarte.

Cyprian expresó consentimiento en voz baja. Radu halló la capa del joven en el suelo y lo ayudó a que se la volviera a colocar. Cyprian permaneció cerca de Radu, con una mano sobre su hombro. Su peso insinuaba que Cyprian no podía mantenerse en pie sin el apoyo de Radu.

—¿Y qué hay de Nazira?

—No me echará de menos —Radu abrió la puerta y ayudó a Cyprian a que atravesara la corta distancia que lo separaba de la entrada. Caminaron en silencio, Cyprian apoyado contra Radu para no perder el equilibrio. Afuera hacía un frío terrible y reinaba una tranquilidad sepulcral.

—Tú amas a Nazira —dijo Cyprian.

—Sí.

—Como a una hermana.

Radu frenó en seco y Cyprian se tambaleó.

—Es evidente que no has conocido a mi hermana si piensas que la adoro tanto como a Nazira —Radu lanzó una risa forzada.

—Pero no hay pasión entre ustedes —Cyprian hizo un gesto enfático.

—Ella es mi esposa y mi máxima preocupación —Radu retomó la marcha, con la cabeza que le daba vueltas. Cyprian era muy perspicaz. No deberían haber aceptado vivir con él. Si alguien llegaba a sospechar que Nazira no era su amada esposa, se meterían en serios problemas. Ella había venido hasta allí para vender su historia fuera de toda incertidumbre, pero si la gente dudaba del matrimonio mismo... —. Ahora, tú también me preocupas. ¿Qué pasó? Nunca te he visto de esta forma —durante las semanas que habían pasado junto a él, Cyprian jamás había bebido. Incluso cuando se había enterado de la muerte de sus compañeros, los mensajeros, se había mostrado concentrado y recogido en su dolor. Algo tenía que haber sucedido esa noche para que ocurriera semejante cambio.

—Ocho mil —expresó Cyprian, con la voz como un susurro.

—¿Ocho mil qué?

—Ocho mil hombres. Eso es todo lo que tenemos.

Como Radu hizo una pausa, Cyprian volvió a desestabilizarse. Radu lo sostuvo y lo aferró de los brazos.

—¿Ocho mil? —aquel número era mucho menor de lo que sospechaba. Había presenciado cuán desolada estaba la ciudad, pero ni siquiera eso evidenciaba la poca cantidad de hombres con los que contaban.

—Ocho mil hombres para veinte kilómetros de muralla. Ocho mil hombres contra sesenta mil.

»Pero lo más probable es que reciban más ayuda.

—Mi tío aún tiene esperanzas, pero yo no —Cyprian sacudió la cabeza y, por el movimiento, se inclinó hacia un costado—. Los turcos ya están aquí. Tú también nos dijiste que tienen una armada en camino. ¿Quién nos enviará ayuda? ¿Cómo llegarían hasta aquí? Al ver las multitudes que se agolpan en nuestras puertas, ¿quién se atrevería a ponerse de nuestro lado?

—Pero escuchaste lo que dijo Giustiniani en el muro. Aún luchan desde un lugar de fortaleza —Radu no sabía con certeza si estaba tratando de sacar más información a Cyprian acerca de la defensa de la ciudad o si intentaba consolarlo—. ¡Ayer fueron capaces de ahuyentar el ataque!

Mehmed había enviado una fuerza reducida contra uno de los puntos más débiles de las murallas. Se trató de un ataque repentino y feroz, pero, después de un par de horas, murieron doscientos otomanos y ellos solo habían perdido un puñado de defensores. Fue una importante victoria para Giustiniani, y una evidencia de que las afirmaciones de que eran capaces de defender la ciudad tenían cierto peso.

Al menos, eso era lo que se decía. Radu sospechaba que para Mehmed había sido un juego, como el del gato con una presa, ya que nadie estaba al tanto ni tomaba en consideración el hecho de que el sultán no tenía la intención de derrotarlos enviando hombres contra los muros. Los cañones no habían llegado todavía, por lo que, hasta entonces, se contentaría con golpear las murallas y observar cómo se agitaba el ratón.

Radu vislumbró un edificio que le era familiar. Condujo a Cyprian hacia Santa Sofía y lo apoyó contra la pared, mientras forzaba la cerradura de la entrada. Al abrirse la puerta, Radu tomó a Cyprian y lo empujó adentro. Cyprian se tambaleó y alzó la vista hacia el techo, en vez de mirarse los pies.

—¿Por qué estamos aquí?

—Porque es un lugar tranquilo.

—¿Has venido antes aquí? Abriste la cerradura con demasiada facilidad.

—Tardé años en forzar la cerradura —sonrió Radu, ya que Cyprian no podía verlo por la oscuridad que los rodeaba—. Estás demasiado ebrio como para acordarte. Te quedaste dormido en medio del proceso.

—¡No es cierto!

Radu lanzó una carcajada, a medida que escoltaba a Cyprian hacia un rincón, donde el muchacho alcoholizado se deslizó contra la pared y reclinó la cabeza hacia atrás. Radu se sentó junto a él e imitó su postura.

—Lo siento mucho –dijo Cyprian.

—¿Por qué?

—Por haberte traído aquí. Te he condenado a muerte. Debería haber... Pensé en la posibilidad de que partiéramos a otro sitio... a Chipre. Debería haber desaconsejado esta locura. Ahora estás atrapado aquí dentro, y todo es culpa mía.

Radu puso una mano sobre el brazo de Cyprian. Detestaba la angustia que expresaba la voz de su amigo... no, no era su amigo. No podía verlo como un amigo... y no lo haría. Apartó la mano lo más rápido posible.

—Tú nos salvaste de Mehmed. No tienes que pedirme disculpas. Vinimos porque queríamos colaborar con la ciudad. No hubiéramos aceptado la oferta de huir y ocultarnos en algún otro sitio, así como tú tampoco fuiste capaz de proponerlo y llevarlo a cabo.

—Lo llamaste Mehmed.

Radu se volvió hacia Cyprian, pero el joven tenía la mirada fija en las penumbras que estaban por delante, por lo que Radu no pudo descifrar su expresión.

—¿A qué te refieres? –preguntó en un tono de voz cuidadoso.

—Al sultán. Tratas de no hacerlo, pero cuando no te das cuenta, lo llamas Mehmed. Se ve que eran muy cercanos.

Radu buscó en las sombras la respuesta adecuada, pero Cyprian habló antes de que él pudiera hacerlo.

—Estar junto a él no fue siempre tan malo, ¿no es cierto?

Ahora Radu estaba en alerta. ¿Acaso la embriaguez de Cyprian habría sido una actuación para bajar las guardias de Radu y que le revelara algo que no quería confesar? ¿Acaso se trataba de una continuación de las preguntas sobre la relación de Radu con Nazira?

—El sultán era bueno conmigo cuando éramos niños –Radu seleccionó las palabras que pronunciaría con la mayor cautela del mundo y como nunca antes lo había hecho–. Yo lo admiraba. Consideraba que nos había salvado del dolor que nos habían causado los tutores de su padre. Él era todo lo que tenía.

—Pero tu hermana también estaba contigo.

—Vuelvo a repetirte que se nota que no conoces a mi hermana —rio Radu con ironía—. Ella respondió a los tormentos que recibimos haciéndose más dura, cruel y distante. Ella se tornó más fuerte, pero yo estaba cada vez más destrozado. Por eso, cuando Mehmed, el sultán, me ofreció su bondad, fue como si alguien me hubiera ofrecido el sol en medio del invierno más largo y frío de mi vida —Radu se aclaró la garganta. Se mantenía lo más cerca posible de la verdad, para que las mentiras quedaran teñidas por cierta sinceridad—. Pero, a medida que fuimos creciendo, él fue cambiando. Se volvió más centrado y decidido. El amigo y protector que creía que tenía, ya no lo era y nunca lo había sido. Yo lo apreciaba por encima de todo, y él... bueno. Todo en el imperio le pertenece y usa a las personas como más le conviene.

Radu sabía que Cyprian creería que se estaba refiriendo al hecho de ser parte del harén masculino, pero la tristeza con la que expresaba el relato no se enfocaba en ese aspecto. Mehmed lo había usado... lo había enviado lejos con un estúpido encargo. Radu hubiera preferido ser un secreto vergonzoso antes que un desterrado.

—Pero, ¿lo amabas?

Radu permaneció con la mirada fija en Cyprian, quien, a cambio, observaba las heladas baldosas de mármol que tenían por debajo y recorría las junturas con un dedo. La pregunta parecía extrañamente sincera, no como si se estuviera burlando o intentara provocarlo.

—No tiene importancia, porque yo lo traicioné —Radu se puso de pie—. Él no perdona las traiciones —Radu extendió una mano y, cuando Cyprian la tomó, lo impulsó hacia arriba para ayudarlo a incorporarse, pero ambos perdieron el equilibrio y se tropezaron. Cyprian se aferró al cuello de él, con el rostro contra el hombro de Radu.

—Yo sí te perdonaría —susurró él. Durante unos segundos, Radu pensó que, tal vez, tal vez...

Luego Cyprian se inclinó hacia adelante, con las manos en el estómago, y salió corriendo hacia la puerta. Radu lo siguió, y luego deseó no haberlo hecho mientras Cyprian vomitaba en la calle que daba a Santa Sofía.

Confundido y congelado, Radu cerró la puerta y el candado detrás de ellos. *Yo sí te perdonaría*, le resonaba en la mente y se le quedaba grabado en donde no debería.

¿De veras lo haría si supiera la verdad?

Radu se volvió para ayudar a Cyprian, sus desdichadas arcadas eran los únicos ruidos en medio de la oscuridad. De pronto, un movimiento le llamó la atención. En la calle de enfrente, bajo las sombras de un pilar, había un chico. Radu miró a través de la penumbra y respiró hondo con asombro.

Era Amal, el sirviente que había espiado por él mientras Murad moría; el sirviente que había atravesado el imperio para llevarle noticias a Mehmed de que podría tomar el trono antes de que se lo quitaran; el sirviente que había estado en el palacio de Edirne cuando Radu partió.

El muchacho sonrió a Radu, quien, después de asegurarse de que Cyprian estaba distraído, cruzó la calle a toda prisa y susurró la ubicación de las tropas, la cantidad y todos los detalles que Amal pudiera recordar para llevar de regreso a Mehmed.

Su Mehmed.

Luego Radu volvió a donde estaba Cyprian y lo ayudó a regresar al hogar, con la carga aliviada por la emoción y la esperanza.

· • • • ·

Radu se paseaba, con el candelabro en la mano que arrojaba su sombra sobre la pared que tenía por detrás. Nazira estaba sentada en la cama.

—¡Entonces sí tenía un plan para nosotros! Ese fue el motivo por el que me dijo que visitara Santa Sofía. Tenía la intención de enviar a un espía para que nos encontrara allí. ¡Amal fue la opción perfecta! Como el paso entre Gálata y Constantinopla está abierto durante el día, él puede escabullirse fácilmente y encontrarse con los hombres de Mehmed fuera de Gálata para llevarles información. Ay, Nazira, él sí tenía un plan para nosotros.

Finalmente, Radu se sentó, vencido por la fatiga y el alivio. Nazira bajó de la cama y se puso de rodillas frente a él, colocó el candelabro sobre una mesa y tomó las manos de Radu entre las suyas.

—Por supuesto que tenía un plan para nosotros. ¿De veras pensabas que nos había enviado hasta aquí para nada?

—Lo temía. Creí que quería que yo partiera. Estaba tan asustado. Pensé que había puesto en peligro tu vida sin ningún propósito.

—Yo nunca haría algo tan estúpido —expresó ella—. Y jamás acusaría a Mehmed de desperdiciar sus recursos. Por supuesto que él no perdería la oportunidad de sacar el mayor provecho de esto. Tendremos que tener cuidado con Amal y no ponerlo en riesgo. Pero lo cierto es que es un buen método.

—Él no me abandonó —dijo Radu, mientras apoyaba la cabeza sobre el hombro de Nazira. Antes de que pudiera contenerse, le empezaron a caer lágrimas de los ojos. Él y Nazira por fin serían útiles al imperio. Ayudaría a Mehmed, quien lo sabría y estaría contento—. Aún puedo ayudarlo.

—Ayudaremos al imperio —Nazira le dio una palmada en la espalda y le alzó el mentón para que él pudiera mirarla a los ojos—. Esa es la razón por la que estamos aquí. Para cumplir con las palabras del Profeta, la paz sea con él, y para asegurar la estabilidad de nuestra gente. Luchamos por nuestros hermanos y hermanas, por su seguridad. No pierdas de vista ese objetivo. No estamos aquí para hacerle un favor a Mehmed —ella hizo una pausa y adoptó un tono de voz más suave, pero profundo y severo—. Él no te amará por lo que hagas aquí.

—No me hables de eso —Radu retrocedió, apartándose de las palabras de ella.

—Tienes demasiadas ilusiones, y se te ulcerarán en el alma como una infección. Sirve a Mehmed porque, a través de aquel servicio, sirves al imperio. Pero no lo hagas por una desenfrenada esperanza de que él te ame como tú deseas que te ame, porque él no puede hacerlo.

—¡Tú no lo conoces! —Nazira alzó una ceja. Radu bajó el tono de voz y empezó a murmurar en vez de gritar—. Tú no lo conoces. Además, no deseo nada más que su amistad.

—Puedes mentirme a mí, pero por favor deja de mentirte a ti mismo. Independientemente de cuáles sean tus ilusiones, te aseguro que jamás se verán realizadas.

—*Tú* encontraste el amor.

—Sí, con alguien que podía correspondérmelo. Pero tú te niegas a dejar ir a este purulento amor por un hombre que es incapaz de amarte.

—¿Acaso no merezco ser amado? —Radu parpadeó y se desprendieron algunas de las lágrimas que le inundaban los ojos.

—Dulce Radu, te mereces el amor más grandioso del mundo entero —puso una mano sobre la mejilla de Radu—. Simplemente creo que Mehmed no es capaz de amar *a nadie* de la forma en que tú lo amas a él.

—Él ama a Lada.

—He conocido a tu hermana y también he conocido a Mehmed. Ambos se aman a sí mismos y a sus ambiciones por encima de todo. Aman aquello que alimenta su ambición y, una vez que deja de hacerlo, el amor se convierte en un odio más pasional y fuerte que cualquier clase de amor que pudieron haber profesado antes. Tú, Radu, amas con todo el corazón, y por eso te mereces a alguien que pueda corresponderte con todo su amor.

—Pero al único que amo es a Mehmed. Él es el hombre más maravilloso del mundo —la felicidad optimista de Radu se había transformado en un peso muerto que le arrastraba el alma hacia el abismo más profundo.

—Estoy de acuerdo. Él será el líder más grandioso que verá nuestra gente, y hará cosas maravillosas. Él es más que un hombre... lo cual también lo hace ser menos. No tiene nada para ofrecerte.

—¡De todos modos, no tiene importancia! —Radu se puso de pie y se alejó de Nazira. Se sentía cercado, lo invadía una sensación de claustrofobia y deseaba respirar aire con desesperación—. No puedo alcanzar el amor que deseo bajo ninguna religión, porque está mal.

—¿Acaso crees que mi amor por Fátima está mal? —Nazira lo tomó del brazo y lo giró para que la enfrentara. Estaba furiosa.

—¡No! No —él alzó ambas manos.

—Dios abarca mucho más de lo que creemos. La paz que siento cuando rezo es la misma que siento cuando estoy a solas con Fátima. La claridad del ayuno es la misma que tengo cuando trabajamos una al lado de la otra. Siempre que estoy con Fátima, tengo sentimientos puros y buenos. No puedo imaginarme a un dios que deteste el amor en cualquiera de las formas que encontramos para cuidarnos mutuamente. Quiero que tú encuentres ese mismo amor y que jamás te odies por el amor que albergas en tu corazón –ella lo atrajo hacia sí y él no opuso resistencia, mientras se preguntaba si alguna vez podría tener un amor tan puro como el que Nazira había hallado... sabiendo que con Mehmed no sería posible.

Pero el asunto era el siguiente: ¿cómo podía dejar ir al hombre que tenía escrito en el alma?

Se esparcieron a lo largo del palacete, como las llamas del fuego. Los sirvientes se despertaron por el ruido de los muebles que se rompían y de los vidrios que se quebraban. Algunos trataron de luchar. Lada había ordenado a sus hombres que no mataran a nadie. No les resultó nada difícil someter a personas sin armas y medio dormidas.

Para cuando llegaron a los aposentos de Ulrich, él ya se había vestido y los estaba esperando. Tenía la espalda recta, los hombros amplios y el rostro impasible. No había nadie más dentro de la alcoba. Lada estaba agradecida de que su esposa no estuviera allí para atestiguar la situación, sollozar y rogarles misericordia. De esta forma, el camino quedaba totalmente despejado.

Ulrich tenía una espada envainada a su costado, pero no hizo esfuerzo alguno por desenfundarla.

—¿Qué significa todo esto? —preguntó con un tono de voz calmo y seguro.

Lada ya sabía cuál era el destino de aquel hombre con quien no quería involucrarse. Sin testigos en la habitación, ella no tenía necesidad alguna de fingir ni de acusarlo de cosas que ambos sabían que no había hecho. Observar cómo asumía el final con semejante resolución estoica la llenaba de pena. Él era un hombre fuerte, posiblemente grandioso según la información que había reunido Stefan.

Lada no dijo nada. Pasó junto a él, al mismo tiempo que retiraba la carta de Mehmed del abrigo que llevaba puesto. El sello de la carta estaba intacto, la peculiar firma del sultán era inconfundible. Con cierto entusiasmo por el placer de venganza que la invadía, ella quemó su propio nombre y la poesía que Mehmed le había impreso con sus falsos dedos. Una vez que terminó de hacerlo, lo único que se vislumbraba era la firma de Mehmed y la promesa de reunirse en Transilvania para que la abasteciera con hombres.

—Lo encontramos intentando quemar esto —ella le entregó la carta a Nicolae, quien la tomó con cierta inquietud que le ensombrecía el rostro. Lada no había informado todo a sus hombres, sino simplemente les había dicho que irrumpirían en la casa en nombre de Matthias y Hunyadi. Después de todo, aquella alianza había sido idea de Nicolae, por lo que no tenía derecho a cuestionar adónde conduciría el camino que él había propuesto.

Lada se volvió hacia Ulrich. Al menos ahora, la emoción le caldeaba los ojos color café, pero no se mostraba enfadado ni asustado como ella había esperado, sino que lucía triste.

—Él podría ser un rey maravilloso, ¿sabes?

Lada se preguntaba el motivo por el que Ulrich hablaba sobre Matthias, pero, de inmediato, el hombre continuó.

—Es un buen muchacho. Es inteligente y tiene una bondad genuina que no es común en la gente y, menos aún, en la realeza. Si le permiten crecer lo suficiente hasta alcanzar la edad adulta, se convertirá en un rey muy justo, la clase de rey que Hungría necesita y merece.

—Lo siento mucho —y, para su sorpresa, Lada realmente *lo sentía*. Se había concentrado tanto en cumplir los mandatos de Matthias, que no se había detenido a pensar en cómo la haría sentirse. Asegurar el trono de Hungría a alguien no era algo tan simple como había imaginado.

»Pero no puedo poner los intereses de Hungría por sobre los de Valaquia —negó ella con la cabeza.

Las lágrimas que brotaban de los ojos de Ulrich resplandecían con la luz del fuego. Él inclinó la cabeza y susurró una plegaria. Luego, extendió ambos brazos hacia adelante.

—Recuerda que es un niño. Regálale una muerte sin dolor.

Lada detuvo el avance del puñal y lo observó mientras le temblaba dentro de la mano. Iba a ser la primera vez que asesinaría a un hombre por fuera de una batalla. No se trataba de una reacción para salvar su vida, sino de una elección. Podría permitir que Ulrich –un buen hombre– viviera. Él consideraría el ataque como una prueba de la traición de Matthias, lo usaría para expulsarlo del palacio, y el joven rey podría convertirse en un hombre moldeado por la fortaleza de su genuino protector.

Lada alzó la vista hacia el rostro de Bogdan... el rostro de su infancia. Su semblante no denotaba juicio alguno, sino que se limitaba a mirarla y a aguardar. El medallón que ella tenía alrededor del cuello le hacía presión contra el corazón.

Valaquia.

Respiró hondo y, cuando hundió el cuchillo en el corazón de Ulrich, tenía la mano firme.

• • • • •

La *evidencia* era suficiente como para justificar la muerte de Ulrich con protestas moderadas. Como Elizabeth lo había elegido como protector del rey, también se sospechó de sus decisiones. La trasladaron a un castillo lejano para mantenerla aislada. A Matthias lo nombraron regente... y heredero, si el rey moría sin dejar posteridad.

Lada no tenía dudas de que ese sería el caso, más pronto que tarde. Cuando observó cómo Matthias ponía una mano sobre el hombro tembloroso del niño, Lada recordó el último pedido de Ulrich.

–Mátalo con gentileza –le dijo a Matthias, cuando se reunieron en un silencioso y apartado corredor del castillo que en breve le pertenecería. Lada detestaba Hunedoara, el castillo, y a su aliado. Quería irse de Hungría de una vez por todas.

–¿Acaso me estás dando órdenes? –rio él.

–Fue la última solicitud de Ulrich.

–Haré lo que crea conveniente –Matthias le entregó una carta sellada con su escudo de armas, en el que un cuervo ocupaba un lugar destacado.

Esa misma mañana, Lada había visto, en los aleros del castillo, cómo un cuervo sacaba de un nido a un pichón y lo despedazaba de forma metódica y eficaz.

»Esta es la presentación para Toma Basarab, quien te instruirá y te ayudará en el camino al trono. Nadie conoce a los boyardos valacos mejor que Toma.

—¿Y los hombres?

—No cuento con hombres mejores que los que ya posees y, además, no puedo separarme de ninguno de los míos —negó Matthias con la cabeza—. Si mis hombres te acompañaran y tú fracasaras, se destruirían los vínculos entre Hungría y Valaquia.

—Entonces, independientemente de que yo gane o muera, aún contarás con un aliado en el trono —sonrió Lada con severidad. Matthias había nacido para esto. El joven rey podría tener un corazón bondadoso, pero Matthias era experto en los medios para ganar y mantener el poder.

—Entiendes todo a la perfección —dijo él—. De veras espero que triunfes, Lada Dracul. Estoy muy interesado en ver lo que eres capaz de hacer. Anhelo que tengamos una relación larga y fructífera.

Lada no quería saber nada con él, pero, como él le había dado otro cuchillo, ella lo utilizaría para abrirse paso hasta llegar al trono que tanto deseaba.

—Antes de partir, voy a presentar mis respetos a tu padre —ella inclinó la cabeza, sin estar dispuesta a hacer ninguna reverencia.

—Él está muerto —la expresión de Matthias se tornó melancólica por un instante, antes de recuperar su dureza habitual—. Su última actuación consistió en erradicar al traidor Ulrich. No esperaba que te quedaras para el funeral.

Lada se estremeció. No solo había traicionado a Hunyadi y lo había llevado a la perdición, sino que también había traicionado a un buen hombre en nombre de él. De esa forma estaba agradeciendo el amor, la confianza y la ayuda que le había dado Hunyadi.

Presionó el medallón que tenía alrededor del cuello con tanta fuerza que los nudillos se le emblanquecieron, desprovistos de sangre.

—Eres una chica muy extraña —expresó Matthias afectuosamente.

—Soy un dragón —respondió ella, antes de volverse y abandonar aquel castillo tóxico. Esperaba que fuera la última vez.

31

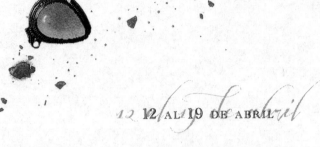

12 AL 19 DE ABRIL

Mientras Radu y Nazira oraban dentro del dormitorio bajo la luz que antecede al amanecer, comenzaba el fin del mundo.

Los estruendos estremecieron el suelo donde estaban arrodillados, interrumpiendo las plegarias. Las campanas de las iglesias repiqueteaban con la urgencia de los ángeles que marcan el inicio del final de los tiempos. Radu escuchaba los gritos que atravesaban las calles.

—Los cañones —se volvió hacia Nazira—. Los cañones están aquí.

—Adelante, ve —dijo ella.

Radu se puso las botas con tanta prisa que estuvo a punto de tropezarse. Antes de que pudiera terminar de sujetarse el manto, llamaron a la puerta de la habitación. Al abrirla, Radu se topó con Cyprian, que estaba pálido y deteriorado como las paredes de piedra caliza.

—Los cañones —dijo él, sacudiendo la cabeza—. Estamos acabados.

—Deberíamos ir a los muros —Radu tomó a Cyprian del brazo y lo hizo girar—. ¿Ya has estado allí? ¿Qué ha caído? ¿Los otomanos ya están dentro de la ciudad?

—No sé lo que ha pasado desde que partí. Estaba con mi tío y con Giustiniani. Ellos te han solicitado. Pienso que recién ahora creen en el informe que les diste sobre las armas de los turcos.

Radu tuvo que contener una carcajada mientras salían corriendo de la casa de Cyprian y recorrían las calles de la ciudad. Tuvieron que abrirse paso entre las multitudes que estaban reunidas por fuera de las iglesias y que hacían presión al unísono. Explosiones violentas sacudían todo el territorio; los estruendos interrumpían las campanadas que aún sonaban y los llantos desesperados.

—¡Tú! —Cyprian aferró a un monje por el cuello, y el hombre miró a Cyprian como si fuera el mismísimo demonio en persona—. ¿A dónde vas?

—¡A la iglesia!

—¡No harás ningún bien allí!

—¡Ese es el único sitio en el que *podemos* hacer algún bien! —lo miró fijo, horrorizado. La convicción del monje de que Cyprian era el demonio en persona se consolidó.

—Reúne a los ciudadanos y haz que transporten piedras y material hasta los muros. Si queremos sobrevivir a esta noche, necesitaremos la ayuda de todos. Puedes rezar mientras trabajas.

—Correré la voz —asintió el monje, después de un momento de vacilación.

—Bien hecho —expresó Radu, a medida que retomaban la carrera hacia las murallas.

—No será suficiente. Prométeme que, si llegan a atravesar los muros, saldrás corriendo.

—Primero iré a buscar a Nazira.

—Si puedes, dirígete a Gálata —asintió Cyprian—. Lo más probable es que puedas pasar desapercibido.

—¿Y qué hay de ti?

—Yo me quedaré junto a mi tío.

—No le debes la vida a esta ciudad —Radu frenó en seco. Los muros estaban a la vista. Podían ver las nubes de humo y el polvillo de las piedras hechas añicos que flotaban en el aire como un anticipo del futuro—. Ni siquiera es *tu* ciudad.

—Mi tío ha sido extremadamente bondadoso conmigo —Cyprian también se detuvo, y ambos se quedaron uno al lado del otro, mientras recuperaban el aliento tras la carrera.

—Y tú debes estar agradecido, y lo estás. Pero, llegado el caso de que tengas que decidir entre quedarte y morir o huir y sobrevivir, elige la segunda opción. Eso es lo que él querría para ti.

—¿De verdad?

—Debería ser así. La ciudad resistirá o caerá según los caprichos del destino. Sería una tragedia que tú te desmoronaras junto a ella —mientras le respondía, Radu se dio cuenta de cuán sincera era su afirmación. No podía tolerar la idea de que Cyprian muriera con la ciudad.

Los agitados ojos grises de Cyprian adoptaron un aire pensativo. A continuación, la sonrisa del joven —que casi le cerraba los párpados por su amplitud y que Radu no veía hacía mucho tiempo— desdibujó todo el resto de las cosas. Cyprian sacudió la cabeza, como si intentara cambiar la sonrisa por una expresión más apropiada, pero aquel gesto permaneció intacto en el rostro.

—Gracias —expresó. Aunque Radu nunca hubiera prestado atención a la boca de Cyprian, por algún motivo, ahora, no podía apartar la vista de ella.

Con tantos griteríos y campanadas, Radu estaba desorientado. Sentía la cabeza liviana y el corazón le palpitaba a mucha más velocidad de la que debería después de la corrida hasta allí.

El ruido de una bola de piedra que chocaba contra un muro lo sacudió del estupor que lo invadía. Cyprian condujo a Radu a través del caos hacia donde los esperaban el emperador y Giustiniani. Los hombres se encontraban debajo de una torre y hacían gestos de forma enfática. Un enorme cañón sobresalía del torreón, apuntando hacia las tropas otomanas.

—¡No! —exclamó Radu, corriendo en dirección a ellos.

Un fuerte estruendo lo dejó momentáneamente sordo. Como si todo estuviera ocurriendo a varios kilómetros de distancia, observó cómo la potencia del cañón lo arrojaba hacia atrás. El calor y el movimiento del estallido eran demasiado fuertes para el arma. Al impactar contra la parte posterior de la torre con una fuerza devastadora, explotaron tanto el arma como la misma torre. Radu se volvió, arrojó al suelo a Cyprian y le cubrió la cabeza, a medida que los escombros caían sobre ellos. Algo lo golpeó.

Una vez que los cubría únicamente una fina lluvia de polvo, Radu rodó lejos de Cyprian, aferrándose el hombro.

—¿Te hiciste daño? —Cyprian se inclinó sobre él, en busca de alguna herida.

—¡Busca al emperador! Él estaba más cerca.

—¿Tío? —Cyprian se puso de pie, esquivando los restos de la torre—. ¡Tío!

Gimiendo de dolor, Radu logró sentarse. La torre había desaparecido por completo, solamente quedaba la base de piedra. Varios cuerpos deshechos estaban medio enterrados entre los escombros.

—¡Por aquí! —gritó Cyprian. Radu hizo una mueca, mientras intentaba ponerse de pie. Probablemente, Cyprian había encontrado al emperador... o su cadáver. Radu era consciente de que debería sentirse aliviado o incluso contento de que el emperador hubiera muerto tan pronto y, más aún, por culpa de la insensatez de sus propios hombres. Pero, por el contrario, la situación lo entristecía.

—¡Oh! —exclamó asombrado, cuando al alzar la vista vio al emperador Constantino extendiéndole la mano para ayudarlo a ponerse en pie—. Pensé que... ¡estabas tan cerca de la torre!

—Giustiniani oyó tus gritos y saltamos al vacío. ¿Cómo sabías que se vendría abajo? —Constantino observó los restos de las piedras con mirada asesina—. ¿Acaso mi maestro de armas es un traidor? ¿Nos ha saboteado?

—No es un traidor, sino un tonto —Radu se tomó el hombro, como si aquello pudiera librarlo del dolor que le atravesaba el cuerpo—. No se puede disparar un cañón tan largo sin material acolchado que lo cubra. La potencia del estallido lo impulsa hacia atrás. Además, le puso demasiada pólvora. Les conté que sabía sobre los armamentos del sultán. Urbana, la ingeniera que los hizo, era de Transilvania. Éramos amigos y hablábamos seguido.

—Déjame ver —dijo Cyprian, al mismo tiempo que giraba a Radu y, con gentileza, desprendía la tela de la camisa que le cubría el hombro herido. Le recorrió la piel con los dedos tan ligeros como una promesa. Radu se estremeció—. No está sangrando. Se te formarán muchos magullones. Pero, si aún puedes mover el hombro, lo más probable es que no se haya quebrado —Cyprian dejó la mano por una infinidad de segundos más, antes de volver a abrochar la camisa de Radu, quien se quedó nuevamente sin aliento.

Giustiniani se aclaró la garganta y lanzó un escupitajo. Tenía tanto polvillo de piedra en el cabello que parecía que había envejecido treinta años. Se quedó mirando a Radu con aire pensativo.

—Entonces, ¿eres experto en cañones?

–No soy experto, pero sé que ninguna de estas torres está equipada para albergar cañones. No son lo suficientemente fuertes y no tienen demasiado espacio como para emplazarlos. Tendrán que hallar otra forma para poder hacer uso de ellos.

–Creíamos que, si lográbamos devolver los disparos a los cañones del sultán, podríamos...

–Un objetivo demasiado reducido. Una vez que hubieran disparado lo suficiente como para lograr el alcance adecuado, ellos ya habrían desplazado los armamentos. Ya han visto el campamento que tienen. Aunque se las arreglaran para destruir uno solo de sus cañones, ellos cuentan con los medios para repararlos y fabricar nuevos. No tengo dudas de que Urbana está con ellos, y no hay nadie mejor que ella. Y me imagino que han excavado y están atacando por detrás de un bastión.

–Aquel primer ataque a la puerta de San Román... –asintió Constantino sombríamente–, pese a que creí que había llegado el fin del mundo, no volvieron a repetirlo. ¿Puede que se haya averiado el cañón?

–La Basílica –Radu probó mover el hombro y, aunque fue capaz de hacerlo, el dolor que lo invadía era insoportable. Estuvo a punto de sonreír al pensar en cuán encantada estaría Urbana–. Como tiene que ventilarse entre cada uso, debe limitarse a algunos disparos al día. Lo pusieron en funcionamiento para comprobar que *podían* usarlo más que con un fin práctico. No deben tener miedo de la cantidad de las armas de los enemigos, sino del tamaño de una de ellas. ¿Las murallas resisten?

–Hasta el momento, no hay agujeros lo suficientemente grandes y amenazantes –Giustiniani se removió parte de la arenilla que le cubría el cabello–. Están atacando de forma equivocada. Para derribar una sección entera, deberían abrir fuego en tres series, una a cada lado y, luego, otra en el medio. Por el contrario, disparan al mismo objetivo una y otra vez. Están haciendo daño, pero no el suficiente.

Giustiniani se inclinó hacia afuera y observó sin inmutarse cómo una inmensa bola de cañón se hacía añicos contra el muro a algunos kilómetros de distancia de donde estaban ellos. Fue el estallido más estrepitoso que Radu había escuchado, como si un trueno se hubiera chocado con otro.

—No podemos amortiguar esos golpes. Los fragmentos de piedra de los muros pueden matar a nuestros hombres tanto como el disparo de cañón en sí mismo —Giustiniani permaneció en silencio durante unos minutos, perdido en sus pensamientos—. No podemos responder a sus cañones, ni confiar en la fortaleza de las murallas —sonrió con aire sombrío—. Es hora de que nos tornemos más flexibles.

· · • • ·

Por la lesión que tenía en el hombro, Radu ayudó a Cyprian con la organización, en vez de ir a reparar los muros. Estuvieron todo el día corriendo de un extremo al otro de la ciudad, dando directivas a los hombres para que vertieran argamasa en las murallas a fin de reforzarlas. Ataron fardos de lana con sogas y los bajaron para amortiguar los impactos. El palacio fue vaciado de sus tapetes; los elegantes bordados y las representaciones alegres del pasado se extendieron sobre el muro en un intento desesperado por asegurarse el futuro.

Al caer la noche, todos los ciudadanos tenían los ojos bien abiertos y no dejaban de temblar por culpa de los incesantes bombardeos, pero estaban listos. Tan pronto como reinó la oscuridad, Giustiniani mandó a que trajeran los suministros. Frente a cada grieta significativa de los muros, ponían postes con tramos de cuero clavados estrechamente entre ellos. Rellenaron el espacio entre las pieles y las brechas de los muros con piedras, madera, matorrales, malezas y cubo tras cubo de tierra.

Algunas estacas para salvar la ciudad.

—¿No se prenderá fuego? —preguntó Radu a Cyprian, a medida que supervisaban el remiendo a lo largo del muro del Palacio de Blanquerna.

—El cuero no se enciende fácilmente. Pero, de todas formas, será necesario que pongamos guardias con ballestas para mantener a los hombres alejados —Cyprian se detuvo para gritar órdenes a unos hombres que arrastraban grandes toneles de tierra en dirección a ellos–. ¡En la parte superior así tenemos algún lugar detrás del cual ocultarnos!

Los hombres acababan de terminar de ubicar los barriles cuando una bala de piedra atravesó el aire de la nada. Radu no tuvo tiempo de contener la respiración, mientras observaba cómo se estrellaba directamente contra la pared improvisada.

Los materiales sueltos retenidos por las pieles absorbieron el impacto de la bala de cañón, que rodó de forma inofensiva hasta llegar al suelo.

Los hombres que estaban alrededor de aquel punto festejaron. Algunos cayeron de rodillas para elevar una plegaria al cielo. Cyprian gritó de alegría y envolvió a Radu entre sus brazos, quien se estremeció por el dolor de hombro y por el alarido de júbilo que brotó de su boca antes de que pudiera percatarse de que estaba vitoreando al bando contrario.

· · · · ·

Los siguientes cinco días no trajeron descanso ni cambio alguno. Los cañones continuaban abriendo fuego, y el sonido de las piedras que hacían añicos a otras piedras era tan constante que, en un determinado momento, Radu dejó de advertirlo. El olor agrio del humo cubría todos los rincones. Cuando regresaba a la casa para dormir por un par de horas, Nazira le vertía agua sobre el cabello para tratar de limpiárselo un poco.

Pero, tan pronto como alcanzaba el sueño, el ruido proveniente de las murallas lo despertaba. Entonces, en vez de dirigirse a la vivienda, optó por desplomarse bajo las sombras del muro interno a fin de disfrutar de unos minutos de descanso. Las horas que transcurrían se desdibujaban; únicamente el sol y la luna marcaban el paso del tiempo, pero incluso ambos astros eran apenas visibles por la humareda que oscurecía el ambiente.

Además de los bombardeos incesantes, las tropas otomanas se arrojaban contra las murallas de forma aleatoria. Usaban ganchos para derribar los barriles de tierra que protegían a los defensores. Pese a que los otomanos estaban tan cerca los unos de los otros que un solo disparo de cañón podría haber matado a varios, eso no los detenía.

Eso fue lo que Radu hubiera deseado negar, los actos que le daban la certeza de que jamás podría limpiar de su alma el olor de los muros, porque tenía que estar de ese lado y cumplir con su papel, cuando los soldados otomanos —sus hermanos— corrían para tratar de recuperar los cuerpos de sus compatriotas, y él sentado en la cima de la muralla junto a los enemigos, derribaba uno tras otro.

Después de alcanzar al primer hombre, se volvió y vomitó. Pero pronto, todo el cuerpo se le heló ante el horror de lo que estaba haciendo, lo cual lo hizo sentirse aún peor. Cada vez que efectuaba un tiro, rezaba para que fallara y, cada vez que derribaba a un hombre, rezaba para que las murallas cayeran lo más pronto posible y les perdonaran la vida a todos.

Durante el sexto día de los bombardeos, una explosión atravesó el aire y resonó sobre los muros. Llamó la atención únicamente porque no provenía de las murallas, sino del campamento de los otomanos.

Radu salió corriendo hacia la cima de los muros y, al asomarse, vio cómo una nube de humo negro brotaba del banco de tierra que cubría la Basílica. Había descubierto la ubicación de aquel cañón desde el día uno, pero Giustiniani no había sido capaz de destruirlo. Al parecer, ya no tenían necesidad de hacerlo.

Pese a la distancia, la desolación era evidente. Al fin y al cabo, el arma parecía haber sucumbido al calor y a la presión de tantos disparos y había explotado. Radu se limpiaba el rostro con frenesí y furia; sus manos dejaban más arenilla de la que intentaba librarse. No tenía ninguna duda de que Urbana había acompañado a Mehmed para hacerse cargo de su preciada artillería. ¿Acaso su mayor triunfo habría sido su perdición?

La multitud que lo rodeaba prorrumpió en ovaciones extenuadas e irregulares, pero esta vez no pudo ni fingir que se unía a ellas. La Basílica se había esfumado, las murallas seguían en pie y lo más probable era que su amiga hubiera muerto.

Cyprian lo halló sentado de espaldas a los barriles, con la mirada fija en la ciudad. ¿Cuánto más les costaría esta maldita ciudad antes de que todo terminara?

—Vamos. Giustiniani está en la sección del muro del valle del río Lycus. Estoy seguro de que cuenta con buena comida —Cyprian condujo a Radu hasta donde se hallaba el italiano. Una vez allí, Radu ingirió los alimentos que le brindaron en un silencio entumecido como el sol del atardecer. Se dio cuenta tarde de que se había olvidado de rezar en su corazón.

—Deberías ir a descansar —dijo Giustiniani, con una sonrisa cansada y bondadosa—. Hoy hemos alcanzado una victoria, pero sin mérito propio. Sin embargo, la aceptaremos.

Radu tenía la sensación de que podría dormir durante varios años. Eso era lo que deseaba; conciliar el sueño y despertarse cuando la ciudad ya fuera la capital otomana, y todo hubiera cambiado y, otra vez, reinaran la paz y el orden. Porque aún creía que Constantinopla debería ser y, de hecho, sería de Mehmed. El Profeta, la paz sea con él, lo había afirmado.

Pero Radu no quería presenciar nada más antes de que la ciudad cayera.

Mientras lo invadían esos pensamientos, un golpeteo cadencioso se abrió paso entre la quietud del aire de la noche oscurecido por el humo, seguido por un choque de címbalos y los llamados de las flautas. Finalmente, los griteríos de los hombres se unieron al coro, una escalofriante cacofonía que anunciaba la muerte. A Radu se le erizó el vello de los brazos. En Kruje, había formado parte del extremo opuesto de esa misma táctica, entusiasmado por unirse a sus hermanos frente al muro de ruidos.

Nunca antes había estado del lado del receptor. Ahora entendía a la perfección por qué era tan eficaz el hecho de escuchar lo que estaba por venir y ser incapaz de huir. Las llamas cobraban vida en el valle que estaba por debajo de ellos. Con una oleada de ruidos, miles de hombres se abalanzaron para estrellarse contra los muros.

Radu acató las órdenes desesperadas de Giustiniani. Varios hombres vinieron a toda prisa desde otros sectores de las murallas para colaborar. Radu disparaba flecha tras flecha, e intercambiaba por la ballesta cuando el hombro herido le dolía demasiado.

Aun así, los otomanos se aproximaban.

Giustiniani los esperaba allí donde intentaban atravesar la fortaleza. En algunos sitios, había tantos cuerpos apilados que formaban escalones para llegar casi a la cima. Los otomanos trepaban por encima de los otomanos, dirigiéndose hacia la muerte que los aguardaba, por lo que sus cadáveres se convertían en escalones para los hombres que venían por detrás.

Todo estaba cubierto por la oscuridad y el humo, los gritos y los tambores, la sangre y el fuego. Radu observaba, aturdido. ¿Cómo era posible que esos fueran hombres? ¿Cómo era posible que aquello fuera real?

–¡Radu! –exclamó Cyprian, al tiempo que lo aferraba del brazo y lo apartaba del camino de una espada. Varios otomanos habían alcanzado el muro que estaba junto a él. Radu quería decirles que no era su enemigo pero, como tenían las armas en alto, se topó con su filo. Cyprian presionó la espalda contra la de Radu, justo cuando una espada se dirigía contra él. *Cyprian no*, fue el único pensamiento de Radu, a medida que amputaba el brazo que sujetaba la espada. En ese preciso instante, logró vislumbrar el rostro del soldado, que, al mirar a Radu, se despojó de la ira que lo invadía. Se parecía a Petru, aquel estúpido jenízaro que Lada mantenía a su lado. Si su hermana no se lo hubiera llevado consigo a Valaquia, bien podría haber sido él. Luego, el hombre se inclinó sobre el borde del muro y cayó al vacío.

Radu no tuvo tiempo para pensar ni sentir nada, porque apareció otro brazo con otra espada. Aquellos eran sus hermanos, pero, en medio del caos y la furia, no importaba. Era cuestión de asesinar o ser asesinado, y Radu había optado por matar, matar y matar.

Finalmente, el ataque que se había desatado como una oleada se desvaneció como una de ellas, bajo las penumbras de la noche.

–Quemen los arietes –Giustiniani pasó renqueando junto a Radu y a Cyprian–. Dejen que junten a sus muertos.

Radu no sabía cuánto había durado la batalla ni cuánto les había costado, pero ya había terminado. No se dio cuenta de que estaba llorando hasta que Cyprian lo atrajo hacia sí y lo envolvió entre sus brazos.

—Ya está. Lo logramos. Las murallas resistieron.

Si Radu lloraba de alivio o de desesperación, estaba demasiado exhausto como para saberlo. No tenía ninguna otra opción... ¿no era cierto? Había mantenido a Cyprian y a sí mismo con vida, pero no le parecía un triunfo. Juntos, se alejaron a los tropezones de la fortaleza e ingresaron en la ciudad. Se desplomaron bajo la sombra de una iglesia y se quedaron dormidos. Ni el furioso incremento de los bombardeos podía interrumpirles el sueño.

· · · ·

Cuando Radu se despertó, tenía la cabeza apoyada contra el hombro de Cyprian, y lo invadía un profundo sentimiento de bienestar y alivio. Lo habían logrado. Habían triunfado.

Pero, de inmediato, el alivio le cedió el paso al horror. Había combatido junto a aquel hombre y se había alegrado de su supervivencia, consciente de que cada bizantino que sobrevivía era uno más contra el que Mehmed debía luchar para ganar, y de que, por cada día que los muros resistían, morirían más de sus hermanos musulmanes.

¿Dónde estaban su corazón y sus lealtades?

Radu se apartó de Cyprian que aún dormía. Deambuló por la ciudad, desorientado y sumido en un duelo profundo, hasta que nuevamente se encontró frente a la entrada de Santa Sofía. Al pie del edificio, había un muchacho acurrucado e invisible en medio de la oscuridad.

Radu se encaminó hacia Amal, dando fuertes pisadas. Se inclinó hacia adelante y sacudió al joven para que despertara.

—Dile a Mehmed que está disparando mal los cañones.

32

Lada corrió para encontrarse con la solitaria silueta de Stefan, que atravesaba el cañón sin ninguna prisa en dirección a ellos. Se había rasurado el rostro. El vello facial lo había ayudado a camuflarse dentro del castillo de Hunedoara, pero en este sitio, donde solamente los propietarios de tierras podían llevar barba, pasaba más desapercibido con el rostro despejado.

—Ningún rumor nos precede —dijo él—. Deberíamos acampar esta tarde, y viajar durante la mañana.

—Ahora mismo me instalaría con el demonio, si eso equivaliera a alejarme del frío —suspiró Lada.

—Creo que el demonio tiene una marcada predilección por las llamas.

—Stefan, ¿acabas de hacer una broma? —Lada se sobresaltó y entrecerró los ojos—. Pensé que no sabías hacerlo.

—Tengo muchos talentos —su semblante no mostraba emoción alguna.

—Eso ya lo sabía —rio Lada.

El sendero que tomaron seguía el cauce del río Arges, desandando el itinerario que Lada había recorrido con su padre hacía tantos veranos. Esta vez, Bogdan cabalgaba junto a ella, en lugar de en las últimas filas con los sirvientes. Y esta vez, Radu estaba perdido para ella, como también su padre y cualquier sentimiento que podría haber albergado por él.

Radu sobreviviría y estaría bien. No podría morir en los muros de Constantinopla, porque le pertenecía a ella y ella no lo permitiría, al igual que Valaquia le pertenecía y no permitiría que ninguna otra persona tomara posesión de esa tierra.

—¿Por qué continúas mirando esa cima? —le preguntó Nicolae, siguiendo la línea de visión de la muchacha—. ¿Esperas que nos ataquen?

–No –respondió Lada, lanzándole una mirada de odio.

Había considerado la posibilidad de escaparse y dirigirse hacia las ruinas de la fortaleza que estaban en aquel terreno elevado. Tenía ganas de pararse en el borde para dar la bienvenida al amanecer y sentir el calor de su verdadera madre, Valaquia, que la saludaba y le daba una bendición. Pero el reciente encuentro con su otra madre le pesaba y le hacía tambalear los límites de la certidumbre. ¿Y si recordaba mal la fortaleza? ¿Y si trepaba hasta la cima y el sol no salía o lo hacía, pero de forma idéntica a cualquier otro amanecer?

No podía poner en riesgo aquel recuerdo tan valioso. Apretó el medallón, el que Radu le había obsequiado para que reemplazara la pequeña bolsa de cuero que siempre había llevado alrededor del cuello. Dentro de él, estaban los sucios vestigios de la rama de un árbol de hoja perenne y de una flor de esas montañas. Los había llevado consigo como talismanes a través de las tierras de los enemigos. Ahora estaba en casa, pero aún era territorio enemigo.

Algún día, dentro de muy poco tiempo y cuando esa tierra fuera toda suya, treparía hasta aquella cima. Regresaría y reconstruiría la fortaleza para honrar a Valaquia.

Se detuvieron frente a la base del promontorio para rellenar las cantimploras y dar de beber a los caballos. Lada desmontó y pasó junto a un grupo de peñascos color gris oscuro, siguiendo un hilo de agua que desembocaba en el arroyo. Detrás de las rocas, había una cueva oculta. Ella se deslizó dentro, donde la temperatura extremadamente fría era aún más baja. Como no podía ver demasiado, se dejó llevar a lo largo de los ásperos bordes de la caverna. Pero, de pronto, la textura por debajo de los dedos cambió, dejó de ser la propia de las piedras y se tornó suave. Alguien había tallado aquel espacio, lo cual equivalía a que no se trataba de una cueva, sino de un pasaje secreto.

Lada siguió avanzando a ciegas hasta que se chocó contra el extremo opuesto. No había otros túneles ni bifurcaciones. ¿Por qué construir un pasaje que no llevaba a ningún sitio? ¿Acaso alguien había estado abriéndose paso entre las montañas, al igual que Ferhat en aquel antiguo relato, para descubrir que las montañas no tenían corazón?

Una gota de agua le cayó sobre la cabeza y, al alzar el mentón, lanzó un grito. El sonido retumbó hacia arriba y se esfumó entre el ruido de los frenéticos murciélagos a los que les había interrumpido el sueño. Lada se estremeció, pero ninguno de los animales voló hacia ella, lo cual equivalía a que había otra forma de escapar de allí. Volvió a palpar las paredes hasta que halló asideros esculpidos en las rocas. Había un único lugar al que conducía este túnel: directamente hacia la fortaleza en ruinas, lo cual significaba que se trataba de un escape secreto, una vía hacia la libertad cuando todas las otras estaban cercadas.

Valaquia siempre encontraba el camino.

· • • • ·

Aunque estuvieran en primavera −terriblemente fría, pero primavera al fin−, Lada había visto más terrenos inactivos que listos para plantar y florecer. La tierra por la que viajaban tenía un aire a estancamiento.

Finalmente, llegaron a unos campos de labranza que estaban siendo utilizados. Varias chozas decrépitas, de chimeneas humeantes, bordeaban los límites de los campos.

En el horizonte, se alzaba la casa señorial de Basarab, que tenía dos pisos y era lo suficientemente grande como para albergar a todos los campesinos de las viviendas por las que habían pasado. Lada y sus hombres no hicieron ningún intento por ocultar su avance. Matthias les había prometido que les avisaría de su llegada. Si los había traicionado, tendría que luchar.

Había un niño sentado en un extremo del camino. Tenía la cabeza demasiado grande para el cuerpo extremadamente delgado que se vislumbraba a través de los harapos que vestía. Hacía muchísimo frío como para estar sin abrigo. A medida que se acercaban, el chico los miró con indiferencia.

−¿Dónde está tu madre? −Nicolae se detuvo delante de él.

El niño parpadeaba débilmente.

—¿Y tu padre? —como no obtuvo respuesta, Nicolae le extendió una mano—. Ven conmigo —ordenó. El chico se puso de pie y, sin esfuerzo, Nicolae lo subió al caballo.

—Debe estar lleno de chinches —dijo Petru, frunciendo el ceño—. Déjalo allí donde está.

—Si estar infestado inhabilitara a alguien para gozar de nuestra compañía, nos habríamos deshecho de ti años atrás —Nicolae le lanzó una mirada fulminante a Petru, a medida que se le evaporaba todo el buen humor de unos segundos antes.

—Estoy cansado de ser objeto de todas tus bromas —Petru se sentó más erguido sobre la silla de montar, mientras llevaba una mano a la empuñadura de la espada.

—Si no quieres ser objeto de las burlas, trata de no ser tan imbécil.

La expresión de Petru se tornó violenta. Lada ubicó su caballo entre ambos.

—Si Nicolae quiere levantar a los desamparados, es su elección.

—Últimamente, estamos acostumbrados a hacerlo —Bogdan, que siempre estaba junto a ella, hizo un gesto en dirección a la comitiva. Detrás de los hombres montados, a casi cinco kilómetros de distancia, un grupo de personas cansado pero decidido trataba de seguirles el ritmo.

Además de los treinta jenízaros que quedaban, Lada había seleccionado a más de dos docenas de jóvenes valacos en su estadía en Transilvania y en Hungría. Llevaban palos, horquillas y garrotes. Uno de ellos trasladaba una guadaña oxidada. Pese a que ninguno tenía caballo, se las arreglaban para marchar casi como en formación de combate. Lada conocía a esos hombres, pero, detrás de ellos, estaban los márgenes del campamento… mujeres a las que Oana enviaba a hacer cosas, hombres demasiado viejos como para alcanzar fácilmente a los más jóvenes, e incluso un hombre junto a sus hijas que los habían seguido desde Arges para no tener que recorrer las peligrosas rutas a solas.

—Esto es absurdo —expresó Lada—. ¿Por qué se quedan con nosotros?

—sabía que sus hombres no tenían ningún otro lugar al cual ir. Eran fieles a ella y se aferraban a la esperanza de que tal vez pudiera hallarles un sitio en el mundo. Además, eran soldados que estaban acostumbrados a los viajes y a las adversidades. Pero todas esas personas...

No tenían ninguna alternativa mejor ni ningún lugar al cual ir. También eran fieles a ella y se aferraban a la esperanza de que tal vez pudiera hallarles un sitio en el mundo.

• • • •

Una hora más tarde, Lada estaba sentada en una habitación amueblada, bebía vino caliente, y había entrado en calor por primera vez desde aquella sofocante sala de estar de su madre. Bogdan y Nicolae se encontraban uno a cada lado de ella. Petru y Stefan estaban de pie junto a la puerta, en una posición informal, intimidante. Contra la pared opuesta, los guardias de Toma Basarab se erguían con seguridad sarcástica.

—La carta que recibí de parte de Matthias Corvinas fue... interesante —el cabello y la barba de Toma Basarab eran plateados. Estaba vestido con terciopelo y seda tan oscuros como el vino, y los botones de plata brillaban, haciendo juego con su cabellera.

—Quiero ser príncipe —dijo Lada.

—¿Por qué querrías eso? —rio Toma Basarab.

—Nuestros príncipes han fallado a Valaquia. Están demasiado ocupados atrayendo a las potencias extranjeras, consintiendo a los boyardos y revisando con desesperación su propia fortuna. Mientras tanto, nuestra tierra se deteriora a su alrededor. Yo cambiaré eso.

—El sistema es como es, y ha funcionado durante todo este tiempo —Toma se reclinó en su asiento, al mismo tiempo que repiqueteaba los dedos contra el vaso.

—¿Ha funcionado para quién?

—Sé que tienes grandes sueños, pequeña Draculesti, pero Valaquia es como fue y como siempre será. ¿Qué le puedes ofrecer tú?

Lada comprendió de inmediato que la verdadera pregunta era *¿Qué me puedes ofrecer a mí?* Deseaba que Radu estuviera allí, ya que habría conquistado a ese viejo zorro.

—Tu error está en creer que a mí me importa tener algo para ofrecerte —Lada le lanzó una mirada glacial—. El sistema está deteriorado y yo lo voy a renovar.

—Las personas que se inquietan por los cambios terminan muertas.

—Ya veremos quién termina muerto al final de todo esto —Lada esbozó una sonrisa y dejó al descubierto todos los dientes.

—Entonces, creo que ya sé lo que tienes para ofrecer —sonrió Toma con la boca y con los ojos oscuros—. Matthias hizo lo correcto al enviarte aquí. Tienes mucho potencial, yo te daré consejos. Puedo hacer que varios boyardos te den su apoyo. Algunos necesitarán... una persuasión violenta, pero estoy seguro de que te destacas en eso. Bajo mi supervisión, conseguirás el trono de Tirgoviste. Estaré orgulloso de permanecer a tu lado y de servir a un príncipe Draculesti —extendió una mano como señal de ofrecimiento, mientras el fuego del hogar ardía por detrás de él.

Lada se acordó de la broma acerca de acampar junto al diablo, y la invadió una repentina sensación de repugnancia. No quería que ni él ni nadie la ayudaran, pero lo necesitaba.

—Gracias —la palabra rechinó contra sus dientes, como si fuera arena.

—Mis hombres les mostrarán a los tuyos dónde pueden alojarse. Disfrutemos de una comida mientras debatimos el asunto de las regiones circundantes. Muchos de esos boyardos han hecho cosas espantosas a su gente —chasqueó la lengua de aflicción, pero sus ojos observaban a Lada como quien mira un libro de cuentas.

33

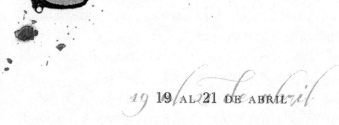

19 AL 21 DE ABRIL

La información de Radu había derivado en disparos de cañón más fructíferos, por lo que tenía que pagar el precio de sus palabras. Todos los días observaba cómo los bombardeos reencausados se dirigían contra las murallas generando mayor devastación y, una vez caída la noche, regresaba a los tropezones a la casa, exhausto por haber intentado arreglar los agujeros. La ayuda que le brindaba a Mehmed ponía en riesgo su vida de manera constante. ¿Acaso Mehmed estaría preocupado por eso? ¿Acaso lo lamentaría?

El trabajo de Nazira era igualmente agotador, pero en otro sentido.

—Helena llora todo el tiempo —le dijo por la mañana, el único momento en que se veían—. Tengo que pasar la mitad del tiempo asegurándole que Coco, el capitán italiano del que ella es amante, la ama y que, una vez que todo esto termine, dejará a la esposa que tiene en Venecia para estar con ella. Es lo único que puedo hacer para no darle una bofetada y decirle que está desperdiciando su vida. Las otras mujeres pasan la mayor parte del día rezando en las iglesias. Y, cuando no están allí, se quejan de lo difícil que es conseguir comida y de que han donado sus tapices a la murallas. ¿Cómo está tu trabajo?

—Los bombardeos han mejorado, pero, hasta el momento, no han logrado abrir grietas lo suficientemente amplias como para efectuar un ataque a gran escala —Radu se puso las botas, que estaban repletas de polvo de los muros—. Mehmed provoca escaramuzas para acosar a las tropas y asegurarse de que no tengan descanso alguno. Me pregunto si podremos hacer algo más.

—Es un trabajo pesado, tanto para el alma como para el cuerpo —Nazira se sentó sobre la cama junto a él, y apoyó la cabeza sobre su hombro–. Si quieres marcharte, estaré a tu lado. Pero ¿realmente crees que si huimos de la ciudad y nos dirigimos al campamento podríamos ser capaces de decir que hicimos todo lo posible? Sé que tú no estarías satisfecho con hacer menos, y que Mehmed tampoco lo estaría.

Radu lanzó un suspiro, mientras se acariciaba el cabello y lo jalaba hacia la base del cuello. Echaba de menos los turbantes, ya que le alejaban el cabello del rostro y lo protegían del sol. También había algo reconfortante en el hecho de envolverse uno de ellos alrededor de la cabeza. Le habían arrebatado todos los rituales tranquilizadores que solía disfrutar tanto.

–Tienes razón. Nos quedaremos aquí.

–Pero escuché algo que te hará feliz –Nazira le dio una palmada en la mano–. Se está corriendo la voz de que se acerca la armada otomana, con ruina y destrucción en su estela. En breve, nuestro amigo Suleiman estará aquí y tal vez eso sea señal de un final inminente.

Radu se permitió esbozar una sonrisa cansada con un tinte de esperanza. Le haría bien al alma ver esos barcos y no le haría ningún daño no estar dentro de ellos, ya que prefería estar en los muros que en medio del océano.

· · · · ·

–¡Te he estado buscando por todos lados! –exclamó Cyprian, al unirse a Radu en la sección de las murallas que daba al Cuerno de Oro. Desde aquella noche en que habían luchado hombro a hombro, Radu había esquivado a Cyprian, porque así le resultaba más sencillo. Sin embargo, seguía buscando en los hombres la forma de caminar de Cyprian, con los hombros caídos y los brazos abiertos y oscilantes.

»Te vas muy temprano y nunca estás en las horas de las comidas. Te echo de menos –Cyprian miraba por encima del agua que tenía adelante y jalaba de la capa que llevaba alrededor del cuello–. Nazira es una buena compañía, pero no es lo mismo sin ti.

Habían transcurrido tres días desde que Nazira le había traído las noticias de la armada que se aproximaba. Durante los ratos libres que tenía, Radu permanecía en aquel muro y buscaba los barcos con la mirada.

Ese día, su espera había sido atendida. Hubiera deseado que Cyprian no estuviera allí, tan cerca de él, porque le resultaba más difícil mostrarse verdaderamente eufórico. Había una inmensa cadena, una barrera infranqueable que se extendía entre Constantinopla y Gálata. Dentro del cuerno, los barcos de Constantino se avecinaban, listos para sofocar cualquier intento por destruir la cadena. La mayoría de ellos eran buques mercantes de Venecia, de mayor altura y tamaño que las ágiles galeras de guerra de los otomanos. También estaban armados hasta los dientes y estaban calificados para ahuyentar piratas.

Del otro lado de la cadena, justo por fuera del campo de tiro, la flota de Radu hacía que el agua luciera como un bosque de mástiles. El corazón se le llenó de orgullo al ver la escena, y se alejó de Cyprian con cierto sentimiento de culpa. La flota había llegado el día anterior, pero era la primera vez que él podía verla. Se preguntaba en cuál barco estaría Suleiman, deseoso de poder ver al almirante en pleno dominio de la mejor armada del mundo.

—Muchos más de los que habíamos planeado —Cyprian se quedó mirándolos, con el semblante devastado—. Tenías razón, como de costumbre. ¿Dónde hallaron tantos marineros?

—La mayoría son mercenarios griegos.

—Seremos nuestra propia perdición.

Radu deseaba que eso fuera verdad, pero aún quería consolar a Cyprian, lo cual era un impulso que no podía negar. Todo hubiese sido más sencillo si Cyprian los hubiera abandonado ni bien llegaron a la ciudad. La insistencia en que fueran amigos había hecho que a Radu se le estrujara el pecho.

—Pero los otomanos no pueden atravesar la cadena —Radu volvió a optar por la verdad para evitar la mentira.

—Ni ellos ni nadie, lo cual equivale a que no recibiremos más ayuda de hombres, armas ni suministros. Lo que tenemos ahora será lo mismo que tendremos al final, sea cual sea.

–Aun así, los diques marinos son seguros. Aunque los otomanos puedan franquear la cadena, lanzar un ataque desde este lado es casi imposible, y el sultán lo sabe. Tiene la intención de presionar desde todos los ángulos para gastarlos por cansancio. Pero ustedes no deberían escatimar demasiados hombres para proteger este muro. El río Lycus es su puerta de entrada.

–Sigues pensando más como un agresor que como un defensor –Cyprian miró a Radu con sarcasmo.

–Pasé muchos años observando mapas por encima del hombro de Mehmed –Radu se sonrojó, la sonrisa avergonzada que esbozaba era sincera.

–¿Cómo es él? No como sultán, sino como persona.

–Durante este último año, el sultán y la persona se han tornado inseparables –así como Radu había visto a Mehmed creciendo como persona y en poderío, también había presenciado el alejamiento de Mehmed, por lo que se sentía orgulloso y, al mismo tiempo, consternado–. ¿Y antes? Era centrado y resuelto. Tenía una intensidad ardiente que no se apagaba independientemente de la faceta de la vida hacia la que la dirigiera. Cada vez que ponía los ojos en algo inalcanzable, eso se transformaba en lo único que deseaba.

–¿Como tú? –Cyprian lo dijo en un tono de voz suave y carente de juicio. Fue una pregunta meramente curiosa, como si intentara unir las partes de la historia de la que solamente había oído fragmentos aislados.

Radu negó con la cabeza, manteniendo la vista fija en el agua. El cielo que estaba por encima de ellos había adoptado una tonalidad azul plomiza, es decir del mismo color que los ojos de Cyprian. Pero era más seguro mirar el océano.

–No, la otra hermana Draculesti fue el mayor desafío.

–¿Tu hermana formaba parte de su harén?

–No –sonrió Radu con tristeza, volviéndose finalmente hacia su compañero–. Precisamente, ese fue el problema. Como ella no formaba parte de él y jamás lo haría, el sultán la deseaba más que a nadie en el mundo.

–¿Qué pasó?

—Ella se marchó.

—No debería haberte abandonado.

—Yo quería que se fuera. De hecho, la impulsé a hacerlo. Pensé que, si ella se iba, Mehmed podría llegar a ver... —Radu no pronunció el final de la frase. Era demasiado fácil hablar con Cyprian. No debería haberle admitido tantas cosas a él... ni a nadie.

—Pero Mehmed solo tenía ojos para las cosas que no poseía —Cyprian completó la oración por él—. Está ciego.

—Bueno —Radu se aclaró la garganta y apartó la vista—. Ella me abandonó a mí y también a él. Por ese motivo, creo que él siempre la amará, o, al menos, la deseará. No puede soportar el fracaso y la frustración.

—Ella era su Constantinopla.

—Me temo que Constantinopla es su Constantinopla —Radu sonrió ante el comentario de Cyprian, porque también había albergado dicho pensamiento, pero no era del todo cierto—. Nada podría superar a esta ciudad en su corazón.

Un grito proveniente de la torre que tenían al costado volvió a llamar la atención de ambos hacia el agua. Los barcos otomanos habían roto la formación y se estaban alejando de la cadena. Radu no entendía por qué, hasta que vislumbró cuatro buques mercantes que salían disparando a través del agua en dirección al cuerno... y directamente hacia la armada otomana.

—¡Esos son barcos italianos! —exclamó Cyprian, al mismo tiempo que se asomaba por los muros—. ¡Están avanzando por el cuerno!

Los barcos bordearon el cuerno con seguridad, muy cerca de la cadena, y dispararon cañones inútilmente en dirección a la armada otomana. Estaban demasiado lejos como para marcar una diferencia. Radu podía sentir la desesperación desde donde se hallaba él. Todos veían a los buques italianos, pero nadie podía prestarles ayuda.

—Son cuatro barcos contra un centenar. No podrán pasar.

—No los subestimes —Cyprian sonrió sombríamente—. Nacieron en el agua. Si el viento los acompaña... —los labios de Cyprian se movían sigilosamente. Radu no sabía si estaba rezando o qué.

Desde allí arriba, vieron juntos cómo se desataba la batalla. Radu no tenía que fingir que estaba emocionalmente involucrado con el bando contrario... podía quedarse mirando con la misma intensidad que cualquiera, y nadie se daría cuenta de que tenía la esperanzas puestas en la armada de los otomanos.

El panorama no era nada prometedor. Había asumido que la cantidad les daría una gran ventaja, pero los enormes y pesados buques mercantes se abrían paso a través del agua como si no fuera nada complicado. Las galeras más pequeñas se esforzaban por navegar el mar picado y su inexperiencia se notaba a lo lejos. Disparaban cañones a los barcos italianos, pero aquellas galeras tan livianas no podían portar ninguno lo suficientemente potente.

Los cuatro buques salieron disparando hacia el centro de la armada otomana.

Cyprian vitoreaba junto a la multitud que se había reunido en el muro. Por los parloteos y el bullicio conmocionado que se escuchaba a su alrededor, parecía un evento deportivo, más que una batalla. Radu quedó devastado al ver que, después de todo, la escena no se parecía en nada a una batalla. Su armada era inservible.

De pronto, se dio cuenta de que el viento marino ya no le soplaba en el rostro. Todo se había inmovilizado a su alrededor... y en torno a los buques mercantes. Tan rápido como se habían abierto paso en el agua, ahora navegaban a la deriva.

Y las galeras tenían remos.

Suleiman no perdió el tiempo. Las galeras más grandes se detuvieron, y las pequeñas avanzaron entre ellas para ubicarse directamente junto a los buques mercantes. Sin viento, los buques estaban a merced del agua, que los impulsaba a andar a la deriva, en forma lenta pero segura, a través del cuerno y hacia las orillas de Gálata, donde ya había hombres de Mehmed esperándolos.

Pero los marineros italianos no perderían fácilmente. Juntaron los cuatro buques a toda prisa para evitar que los enemigos los derribaran de a uno. Como muchas de las embarcaciones otomanas habían convergido daba la sensación de que un marinero podía caminar desde un extremo del mar al otro sin necesidad de tocar el agua.

Las primeras galeras pequeñas que alcanzaron a los buques mercantes no tendrían posibilidad alguna de abordarlos. Enormes piedras y barriles de agua caían desde las cubiertas, dañando algunas de las galeras y hundiendo otras. Los ruidos de guerra –los chasquidos de la madera, los destrozos de las rocas y el choque del acero contra el acero– resonaban a lo largo del cuerno.

Y, como de costumbre, un sonido que Radu escuchaba hasta en sueños, los gritos de los hombres. Cierta calidad de las voces, un cambio sutil, le permitía distinguir aun a tanta distancia cuáles eran los alaridos de los que mataban y cuáles los de las víctimas.

Cuando los otomanos lograban lanzar sogas hacia arriba, se las cortaban. Les rebanaban las manos cada vez que intentaban buscar un soporte del cual aferrarse. Les arrojaban brasas ardientes, y Radu observaba cómo caían los hombres al agua extinguiéndose para siempre o sobre sus propios barcos, prendiéndoles fuego con sus cuerpos.

Los italianos tenían la ventaja de la altura y el peso, pero los otomanos eran más y no cesaban de aparecer. Cada vez que se hundía una galera, dos nuevas ocupaban su sitio.

La escena era devastadora. El sol, que irradiaba demasiado calor, se había desplazado por encima de ellos y marcaba el infinito paso del tiempo. La multitud que rodeaba a Radu y a Cyprian se había silenciado, con la excepción de alguna plegaria ocasional o algún sollozo. Aunque los italianos lucharan con valentía, el resultado era inevitable. Se estaban acercando a la costa, donde los cañones otomanos los derribarían si antes no lo lograban las galeras. Era solo cuestión de tiempo.

Radu cerró los ojos, completamente aliviado, mientras que una brisa atravesaba el sol y le soplaba en el rostro. Pero, luego los abrió, preso del pánico. Una brisa del sur que se trasformaría en un fuerte viento. Una leve alegría invadió los muros, mientras se alzaban las velas de los buques italianos, que, moviéndose al unísono, pasaron por entre las galeras que los rodeaban y las impulsaron hacia ambos costados como si fueran ramas. La huida de ellos era irrefutable e ineludible.

Radu se volvió hacia la orilla de Gálata y se le detuvo el corazón. Allí, montada sobre un hermoso caballo blanco, una minúscula silueta miraba cómo su flota —de más de un centenar de barcos, la más grandiosa del mundo— era superada por cuatro buques mercantes.

El proyecto de Radu, la maravillosa flota de Radu. Él dejó la cabeza colgando con vergüenza. Contra todo pronóstico y lógica, habían fracasado. El caballo de Mehmed se encabritó, luego el jinete se volvió y se alejó rápidamente.

A lo largo de las murallas, los ciudadanos vitoreaban y hacían bromas, animados por el milagro de los barcos italianos. La cadena se había abierto para dejarlos pasar. Ninguna galera pudo sacar ventaja antes de que la cadena volviera a cerrarse.

Todo había terminado.

$$\bullet \ \bullet \ \bullet \ \bullet$$

Por una vez, a Radu lo invitaron a una reunión con el emperador, pero en esta ocasión, hubiera deseado poder excusarse. La humillación de la derrota de su flota se le había instalado en el pecho como una enfermedad. Era un alivio no encontrarse con Mehmed, porque no podría haber soportado las palabras de desilusión del sultán. Le había confiado esa tarea y él había fracasado por completo.

Aunque sabía que no debía hacerlo, Radu sintió cierto consuelo al estar en compañía de Cyprian. Estaba desorientado y desgastado por el tiempo y el fracaso, al menos frente a él tendría que fingir que se encontraba bien. Ese era un buen motivo... el único motivo. No permitiría que existiera ningún otro motivo por el cual ansiar una sonrisa o una caricia de Cyprian.

En la sala de reuniones de Constantino, Radu y Cyprian se unieron a

Giustiniani, al fingido heredero otomano Orhan, al comandante italiano Coco (a quien Radu conocía únicamente a través de Nazira por las historias con la desafortunada Helena) y al emperador. Constantino se desplazaba con mayor ligereza de la que Radu había visto en él. Estaba descalzo y se paseaba con entusiasmo y vigor.

—Granos, armas, mano de obra. ¡Doscientos arqueros! Pero esa no es la verdadera fortaleza. Nos han traído esperanza. Puede que vengan más. Van a venir más. Aquel viento fue la mano de Dios, que dio una bendición a la ciudad. La primera de muchas.

—Un buen buque italiano vale más que un centenar de barcos de los infieles —asintió Coco, incapaz de esquivar la alegría contagiosa del emperador Constantino.

—Como pueden ver, los italianos somos capaces de hacer grandes cosas —rio Giustiniani, dando una palmada en la espalda a Orhan—. He oído que el sultán está furioso. El almirante pagará caro por el fracaso.

—¿Suleiman? —lanzó Radu, antes de poder pensarlo dos veces. Trató de adoptar una expresión impasible, pero le fue imposible—. Yo lo conocía. ¿Acaso está... acaso lo matarán? —lo sorprendió una gentil mano sobre la espalda, pero no se volvió. ¿Acaso la aflicción de Radu había sido tan evidente para Cyprian?

—Perdió un ojo durante la batalla. Eso puede que lo haya salvado, porque es una prueba de lo mucho que luchó —resopló Giustiniani—. No le sirvió demasiado. Nuestros exploradores nos informaron que le han dado una paliza y que lo han despojado de su rango y de toda autoridad. Ahora, uno de los pashas está a cargo de la flota. Pero eso no importa. No tenemos de qué temer en el mar.

—Pero ¿los venecianos lo saben? —preguntó Cyprian—. Tienen que haber oído hablar de la inmensidad de la flota otomana. ¿Cómo podemos comunicarles que tienen garantizado un pasaje seguro por el cuerno?

Radu deseaba que Lada estuviera allí, porque ella no estaría triste y no permitiría que el fracaso la arruinara. Por el contrario, encontraría la forma de transformar la situación en ventajosa. Usaría la fuerza y la confianza de los enemigos en contra de ellos mismos, como lo había hecho cuando habían entrado a hurtadillas en el palacio bajo las narices de Halil Pasha, logrando que Mehmed asumiera el trono luego de la muerte de su padre.

Un destello de alegría iluminó el alma de Radu al recordar aquella noche, cuando los violentos jenízaros de Lada se habían cubierto de velos y mantos de seda para tratar de hacerse pasar por mujeres y engañar a los guardias de la entrada. En ese preciso instante, Radu se dio cuenta de lo que Lada haría en su lugar.

—¿Tienen banderas otomanas? —preguntó él.

Todos se volvieron hacia él, completamente desconcertados.

—Yo tengo una reserva de ellas —asintió Orhan, un hombre tranquilo y delicado que llevaba un turbante, además de las vestimentas al estilo bizantino.

—¿Y uniformes?

—Hay más de doscientos prisioneros —dijo Constantino—. No necesitan los uniformes dentro de nuestros calabozos.

—Esta noche, al abrigo de la oscuridad, envíen tres barcos pequeños e inofensivos. Yo enseñaré a la tripulación algunos saludos en turco. Izarán la bandera otomana y navegarán lo más cerca que puedan de las galeras otomanas.

—Irán de incógnito —Constantino se jaló de la barba con aire pensativo.

—Tres barcos pequeños pueden escurrirse por sitios por los que jamás podría hacerlo un gran buque. Asígnenles la tarea de hallar la ayuda que necesitamos y, luego, regresarán anunciando los barcos que vendrán detrás, a fin de que podamos estar preparados para recibirlos.

—Es un buen plan —Giustiniani se estiró en la silla, reclinándose hacia atrás—. Coco, elige a los hombres. Partirán esta misma noche.

El capitán italiano asintió. Orhan se excusó para ir en busca de las banderas, y Giustiniani se retiró para seleccionar los uniformes adecuados.

—Bien hecho —Cyprian sonrió a Radu con satisfacción.

Como Radu no podía aceptar la sonrisa del muchacho, fijó la vista en el suelo. No tendría tiempo de trasmitir el mensaje a Mehmed, pero tampoco sería necesario. *Quería* que los barcos escaparan porque, de esa manera, serían capaces de regresar.

Y, cuando lo hicieran, Radu recibiría la primera señal de aviso de las fuerzas venecianas.

Luego, podría advertirle a Mehmed y hallar cierta redención.

34

Mediados de abril

En esta oportunidad, Stefan no regresó solo de la excursión, sino que entró por detrás del campamento con una chica. Una singular culpa se reflejaba en su rostro.

—¿Qué es esto? —Lada apenas echó un vistazo a la muchacha—. Se suponía que debías traer información de la tierra y de los hombres de Silviu.

Toma Basarab los había enviado primero allí. Silviu no contaba con demasiados soldados que se les interpusieran en el camino, pero pertenecía a la familia de los Danesti y estaba en medio de todos sus futuros objetivos. No podían dejar atrás a un pariente de sangre del príncipe. Lada tenía la intención de negociar el apoyo de él hacia ella. Si no lo lograba, lo sometería a arresto domiciliario y dejaría a varios hombres valiosos para que lo vigilaran. Toma Basarab no escucharía ningún argumento en contra de aquella acción.

—¿Entonces? —exigió ella.

Stefan se encogió de hombros, al tiempo que se aclaraba la garganta, como si pudiera obligarse a que le brotaran las palabras del interior. Como Lada nunca lo había visto así, la invadió una sensación de temor... ¿acaso estaría herido? Lo miró de arriba abajo, pero no parecía lastimado.

—Ella me tomó de sorpresa —el hombre se sonrojó por completo.

Al fin, Lada observó a la muchacha. Tenía la misma altura que ella y tal vez era un poco más joven, pero no tanto. Ella devolvió la mirada de Lada con firmeza y desafío. La estrecha mandíbula de la joven estaba fija y tenía los ojos ardientes. Llevaba el cabello envuelto en paños mugrosos y las prendas que vestía parecían hechas para otra persona, porque le colgaban del cuerpo, sueltas en los hombros y ceñidas en el estómago, lo cual...

–Ah –expresó Lada, con el ceño fruncido.

–Encontré a tu hombre espiándonos –la chica se llevó las manos de manera instintiva a la barriga de embarazada, pero, de inmediato, las apartó–. Le dije que lo entregaría, a menos que me trajera hasta aquí.

Lada alzó las cejas en dirección a Stefan, quien se hundió más dentro de la capa. Siempre había pasado desapercibido; solía escabullirse como un viajero cansado e invisible que a nadie le importaba. Esa era su razón de ser.

–Bueno –Lada volvió a prestar atención a la muchacha–. Aquí estás. ¿Qué es lo que quieres?

–Tú eres esa mujer, ¿no es cierto? Pensé que serías más alta y mayor. Eres muy joven.

–Asumo que hay demasiadas mujeres en esta tierra –Lada le lanzó una mirada penetrante–. Tendrías que ser más específica.

–Escuché algunos rumores. Estás en lo de Toma Basarab y has elegido hombres como soldados. Charlas de campesinos.

Lada se desplazaba con inquietud. Gracias a los hombres de Toma –tanto a los soldados capacitados como a los granjeros que habían reclutado–, sus filas habían crecido en más de un centenar de hombres. Los campesinos estaban mal formados y mal alimentados, pero tenían una disposición animosa que no podía ser subestimada. Además, no comían mucho, lo cual era bueno.

–¿Harás lo mismo en otras regiones? –la muchacha se inclinó hacia adelante, con ardiente intensidad–. ¿Reclutar hombres para luchar contra el príncipe?

–Sí –respondió Lada.

–Muy bien –la joven cerró los puños sobre el estómago–. Quiero ver muerto al Danesti.

Era un sentimiento peligroso para expresar en voz alta, por lo que a Lada le llamó la atención su osadía.

–¿Tu esposo quiere unirse a nosotros? Debería haber venido por sí solo.

–No tengo ningún esposo –replicó, lanzando una fuerte carcajada cargada de amargura más que de humor–. Cuéntale lo que has visto, Stefan.

—Muchísimas mujeres en los campos. La mayoría... –para sorpresa de Lada, él acató las órdenes de la muchacha sin ninguna duda–, como ella.

—Y entre nosotras, ni un solo esposo. Algunos años atrás, sufrimos una terrible peste que mató a casi todos los hombres. Entonces, no había suficientes muchachos para trabajar los campos, ni para casar a las hijas, por lo que nuestro querido boyardo Danesti decidió que se haría cargo de nosotras en persona –la joven hizo una pausa, como si estuviera esperando algo. Como Lada no respondió, ella agregó–. Ningún esposo –lanzó una mirada fulminante a Lada por su imbecilidad–. Ningún esposo, pero todos nuestros hijos son primos bastardos.

—Oh –finalmente, Lada comprendió la cruda realidad.

—Por lo tanto, no encontrarás muchos hombres aquí para que se unan a tus filas. Nuestro gusano boyardo Silviu estará de acuerdo con cualquier cosa que desees porque es un cobarde, pero, ni bien se le presente la oportunidad, te traicionará en favor del príncipe. Y no tiene nada para ofrecer. Deberías asesinarlo. Si no lo haces, vete de aquí. Estas tierras son una pérdida de tiempo.

—¿Por qué? –Lada sentía que la ira crecía en su interior.

—Ya te lo dije, porque no tenemos hombres.

—No, ¿por qué permitiste que ocurriera esto? ¿Por qué todas ustedes permitieron que esto sucediera?

—¿*Permitimos* que ocurriera? –el rostro de la chica se tornó púrpura por la furia–. ¿Qué otra alternativa teníamos? Nos entregábamos o nuestras familias morían de hambre. ¿Qué clase de opción es esa?

—¿Acaso Silviu trabaja la tierra?

—No, por supuesto que no.

—¿Se ocupa de los animales?

—No.

—¿Acaso hace algo para alimentarlas directamente a ustedes o a sus familias?

—Él es el dueño –daba la impresión de que la chica quería asestar un golpe a Lada–. Es dueño de todo el territorio.

Lada se detuvo, para sopesar las opciones que tenía. Después, se encogió de hombros.

—Ya no es más el dueño —ella haría las negociaciones a su manera.

Avanzaron directamente a través de los campos y pasaron junto a más de una docena de muchachas en la misma condición que Daciana, quienes se quedaron mirando mientras los hombres desfilaban. Nadie pronunció palabra.

Daciana caminaba junto al caballo de Stefan. Lada se daba cuenta de que la chica lo ponía nervioso, lo cual le parecía perversamente encantador. En una oportunidad, había presenciado cómo Stefan decapitaba a un hombre sin siquiera parpadear. Que aquella acción no lo hubiera inquietado y que esta pequeña embarazada sí, era bastante peculiar. Daciana le hablaba a Stefan con gentileza y ternura. Nadie se percataba de la presencia de Stefan hasta que era demasiado tarde, pero esta chica lo había visto y no dejaba de prestarle atención.

A Lada le agradaba la joven.

Una mujer mayor se aproximó a toda prisa hacia donde estaban desde el medio del campo. Tomó a Daciana de la mano y la detuvo. Ella se inclinó hacia adelante y le susurró algo al oído. Aparentemente satisfecha con la explicación de la joven, la mujer la soltó.

La casa señorial de Silviu estaba sobre la ladera de una colina que daba a la tierra de labranza. Había diez guardias en la entrada. Tenían los cascos ligeramente torcidos, y las espadas y lanzas aferradas con tanta fuerza que temblaban. Lada detuvo el caballo justo por delante de ellos, a una buena distancia. Al recordar la forma en que Hunyadi cabalgaba hacia una ciudad enemiga, con los hombros bien abiertos y armado de una irrefutable seguridad, ella lo imitó.

—Estoy aquí para ver a Silviu.

Confundidos, los guardias se miraron los unos a los otros.

—Díganle que lo recibiré aquí mismo —Lada tenía setenta hombres a sus espaldas, por lo que los guardias sabían tan bien como ella que todo lo que deseara lo alcanzaría—. Y luego serán bienvenidos a unirse a mis hombres o a huir. Cualquier otra medida que elijan no terminará bien para ustedes.

—Yo no acato órdenes que provengan de mujeres —el hombre más bajo, de pecho ancho y edad intermedia, le hizo una mueca desagradable.

—Mis hombres no tienen el mismo problema —Lada levantó una mano y el hombre cayó, con una flecha de ballesta que le atravesaba el pecho.

Un guardia de labio leporino saltó hacia un lado como si la muerte fuera contagiosa, lo cual, en este caso, sí lo era.

—¡Iré en su búsqueda, señorita! Mmm, señora. Mi señora. Yo... ¡ahora mismo!

Dos de los guardias se volvieron y salieron corriendo. El resto empezó a aproximarse hacia los hombres de Lada, con las manos lejos de las armas.

—Hola, Miron —dijo Daciana, al mismo tiempo que daba un paso hacia adelante y bloqueaba el paso de uno de los guardias. Había cierta vileza en el rostro y en los ojos pequeños del muchacho—. ¿Te acuerdas de que jugábamos juntos cuando éramos pequeños?

Él no la miró, y ella extendió la mano hacia la mujer mayor que estaba junto a ella.

—¿Te acuerdas de cuando mi madre te dio un poco de leche porque te estabas muriendo de hambre?

El hombre torció los labios en un gruñido, pero no respondió.

—¿Te acuerdas de cuando yo gritaba y gritaba, y tú estabas del otro lado de la puerta y no hiciste nada? ¿Te acuerdas de cuando él te ofreció... *segundos*, creo que lo llamó? ¿Recuerdas lo que hiciste?

Finalmente, el hombre tuvo el descaro de mirarla a los ojos y se encogió de hombros, con una expresión de indiferencia despiadada. Presionó un hombro contra el de ella, para apartarla del camino.

—Yo también me acuerdo de eso —dijo su madre, al poner una mano entre ambos. La visión de Lada había quedado bloqueada por el cuerpo del soldado, quien emitió un sonido extraño y se retorció. De inmediato, se tambaleó hacia atrás, con las manos cubiertas de sangre que jalaban sin suerte del mango de madera del cuchillo que le sobresalía del estómago. Se hundió contra la pared de piedra de la casa, mientras sus ojos de roedor observaban con pánico y conmoción a la muchacha y a su madre.

—Y, de ahora en más, no volveremos a acordarnos de ti —dijo Daciana, dándole la espalda.

Stefan sacó un pañuelo del abrigo y se lo ofreció a ella, quien, a su vez, se lo entregó a su madre, para que se limpiara la sangre de las manos.

—¿Qué significa todo esto? —un hombre corpulento, con el rostro venoso y manchado por la edad y el alcohol, salió de la vivienda a los tropezones. Llevaba un chaleco de terciopelo con un collar dorado, y un gorro negro sobre la enorme cabeza.

—¿Silviu? —preguntó Lada—. Estoy aquí para negociar tu apoyo —Lada tomó su ballesta y le disparó en el pecho. Uno de los hombres de Toma lanzó un grito de sorpresa.

»Salió todo muy bien —Lada giró el caballo—. Ahora contamos con el pleno respaldo de todo el estado, que es tuyo —dijo, señalando a Daciana.

La muchacha asintió, con el semblante aturdido y deslumbrado. Su madre terminó de limpiarse las manos y le devolvió el pañuelo a Daciana.

—Se lo diré a los hombres.

—No —lanzó Lada—. No dije que la tierra fuera de ellos ni de ninguno de los padres de esta región. Ellos han perdido sus derechos en el instante en que vendieron a sus hijas por comida. ¿Por qué les perdonaron la vida?

—Tengo otras tres hijas —la madre de Daciana miró a Lada a los ojos sin vergüenza alguna—. Hasta el día de hoy, no podía sacrificarme a mí misma sin sacrificarlas a ellas.

Lada quería discutir y reprender, pero se dio cuenta de que esas mujeres habían venido a ella directamente desde los campos que estaban trabajando, donde no tenían necesidad alguna de portar un cuchillo. ¿Hacía cuánto tiempo que lo llevaba? ¿Hacía cuánto tiempo que lo guardaba en secreto, a la espera del momento adecuado? Esta mujer era inteligente, había visto una oportunidad y la había aprovechado.

Lo que Lada no comprendía era por qué la gente no lo había hecho antes. Si los valacos pudieran ver más allá de los títulos y el terciopelo, se percatarían de que la verdadera fortaleza de la tierra –el verdadero poder– estaba en ellos. Lo único que necesitaban era un cuchillo y una oportunidad.

Lada sería ambos para ellos.

–Tú quedarás a cargo –dijo a la mujer mayor.

–No puedes hacer eso –dijo el hombre de Toma–. Necesitamos un boyardo.

–¿Tú eres boyardo? –lanzó Lada.

El hombre abrió la boca para continuar la discusión.

–Yo soy la única de aquí que tiene sangre real –lo miró fijo hasta que él inclinó la cabeza y apartó la vista. Luego, señaló el cadáver del soldado asesinado y se dirigió hacia la madre de Daciana–. Confío en ti. Trata a tus hijas y nietas mejor de lo que las han tratado sus padres.

La madre de Daciana asintió lentamente, con la mirada determinada, actitud que había tomado el lugar de la conmoción.

–¿Qué hacemos cuando el príncipe se entere de que nuestro boyardo está muerto?

–Hagan lo que siempre han hecho. Trabajar la tierra. Dejen que yo me preocupe por el príncipe.

–Te debemos todo –asintió la mujer, haciendo una profunda reverencia.

–No lo olvides –sonrió Lada–. Te prometo que yo jamás lo olvidaré.

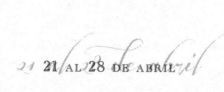

21 al 28 de abril

—¡Ahí estás! —dijo Cyprian alegremente, desafiando el agotamiento que se le reflejaba en el rostro cubierto de polvo, hollín y restos de sangre.

Radu se detuvo frente al umbral, mientras hacía todo lo posible por enfrentar la sonrisa de Cyprian. Acababa de regresar de una larga noche en los muros, en la que la oscuridad había sido interrumpida por ardientes tonalidades rojas y anaranjadas. Era un alivio volver a ver a Cyprian ya que, por culpa de aquellas murallas, los reencuentros no siempre podían garantizarse.

—Encontré frutas en conserva —Cyprian pasó junto a él para abrir la puerta, al mismo tiempo que hacía gestos con entusiasmo—. No te contaré lo que tuve que hacer para conseguirlas, pero...

—¡Turcos! —gritó un muchacho, que corría por las calles—. ¡Turcos en el cuerno!

Cyprian y Radu intercambiaron miradas confundidas y preocupadas. Radu estaba demasiado cansado como para distinguir si lo que sentía era temor o exaltación. Se echó a correr detrás del chico, lo aferró de la manga y lo obligó a detenerse.

—¿La cadena se ha roto?

El joven negó con la cabeza. Tenía los ojos bien abiertos por la agitación y el miedo.

—¡Entraron con los barcos por tierra! —el muchacho se soltó y salió de prisa, gritando las noticias sin más explicaciones.

Cyprian alzó las cejas. Como la preocupación le había cedido el paso a la curiosidad, empezó a caminar en dirección a la escollera. Radu lo siguió.

—¿Tienes alguna idea de lo que está hablando? —le preguntó Cyprian.

—¿Tal vez lograron escabullirse por el mismo camino que usaron nuestros buques para pasar junto a ellos?

—Eso funcionó por el caos que reinaba en el sitio. Pero nuestro lado de la cadena no es nada caótico. Nadie duerme. Hay vigilancia las veinticuatro horas. Debe haber pasado alguna otra cosa.

Radu corría detrás de Cyprian, pese a que no le quedaban más energías para hacerlo. Había pasado la mitad de la noche cortando ganchos que los otomanos lanzaban hacia arriba para intentar desplazar los barriles de tierra que protegían a los defensores. Era un trabajo desgastante. Luego de varias horas con esa tarea, había dejado de registrar las flechas que le pasaban cerca de las orejas. Pero, al menos, su única labor había sido remover ganchos. Afortunadamente, esta noche no había tenido que asesinar a ninguno de sus hermanos, lo cual era mejor que lo que había hecho la mayoría.

A medida que subían a la parte superior de la escollera para echar un vistazo, pensaba en los infinitos barriles de tierra.

—¡Dios Santo! —susurró Radu. Nada lo había preparado para ese momento. En efecto, los otomanos se encontraban dentro del cuerno y, como bien había dicho el joven, navegaban con los barcos por sobre la tierra.

Había tres galeras de tamaño mediano que flotaban en el agua, cuyos tripulantes reían y agitaban los remos. Por un sendero de leños engrasados tendido sobre la colina que estaba por detrás del cuerno, otra galera se abría paso en dirección al mar. Los hombres a bordo remaban en el aire, en perfecta sincronía. Unos bueyes los tiraban por delante y cientos de hombres tenían sogas para controlar el descenso. Detrás de la galera, otro barco más subía por la colina.

Habían instalado una tienda con rayas que les permitía ver el progreso de los barcos. Si bien Radu no veía bien desde tan lejos, sospechaba que la tienda albergaba al mismísimo Mehmed. Alrededor de esta, una banda jenízara tocaba música más apropiada para una fiesta que para la guerra. Las notas metálicas y brillantes se esparcían desde el cuerno en dirección a donde estaban Radu y Cyprian.

A medida que la galera que iba por delante se deslizaba por la ribera hasta entrar en el océano, los otomanos lanzaban gritos de alegría.

–¿Por qué nuestros buques no están haciendo nada? –preguntó Cyprian.

Radu señaló la hilera de cañones que estaban desplegados a lo largo de la costa y que apuntaban hacia la cadena donde la flota de Constantino aguardaba, completamente inservible. Algunos barcos se acercaban, al parecer sin estar seguros de si debían arriesgarse a recibir cañonazos.

Sin previo aviso, una enorme roca voló por encima de la ciudad de Gálata y cayó en el agua entre la flota bizantina y las galeras otomanas. Impactó cerca de uno de los buques mercantes y el oleaje que provocó hizo bambolear todas las naves.

Mehmed también había resuelto el problema de cómo disparar desde Gálata. En virtud de los tratados, no tenía permitido colocar cañones dentro de la ciudad, por lo que había ocupado las catapultas de tiempos remotos. Se habían ubicado detrás de la ciudad y arrojaban piedras al océano.

Una colisión seguida de una estela de polvo en medio del territorio de los gálatas dejó en evidencia que la puntería desde las catapultas no era perfecta. O, tal vez, se trataba de algo adrede; una advertencia para que la gente no interfiriera. Radu estaba asombrado de la brillantez de Mehmed.

Mientras tanto, otra galera había ingresado al agua y había dos más en camino.

–Esto lo tienen que haber planeado hace meses –Cyprian no se volvió hacia Radu–, por todos los suministros que necesitaban, y la logística... ¿Estabas al tanto?

Radu sintió en el pecho el peso de la frustración. No solo le había fallado a Mehmed con lo de la armada, sino que, además, Mehmed había anticipado dicho fracaso. El sultán había planificado cosas sin Radu, a fin de sortear la situación. ¿Cómo era posible que Radu aún tuviera esperanzas de ofrecerle algo a ese hombre?

–No tenía ni idea –Radu sacudió la cabeza, al mismo tiempo que la música que provenía del cuerno se burlaba de él–. Temo que haya incluso más planes de los que no estaba enterado.

–Si Mehmed sospechara que un vello de su propia barba conoce sus secretos, se lo arrancaría y lo quemaría –Cyprian le puso una mano en el hombro con gentileza.

–Ya no puedo ayudar en nada –Radu rechazó el consuelo.

Ya no podía ayudar en nada.

· · · ·

–¿Crees que deberíamos comerlos? –Nazira seleccionó unos gusanos de los pocos granos que les quedaban.

–Llegado el caso, podríamos hacerlo –Radu hizo una mueca–. Pero, si el asedio dura tanto tiempo, Mehmed ya habrá perdido. Le está llevando demasiado tiempo.

–Ojalá te hubiera salido mal la travesura de arruinar los depósitos de alimentos –Nazira esbozó una sonrisa irónica.

–Todavía hay suficiente comida en Gálata, pese a que nadie tenga el dinero para comprarla. Mi sabotaje no acabó con el asedio, sino que lo hizo miserable –Radu se inclinó hacia adelante y apoyó la cabeza sobre la mesa. Tenía que regresar a los muros por la tarde. Sus últimos turnos habían sido tranquilos y solitarios. Y, cada vez que volvía a la casa, Cyprian no estaba.

–Podríamos tratar de sacarle más información a Cyprian –evidentemente, Nazira también estaba pensando en su anfitrión.

–Demasiado peligroso –Radu no alzó la cabeza. No recurriría a eso, al menos por el momento.

–Me alegra que estemos de acuerdo en eso –Nazira se mostraba aliviada–. Además, me parecería... mal usar a Cyprian más de lo que lo estamos usando.

–Es una buena persona y, a veces, cuando recuerdo lo que estamos haciendo aquí... no puedo ni mirarlo a los ojos. No me atrevo a mirar a ninguno de ellos. Constantino también es un buen hombre. Giustiniani, todos lo son. Mientras más tiempo permanecemos aquí, más difícil resulta recordar por qué era tan importante que tomáramos la ciudad. He luchado hombro a hombro y he sangrado con ellos, a medida que asesinábamos a mis hermanos musulmanes. ¿Cómo...? –a Radu se le quebró la voz, en medio de la última pregunta–. ¿Cómo se sigue adelante? –susurró.

–Deberías pedir unirte a Orhan y a sus hombres, que están lejos de los muros –Nazira le puso una mano sobre la mejilla–. De esa forma, no tendrías que matar a nadie. No te tendrían que haber colocado en esta posición. Tienes un corazón demasiado grande para esta tarea, Radu –se le acercó y le besó la frente–. No puedo ni imaginarme lo que te han obligado a ver y a hacer. Nadie puede tener una mirada serena en medio de todo eso.

–¿Qué importancia tiene? No he hecho ningún bien.

–Sí que lo has hecho, y haremos mucho más. Lo mejor que podemos hacer por ambos bandos es apresurar el fin del asedio. Mientras más se extienda, peores serán las consecuencias para todos –Nazira se puso de pie y se envolvió con el manto. Pese a que los días eran cada vez más cálidos, las tardes y noches seguían siendo heladas–. Me voy a encontrar con Helena. Se queja de que, durante los últimos tres días, Coco ha estado más nervioso que de costumbre. Ha estado gritando y se ha estado paseando incesantemente.

–Es el capitán más importante –el interés de Radu se había despertado.

–Exactamente. Hay algo en marcha en el mar, pero no sé de qué se trata.

–Enviaré a Amal a Gálata –Radu también se puso de pie, contento de tener algo para hacer–. Podré hacerle señas desde el techo de Santa Sofía si algo se aproxima, y él, a su vez, podrá advertir a las galeras. Vigilaré la casa de Coco durante toda la noche.

–Puede que no sea nada.

–De ser así, combinará a la perfección con las otras contribuciones que he hecho hasta el día de hoy –sonrió Radu tristemente.

· · · · ·

Radu se acomodó bajo las sombras de una escalera de entrada que estaba a tres casas de distancia de la de Coco. Amal había salido corriendo a toda velocidad para cruzar a Gálata antes de que las puertas se cerraran por la noche. Sabía de una torre vigilada por guardias al servicio de Mehmed, desde donde podría esperar a recibir la señal.

Probablemente la situación no llevaría a nada, pero era mejor que estar en las murallas. Lo cierto era que todo era mejor que estar en las murallas.

Radu dejó que la mente vagara, mientras los pensamientos eran interrumpidos por el sonido de los bombardeos que nunca cesaban, pese a que en el corazón de la ciudad se trataba de un mero ruido de fondo. El olor a humo y a quemado también iba a la deriva. Ya no había hedor a sangre, sino su recuerdo continuo. Como Radu no quería pensar —ni en Mehmed, ni en los barcos, ni en Cyprian—, recitaba fragmentos del Corán y se perdía entre la belleza y el ritmo que emanaba de ellos. Aún podía hallar cierta paz allí.

Lo interrumpieron dos horas antes del amanecer. Se abrió la puerta de entrada de la vivienda de Coco y varias siluetas envueltas en mantos salieron a toda prisa y recorrieron las calles que desembocaban en el cuerno.

Radu corrió en la dirección opuesta. Abrir el candado de la entrada a Santa Sofía le resultaba tan fácil como si contara con la llave para hacerlo. Se dirigió al techo a toda velocidad y, una vez allí, sacó un farol, cuyos tres lados eran de metal pulido y el restante, un panel de cristal transparente. Después de encender la mecha que estaba dentro, lo levantó hacia Gálata y rezó una oración de agradecimiento, como si fuera un suspiro. La noche estaba lo suficientemente clara como para que se viera la señal.

Cuando estaba a punto de que lo invadiera la preocupación de que Amal no hubiera llegado al otro extremo, le respondieron tres destellos de luz en una sucesión rápida, antes de que volviera a reinar la oscuridad. Si es que había logrado algo, no sabía qué era, pero apagó la luz que llevaba.

De pronto, una estrella fugaz que ardía con luz brillante atravesó el firmamento lentamente, dejando una estela a su paso, y Radu sintió que había recibido una señal de los cielos. Alzó una mano en dirección a ella y recordó aquella noche de hacía tanto tiempo en que había observado caer las estrellas junto a Mehmed y a Lada. Cerró los ojos, permitiendo que la gratitud y la calidez lo colmaran. Tal vez se estaba contagiando de la superstición propia de la ciudad, pero no podía evitar considerarlo como una señal. Había hecho algo bueno. Había ayudado a Mehmed.

Se encaminó hacia la sección de las murallas que estaba cerca de la Puerta de Román y se mezcló entre la multitud, como si hubiera estado allí durante toda la noche. Se aseguró de hablar con algunos de los presentes, para quedar grabado en las memorias de ellos. Aunque mirara hacia los otomanos, estaba concentrado en el cuerno que tenía a sus espaldas y en la ciudad que se encontraba entre ellos.

Comenzaron a sonar las campanas una hora antes del amanecer. Radu se mostró tan sorprendido como el resto, mirando la muralla de arriba abajo como si él también sospechara que el ataque se produciría de aquel lado.

Tan pronto como lo envolvió el alivio, Radu se unió a los otros hombres que se dirigían hacia la escollera. Breves destellos de cañonazos iluminaban el fin de una batalla. Una pequeña galera ardía en llamas y Radu sintió que le daban un golpe en el estómago, pero, a medida que la galera se dejaba llevar por el agua, se dio cuenta de que el fuego provenía de uno de los enormes buques mercantes que estaba mitad hundido, escoraba y se alejaba, escoltado por otros dos.

—¿Qué pasó? —preguntó Radu a uno de los guardias de las murallas—. ¿Intentaron atacar?

—Nosotros atacamos —dijo el hombre, después de sacudir la cabeza—. De alguna forma, se enteraron de que íbamos hacia ellos y empezaron a disparar antes de que nuestros buques pudieran acercárseles demasiado como para sorprenderlos. Hundieron a uno de nuestros barcos pequeños.

Radu podría haber lanzado una carcajada de alivio. Mehmed sabría que Radu había servido de algo. Luego de este episodio, los italianos no se arriesgarían a atacar nuevamente a las galeras. El Cuerno de Oro había quedado neutralizado de manera efectiva.

Al despuntar el alba, se iluminaron los vestigios de la batalla. Aunque algunas galeras echaban humo, no hubo pérdidas significativas en el bando otomano. Sin embargo, Radu veía más mástiles en medio del agua de los que debería haber.

Pero, de inmediato, se percató de que no eran mástiles; las varas de madera que se alzaban hacia el cielo para recibir el amanecer eran estacas y, a medida que los rayos del sol las cubrían, quedaba en evidencia que en cada una de ellas había atravesado un marinero italiano. En el medio, sobre la estaca más alta, Radu reconoció a Coco.

Y, en la colina que se erguía por encima, una figura con un turbante blanco y un manto púrpura estaba sentada sobre un caballo y la rodeaban varios jenízaros.

Radu no comprendía la escena que se abría delante de sus ojos. ¡Los otomanos habían triunfado! Habían sofocado el ataque furtivo y lo cierto era que no tenían ni un solo motivo para esa represalia que no fuera la voluntad de atormentar la ciudad, lo cual era innecesario... y sumamente cruel.

Afligido, Radu miraba los cuerpos como si la observación pudiera brindarles cierta paz a ellos o a sí mismo. Todo se parecía más a una masacre que a una guerra, y él era el culpable.

En ese momento, un alboroto que se armó más abajo en la muralla le llamó la atención y apartó la vista de los cadáveres. Se volvió justo a tiempo para ver al primer prisionero de guerra otomano que caía hacia un costado. La cuerda que el hombre tenía alrededor del cuello se tensionó y el cuerpo empezó a balancearse sin fuerzas.

Antes de que Radu pudiera lanzar un grito, colgaron a otro prisionero, a un tercero y a un cuarto. Observó con horror cómo arrojaban a lo largo de las murallas a los prisioneros otomanos como si fueran adornos, una tapicería del terror, en respuesta a la brutalidad que había ocurrido en el cuerno.

Incapaz de soportarlo, salió corriendo en dirección a los hombres que habían ahorcado. Alguien tenía que poner fin a aquella masacre. Los soldados tendrían que rendir cuentas por semejante crueldad hacia los prisioneros.

Pero, ni bien vio la fila de los prisioneros otomanos que esperaban su turno, se detuvo. Estaban de rodillas, algunos rezaban, otros sollozaban y los restantes estaban demasiado heridos como para realizar cualquiera de esas dos acciones. Detrás de ellos y en la misma línea que Mehmed, mirando fijamente como un pilar alto e inmóvil, estaba Constantino.

Radu se había equivocado. No había hombres buenos en esta ciudad.

Y tampoco había hombres buenos fuera de ella.

Lada salió de la tienda y se encontró con que ya habían encendido el fuego y habían puesto agua a hervir. Había obligado a Oana a que se quedara atrás para que ayudara a mantener la base en el estado de Toma, en parte porque confiaba en que Oana lo haría bien, pero también porque no quería que nadie se preocupara en exceso por su deplorable cabello. Desde entonces, Lada no se había vuelto a despertar con un fuego que la esperara.

—¿Qué estás haciendo? —preguntó a Daciana.

—Las opciones que tienes son infusión suave de pino o infusión suave de pino —la muchacha señaló la olla—. Realmente necesitas mejores provisiones.

—Sabes qué es lo que quiero —Lada se sentó y tomó una taza de té de pino que estaba hirviendo. El sabor era suave, como le había prometido—. No estoy paseando por las tierras para hacer beneficencia y adoptar a todos los que quieran unirse a mi alegre banda. Busco hombres que sepan luchar. Además, el territorio necesita que lo labren.

—¿Por qué te importa tanto el territorio?

—Porque es mío. No quiero ser príncipe de una tierra sin cultivos. La gente necesita comer.

—Así que, ¿serás *príncipe*? —rio Daciana.

—No existe otro título —a Lada no le parecía gracioso—. Seré vaivoda, príncipe de Valaquia, y transformaré la tierra en la nación que mi gente se merece.

—Muy bien, entonces —la muchacha se sentó con incomodidad por el vientre hinchado—. Te llevarás a los hombres para que sean soldados y dejarás a las mujeres para que cosechen la tierra, así no nos morimos de hambre. Pero ¿qué harás con los boyardos?

Como si lo hubieran invocado, en ese preciso instante un muchacho de rostro delicado le entregó una carta de parte de Toma Basarab.

Lada la leyó con el ceño fruncido.

—¿Qué dice? —Nicolae se sentó junto a Lada, mientras intentaba echarle un vistazo a la carta por encima del hombro de ella.

—Está en desacuerdo con mis tácticas de negociación —su temperamento entró en mayor ebullición que la infusión que bebía—. Y dice que se va a unir a nosotros para asegurarse de que no continúe negociando de esa forma con los demás boyardos.

Ella lanzó la carta al suelo, se puso de pie y comenzó a pasearse.

—¿Quién es él para decirme lo que tengo que hacer? ¡Tú viste a Silviu! Viste sus tierras y lo que estaba haciendo. ¿Acaso yo no tengo razón?

—No voy a decirte que no tienes razón, pero... —Nicolae echó un vistazo a la carta con expresión de resignación—, tal vez deberías ser más reflexiva y cuidadosa con los futuros boyardos que nos crucemos.

—¿Por qué? —preguntó Daciana.

—Los necesitamos.

—¿Los necesitamos? —Lada lanzó un resoplido—. Nadie los necesita. ¡Son gusanos que se alimentan de mis tierras y no hacen nada por el bien de ellas!

—Son necesarios para la organización —Nicolae adoptó una expresión de profundo sufrimiento—. Ellos recaudan los impuestos, manejan los campos de cultivo, arman tropas con los hombres que viven en sus provincias.

—Dime, Nicolae —Lada se inclinó hacia adelante—. ¿Te parece que están haciendo un buen trabajo?

—Los caminos son intransitables por la cantidad de salteadores que hay. Los campos están sin explotar o los tienen descuidados. Los boyardos son gordos y ricos, y los habitantes se mueren de hambre. El príncipe no cuenta con apoyo militar, a menos que los soldados decidan dárselo... lo cual nunca hacen, pero lo cierto es que así es como funciona la nación.

Encuentra la forma de sacar más ventaja de ellos, contrólalos mejor, ya que no podrás acceder al trono sin ellos.

—¿Por qué no? —disgustada, Lada tomó asiento.

—Ya estás sacando provecho de Toma Basarab. Confía en que él sabe lo que hace.

—No confío para nada en él.

—¿De veras crees que él será capaz de darte el trono tan fácilmente? —Nicolae se rascó la cicatriz—. Necesitas aliados, necesitas a los boyardos, a quienes no podrás pasar por encima. Para conseguir el apoyo de ellos, lo necesitas a él —Nicolae puso un brazo alrededor de Lada y la atrajo hacia sí—. Haz un pacto con el diablo hasta que ambos estén sobre el puente.

—¿Acaso yo soy el diablo o son ellos?

Nicolae lanzó otra carcajada, pero no le respondió.

Bogdan se acomodó al otro costado de Lada y fijó la vista en el brazo de Nicolae que rodeaba a Lada. Luego, le ofreció a ella la parte interna del pan, que era la más suave y la favorita de la joven. Él se quedó con la corteza, sin esperar que se lo agradeciera, al igual que todo lo que hacía por ella desde que tenía uso de razón.

Aquello despertó una idea en Lada.

—¿Y si tomo las tierras... y se las entrego a las personas que las merecen, como la madre de Daciana? Así, obtendré la lealtad de ellas. Los boyardos reivindican cosas en base a centurias de sangre. La tierra es de ellos por derecho de nacimiento. Por lo tanto, podría arrebatársela y dársela a la gente cuya visión de Valaquia coincida con la mía. No tienen nada que reclamar que no sea mi favor, y me deben profunda fidelidad —ella se topó con la mirada de aprobación de Bogdan y le esbozó una sonrisa. Él inclinó la cabeza, mientras las mejillas se le enrojecían de satisfacción.

—No puedes deshacerte de *todos* los boyardos —Nicolae se sirvió un poco de té.

—¿Ah, no?

—Ellos no eligieron tener ese derecho de nacimiento —Nicolae alzó la vista bruscamente y entrecerró los ojos—. No te han hecho nada malo, y nada te garantiza que te harán algo en el futuro. No creo que te hayas equivocado en matar a ese último cerdo, pero asesinar a todos los nobles de la región tendrá repercusiones que ni siquiera tú podrás manejar —como Lada no dijo nada, él lanzó las manos hacia el cielo y se le derramó el té—. Están emparentados con las noblezas de otras naciones. Llamarías demasiado la atención y despertarías demasiada ira. Alguien se encargaría de tomar represalias. Además, tienen familia e influencia y, por sobre todo, son *seres humanos*.

—Por supuesto que escucharé lo que Toma Basarab tenga para decirme y aceptaré las lealtades de aquellos que me las ofrezcan —Lada se volvió hacia las llamas, y dejó que ellas le cubrieran el campo de visión—, pero nadie se queda con nada sin merecerlo. Y eso se extiende también a todos los valacos —parpadeó, a medida que los destellos de luz danzaban frente a sus ojos—, incluyéndote a ti, Daciana, por lo que te volveré a preguntar, ¿por qué estás aquí?

—No tienes ninguna doncella.

—Estás equivocada —resopló Nicolae—. Nuestra Lada no es una dama, sino un dragón.

Bogdan lanzó en voz baja un gruñido furioso. Lada se echó a reír, y le dio una palmada en la rodilla. Luego, arrojó a Nicolae un puñado de tierra y de hojas secas de árboles perennes.

—Nadie te pidió que emitieras una opinión.

—Mis opiniones son obsequios y los distribuyo de forma gratuita, sin pedir permiso ni exigir nada a cambio.

—Llévate los obsequios a otro sitio —murmuró Bogdan.

—Nicolae está en lo cierto —Lada sacudió la mano—. No necesito ninguna doncella, porque no soy una dama, sino un soldado.

—Exactamente —sonrió Daciana con arrogancia y satisfacción—. Y un soldado no tiene tiempo para limpiar los fluidos mensuales de la ropa.

A Lada se le incendiaron las mejillas y bajó la mirada, en vez de mirar a Nicolae o a Bogdan. El vientre de Daciana surgía en un extremo de su campo de visión. En ese preciso instante, se le cruzó una idea por la mente.

Una idea terrible.

Se puso de pie y estuvo a punto de caer sobre el fuego. Tomó a Daciana de la mano.

–Ven conmigo.

La muchacha lanzó un alarido, mientras intentaba ponerse de pie. Lada la arrastró lejos del campamento y dentro del bosque.

–Háblame acerca de lo que es llevar un niño en el vientre. ¿Cómo ocurrió? ¿Cuánto tiempo tardaste en darte cuenta de que había un...? –Lada colocó una mano sobre el estómago de Daciana, sin poder quitarle la mirada de encima–. ¿Cuánto tiempo tardaste en darte cuenta de que esa cosa estaba ahí?

–¿Cuándo tuviste el último sangrado? –los ojos oscuros de Daciana no expresaban emoción alguna.

–No te estoy preguntando por eso, solamente quiero saber... –Lada le dio la espalda y se apartó de ella un par de metros.

–No soy estúpida ni chismosa. ¿Cuándo tuviste el último sangrado?

–Hace semanas, tal vez ocho o nueve –había sido antes de Hunyadi, cuando estaban en las montañas de Transilvania. Se le había congelado la ropa interior cuando la había colgado para secar después de lavarla.

–¿Sangras con regularidad?

–No –Lada negó con la cabeza–. Unas pocas veces al año.

–Eres afortunada. Yo soy... –Daciana hizo una pausa y respiró hondo–. Yo era tan regular que uno podía rastrear la luna gracias a mis sangrados. ¿Y cuándo fue la última vez que un hombre te conoció?

–Ningún hombre me conoce –Lada se paseaba, dando gruñidos.

–Ya deberías tener los pechos sensibles e inflamados –una vez más, Daciana respondió sin reflejar ninguna emoción–. Y te sentirías enferma y más exhausta que nunca en tu vida.

Lada sacudió la cabeza, aliviada, antes de darse cuenta de que estaba confirmando las suposiciones de Daciana. Por supuesto que lo estaba haciendo. Era una tonta. Moviéndose con Mehmed bajo las penumbras, sintiendo el calor de su piel y la sensación de tenerlo dentro de ella...

Cerró los ojos, porque se había esforzado muchísimo por no pensar en aquel momento. Pero tan pronto como permitió que regresaran los recuerdos, sintió deseos de matarlo y de volver a estar junto a él.

No sabía cuál de los dos impulsos era el más fuerte.

—Mi hermana es como tú —Daciana hablaba como si estuvieran discutiendo sobre el clima—. Ella sangra de vez en cuando. Es una de las pocas que nunca ha estado embarazada, pese a las numerosas visitas de nuestro boyardo, cuya alma deseo que se condene para siempre —Daciana escupió sobre la tierra—. Ella era la más afortunada. Lo más probable es que tú tengas la misma suerte que ella.

Lada se tragó parte del temor que la invadía, el cual sabía como la sangre y la bilis. Daciana se volvió para regresar al campamento.

—Puedes quedarte conmigo —expresó Lada.

—Lo sé —sonrió la muchacha.

—Si te hace sentir más segura, también puedes dormir en mi tienda.

—Esa es una actitud muy generosa de tu parte. Pero pronto compartiré tienda con Stefan.

—¿De verdad? —nunca se había imaginado que Stefan podría involucrarse con una mujer. Pero, de todos sus hombres, él sería el único que lo haría sin ser advertido.

—Él todavía no lo sabe —la sonrisa de Daciana se tornó astuta y mordaz.

Lada se echó a reír y, luego, las dos mujeres emprendieron la caminata de regreso. Era una lástima que nadie le hubiera dado un cuchillo a Daciana cuando era pequeña. Lada sospechaba que la joven podría ser tan temible como cualquiera de los hombres que tenía en el campamento.

37

5 AL 16 DE MAYO

Reticente a pasar más tiempo reparando los muros —el día anterior se había derrumbado una enorme sección, y se habían producido pérdidas para ambos bandos, pero sin ningún cambio consistente—, Radu visitó la torre de Orhan, donde se encontraban todos los turcos de la ciudad. Al menos allí había otomanos a los que no tendría que matar.

Radu se detuvo para sentarse junto al guardia. A los que no conocía de nombre los conocía de vista. Eran forasteros que estaban comprometidos con la ciudad, pero que no formaban verdaderamente parte de ella. Los habitantes los miraban con cierta desconfianza.

—Hay poca comida —se quejó el guardia, llamado Ismael—. Y no hay monedas para comprarla. Orhan hace lo mejor que puede por nosotros, pero no es fácil.

—Ayer, los venecianos trataron de huir —asintió Radu—. Giustiniani apenas pudo detenerlos. Los hombres no cumplen sus turnos en las murallas, porque se quedan en la ciudad con el fin de intentar buscar alimentos para sus familias.

—Así es la esencia de los asedios. Muerte por fuera, putrefacción por dentro —sonrió Ismael con tristeza—. Pero puede que salgamos de esta y las cosas vuelvan a ser como eran antes. Cómo echo de menos caminar por las calles y que me arrojen lodo simplemente por ser turco. Ahora no podemos salir de la torre por temor a que la gente piense que somos hombres del sultán que han entrado a la ciudad.

Radu se echó hacia atrás, y el cajón sobre el que estaba sentado se quejó con un crujido. Le llamó la atención algo que había dentro… una bandera otomana. La caja contenía el resto de las banderas que no se habían utilizado para el engaño del barco mensajero. Ahora se encontraban allí, abandonadas e inservibles. Radu sintió un arranque de solidaridad hacia las banderas.

—¿Por qué te quedaste? —le preguntó Radu. Si Mehmed ganaba, todos los hombres de Orhan morirían. Y, aunque Mehmed fracasara, seguirían siendo parias en la ciudad. Como Mehmed tenía herederos, Orhan jamás sería capaz de reclamar el trono otomano. Era un hombre políticamente inútil.

—Orhan es un buen hombre —Ismael se frotó el mentón con aire pensativo—. Pese a que fue criado como un rehén, no permitió que aquello lo volviera cruel y amargado. No he oído lo mismo del sultán —se encogió de hombros—. De todos modos, mi destino siempre estuvo en esta ciudad. Morir dentro de los muros o contra ellos. Elegimos quedarnos junto a un hombre que respetamos.

Algunas semanas atrás, Radu hubiera querido golpear a Ismael por haber acusado a Mehmed de ser despiadado. Pero ahora, cada vez que Radu cerraba los ojos, veía un bosque de estacas que soportaban monstruosos frutos.

Cuando una procesión de caballos atravesó el lodazal que estaba delante de ellos, ambos alzaron la vista. En medio del grupo, Constantino estaba con los hombros caídos y la cabeza colgante. El día anterior, su presencia frente a los muros había logrado que los defensores lucharan lo suficiente como para sofocar el ataque, pero Radu se daba cuenta de que el hombre estaba abatido por la presión.

Un puñado de lodo cruzó por los aires y cayó sobre el flanco del caballo de Constantino. Los soldados que estaban a sus costados se pusieron en alerta de inmediato, en busca del agresor. Constantino lanzó un suspiro y sacudió la cabeza.

—¡Hereje! —gritó alguien desde un callejón—. ¡Nuestros hijos se mueren de hambre porque has traicionado a Dios!

—Nuestros hijos se mueren de hambre porque la única plata que queda en la ciudad pertenece al mismísimo Dios —sonrió Constantino con tristeza, después de echar un vistazo hacia un lado y ver a Radu.

Una vez que terminó de pasar la procesión del emperador, Radu se despidió de Ismael. Mientras caminaba de regreso a la casa de Cyprian, vio señales de sufrimiento por todos los rincones. Una cosa era ver a hombres que morían frente a los muros, pero otra muy distinta era ver a niños encorvados con los rostros lánguidos y los ojos apagados por el hambre. Quedaba comida en Gálata, que aún comerciaba con Constantinopla durante el día, pero, como nadie tenía dinero, todos los alimentos del mundo continuaban fuera del alcance.

Las palabras de Constantino seguían el rastro de las pisadas de Radu y lo increpaban. *La única plata que queda en la ciudad pertenece al mismísimo Dios.* Radu no podía hacer nada para que el asedio terminara, pero, mientras tanto, podría aliviar un poco el sufrimiento que él mismo había causado al destruir las reservas de comida. Tal vez sería capaz de hacer algo bueno por su alma.

Cyprian y Nazira estaban en la sala cuando Radu atravesó la puerta, con las energías recuperadas.

—¿Por qué estás tan contento? —le preguntó Cyprian.

—Hay plata en las iglesias, ¿verdad?

—La colección de platillos está hecha de ese metal —asintió Cyprian.

—Y suelen juntar dinero para los pobres. Creo que deberíamos reunir esos platillos a fin de conseguir dinero para los pobres. Estoy seguro de que Dios estará encantado con aquel empeño —Radu no podía imaginar que ninguno de los dioses (ni el cristiano ni el verdadero Dios) podría desaprobar aquel acto de caridad, independientemente de a quién estuviera dirigido. Después de todo, aquel era uno de los pilares del islam. Era la primera vez que se sentía profundamente feliz desde que había llegado a la ciudad.

—Mi tío no puede sacar nada de las iglesias, menos aún con la reputación que tiene —negó Cyprian con la cabeza—. Apenas le permiten adorar allí dentro. Si comenzara a exigir la plata sagrada, los ciudadanos organizarían una revuelta.

—Tu tío no tendrá que pedir ni hacer nada por sí mismo —sonrió Radu con malicia, al mismo tiempo que extendía una mano hacia Nazira para ayudarla a ponerse de pie–. Yo me manejo muy bien con las fundiciones.

–Yo sé dónde acuñan las monedas reales. Últimamente, el sitio no ha estado con mucho movimiento –Cyprian se mordió los labios, mientras los ojos grises le danzaban de deleite.

–Yo conozco a alguien que es experto en forzar cerraduras.

–Y yo conozco a alguien que estará limpiando las iglesias, por si alguien llega a toparse con nuestra alegre banda de ladrones –Nazira se echó a reír, mientras tomaba un pañuelo negro y se cubría la cabeza con él.

Puede que se tratara de una tontera, pero le resultaba agradable hacer algo que no fuera luchar en las murallas o detestarse a sí mismo. Radu prácticamente saltaba por las calles. Tenía a Nazira de un lado y a Cyprian del otro. Era la noche más placentera que había experimentado hasta el momento. No muy lejos de la casa de Cyprian, hallaron una iglesia oscura y poco frecuentada.

Nazira llevaba una cubeta con elementos de limpieza a la vista y zapateaba con impaciencia, como si quisiera poner manos a la obra lo más pronto posible. La cubeta bloqueaba a Radu de forma conveniente, mientras él forzaba la cerradura. Una vez que la puerta cedió, entraron al templo de puntillas. A Radu le encantaban las iglesias a oscuras, porque los adornos suntuosos y lujosos estaban apagados y el silencio le parecía más sagrado que cualquier liturgia.

Cyprian se abrió paso con seguridad hacia el altar, de donde retiró un platillo y lo sostuvo en alto. Nazira lo guardó en el fondo de la cubeta y lo cubrió con trapos.

En menos de tres horas, habían irrumpido en varios templos. La cubeta de Nazira estaba casi llena. Radu estaba demasiado cansado como para dar saltos, pero él y Cyprian no dejaban de reír de las torpezas de ambos bajo las penumbras. En una de las iglesias, Cyprian se tropezó y cayó de espaldas sobre un banco, con las piernas en el aire. Radu se inclinó hacia adelante, mientras trataba de contenerse para no lanzar una carcajada demasiado estruendosa y que los descubrieran. En vez de ponerse de pie de inmediato, Cyprian se quedó de espaldas y pataleando, hasta que a Radu se le cubrió el rostro de lágrimas de risa.

Cuando salieron del décimo templo, se pusieron de acuerdo para irrumpir en uno más. Avanzaban por las calles en zigzag con risas secretas tan amortiguadas como la ciudad por la niebla. Pese a que Radu no conocía lo que era estar ebrio, sospechaba que se parecía bastante a aquello que sentía en ese momento.

—¡Lo necesito! —gritó una mujer, y todos se detuvieron, sobresaltados. Dos mujeres jalaban de una misma cesta. Cada una tenía uno o dos niños en las piernas que les tiraban de las faldas y lloraban.

—¡Mis hijos se están muriendo de hambre! —exclamó una de ellas.

—¡Todos estamos hambrientos! —gritó un hombre, que se metía en medio de las dos mujeres. Una de ellas cayó sobre la tierra cubierta de barro y se llevó consigo a uno de los niños. La otra se adelantó para aferrar la cesta, pero el hombre la tomó primero.

—Dámela a mí —le suplicó, al mismo tiempo que alzaba al hijo en brazos como prueba de la desesperación que sentía.

—Yo también tengo hijos que están hambrientos.

Cyprian y Radu dieron un paso hacia adelante, sin estar seguros de lo que debían hacer, pero conscientes de que tenían que intervenir.

—Deberías estar en las murallas —dijo Cyprian al hombre.

—¿Para que tú puedas llevarte estos alimentos? —el semblante del hombre se tornó amenazante y brutal—. Regresaré a los muros cuando esté seguro de que mi familia haya comido —al pasar junto a ellos, estuvo a punto de arrojar a Nazira al suelo y ni siquiera se volvió para ver a las dos mujeres a las que les había robado la cesta. La que aún permanecía de pie salió corriendo con un niño en brazos y el otro que le seguía los pasos a toda prisa.

Radu ayudó a la otra mujer a ponerse en pie. Ella le aceptó la mano, se incorporó, se sacudió la falda y usó una parte limpia de la tela para limpiar el rostro de su hijo.

—Deberías ir a Gálata —expresó Radu, con la mayor gentileza de la que era capaz—. Allí hay más comida y tus hijos estarán más a salvo que aquí.

—Dios nos protegerá —respondió ella. Radu no sabía si aquello sonaba como una plegaria o una condena.

—Pero Dios no te está dando de comer.

Ella le lanzó una mirada horrorizada, envolvió al hijo entre las faldas y se marchó a toda velocidad, como si la blasfemia de Radu fuera contagiosa.

Puede que también se haya llevado consigo la felicidad de los muchachos, pero al menos estaban seguros de que aquella noche había sido provechosa y necesaria.

—Una más —dijo Cyprian, cansado, mientras señalaba el camino—. El monasterio donde guardan la Odighitria.

—¿Qué es eso? —preguntó Nazira, enlazando un brazo con el de Radu y el otro con el de Cyprian. No era tan cómodo que ella estuviera en el medio, los desequilibraba. Radu prefería ser él quien estuviera entre ellos, de todas maneras, aceptó llevar la carga de la cubeta.

—La Odighitria es el ícono más sagrado de la ciudad —explicó Cyprian—. Es una pintura de la Virgen María con el niño Jesús a un costado. Se dice que fue traída de Tierra Santa por el apóstol Lucas. En algunas oportunidades, la han exhibido a lo largo de las murallas como símbolo de protección, pero los monjes la han estado reteniendo como castigo por la relación de mi tío con los católicos.

—¿De verdad creen que una pintura los salvará? —preguntó Nazira, sin emitir juicio alguno, sino por mera curiosidad. Radu se estremeció ante la elección de palabras de su mujer —los en lugar de nos—, pero Cyprian no se dio cuenta. Al menos Radu no era el único que se sentía extremadamente cómodo con Cyprian.

—Dicen que ya ha salvado a la ciudad —expresó Cyprian.

—¿Tú lo crees? —preguntó Nazira.

—Yo creo que la Virgen María preferiría que nos hiciéramos cargo de nosotros mismos antes que estar preocupados por un cuadro de ella —Cyprian alzó la vista al cielo, donde las estrellas se asomaban por entre las nubes bajas y el humo que no se había ido del todo—. Por eso voy a distraer al guardia, para que ustedes dos puedan escabullirse dentro y recolectar la plata que encuentren –hizo una reverencia alegre, tratando de recuperar la diversión de antes, y luego dobló por la esquina del monasterio.

Radu se inclinó sobre una pequeña puerta externa y se puso a forzar la cerradura lo más rápido que pudo. Entraron por un oscuro pasillo trasero y siguieron el camino de los muros hasta que llegaron a otra puerta que estaba cerrada con llave.

–Esto es muy prometedor –susurró Nazira.

Radu abrió esa última cerradura. La atmósfera de adentro le provocó una picazón en la nariz, por los restos del humo del incienso. Se atrevió a encender una vela en la habitación sin ventanas y, a medida que el fuego cobraba vida, la imagen de la Virgen María iba apareciendo frente a ellos. El ícono, casi tan alto como Radu, estaba montado sobre una tarima que tenía varas, para ser trasladada.

–Qué lástima que no podamos fundirla –dijo Nazira con aire pensativo, al echar un vistazo al pesado marco de oro. Radu se puso a buscar objetos de plata y encontró algunas piezas pequeñas que se guardó en el bolsillo. Nazira permaneció donde estaba, con la mirada fija en el ícono.

»Creo que ese es el problema de Constantinopla –dijo ella–. Esperan que los salve una pintura, en vez de mirarse los unos a los otros. Discuten y debaten sobre el estado de las almas para la vida futura, mientras las necesidades de esta vida quedan en segundo plano. Con razón esta ciudad está agonizando.

–Ya tengo lo que he venido a buscar –Radu le puso una mano en el hombro.

–Los detesto –Nazira no se movió. Por debajo de la luz de la vela, le brillaban los ojos cubiertos de lágrimas–. Detesto a todos los habitantes de esta ciudad. Camino entre ellos, hablo con ellos, y es como si estuviera conversando con fantasmas. Quiero llevar vestidos de luto todos los días –se había echado a llorar. Eligió uno de los recipientes de la cubeta y tomó un puñado de grasa.

–No –dijo Radu suavemente, mientras le sujetaba la mano antes de que ella pudiera arrojar la grasa contra el ícono.

—Deberíamos quemarlo. Tenemos que castigarlos.

—Ya están recibiendo suficientes castigos.

—Tu hermana lo prendería fuego, para desmoralizarlos.

—Mi hermana haría mucho más que eso —sonrió él, al imaginarse lo que Lada sería capaz de hacer si estuviera en su lugar. Ningún rincón de la ciudad estaría a salvo—. Pero Cyprian está afuera y se enteraría.

—Lo siento —asintió Nazira, sollozando. Se frotó las manos en las varas de la tarima para tratar de limpiarse la grasa—. Extraño tanto a Fátima que siento que se me ha congelado el alma. Y me resulta difícil recordar que no me debo preocupar por estas personas. Cuando vine para aquí, estaba segura de que eso no sería un problema. Quería... quería que sufrieran y observar cómo caían.

—¿Para proteger al islam? —era la primera vez que Radu la escuchaba hablar de esa forma.

—Por venganza —susurró ella—. Por Fátima. Cuando ella era muy pequeña, los cruzados asesinaron a su familia. Les hicieron cosas espantosas que ni siquiera ahora puede mencionar. Quería que Constantinopla fuera nuestra para prevenir futuras cruzadas, sí, pero también para castigarlos —se secó suavemente los ojos con un extremo del chal—. Sé que no es algo racional. Ninguna de las personas que están aquí es responsable de lo que le pasó a Fátima, pero el odio irracional que sienten por nosotros y la demonización que hacen del islam es lo que permitió que esos hombres hicieran lo que hicieron. Fue una locura de mi parte haber venido aquí con tanto odio en el corazón. El odio transforma a todos los seres humanos en monstruos.

—Tú nunca podrías ser un monstruo —Radu la atrajo hacia sí y la abrazó con fuerza, mientras la Virgen María señalaba con solemnidad a su hijo. Su rostro no reflejaba emoción alguna, ninguna señal de juicio ni de misericordia.

—Creo que estamos haciendo lo correcto —Nazira se acomodó el pañuelo—. Estoy tratando de alinear mi corazón con Dios.

Radu asintió y la tomó de la mano. Juntos, salieron del monasterio.

–La fundidora no está lejos –Cyprian los esperaba afuera–. No habrá nadie allí.

Cuando llegaron al lugar, los fuegos de fundición estaban fríos. Tardarían un tiempo en alcanzar la temperatura adecuada para fundir el metal. Nazira se excusó para regresar a la casa y descansar.

Radu se había percatado de que Nazira llevaba la tristeza como un manto. Sonreía con tanta alegría que era difícil percibir la aflicción que la rodeaba. Radu deseaba poder quitársela, pero sabía que su esposa comenzaría a sanar únicamente cuando abandonaran la ciudad y se volviera a reunir con Fátima.

–Mi padre me dijo que jamás podría hacer dinero para mi familia –mientras encendían el horno, Cyprian halló los moldes para las monedas–. Ojalá pudiera verme ahora.

–Mi padre ni se molestó en pensar si yo era bueno para algo.

–Al parecer, era más desgraciado que yo.

Radu se echó a reír y recibió la recompensa de una de las tan preciadas y genuinas sonrisas de Cyprian. Se turnaron para avivar el fuego. Cyprian se inclinó hacia adelante, a fin de mirar las llamaradas por encima del hombro de Radu. Se había bañado y ya no tenía olor a las murallas, sino que emanaba un aroma a ropa secada bajo el sol con un dejo de la brisa que soplaba desde el mar. Radu respiró tan hondo que se sintió mareado.

–Eres muy bueno para esto –dijo Cyprian, con el aliento que cosquilleaba la oreja de Radu.

Normalmente, Radu se hubiera sonrojado ante el halago –después de la infancia sufrida que había tenido, devoraba los elogios al igual que un hombre hambriento se echa encima de un pan–, pero hacía tanto calor que ya estaba ruborizado. En poco tiempo, la atmósfera de la habitación se tornó sofocante. Cyprian se iba desprendiendo de las capas exteriores, hasta que finalmente se quitó la camiseta.

De veras hace un calor insoportable, pensó Radu, mientras miraba hacia todos los rincones y evitaba posar los ojos en el muchacho.

Cuando el fuego estuvo lo suficientemente luminoso, lo alimentaron con las piezas de plata y recolectaron el metal fundido. Las monedas que fundieron eran duras y toscas, evidentemente inferiores al dinero genuino. Pero lo cierto era que, en ese momento, nadie las observaría con demasiada minuciosidad.

Cyprian se acostó en el suelo, con los brazos detrás de la cabeza. Radu no lo miraba... hasta que, al fin, lo hizo.

Cyprian era delgado y alto, y tenía hombros amplios. Los ojos de Radu se detuvieron en el espacio en el que el torso bajaba desde las costillas en dirección a la línea de los pantalones.

No. Estaba cansado y había... algo. Todo era *algo*. No sabía con exactitud de qué se trataba, no podía formular un pensamiento coherente. Al mirar a Cyprian recordó aquella noche en que había observado a Mehmed en las recámaras del sultán, antes de que Mehmed se percatara de que él estaba allí. Radu sintió un extraño arrebato de culpa, como si de alguna manera hubiera traicionado a Mehmed. Cuando se acordó de lo abatido que había estado en Edirne, tuvo ganas de echarse a reír. Daría cualquier cosa por volver a recuperar esa mínima distancia con Mehmed, tan contraria a la maraña de emociones y cuestionamientos que habían introducido los muros que ahora los separaban.

Pero no quería renunciar a la noche que estaba viviendo, incluso pese a todo lo que le había costado llegar hasta ese momento.

Aun así, después de la reflexión, mantuvo la vista fija en la mesa. Si Cyprian se daba cuenta de que lo estaba mirando, ¿cómo reaccionaría? ¿Cómo querría Radu que él reaccionara? Radu se concentró por completo en las monedas.

—¿Cómo las justificarás ante tu tío?

—Como la dote de una vieja y marchita bruja que desea casarse conmigo.

—Sería más creíble si dijeras que se trata de un tesoro escondido.

—Suelo ser muy atractivo para las mujeres de edad avanzada. Mis ojos, ¿sabes? No se cansan de mi mirada.

Finalmente, Radu se desprendió de la camisa, porque la sala estaba cada vez más calurosa. Se esforzaba muchísimo por no mirar a Cyprian, y a veces lo lograba. Se mantenía del otro lado de la mesa, feliz de que algo se interpusiera entre él y el joven, y de que sus pantalones fueran lo suficientemente gruesos como para esconder los sentimientos que su cuerpo se negaba a aceptar que no debían estar allí.

El cuerpo era muy traicionero.

—Necesitamos a Dorin —dijo Toma, que estaba sentado sobre el caballo, erguido y majestuoso—. Y es un Basarab.

—¡Él nos atacó! —Lada señaló hacia el sitio del que provenían. En las fronteras del bosque de Dorin Basarab se habían topado con tres docenas de campesinos mal armados y aterrados, detrás de los cuales había diez soldados bien entrenados y provistos. Por lo tanto, no les había quedado otra alternativa más que luchar. Antes de que Lada hubiera podido abrir la boca, uno de los campesinos le había arrojado una flecha. De inmediato, Bogdan había eliminado al agresor y había ido por los siguientes. Durante varios minutos, habían predominado los trabajos sangrientos y los gritos. Había sido una pérdida de tiempo para ella, y una pérdida para la vida de los campesinos.

A Toma no le importaba. Lanzó un leve resoplido y echó un vistazo apreciativo a la casa de campo que tenían enfrente.

—Dorin accederá a respaldarnos, y no tendremos ningún otro *inciden-te* —miró a Lada con agudeza—. Lo apaciguaré ofreciéndole las tierras de Silviu una vez que accedas al trono.

—No, ya se las he ofrecido a otra persona.

—¿A una campesina? —rio Toma—. Sí, me he enterado. Eso fue muy gracioso. Por favor, deja la distribución de las tierras en mis manos. De hecho, creo que lo mejor será que te quedes aquí con tus hombres y que yo me encargue de todo.

Él se alejó a caballo y sus hombres los siguieron. Lada lo observó partir con la tensión propia de una flecha colocada en el arco y lista para ser arrojada.

Nicolae le puso una mano sobre el brazo.

—¿Qué? —lanzó ella.

Él sacudió la cabeza hacia atrás y, al volverse, Lada se topó con una hilera de campesinos bastante enojados. No se le acercaron —probablemente a causa de los soldados montados que estaban por detrás de ella—, pero Lada no tenía ninguna duda de que, si pudieran hacerlo, la matarían.

—¿Quién está a cargo? —preguntó ella, paseándose a caballo por delante de ellos.

—Mi hermano —refunfuñó un hombre.

—¿Dónde está?

—Muerto en los campos que están allí atrás.

—¿Y crees que es culpa mía? —Lada detuvo el caballo y miró al hombre desde arriba.

—Tus espadas están cubiertas de sangre.

—Mi espada está limpia —Lada desenvainó la espada, que estaba bien lustrada y brillante—. Mi espada no estaba por detrás de tus hermanos y primos para forzarlos a que libraran una batalla para la que no estaban preparados. Mi espada no estaba por sobre sus cuellos para obligarlos a servir a un hombre a quien no le importa la vida de ustedes. Mi espada no fue empuñada por los guardias de su boyardo para asegurarse de que ninguno de sus hijos ni amigos pudieran escapar cuando deberían haberlo hecho.

—Tal vez no sea la mejor táctica para animarlos a que luchen en nuestras filas —susurró Nicolae en voz muy baja, después de aclararse la garganta.

—Vamos a Tirgoviste —Lada se volvió, disgustada y furiosa—. Únanse a nosotros.

—No es correcto que una dama tenga una espada —el hombre miró hacia un costado, al mismo tiempo que se frotaba la mejilla cubierta de barba de varios días.

Lada sabía que matarlo establecería un mal precedente. Pese a que era consciente de ello, la espada se acercó aún más hacia el hombre.

—¿Por qué deberíamos hacerlo? —preguntó un hombre mayor de cabello blanco y etéreo como las nubes que estaban por encima de sus cabezas. La piel flácida que tenía por debajo del mentón se balanceó cuando habló–. Estábamos bien antes de que tú vinieras. No queremos tener ningún problema con Tirgoviste.

–Y Tirgoviste nunca se preocupó por ustedes –Lada se volvió hacia él, sin reparar en el otro hombre–. No le importan ni sus vidas, ni sus familias ni su bienestar. ¿Qué les ha dado el príncipe en todos estos años?

–Nada –el hombre mayor encogió sus hombros afilados.

–Si están felices sin nada, desde ya, huyan y encuentren a otro boyardo al cual servir. Dorin Basarab estará conmigo. Y, cuando yo asuma el trono, me acordaré de todos los hombres que me hayan ayudado a llegar hasta allí, independientemente del puesto que ocupen.

–¿Quieres ser príncipe? –preguntó el primer hombre que se había dirigido a ella. Ya no estaba enfadado, sino confundido. Lada prefería el enojo.

–Yo *seré* príncipe.

–¿De qué familia provienes? ¿No tienen ningún hijo varón con vida? –preguntó él.

Ella abrió la boca para manifestar su linaje, pero, de inmediato, se detuvo. No merecía llegar al trono por la ascendencia que tenía, por su padre ni porque su hermano no quisiera asumirlo. No hacía lo que hacía por el apellido familiar ni por sí misma, sino por Valaquia. Ella *se ganaría* el trono.

–Soy Lada Dracul y seré príncipe –bajó el tono de voz, se inclinó hacia el hombre y le habló con el sonido de las espadas que se desenvainan–. ¿Acaso dudas de eso?

Él dio un paso hacia atrás, finalmente viendo la verdad en el rostro de la muchacha. No era una dama, sino un dragón, y toda la región lo sabría antes del final.

–¿Y si fracasas? –preguntó el hombre mayor.

–De ser así, no estarán peor de lo que están ahora. Su boyardo volverá arrastrándose. Siempre se las arreglan para hacerlo. Pero si yo triunfo, y lo cierto es que triunfaré, me acordaré de *ustedes*. ¿Lo comprenden?

Los hombres asintieron, algunos más a regañadientes que otros.

—Creo que estás loca —el hombre mayor sonrió y dejó al descubierto que no tenía dientes—. Pero no me negaré a esta oferta —le hizo una reverencia.

Lada miró por encima de las cabezas del grupo en dirección al horizonte. El efecto quedó arruinado por uno de los hombres de Toma, que se acercaba a caballo.

—Mi señor dice que pueden acampar detrás del palacete. Si lo desean, pueden acompañarlos en la cena.

Lada no tenía ganas, pero, de todas formas, apretó los dientes y asintió.

Mayo llegaba al fin de su apogeo, empezaba a deslizarse hacia el mes de junio, y el fin del asedio no estaba a la vista. El agotamiento con el que transcurrían los días para Radu era interrumpido únicamente por arrebatos de horror de color escarlata. Todo el resto estaba siempre cubierto de polvo… la tierra, las nubes y su alma.

Desde la noche en la fundidora, Radu se había esforzado nuevamente por esquivar a Cyprian. A Nazira le quedaban pocos contactos útiles; a Helena la habían asociado con el pobre Coco, que había sido atravesado por una estaca y el oprobio la había transformado en una paria, y Nazira se arrastraba tras esa estela. Pasaba la mayor parte del tiempo tratando de encontrar comida y entregándosela a aquellos que más la necesitaban. Radu jamás le preguntó por qué lo hacía, ya que comprendía la necesidad de propagar bondad, pese a que el mismo acto les llenara el corazón de culpa. También entendía el deseo de penitencia.

Cuando Radu regresaba a la casa para dormir, él y Nazira se recostaban en la cama, el uno junto al otro, sin hablarse ni tocarse. En aquel océano de humo incesante, de lo único que Radu estaba seguro era de que Nazira sobreviviría al sitio. Todo el resto de las cosas era negociable.

El diecinueve de mayo, las campanas de la ciudad tañían con la familiar llamada desde los muros. ¡Pánico!, decían. ¡Muerte!, decían. ¡Destrucción!, decían. Ya no eran instrumentos para adorar, sino predicadores de la fatalidad.

Cuando Radu pasó junto a Santa Sofía, se sobresaltó porque algo lo jaló con fuerza de la camisa. Al volverse, se topó con Amal.

—No tengo nada para decirle —expresó Radu.

–Él tiene un mensaje para ti –dijo Amal, luego de sacudir la cabeza.

–¿Sí? –el corazón cansado de Radu se aceleró. ¡Mehmed! Su Mehmed.

–Dice que hoy te mantengas alejado de los muros. Encuentra algún otro sitio al cual ir.

Radu no sabía si reírse de alegría o llorar de alivio. Mehmed se acordaba de él... y le importaba si estaba o no a salvo.

–¿Por qué?

–Ese es el mensaje –Amal se encogió de hombros.

–Dile que se lo agradezco. Dile que... –Dile *que lo echo de menos; dile que me gustaría que las cosas volvieran a ser como antes; dile que tengo terror de que aquello no suceda; dile que, aunque llegara a ocurrir, no sé si volveré a estar satisfecho con la situación*–. Dile que mis pensamientos y plegarias están con él.

Amal asintió y luego extendió la mano como si estuviera suplicándole algo. Radu sacó una sola moneda y la colocó sobre la palma del muchacho.

Radu se volvió para regresar a la casa, feliz de que, al menos, podría informarle a Nazira que Mehmed pensaba en ellos y les había enviado una advertencia. Pero, de inmediato, recordó que Cyprian estaba frente a los muros.

Los muros que Mehmed consideraba lo suficientemente peligrosos como para arriesgarse a enviarle un mensaje de alerta.

Radu podría volver a la casa, para esperar y ver lo que pasaba. Podría permanecer junto a la ventana, aguardando a Cyprian. Y si Cyprian no regresaba...

Radu salió corriendo en dirección a las murallas. Pensaría en alguna excusa para apartar a Cyprian de aquel sitio. No se cuestionó por qué valía la pena el riesgo, sino que simplemente sabía que tenía que hacerlo.

Una vez que llegó, se detuvo, completamente conmocionado. Había unas *torres* del otro lado del muro, que avanzaban hacia la ciudad. Habían sido fabricadas con madera, y estaban cubiertas por láminas de metal y cuero, para protegerlas del fuego y de las flechas. De las bases, sobresalían enormes ruedas.

El lugar en el que Mehmed las había ocultado era un misterio. Ninguna de las personas que estaban alrededor de Radu sabían de dónde habían salido ni cuándo habían aparecido, pero el propósito por el que estaban allí ya estaba quedando al descubierto. A medida que se acercaban, los hombres blindados que estaban dentro de ellas arrojaban tierra, rocas y matas dentro del foso. Lento pero seguro, estaban rellenando la zanja de protección.

Radu atravesó a toda prisa una hilera de arqueros, desesperado por hallar a Cyprian. Mehmed no quería que estuviera allí y ahora entendía el porqué. Los muros caerían ese mismo día.

Los arqueros arrojaban flechas de fuego que rebotaban inútilmente contra la parte externa de las torres. También disparaban pequeños cañones con escasos resultados. Las torres seguían avanzando sin interrupciones. Giustiniani se abrió paso hacia el centro de las murallas, a pocos hombres por debajo de donde Radu estaba agazapado detrás de los barriles. Un constante aluvión de saetas volaba hacia los muros, a fin de prevenir cualquier contraataque.

—¿Qué demonios es esto? —dijo Giustiniani, asomándose por entre los barriles. Al vislumbrar a Radu, se arrastró hacia él y le hizo una seña en dirección a las torres—. ¿Estabas al tanto de esas cosas?

Radu negó con la cabeza, al tiempo que se apoyaba contra los toneles, incapaz de mirar a las torres.

El enojo que antes sentía por Mehmed se había disipado, al igual que una flecha que rebotaba contra la armadura que el mensaje de Mehmed le había brindado. Pero que Mehmed lo protegiera y que confiara en él eran dos cosas bien distintas. Las torres no habían estado en los planes desde el principio y Mehmed no le había dicho a Radu ni una sola palabra sobre ellas, lo cual dejaba dos opciones posibles: o Mehmed *no* confiaba en él o le había ocultado información de forma deliberada porque había planeado que Radu ingresara en la ciudad enemiga y sospechaba que lo atraparían y lo torturarían.

Incluso con la protección de la advertencia de Mehmed, ambas posibilidades rompían el corazón maltrecho de Radu.

Al caer la noche, los fosos estaban lo suficientemente cubiertos como para que las torres los atravesaran. El avance era tan lento e inevitable como el paso del sol. A una distancia a la que todos llegaban a ver, los hombres que estaban por debajo las impulsaban poco a poco hacia adelante. La lluvia de flechas provenientes de las torres no había cesado. No se podía poner en marcha ningún contraataque ni tampoco era posible continuar en los muros. Se arrastraban a un ritmo agonizante, llevando lentamente a la ciudad a la perdición. Radu todavía no había hallado a Cyprian. A esta altura, no podía irse... porque no había encontrado a su amigo y porque parecería que tenía la intención de huir.

Alguien atravesó a caballo el espacio entre las murallas, arrastrando un carro cargado de cosas.

—¡Giustiniani!

Era Cyprian. Radu se reanimó. ¡La ciudad iba a caer, pero Cyprian estaba allí! Podría sacarlo de ahí, ir a buscar a Nazira y los tres juntos podrían huir. Corrió agazapado a lo largo de los muros hasta llegar a la escalera y descendió por ella.

Cyprian estaba encima de la carreta y empujaba un barril por uno de los extremos, al tiempo que varias flechas caían a su alrededor. Radu tomó un escudo descartado, trepó hacia donde se encontraba su amigo y lo cubrió mientras él seguía trabajando.

—¡Tenemos que irnos! —gritó Radu.

—¡Ya casi termino! —una saeta se estrelló contra la coraza que les protegía la cabeza. Cyprian hizo una pausa y le esbozó a Radu una de esas sonrisas que le cambiaban el semblante por completo—. Bueno, te debo otra vida más. Uno de estos días tendrás que decirme cómo puedo pagarte por todo lo que has hecho por mí.

—¿Qué es esto? —preguntó Radu, a medida que otros hombres que habían venido a ayudar descargaban los barriles.

—Pólvora.

—Los cañones son demasiado pequeños como para dañar las torres.

—No es para los cañones —la sonrisa de Cyprian se convirtió en un gesto menos cálido, pero más apropiado para el ambiente que los rodeaba–. ¡Lleven esto a las murallas! –gritó.

Mientras Cyprian daba órdenes a los hombres, Radu saltó junto a él y lo siguió cubriendo con el escudo. Permanecía con la mirada fija en la entrada, preguntándose cómo haría para lograr que ambos pudieran escapar de allí. Mientras tanto, el muchacho continuaba con su labor, ajeno a la desesperación que inundaba a Radu. No era una tarea menor transportar los pesados barriles por las estrechas escaleras. Se las arreglaron para hacerlo con cierta torpeza y, en el camino, perdieron a un hombre que fue atravesado por una flecha. Radu siguió los pasos de Cyprian, que arrastraba los barriles hacia adelante, hasta que quedaron posicionados justo enfrente de la torre. Tal vez, si lograba ayudar a que Cyprian cumpliera con cualquiera que fuera el objetivo que tenía en mente, Radu podría engañarlo para que partieran.

–Esta es casi toda la pólvora que nos queda –Giustiniani hizo una mueca con inquietud.

–No sirve de nada dentro de los cañones –dijo Cyprian–. Esta es la única esperanza que tenemos.

–Pero no contamos con suficiente pólvora como para derribar *todas* las torres. Hay muchísimas más.

–El sultán no lo sabe, ¿no es cierto?

Mientras Cyprian colocaba largas mechas en la parte de arriba de los barriles, Radu comprendió lo que él estaba haciendo.

–Vas a hacer explotar las torres –rio Radu con la garganta ronca por el humo. Era lo que Lada hubiera hecho. Se le tendría que haber ocurrido a él.

No. Él no estaba de *este lado*. Radu se golpeó la cabeza contra las rocas que estaban por detrás, tratando de recuperar el sentido que parecía haber perdido. Debería hacer algo para prevenir lo que estaba a punto de ocurrir, pero estaba atrapado. No podía hacer nada por Mehmed, ni tampoco podía hacer nada que pusiera en riesgo la vida de Cyprian.

–No tengo pedernal para encenderlos –Cyprian se palpó la camisa y lanzó una maldición.

Radu le entregó el suyo. Cuando los dedos de ambos se encontraron, se produjo una chispa que no tenía relación alguna con el objeto que estaban compartiendo. Radu se tragó la tormenta de emociones que le bloqueaba la garganta y la respiración.

Cyprian le sonrió y luego encendió el fusible.

–Si explota de golpe ni bien cae a tierra, volaremos por los aires.

–Al menos tendré buena compañía en el infierno –Radu se encogió de hombros y se echó hacia atrás. A esta altura, tal vez eso sería una gentileza.

Cyprian se echó a reír, mientras Giustiniani los fulminaba con la mirada.

–En tres –expresó Cyprian. Los otros barriles estaban a unos metros de distancia–. ¡Uno... dos... tres!

Radu y Cyprian alzaron el barril por encima de los muros, al mismo tiempo que los otros soldados hacían lo mismo con los suyos. Se prepararon para el estallido, pero no ocurrió. Se asomaron con la respiración contenida y observaron cómo los barriles caían y se alejaban de las murallas en dirección a la torre. El de Giustiniani viró demasiado lejos hacia la derecha, alojándose en los escombros. El tercer barril perdió el impulso a mitad de camino, pero el de Cyprian continuó avanzando hacia la base de la torre.

–¡Al suelo! –gritó Cyprian, impulsando a Radu hacia abajo, quien se cubrió las orejas, pese a que la explosión fue igualmente ensordecedora. Sintió que el vigor del estallido le atravesaba el cuerpo. Por un instante silencioso, reinó la calma y la quietud, pero luego los escombros produjeron un sonido metálico contra los barriles y su espalda, abarcando todos los rincones.

La torre estaba de costado, abierta por el centro. Hombres corrían hacia adelante para ayudar a los otomanos caídos, sin tener en cuenta los otros barriles. Radu y Cyprian se volvieron a inclinar hacia abajo, justo cuando dos explosiones más se siguieron rápidamente.

El olor a pólvora cubría casi todo el hedor a carne quemada.

–¡Prendan fuego todo! –Giustiniani se puso de pie y señaló a un grupo de soldados que estaban de pie por detrás de una puerta de seguridad, listos para luchar–. ¡Maten a todo el que se mueva!

Se abrió el portón y varios hombres salieron a toda prisa. Fue un trabajo rápido, ya que debían matar a los otomanos que habían quedado con vida y que estaban aturdidos por la última explosión. Vertieron alquitrán sobre los restos de las ruedas y del marco de madera de la torre. Una vez que se encendieron, ardieron con tanta intensidad que Radu podía sentir las llamas que le calentaban el rostro. Cyprian se apartó de los muertos, alzó las rodillas y apoyó la cabeza sobre ellas. Le temblaban los hombros.

–¿Estás herido? –la mano de Radu se suspendió sobre el brazo del muchacho, pero no se atrevió a tocarlo con intencionalidad ni con ternura. Había desobedecido las órdenes de Mehmed de quedarse a salvo porque no podía abandonar a Cyprian y, al hacerlo, había ayudado a frustrar la nueva oportunidad de que el asedio terminara. ¿De cuántas maneras podía un hombre transformarse en traidor a lo largo de la vida?

Cyprian levantó la mirada y Radu no pudo descifrar si estaba riendo o llorando.

–Pensé que realmente volaríamos por los aires. De veras creí que se iban a derribar los muros y lo iba a dejar entrar.

–¿Y, de todas formas, lo intentaste?

–Nos está atacando por todos los ángulos posibles –Cyprian se limpió los ojos, y el gesto le dejó el rostro untado de hollín–. Por debajo, por fuera y por arriba de los muros. Desde la tierra y desde el océano. No es necesario que todo funcione, sino simplemente un solo intento. Y, al fin y al cabo, algo funcionará –Cyprian echó la cabeza hacia atrás y alzó la vista hacia la humareda que estaba por encima de ellos–. Pero no esta noche –susurró.

–Pero no esta noche –repitió Radu. No sabía si lo decía con alivio o con dolor.

• • • •

La apuesta de Cyprian valió la pena. Cuando se derrumbó una de las torres, Mehmed retiró las demás. Los bombardeos no habían disminuido, pero eso ya se había tornado casi normal.

Dos días después de que las torres retrocedieran, Cyprian recibió una citación en el palacio. Radu se estaba poniendo las botas para regresar a los muros. No había vuelto a ver a Amal en el sitio que siempre ocupaba por fuera de Santa Sofía, pero, de todas maneras, no tenía más que confesiones y confusiones para enviarle a Mehmed.

—Mi tío pidió que tú también fueras —dijo Cyprian.

—¿Por qué? —Radu frunció el ceño, asombrado.

—No me especificó el motivo.

Desde el pequeño rincón del alma que no había sido golpeado por los bombardeos, Radu temió que lo hubieran descubierto. Tal vez se estaba dirigiendo directamente hacia la muerte.

—Nazira, aparentemente hoy está más tranquilo en las murallas —vio a Nazira desde el otro extremo de la habitación—. Podrías ir a Gálata para averiguar si hay comida para comprar. Cyprian está perdiendo peso.

—¡No es cierto! —Cyprian impulsó el vientre hacia afuera y se dio una palmada encima de él.

—Tiene un aspecto terrible —Radu sonrió como si estuviera haciendo una broma, pero lanzó una mirada significativa a Nazira—. Tráele alimentos de esos hermosos y gordos italianos.

—*Tú* luces terrible —Nazira entrecerró los ojos y sacudió la cabeza en dirección a Radu—. No iré a Gálata por nada ni por nadie. Estaré aquí mismo cuando regresen del palacio.

Radu caminó hasta donde estaba ella y le dio un beso en la frente.

—Por favor —le susurró contra la piel.

—No iré sin ti —sonrió ella, al mismo tiempo que alzaba una mano para acariciar la barba incipiente de su esposo—. Ambos aprovechen la comida del palacio y ahórrenme el trabajo de cocinarles algo. Y mientras estén allí, averigüen si el emperador tiene una navaja de repuesto.

Con una última mirada suplicante, Radu se unió a Cyprian y atravesaron en silencio las calles cubiertas de lodo. Pese a que había más procesiones religiosas que nunca, fueron lo suficientemente afortunados para no toparse con ninguna. A veces, Radu soñaba que se encontraba en medio de una de ellas. Alrededor del sacerdote que daba la liturgia, las mujeres gemían y los niños lloraban, a medida que el humo del incensario le obstruía los ojos y la nariz hasta que no podía ver ni respirar. Una vez que el humo se evaporaba, todo lo que lo rodeaba estaba muerto, pero la liturgia continuaba.

—¿Te encuentras bien? —le preguntó Cyprian—. Estás temblando.

—El frío de mayo —asintió Radu.

—No se lo comentes a nadie más, porque hallarás alguna profecía o algo que manifieste que un mayo frío es señal de que se avecina el fin del mundo.

Radu intentó reír, pero no pudo. Si Nazira hubiera accedido a partir, él se sentiría en paz con el hecho de enfrentar su final. A esta altura, era inevitable. Él moriría allí, pero no quería que Nazira también compartiera ese mismo destino.

Al menos confiaba en que Cyprian no era el que lo había descubierto, porque el joven tenía la honestidad pintada en el rostro. Si Radu se dirigía hacia el cadalso, Cyprian no lo sabía. Aquello no lo consolaba demasiado, pero le daba fuerzas para seguir avanzando en aquel valioso espacio antes de que Cyprian se enterara de la verdad y no volviera a mirarlo con sus hermosos ojos grises.

Pasaron junto a varias mujeres y niños que arrastraban sacos repletos de rocas y escombros para reparar las murallas. Cuando una bala de cañón destrozó la pared de una casa que estaba junto a ellos, Radu y Cyprian se inclinaron de forma instintiva, antes de que pudieran procesar qué había causado ese ruido.

Las mujeres y los niños no tenían la misma experiencia que ellos. Uno de los niños quedó echado sobre la calle, quebrantado e inmóvil. Una mujer se arrodilló frente a él, tomó el cuerpo y lo apoyó contra la pared.

—Regresaré —dijo, con las manos ensangrentadas. Luego, recuperó su bolsa y la del niño, y continuó caminando hacia los muros.

—¿Cómo podemos seguir adelante? —susurró Cyprian—. ¿Acaso estamos en el infierno?

Radu aferró la mano de Cyprian y lo alejó del cadáver del niño. El palacio estaba por delante de ellos. Radu sabía que no importaba lo que esperaba o temiera que fuera a ocurrir. La muerte era insensible y fortuita, igual de dispuesta a derribar a un niño inocente como a un hombre culpable.

Los recibieron dos soldados que los escoltaron más allá del despacho de Constantino. Se adentraron cada vez más y atravesaron un patio que daba a otro edificio, en donde hacía más frío que en el palacio. Las piedras extraían el calor del día, y el aire olía a moho y desolación.

—¿Por qué estamos yendo a los calabozos? —preguntó Cyprian.

Radu se permitió un momento de auténtico dolor por Nazira. Había fracasado en todo, pero esto, que era lo más importante, se lo había prometido a sí mismo y a Dios. *Lo siento*, pensó como si se tratara de una plegaria. *Lo siento. Sálvala.*

—Prisioneros —expresó uno de los soldados, como si aquello explicara todo.

Una vez que salieron por una puerta que estaba en la parte inferior de un tramo de escaleras, Constantino se volvió para enfrentarlos. Tenía el semblante endurecido. Junto a él, estaba Giustiniani. Radu respiró hondo y rezó para pedir fortaleza. Se topó con la mirada de ambos de manera inquebrantable. Aún podría ser capaz de negociar la vida de Nazira.

—Allí están. Adelante —Giustiniani hizo un gesto con impaciencia. Radu avanzó un paso y finalmente pudo ver lo que estaba enfrente de ellos.

De rodillas en el suelo, encadenado, ensangrentado y aturdido, había un hombre a quien Radu había visto por última vez cuando aquel le había entregado pólvora junto a su madre, quien no cesaba de reprenderlo. Se trataba de Timur, el hijo de Tohin. ¿Cómo había llegado hasta allí?

—Ha estado hablando en árabe —dijo Giustiniani—, y no lo entendemos. ¿Podrías traducir lo que dice?

—Puede que sea capaz de hacerlo. ¿De dónde salió? —preguntó Radu, tratando de controlar el tono de voz.

—Lo encontramos cavando un túnel por debajo de las murallas. El resto de los hombres fueron quemados vivos con el fuego griego.

—Yo tuve suerte —murmuró Timur con la lengua ensangrentada, y los dientes rotos. Alzó la vista hacia él y sonrió. Radu no sabía si era una sonrisa de reconocimiento o de locura.

A Radu no lo habían traído para torturarlo y matarlo, sino para que ayudara en la tortura de un hombre al que conocía. Un hombre que tenía familia, dos hijos, como le había contado. ¿O eran tres? Lo había olvidado. Ahora le parecía importante el hecho de recordarlo. *Lo siento*, rezó nuevamente, esta vez con mayor angustia. Pero Nazira estaba a salvo. Se aferró a aquella esperanza como una forma de mantenerse alejado de la oscuridad que amenazaba con invadirlo.

—Conozco a este hombre —Radu se aclaró la garganta—. Su nombre es Timur. Lo vi una vez antes de huir de la corte.

—Necesitamos la ubicación de los otros túneles —gruñó Giustiniani—. Mis hombres han estado trabajando con él, pero no nos dio ninguna información al respecto —señaló un mapa que estaba en una de las paredes—. Haz todo lo que se te ocurra para lograr que hable.

La sangre se escurría por el rostro de Timur, juntándose sobre las piedras manchadas que estaban por debajo de él.

Radu se puso de cuclillas delante del hombre. Solamente sabía árabe por el Corán y no utilizaría esos versos sagrados en este sitio. Tampoco quería hablar en turco, por temor a que Constantino y Cyprian entendieran.

—¿Hablas húngaro? —le preguntó en esa lengua. Sabía que Cyprian no sabía hablarla, y estaba casi seguro de que tampoco la conocían los otros hombres. Les echó un vistazo, y le dio la impresión de que no comprendían.

Timur levantó pesadamente la cabeza. Por un instante, abrió los ojos como si lo hubiera reconocido, pero luego volvió a dejar la cabeza colgando.

—Sí —respondió en ese mismo idioma—. Un poco. Puedes salvarme —no lo expresó como una pregunta, porque las preguntas implicaban cierta esperanza y Timur sabía que no le quedaba ninguna.

—Puedo garantizarte una muerte rápida y... —se le quebró la voz a Radu. Respiró hondo y continuó—. Y le informaré a Mehmed de tu valentía. Juro que a tu familia la cuidarán por el resto de sus días.

–¿Qué es lo que quieren? –Timur se estremeció, y se le disipó la tensión que tenía en los hombros.

–La ubicación de todos los túneles. ¿Hay hombres dentro de ellos en este momento?

–Ahora, no. Esta noche.

–Si les brindamos la información ahora, actuarán inmediatamente y tus hombres no morirán. Los túneles no funcionaron. Hiciste lo mejor que pudiste. Lamento que todo haya terminado de esta forma.

–Yo hice mi parte –un suspiro se escapó de entre sus labios. Olía a sangre, pero emanaba cierto alivio–. Dios lo sabe. Se lo comunicarás al sultán.

–Lo haré –Radu hizo un ademán en dirección al mapa, y Timur señaló varias ubicaciones, trazando líneas. La sangre que tenía en los dedos servía como si fuera tinta.

–Está diciendo la verdad –expresó Giustiniani–. Sospechaba de esos dos. Este lo encontramos esta mañana, pero de los demás no sabíamos nada –enrolló el mapa marcado con sangre y se lo entregó a un guardia que salió corriendo de la celda.

De espaldas a los otros hombres, Radu articuló una bendición en árabe que solo él y Timur pudieron ver. El semblante de Timur se relajó y cerró los ojos. Radu sacó un cuchillo y lo llevó hacia la base del cuello de Timur, quien se desplomó en el suelo, muerto. Había poca sangre. Lo que fuera que le hubieran hecho antes se la había drenado casi toda.

Cyprian lanzó una exclamación de sorpresa. Radu extrajo un pañuelo y limpió el cuchillo. Tenía las manos más firmes de lo que realmente sentía.

–Le prometí una muerte rápida a cambio de la información. Él cumplió su parte del trato.

–Pero puede que lo hubiéramos necesitado para algo más –dijo Giustiniani con el ceño fruncido.

–Lo siento –Radu fingió una mirada de asombro–. Me dijiste que hiciera lo que fuera necesario para que nos contara lo que sabía. Eso fue lo requerido –esquivó los ojos de Cyprian e hizo una reverencia a Constantino–. A menos que me necesite para algo más, debo regresar a las murallas.

Constantino se rascó la barba. A esta distancia, Radu se dio cuenta de que el emperador, por debajo del vello facial, tenía la piel roja e irritada.

—Que todos encontremos semejante misericordia en manos de nuestros enemigos —dijo Constantino con la voz tan baja que bien podría haber estado hablándose a sí mismo.

El sonido de botas que se apresuraban por las escaleras llamó la atención de todos hacia la puerta.

—Los barcos —exclamó un soldado que irrumpió en la celda, sin aliento—. Los barcos que hemos enviado fuera han regresado.

—¿Y? —Constantino dio un paso hacia el soldado.

—Nadie vendrá a socorrernos —el soldado negó con la cabeza, con el semblante vacío de esperanza.

Constantino cayó de rodillas y dejó la cabeza colgando en la misma pose en que había estado Timur cuando Radu había llegado al calabozo. El emperador no estaba encadenado, pero tenía las mismas posibilidades que el prisionero de que lo liberaran. Radu observó la situación como si la viera desde lejos. El tiempo parecía detenerse, el espacio entre los latidos del corazón extenderse hacia la eternidad.

Si Lada estuviera aquí, se preguntó Radu una vez más, *¿qué haría?*

La puerta estaba allí mismo. Giustiniani y Cyprian se habían alejado por respeto al dolor de Constantino. Radu podría clavar el cuchillo en el cuello del emperador, de la misma manera en que lo había hecho con Timur. Podría terminar con Constantino en ese preciso instante. El emperador mantenía unida a Constantinopla a través de la pura fuerza de voluntad. Si moría, los muros dejarían de tener sentido y la ciudad se rendiría inmediatamente.

Lada lo haría. Probablemente ya lo hubiera hecho en vez de quedarse reflexionando al respecto. Radu estaba seguro de que ella nunca se había preguntado qué hubiese hecho él en su situación. Cerró los ojos, mientras la desesperación lo invadía. Mehmed había enviado a la ciudad al hermano equivocado, ya que él podría poner fin a todo en ese momento e incluso salir con vida. Aunque conociera a Constantino y lo respetara,

Radu podía hacerlo. Después de todo, había asesinado a Lazar. Había apuñalado a su mejor amigo para salvar a Mehmed. Si ahora actuaba de la misma forma, el asedio terminaría. Sería casi una actitud bondadosa hacia un hombre que sufría bajo una carga demasiado pesada para cualquiera. La ciudad se rendiría y caería sin saqueos o daños mayores.

Se le apareció la imagen del cadáver del niño en las calles, acusador y suplicante. Si asesinaba a Constantino, nadie más tendría que morir.

Pero mientras Radu pensaba en lo que podría y debería hacer, lo interrumpía otra imagen... la de los ojos grises que jamás lo mirarían de la misma forma si lo hacía. Radu observaba a Constantino, pero solamente podía sentir la presencia de Cyprian.

Si Cyprian no estuviera allí, si Cyprian no fuera *Cyprian*, Radu podría haber hecho lo correcto. En cambio, miraba la escena, impotente e inútil.

El emperador lloraba, los muertos inocentes lo rodeaban, y Radu era incapaz de ofrecer consuelo a ninguno de ellos. Con esa culpa enlazada alrededor del cuello como una soga, Radu siguió los pasos de los otros hombres fuera del calabozo y de regreso al palacio.

–Hay alguien que quiere verlo, mi señor –expresó un sirviente visiblemente tembloroso.

Constantino hizo una seña a todos para que lo acompañaran. Sin ninguna duda, se trataba del capitán del barco que estaría listo para presentarle un informe completo de sus hallazgos. Radu no quería ir, pero probablemente recolectaría información importante para pasarla a Amal a fin de compensar el hecho de no haber asesinado a Constantino cuando se le había presentado la oportunidad.

La puerta se abrió y no había ningún marinero cansado. Halil Pasha estaba en el centro de la habitación.

Toma Basarab revisaba una carta detrás de la otra, sonriendo o tarareando pensativamente, dependiendo de lo que estas contenían.

—Siéntate antes de que le hagas un agujero a ese tapete, que vale más que todas tus pertenencias juntas —se detuvo para esperar una reacción—. Pero, ahora que lo pienso, no posees nada, ¿no es cierto?

—¿Y? —Lada lo fulminó con la mirada, pero dejó de pasearse.

Toma se reclinó sobre la silla. Se habían instalado en la vivienda de otro boyardo de la familia Basarab. El despacho bien podría haberle pertenecido siempre a Toma. Sus cartas cubrían todo el escritorio, y tenía el vino junto a la mano. Lo único que estaba fuera de lugar era la espada de Lada.

Estaban a poca distancia de Tirgoviste, tan cerca que Lada no podía soportar la idea de estar encerrada en esa casa y con esa gente, consciente de cuán próxima se encontraba del trono.

—El príncipe sabe lo que estamos tramando —Toma alzó una de las cartas.

—¿Y?

Toma sonrió y la expresión lo transformó de un boyardo con buenos modales en algo que Lada comprendía mucho mejor: un depredador.

—Y no importa. Tenemos todo el respaldo que necesitamos. Más de la mitad de los boyardos están de mi lado —hizo una pausa y la sonrisa cambió ampliamente—. De nuestro lado. La mayoría de los que no están con nosotros no harán nada hasta que descubran dónde están los beneficios. Él no será capaz de reunir a tiempo una fuerza significativa para salvarse. Sus hijos y todos los hombres a los que podría pedirles ayuda están luchando frente a los muros por petición del sultán.

—Puedo ir a Tirgoviste —Lada cerró los ojos y respiró hondo.

—Sí, querida, puedes hacerlo —respondió Toma, como si ella le hubiera pedido permiso—. Yo te seguiré.

—Pero no de tan cerca —ella abrió los ojos y alzó una ceja de complicidad.

—No, no de tan cerca —rio él—. Pero te llevarás contigo todas mis esperanzas y oraciones.

—Guárdate las plegarias —Lada tomó la espada que estaba apoyada contra una silla—. No las necesito.

· · · ·

Habían avanzado durante un par de horas, cuando los exploradores que tenían por delante gritaron en señal de advertencia. Lada hizo galopar al caballo, para acortar la distancia entre ella y sus hombres.

Demasiado tarde. Los dos exploradores, que estaban junto a ella desde Edirne, se desangraban en la tierra. Los rodeaba una banda de una docena de hombres sucios que hurgaban entre las ropas de los caídos.

Alzaron la vista hacia Lada. Se les retorcieron los rostros con una satisfacción despiadada, y la recibieron con los ojos apagados. Ella desenvainó la espada y mató a dos antes de que el resto pudiera reaccionar. Para cuando se dieron cuenta de que ella no era una presa fácil, Bogdan y una veintena de sus hombres los habían alcanzado.

Varios de los ladrones se dispersaron entre los árboles.

—Maten a todos —ordenó Lada. Se detuvo, con aire pensativo. Uno de los bandidos se había acurrucado en el suelo en forma de bola, con los brazos por sobre la cabeza—. Dejen a este.

Ella desmontó, le dio una patada en un costado y lo empujó para que la enfrentara. Tenía el rostro cubierto con los furiosos puntos rojos de la juventud. Probablemente tenía un par de años más que ella.

—¿Hay más salteadores? —le preguntó ella, inclinando la cabeza hacia el camino.

—No, no. Solo nosotros en este sector.

—¿Y en otras partes?

—Sí, señorita. En todas partes —asintió él, con desesperación.

—¿Te gustaría que te encargara un trabajo? —ella se le acercó y apoyó la espada contra el cuello del joven.

Como él no podía asentir ni tragar saliva, susurró un torturado *Sí*.

—Desciende por este camino por delante de nosotros. Encuentra a todos los ladrones, salteadores y depredadores de mi gente y dales un mensaje. Ahora, estos caminos le pertenecen a Lada Dracul. Los declaro seguros y cualquiera que desobedezca morirá.

—Sí, sí, señorita. Lo haré —luego de que ella guardara la espada, el chico se puso de pie trastabillando e hizo una reverencia.

Lada se quedó pensando en que las palabras eran una cosa, pero la evidencia era otra muy distinta. Se inclinó hacia abajo y les cortó las orejas a los cuerpos más cercanos. A las primeras las mutiló, pero con las otras se las arregló para hallar el lugar preciso por el cual rebanarlas. Nicolae se puso pálido. Pese a que el sonido y la sensación eran desagradables, Lada puso los ojos en blanco en dirección a su hombre.

—Llévate estas contigo —le entregó las orejas al muchacho, quien parecía estar a punto de vomitar, pero de todas formas las tomó con las manos temblorosas.

»Pruebas de mi sinceridad. Si te escapas y no entregas mi mensaje, lo sabré y te iré a buscar.

El joven chilló asegurándole que no le fallaría y, a continuación, se alejó por el camino a los trompicones y a toda prisa.

—Los alcanzamos a todos —Bogdan regresó algunos minutos más tarde, limpiando la espada.

—Bien —Lada se quedó mirando la silueta del muchacho que rápidamente se desvanecía. Se trataba de un buen mensaje, pero no era suficiente. Ella había vivido durante varios años en un territorio en el que todas las rutas eran seguras. Los otomanos podían viajar y comerciar libremente, y su nación prosperaba. Lada no se había olvidado de las lecciones sobre el asunto. Después de todo, había aprendido algo útil de los tutores que había tenido allí.

—Estos caminos necesitan indicaciones más claras. Cuelguen los cuerpos de los árboles y escriban en ellos la palabra *ladrones* —varias de las incorporaciones recientes lucían preocupadas. Muchos de ellos no sabían leer ni escribir—. Nicolae lo escribirá —expresó ella.

—Me parece un poco excesivo —Nicolae se detuvo a mitad de camino cuando arrastraba el cadáver de uno de los exploradores hacia el costado de la ruta, donde otro soldado había comenzado a cavar una tumba poco profunda.

—Ya están muertos —Lada se encogió de hombros—. Como no hicieron nada en vida, podrían servir de algo ahora en la muerte.

· · · · ·

Después de un día entero en el camino y con Tirgoviste a unas horas de distancia, acamparon. Daciana todavía no se había mudado a la tienda de Stefan, pero Lada no tenía dudas de que aquello ocurriría tarde o temprano.

Stefan observaba a Daciana moverse por el campamento con una suerte de temor confuso que le tensaba los ojos. Estaba tan inquieto y nervioso que a Lada le preocupaba la posibilidad de enviarlo por delante a explorar. Daciana apenas le prestaba atención, ocasionalmente hacía una pausa en el trabajo para decirle algo, enderezarle la camisa, o hacerle un comentario sobre el color y la longitud de la barba incipiente, a la que a veces peinaba con la mano.

Lada no comprendía la extraña danza que Daciana interpretaba. Parecía profundamente ineficiente, pero ver la forma en que Stefan observaba a la muchacha hacía que Lada también se pusiera nerviosa.

El espacio que tenía entre las piernas le molestaba en los momentos más extraños, recordándole lo que había sentido y lo que podría volver a sentir en el futuro. Maldecía a Mehmed por haberle introducido todas esas sensaciones, ya que antes no sabía ni que existían y, ahora, las añoraba.

Daciana se le acercó a Stefan, le susurró algo al oído y se echó a reír.

Bogdan se unió a Lada junto al fuego. Él era fuerte y amenazante, mientras que Mehmed era ágil. Bogdan era un martillo, a diferencia de la espada elegante que era Mehmed. Pero los martillos también tenían buenas propiedades. Lada lo miró con los ojos entrecerrados.

—Tú harías cualquier cosa por mí —no lo había formulado como una pregunta.

—Sí —él la observó como si ella se hubiera tomado el tiempo para informarle que el cielo era azul.

—Ven conmigo —ella se puso de pie y entró en la carpa. Bogdan la siguió.

Aquello había sido mucho más eficiente que los métodos de Daciana. Y, aunque no sintiera con Bogdan lo mismo que con Mehmed, aunque las chispas, el fuego y la necesidad no fueran arrolladoras, Bogdan era como siempre había sido: leal y servicial.

· · · · ·

Durante el segundo día en el camino, no se toparon con ningún salteador, pero sí hallaron evidencias de campamentos abandonados a toda prisa. Lada se emocionó como imaginaba que lo haría si sintiera orgullo maternal. Su pequeño bandido la había obedecido.

Bogdan cabalgaba más cerca de ella que de costumbre y, de vez en cuando, en medio de la actitud torpe y protectora de él hacia ella, Lada notaba en él los indicios de una ternura y un cariño nuevos, lo cual la hacía ponerse profundamente incómoda. Sabía que Bogdan sentía por ella algo más de lo que ella sentía por él. De hecho, siempre lo había aceptado como algo natural e, incluso, positivo. Él le pertenecía a ella, pero ella no le pertenecía a él. Tal vez Lada había cruzado una línea que no debería haber atravesado.

El malestar que ella sentía fue rápidamente reemplazado por una sensación de alivio poco conveniente cuando sintió un chorro de sangre tibia entre las piernas. Estuvo a punto de elevar una oración, porque estaba demasiado agradecida, pero dudaba que a Dios le importara que continuara con el vientre vacío.

Lada detuvo el caballo y desmontó. En la bolsa, tenía trozos de tela adicionales. Se desprendió la cota de malla y la envolvió alrededor de la silla de montar.

—¿Qué pasó? —le preguntó Bogdan, mientras descendía del caballo.

—¡No! —ella le hizo un ademán con impaciencia, para que se mantuviera donde estaba—. Enseguida regreso.

—No deberías irte sola —dijo Nicolae.

Lada lanzó una mirada fulminante a todos. Podía sentir la sangre que seguía brotando de su interior y, si no la cubría a tiempo, se le mancharían los pantalones. Daciana, que cabalgaba en el mismo caballo de Stefan, advirtió cómo Lada caminaba con las piernas rígidas.

—Déjenla ir. Lada es más aterradora que cualquier criatura que esté en el bosque.

—Dios Santo, son todos ridículos —Lada les dio la espalda y avanzó en dirección a los árboles—. Descansen, coman. Enseguida regreso.

Se desplazó a toda prisa entre los árboles, alejando sus necesidades inmediatamente urgentes y privadas del inmenso grupo de hombres.

Halló un arroyo claro y se puso de cuclillas junto a él. El agua estaba helada, pero al menos el aire emanaba cierta calidez. Mientras se lavaba, lanzaba maldiciones por el hecho de que tuviera que lidiar con esa situación en un momento tan importante.

Pero la sangre era un espectáculo bien recibido. Tal vez Bogdan le había desplazado lo que fuera que la hubiese bloqueado desde la noche en que había estado con Mehmed. Lo tomó como una confirmación de que las reflexiones de Daciana eran correctas. Su cuerpo no estaba hecho para transportar bebés. Mientras enjuagaba la ropa interior y la ponía sobre una roca para que se secara al lado de sus pantalones, se puso a tararear una canción. Se encargó de colocar los trozos de tela adicionales en la ropa interior limpia a fin de que absorbieran la sangre. A continuación, porque estaba contenta y el día estaba más cálido que hacía mucho tiempo, se quitó la túnica y la enjuagó.

En ese preciso instante fue cuando oyó unas pisadas furtivas y se quedó inmóvil, lista para maldecir a Bogdan, a Nicolae o a cualquiera que la hubiera desobedecido. Pero de inmediato se dio cuenta de que las pisadas provenían de la dirección opuesta de donde se encontraban sus hombres. Por unos segundos, el recuerdo de los árboles de una región distante y de otro hombre que se escabullía para verla la paralizaron. No recuperaría el aliento. El recuerdo del peso de Iván sobre ella, las manos de él...

Arrancó la túnica del agua y miró hacia ambos lados con desesperación, en busca de un lugar en el cual ocultarse. Los árboles eran demasiado angostos como para treparlos, el arroyo estaba expuesto, y ella se encontraba a solas por su estúpido cuerpo de mujer. Bajó la vista para mirarse los brazos que aferraban la túnica empapada contra el pecho. Su cuerpo de mujer. Iván lo había considerado como una debilidad, como algo sobre lo que podía ejercer poder.

Las pisadas se aproximaban.

Iván estaba *muerto*. El cuerpo de ella era un arma y podría usarlo para matar a cualquiera que se le acercara, pero... De forma espontánea, se le cruzó por la mente la imagen de Huma, la manera en que ella se mimetizaba con los muebles y el modo en que se desplazaba. Lada trató de recordar todo lo que le fuera posible, porque Huma había sido un arma al igual que ella.

Lada tomó el cuchillo que tenía junto a las botas, lo ocultó detrás de la espalda y dejó caer la túnica justo cuando tres hombres aparecían en el extremo opuesto del arroyo. Ellos relajaron la tensión sobre las armas, a medida que dejaban caer las mandíbulas.

—¡Ay! —se quejó Lada, en una defectuosa imitación de cómo ella pensaba que una muchacha exclamaría en esas mismas circunstancias. Se llevó un brazo sobre los pechos inabarcables.

Uno de los hombres apartó la mirada y se sonrojó. Los otros dos no tuvieron la misma decencia que el primero.

—¿Qué estás haciendo aquí? —le preguntó uno de ellos, con una sonrisa perpleja.

—Yo... —Lada se inclinó hacia abajo, sujetó la túnica y escondió el cuchillo dentro de ella–. Yo vivo aquí –hizo un ademán impreciso hacia la derecha–... y me estaba bañando.

–No deberías estar aquí –el soldado ruborizado se volvió hacia algo que ella no llegaba a ver–. Están viniendo más hombres.

–¡Ay! ¡Ay, no! –Lada juntó los pantalones y las botas, fingiendo una torpeza avergonzada. Estaba agradecida de no tener puestos los pantalones. Como los tenía envueltos, no quedaba tan en evidencia que no llevaba faldas.

–Regresa a casa –dijo el hombre con la voz tensa pero gentil.

–Te iremos a visitar después de que nos ocupemos de unos asuntos –el soldado lascivo esbozó una amplia sonrisa.

Lada no sabía cómo sonreír con recato, pero hizo lo mejor posible. Luego avanzó hacia donde les había dicho que vivía. Tan pronto como se aseguró de que estaba a salvo, se puso las botas y guardó el resto de las pertenencias en la bolsa. Regresó al camino lo más rápido que pudo. Sus hombres no estarían listos. Se habían acostumbrado demasiado a pasar inadvertidos. Ella no tenía ni idea de la cantidad de soldados que había entre los árboles, pero si estos confiaban en el factor sorpresa, no le agradaban en lo más mínimo las desventajas de sus propias fuerzas militares.

Lada salió al camino mucho más adelante de donde estaban las tropas que había dejado minutos atrás. Salió corriendo hacia sus hombres, mientras sacudía los pantalones por los aires. No podía gritar por temor a que el enemigo estuviera lo suficientemente cerca como para oírla.

Nicolae la advirtió y le devolvió el saludo con vacilación.

Ella señalaba con frenesí hacia los árboles. Durante varios segundos agonizantes, Nicolae no se movió, pero, inmediatamente después, actuó con la eficiencia de un verdadero soldado. Antes de que Lada alcanzara a sus hombres, todos se habían escabullido del camino hacia el extremo opuesto, dejando una extensión abierta entre ellos y los árboles que ocultaban al enemigo. Lada se reunió con ellos, casi sin aliento, y desenvainó la espada.

–Lada –silbó Nicolae.

–Hombres. Creo que de Tirgoviste. Nos están buscando. No sé cuántos son, pero pronto estarán aquí. Difundan el mensaje a lo largo de las filas. Primero usaremos las ballestas. Los tomaremos por sorpresa.

–Lada –dijo nuevamente–. Tu... –hizo un ademán en dirección al pecho de ella. Bogdan se movió de manera tal que Lada quedara bloqueada de la vista de los demás. Ella bajó la mirada hacia sus senos, que aún se encontraban al descubierto y que se desplazaban de arriba abajo con cada respiración que daba.

Con una mirada fulminante, ella tomó la túnica de la bolsa y se la puso.

–Bueno, puedes agradecer a mis... –hizo un gesto sin emitir palabras en dirección a su pecho, a medida que se volvía a colocar los pantalones–, por habernos salvado.

Nicolae no tuvo tiempo de indagar acerca de la manera en que los senos de Lada habían salvado a los hombres. Los primeros soldados enemigos habían empezado a salir de entre los árboles, desplazándose con silencio exagerado. Como aún creían que el factor sorpresa estaba de su lado, observaban el camino de arriba abajo y hacían señas a los otros para que se les unieran.

No tenían una fuerza tan grande como la de ella, pero Lada no quería ni imaginarse las pérdidas que habría sufrido si los soldados hubieran sido capaces de ocultarse detrás de los árboles y tomar a sus hombres por sorpresa. Alzó un puño y luego lo bajó. Los cuadrillos de las ballestas salieron volando a través de los árboles, en dirección al camino, y redujeron a la mitad de los hombres. La otra mitad comenzó a cargar las ballestas y a formar una fila, pero ya era demasiado tarde. Los hombres de Lada brotaron de los árboles; una avalancha inquebrantable de espadas y fortaleza.

Una vez que terminó el enfrentamiento y solo quedaba un puñado de enemigos, Lada se reunió con ellos en el camino. Los hombres estaban sentados en una ronda miserable, despojados de sus armas. Algunos sangraban, pese a que aquello no siempre era una señal de debilidad. Lada se rio por lo bajo.

Uno de los soldados que estaban allí era el hombre que había tenido la decencia de ruborizarse y apartar la vista de ella.

—Ese permanecerá con vida —Lada lo señaló—. Maten a todo el resto —ella ignoró el turbio trabajo que se llevaba a cabo en torno al hombre sonrojado—. ¿Los envió el príncipe?

—Sí —él se estremeció ante el sonido de una espada que separaba un cuerpo de un alma—. Teníamos la orden de asesinarte.

—Y pese a que venían por mí, ¿no se preguntaron si la muchacha de los bosques era la que estaban buscando?

—Asumimos que estarías en algún sitio seguro. En algún carruaje, con guardias —él le esquivó la mirada—. No eres lo que esperaba. El príncipe dijo que sería una labor sencilla.

—No es tan fácil deshacerse de mí —ella le extendió una mano—. Puedes volver a decírselo o bien puedes quedarte y unirte a mis hombres.

—¿Me quedaré? —él temblaba desde la cabeza hasta los pies. Finalmente, alzó la vista para mirarla a los ojos, y ella supo que él buscaba confirmar si había tomado o no la decisión correcta. Ella no le había mentido... le hubiera permitido escapar, pero sin lugar a dudas, él creía que aquello lo hubiese llevado a la muerte.

—Muy bien —asintió ella.

—Eso fue afortunado —dijo Nicolae, al tiempo que conducía al caballo de Lada fuera de los árboles, junto a su animal—. Estabas en lo cierto. A veces necesitas estar a solas.

Lada no podía sonreír, porque la situación hubiera podido terminar de forma muy distinta. Jaló del reconfortante peso de la cota de malla que la cubría. Era mejor ser soldado que mujer.

Pero lo mejor de todo era ser príncipe.

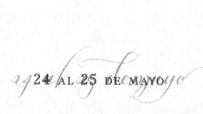

24 AL 25 DE MAYO

—Este hombre es una sabandija y un mentiroso —dijo Halil, haciendo una mueca en dirección a Radu—. Me preguntaba a qué cueva se habría arrastrado.

Radu estabilizó la respiración, recordándose a sí mismo todas las veces que había contribuido en la manipulación de aquel antiguo enemigo. Podría volver a hacerlo allí. Tenía que hacerlo.

—Debería creer que, dada la visión pacífica que tienes de la ciudad, sientes envidia de los que hemos tenido el coraje de abandonar al tirano del sultán para servir al emperador.

—Si tú tienes coraje, yo soy un asno —lanzó Halil.

—Esa ha sido siempre mi opinión personal sobre ti, pero nunca creí que coincidirías conmigo.

—Sáquenlo de aquí —el rostro de Halil se tornó de un color rojo violento.

—No sé cuál ha sido tu historia, pero Radu ha sido muy útil —Constantino alzó las manos en señal de conciliación—. La información que nos ha brindado es testimonio consistente de su lealtad hacia nosotros. Y él no tiene ninguna torre a su nombre en fortalezas que ocupan mis tierras.

—Sabes que no pude hacer nada al respecto —Halil acentuó la arruga del entrecejo.

—Siempre se puede hacer algo. Agradecemos tu información y amistad, pero te has mantenido fuera de las murallas, mientras que Radu está aquí.

—¡La posición en la que estoy no es nada segura! Nadie está a salvo. El campamento está al borde del abismo. Nos encontramos diariamente e insisto en negociar la paz, mientras otros instan en no dar ningún minuto de tregua. ¡No podría hacerlo si no hubiera permanecido junto al sultán!

–Dime por qué estás aquí –Constantino se frotó el rostro con poca energía.

–Mehmed te ofrece acuerdos de rendición –Halil arrojó una porción de pergamino sobre la mesa que estaba junto a él–. Esperaré tu respuesta –después de lanzar una mirada asesina a Radu, Halil salió de la habitación pisando fuerte.

Constantino leyó la carta, mientras se rascaba la barba con aire distraído. Finas gotas de sangre le brotaban de la piel.

–Él me da la opción de ir al Peloponeso y ser gobernador de esa región.

–Hace tiempo que deseamos que usted abandone la ciudad –dijo Giustiniani con gentileza–. Necesitamos que esté a salvo, y luego poder reunir aliados.

–Si me marcho de la ciudad, jamás volveré a entrar –suspiró Constantino–. No puedo hacerlo, pero... –se detuvo y acarició con el dedo la mitad inferior de la carta–. Si abrimos las puertas, ellos ingresarán de forma pacífica y no hostigarán a los habitantes ni destruirán sus propiedades –alzó la vista hacia Radu–. ¿Piensas que él cumplirá con eso?

–Lo hará –Radu sintió la primera chispa de esperanza después de tantos años. ¡Había hecho lo correcto al no asesinar a Constantino! Se le había presentado otra manera de dar fin al asedio–. Es la ley musulmana. Si ustedes se rinden, él tendrá que respetar eso. No habrá prisioneros, esclavos ni saqueos.

–Lo dudo mucho –se burló Giustiniani.

–Han visto la disposición del campamento, y el control que él tiene sobre sus hombres. Él desea la ciudad en sí misma, y no cualquier cosa que haya dentro. No tiene la intención de destruirla... sino de poseerla. Apostaría la vida por la veracidad de este asunto. Él respetará las condiciones y los habitantes quedarán ilesos.

–Y la capital cristiana del mundo será entregada al dios de ellos.

–Si toman la ciudad a la fuerza, tendrán tres días para saquearla y hacer todo lo que deseen –Radu seleccionó las palabras con extremo cuidado–. Pero, si se rinden, los otomanos tratan a sus estados vasallos con benevolencia. Nosotros tendremos que huir o correr el riesgo de morir, pero su gente no sufrirá bajo el mando del sultán.

—No se puede decir lo mismo de mi gobierno —la sonrisa de Constantino era tan frágil como el hielo de primavera sobre un río—. De cómo ha sufrido mi gente y cómo se ha oscurecido la ciudad bajo mi mando —miró a Cyprian con expresión de cariño—. ¿Qué me aconsejas, sobrino?

—Ya hemos perdido demasiado —ese día, los ojos de Cyprian no estaban grises como el océano o las nubes, sino como las ancestrales y fatigadas piedras de la ciudad. Radu sabía que el niño anónimo que había muerto en las calles estaba en la habitación con ellos—. Tal vez esta sea la forma de no perder todo. Nuestra gente no será sacrificada ni vendida como esclava, y tú vivirás —puso una mano sobre el hombro de su tío, con la voz quebrada—. Quiero que sobrevivas.

—¿Y tú? —Constantino se volvió hacia Giustiniani, el otro motivo por el que la ciudad había sobrevivido durante tanto tiempo.

—Si Halil está en lo cierto, lo único que tenemos que hacer es aguantar un poco más y Mehmed se verá obligado a retirarse —negó Giustiniani con la cabeza—. Puede que incluso pierda el trono —luego de una pausa, Giustiniani miró el suelo—. Pero no puedo prometerles que podamos resistir ni un solo día más. Contamos con menos de la mitad de las fuerzas con las que hemos comenzado. Los hombres están hambrientos, cansados y asustados. Los venecianos se quieren ir y mis hombres también. No se lo permitiré, pero puede que llegue un momento en el que ya no pueda impedirles que se vayan. Con una victoria, podría derrocarnos... o con una victoria, podríamos reunir el impulso suficiente como para sostenernos. Estamos pendientes de un hilo. No sé cuál cuchillo lo cortará. La elección es suya.

Constantino se sentó y dejó caer los amplios hombros hacia abajo. Aferró una pluma y la acarició de un extremo al otro.

—No puedo hacerlo. Enviaré a Halil con una oferta de paz. Incrementaremos los tributos, y le entregaré al sultán las tierras que están por debajo de Rumeli Hisari. También le daré a Orhan y abandonaré todos los intentos por desestabilizarle el trono.

Radu se apoyó pesadamente contra la pared. Constantino estaba dispuesto a sacrificar a Orhan, el hombre que había utilizado por décadas para manipular a los otomanos, pese a que Orhan había elegido quedarse y luchar. Sacrificaría a Orhan, pero jamás su orgullo ni su trono.

—Mehmed no aceptará —Radu negó con la cabeza, intentando que la voz no reflejara el enojo que lo invadía.

—Lo sé, pero no puedo abandonar mi ciudad. Lucharé hasta el último aliento antes que ver las banderas otomanas en este palacio y escuchar su llamado a la oración desde Santa Sofía. Ahora está todo en manos de Dios.

Pero ¿en manos de qué dios?, pensó Radu. Con tantos hombres en ambos bandos que elevaban plegarias, ¿cómo era posible que cualquier dios pudiera oír a través del ruido?

· · · · ·

Esa misma noche, el aire se había dulcificado con la promesa del verano inminente. El fuerte viento que soplaba desde el cuerno había disipado el humo de la ciudad de una vez por todas. Radu y Cyprian estaban sentados sobre el muro del Palacio de Blanquerna, que daba hacia Santa Sofía. Aunque no hubieran hablado al respecto, ninguno de los dos se había dirigido a su posición frente a las murallas después de abandonar la sala de Constantino. Habían terminado allí, en silencio, uno al lado del otro.

El ambiente estaba lo suficientemente tranquilo como para fingir que el mundo no se estaba derrumbando a su alrededor.

—Esta noche la luna comienza a menguar —dijo Cyprian.

—¿Crees en eso? —Radu recordó la profecía que afirmaba que la ciudad no podía ser tomada bajo la luna creciente.

—Últimamente, creo en muy pocas cosas.

Radu miró en dirección a Santa Sofía, donde la luna llena se elevaría sobre la ciudad. Como un círculo completo de oro, al igual que las monedas, la luna era una protección de la ciudad junto con la Virgen María. ¿Acaso la luna menguante cambiaría finalmente la marea de la guerra?

380

Junto a él, Cyprian se sentaba erguido e inhalaba con fuerza como un silbido que perforaba la quietud de la noche. En lugar de la luna llena alzándose por encima de Santa Sofía, había una media luna de plata.

La luna creciente del islam.

—¿Cómo es posible? —susurró Cyprian.

Radu sacudió la cabeza con incredulidad. Esta noche, la luna era llena... *tenía* que ser llena, pero a medida que se elevaba lentamente sobre el edificio sagrado, la luna permanecía creciente. La parte oscura no era tan oscura como de costumbre, sino que había adquirido una tonalidad rojiza del color de la sangre.

Durante varias horas, Radu y Cyprian observaron cómo la media luna colgaba sobre la ciudad, augurando el fin de todo lo que estaban viviendo. Llantos y lamentos brotaban de las calles e iban a la deriva con la suave brisa. Esta vez, las campanadas de las iglesias no resonaban en forma de alarma. ¿Qué podían hacer las campanas contra la luna? Al fin y al cabo, con una lentitud agonizante, la luna recuperó la plenitud que debería haber tenido desde el principio.

—Puede que ahora crea en las profecías —expresó Cyprian, asombrado y maravillado—. Pero no me agrada mucho esta.

Radu se preguntaba cómo se habría visto la luna desde el campamento otomano. Probablemente Mehmed habría sacado provecho de ella, alegando que se trataba de una profecía de la victoria, aunque los ciudadanos de Constantinopla la consideraran como un presagio de la perdición.

Era la luna, un astro que no tomaba partido. Pero la superficie de la luna llena bizantina bañada en sangre parecía prometer lo contrario.

· · · ·

Pasaron la noche en el muro del palacio, sin moverse de allí. En las primeras horas de la madrugada, aparecieron las nubes que oscurecieron la luna.

—¿Dónde estaban cuando podríamos haberlas utilizado? —murmuró Cyprian.

El amanecer se abrió paso por entre los residuos de la noche, trayendo consigo unas gotas de lluvia y la promesa de que se avecinaban más. Después de que Radu elevó una plegaria en su corazón, empezaron a caminar en dirección a la puerta que los llevaría hacia las murallas que estaban por encima del río Lycus.

—Ay, demonios —se avergonzó Cyprian—. Ay, maldita sea, seré condenado por maldecir sobre esto —se encontraban cerca del monasterio en el que habían irrumpido y que albergaba la Odighitria. Una inmensa multitud se había reunido en el umbral. Los sacerdotes ya balanceaban los incensarios y cantaban la liturgia. Varias personas más avanzaron por las calles por detrás de Radu y Cyprian, y los dejaron bloqueados.

—Fíjate si puedes liberarte —dijo Cyprian—. Van a llevar la Odighitria a lo largo de los muros. Si quedamos atrapados en el medio, estaremos aquí durante horas.

Un grupo de hombres salió del monasterio, con la tarima elevada sobre los hombros. Uno de ellos estuvo a punto de perder el agarre y se esforzó por mantenerlo. Radu recordó el momento en el que Nazira se había limpiado la grasa de las manos... en las varas del ícono.

—Dios Santo —susurró, luchando contra un arrebato de risa que amenazaba con brotar por los nervios y el cansancio.

A otro hombre se le resbalaron las manos, pero las acomodó rápidamente y volvió a levantar el ícono. El portador de la Santa Cruz empezó a caminar por delante, seguido por los sacerdotes. Hombres, mujeres y niños —todos descalzos— los rodearon. Un hombre que estaba adelante gritó en voz lo suficientemente alta como para que lo escucharan por sobre los leves estallidos de los truenos.

—¡Salva la ciudad, como Tú sabes! ¡Nos ponemos en Tus manos, nuestro baluarte, nuestro escudo, nuestro general!

—Alguien debería decirle a Giustiniani que lo han reemplazado por una pintura de hace varios siglos —Radu se acercó a Cyprian.

Cyprian lanzó un resoplido y se cubrió la risa con la mano.

—¡Lucha por nuestra gente! —continuó el hombre.

–¿Crees que ella tomará nuestro lugar frente a las murallas? –susurró Cyprian.

Radu se echó a reír, y un hombre que estaba cerca los fulminó con la mirada.

–Vamos a ir al infierno por blasfemar –expresó Cyprian.

–Ya estamos en el infierno –dijo Radu, encogiéndose de hombros–. Y con demasiada compañía –trataron de alejarse de la muchedumbre, pero la calle era angosta y estaba atestada de gente. La oleada de devoción religiosa impulsó a los dos hombres hacia adelante, empujándolos por un camino aparentemente aleatorio.

–¡Por allí! –exclamó Radu, al tiempo que señalaba un estrecho callejón. Si lograban escurrirse hasta ahí, podrían esperar a que la multitud terminara de pasar y retroceder.

Se oyó un grito de horror en las primeras filas. La Odighitria se les estaba resbalando. Aunque los hombres que la transportaban se esforzaron por contrarrestar el impulso, no fueron capaces de aferrar los palos con la suficiente fuerza. El ícono, el objeto más sagrado de la ciudad, se deslizó sobre un espeso charco de lodo.

Por unos cuantos latidos asombrados del corazón, reinó el silencio. Inmediatamente después, los hombres se pusieron en marcha para intentar levantarla. Pese a que se trataba solo de un cuadro y había varios hombres, no lograban alzarla. La tierra había decidido reclamar a la Virgen María para sí y no tenía intención alguna de renunciar a ella.

Varios niños se echaron a llorar, y las madres no hacían nada para callarlos. Un murmullo similar al de un leve terremoto atravesó la multitud. Se oían rumores de fatalidad y condenación porque la Virgen los había abandonado, o porque Dios los había juzgado y los consideraba impuros.

Radu sintió la tentación de confesarles que Dios no tenía nada que ver con lo que había pasado... había sido culpa de una joven con grasa en las manos y dolor en el corazón. Pero sabía que no serviría de nada que se lo dijera.

Finalmente, después de bastante tiempo, los hombres se las arreglaron para levantar el ícono del lodo y lo volvieron a acomodar sobre los hombros. La gente ovacionó con poca energía. La alegría que expresaban no hubiera quedado fuera de lugar en un funeral.

El mundo se iluminó durante un instante con un blanco cegador. Radu tuvo tiempo para preguntarse si realmente lo iban a derribar por las blasfemias justo antes de que un trueno más potente que los bombardeos sacudiera la tierra. Se elevaron alaridos y llantos. Un sonido de ráfaga avanzó hacia donde estaban ellos. Radu vislumbró la lluvia antes de que comenzara a caer. Se trataba de una pared compacta de agua tan gruesa y veloz que caía sobre la gente con la fuerza del caudal de un río.

Algo golpeó el rostro de Radu. Se tocó la mejilla para asegurarse de que no estuviera sangrando y sintió otro trozo de granizo, seguido por otro más. El granizo caía con más furia que las flechas de los otomanos. Un segundo relámpago impactó cerca de donde se encontraban, y el trueno correspondiente lo acompañó con tanta potencia que Radu no pudo escuchar nada por casi un minuto entero.

Las personas que los rodeaban caían de rodillas, incapaces de ver ni caminar en medio de la tempestad. Radu estaba seguro de que Dios no tenía nada que ver con que el ícono se hubiera resbalado, pero le resultaba difícil atribuir esta situación a alguna otra razón. El agua caía con tanta furia que comenzaba a avanzar a raudales por las calles. A Radu le llegaba hasta los tobillos y luego le alcanzó las rodillas. Las calles angostas la canalizaban hasta encauzarla en un río repentino.

–¡Tenemos que salir de aquí! –gritó Cyprian. Radu apenas lo podía oír, pese a que la boca de Cyprian estaba justo al lado de su oreja. Señaló el callejón que habían visto antes. Por la pendiente que tenía, el agua no llegaba hasta allí. Los dos hombres se abrieron paso entre las calles, con el lodo adherido a las botas y el agua hambrienta que los arrastraba con impaciencia. Un niño que tenían por delante desapareció por debajo del agua terrosa.

Radu se puso de rodillas, bajó las manos a ciegas y, cuando aferró un pie, lo impulsó hacia arriba y levantó al niño por los aires. Una mujer corrió hacia ellos, y Radu le entregó el niño. Cyprian lanzó un alarido, mientras señalaba a un hombre mayor que se había hundido. Se apresuraron hacia él, lo alzaron y lo arrastraron por el agua en dirección al callejón.

—¡Ahí! —Cyprian hizo un ademán hacia una mujer que estaba en medio de la calle con una criatura contra el pecho y que era incapaz de moverse. Empezó a avanzar hacia ella, pero otro relámpago cegador y el estallido abrumador de un trueno atravesaron el callejón.

Algunos de los ruidos de las explosiones no provenían de los truenos. El techo que tenían por encima se agrietó y las piedras cayeron al suelo, llevándose a Cyprian consigo.

28 DE ABRIL

Valaquia era extremadamente imperfecta en lo que se refería a mantener con vida a los príncipes. Los boyardos estaban encargados de proteger al príncipe. Controlaban a todos los trabajadores, a las tropas y a las espadas que se encontraban entre la vida y la muerte. En teoría, su propósito consistía en mantener al príncipe leal a la región y a la gente de la que él dependía para sobrevivir.

Puede que hubiera funcionado, si los boyardos hubiesen sido fieles a alguno de los príncipes. Pero las rutas que Lada tenía por delante estaban abiertas y despejadas, al igual que un campo después de la cosecha. Ella estaba verdaderamente agradecida de que los boyardos nunca hubieran mantenido lealtad a los príncipes. Los pocos hombres que el príncipe había logrado reunir estaban muertos en el camino que habían dejado atrás.

—Entonces, ¿cuál es el plan? —preguntó Nicolae.

Lada se encogió de hombros.

—Eso... no es un plan. ¿No tienes un plan? ¿De verdad? ¿Ninguno?

—Entramos y tomamos el trono. Ese es el único plan que necesitamos.

—No, definitivamente yo necesito un plan mejor que ese.

—Ya te dijo cuál era el plan —gruñó Bogdan—. Cállate.

Lada mantuvo la mirada fija en la ciudad que crecía por delante de ellos. Las viviendas estaban más próximas unas de otras a medida que las tierras de labranza daban paso a la vida que se aferraba a los bordes de la ciudad y a la oportunidad que brindaban, la cual, a juzgar por la condición de las casas, no era demasiado buena.

Lada no le sonrió a la gente que se acurrucaba en las puertas oscuras y observaba la procesión, pero sentía las miradas y oía los susurros. Nicolae se movió a la defensiva, pero ella sacudió la cabeza en dirección a él. Ella no se escondería.

—Mira —dijo Petru, señalando el cielo.

Entre los primeros astros que iluminaban la noche, había una estrella que ardía y dejaba una estela tras de sí, a medida que se desplazaba a ritmo lento a lo largo de la oscuridad.

—Es un augurio —expresó Daciana, con la voz discreta y maravillada, desde su asiento por delante de Stefan en su caballo.

Lada cerró los ojos y recordó la noche en la que había visto estrellas fugaces en el cielo. En ese entonces, había sido casi feliz, junto a los dos hombres que amaba. Ahora no tenía a ninguno de los dos, pero lo cierto era que, desde aquel momento, se había dado cuenta de que nada que no fuera Valaquia sería suficiente.

Las estrellas la vieron. También estaban al tanto de eso.

Mientras cabalgaba hacia adelante, Lada alzó una mano en el aire en dirección al rastro luminoso, a fin de que todos vieran que señalaba el augurio de su llegada. Todos lo atestiguarían.

Era su gente, su nación y su trono. No necesitaba maquinaciones ni planes elaborados. Valaquia era su madre. Después de todo lo que había atravesado y todo lo que había hecho en pos de acceder al trono, le quedaba una única cosa: su persona.

Ella era suficiente.

Las puertas de la ciudad estaban cerradas cuando llegaron frente a ellas. En la cima, había dos hombres iluminados por antorchas. Un leve sonido metálico dejó perpleja a Lada hasta que se percató de que ellos temblaban por dentro de las cotas de malla que tenían puestas.

—Abran las puertas —exclamó ella.

Se miraron el uno al otro, sin saber qué hacer. Inmediatamente después, echaron un vistazo por encima del hombro de ella, donde los hombres de la joven estaban agrupados. La acompañaba el murmullo de un sonido similar al de los guijarros que indicaban que se aproximaba una avalancha.

—He venido como esa estrella, ardiendo en medio de las penumbras

–alzó el tono de voz, para que todos pudieran oírla–. Todos los que se unan a mi bando antes de que tome el trono serán soldados asalariados. Yo recompenso el mérito, y tendrán varias oportunidades para aumentar las riquezas.

–¿Cómo? –preguntó uno de los hombres.

–Porque cualquiera que se oponga a mí morirá. Esas son las condiciones. No las volveré a ofrecer.

Se abrió la puerta y, a medida que ingresaban a la ciudad, varios hombres se unieron a las filas de los soldados de Lada.

–Tú –dijo ella, señalando a uno de ellos–. Coméntales mis términos a todos los guardias con los que te cruces.

Él salió corriendo con impaciencia por delante de las tropas de Lada, quienes continuaron avanzando a paso lento. Las calles eran estrechas, como radios de una rueda que se dirigían al castillo. Ella miró hacia atrás una sola vez y observó cómo su grupo se extendía hasta más allá de la entrada. Todos se apretujaban para seguirlos. El número de las filas se había duplicado. Hombres, mujeres y niños. Los niños bailaban y reían bajo las antorchas, como si se tratara de un desfile. Los hombres y las mujeres eran más cautelosos, pero les brillaban los ojos con cierta intensidad que no tenían antes. Ella lo había conseguido.

Lada volvió a mirar hacia adelante. Aunque no hubiera idealizado Tirgoviste cuando había vivido allí, después de tantos años en el Imperio otomano, no solo le parecía más pequeña de lo que recordaba, sino también más lúgubre y deprimente. Hasta los palacetes eran imitaciones mediocres y descuidadas de la majestuosidad. La pintura se había descascarado y dejaba al descubierto los esqueletos de piedras oscuras y grises de las viviendas, al igual que la carne putrefacta se separa de los huesos.

Nadie salió de los palacetes de los boyardos para unirse a la procesión. Tenían las ventanas cerradas y bloqueadas contra la noche y contra Lada. Pasaron por una fuente que ella recordaba muy bien, y de la que solía brotar agua cristalina. Tiempo atrás, siendo aún una niña, había hundido la cabeza en esa fuente, para tratar de deshacerse del temor que le causaba vivir en el palacio. Ahora, el agua estaba fétida y olía mal. Pero Lada ya no tenía miedo. No necesitaba sumergirse allí.

Las puertas que daban a la fortaleza del castillo estaban abiertas. Los guardias que estaban a ambos lados inclinaron las cabezas y bajaron la vista al suelo cuando ella atravesó la entrada. Nicolae y Bogdan echaron rápidos vistazos a su alrededor, desplazándose detrás de ella, pero Lada ya no temía que le arrojaran flechas asesinas. Ella entraría en la ciudad con la misma confianza, seguridad y rectitud con la que lo había hecho Hunyadi. Nadie podría dispararle. Nadie podría detenerla.

Hizo un gesto en dirección a la entrada del castillo. El guardia que había salido corriendo con el encargo de ella le abrió la puerta. Lada cabalgó hacia adelante, los cascos del caballo repiqueteaban contra el suelo de piedra. No había baldosas bonitas ni tapetes; no había nada entre los dientes del castillo y las personas que él devoraba.

Le gustaba que fuera de esa forma. El caballo continuó avanzando con cierta vacilación a través de los pasillos angostos cubiertos de antorchas encendidas. Detrás de ella, oyó que Bogdan y Nicolae intentaban apaciguar sus monturas. Ella no se detuvo ni esperó a que ellos calmaran a las bestias inquietas. La sala del trono estaba por delante de sí. La última vez que había estado allí, había visto a su padre dirigiéndose a Hunyadi, mientras fingía que aún contaba con cierto poder.

Le pareció bien que, a medida que ingresaba con la espalda erguida, el príncipe Danesti permaneciera sentado en el trono, rígido y sudado. El recuerdo fantasma del aroma al aceite para después del rasurado que su padre solía usar le irritó la nariz. Durante un instante, deseó que el hombre que se encontraba en el trono fuera su padre, para que pudiera ver en lo que ella se había transformado, a pesar suyo, o mejor dicho, gracias a él.

El Danesti estaba diciendo algo, pero ella no se había molestado en prestarle atención. Tenía la mirada fija en la longitud curvada de la espada otomana que aún colgaba por encima del trono. Estaba enmarcada por dos antorchas que parpadeaban de forma hipnótica. Ella acercó su caballo hacia allí, embelesada.

—¡He dicho que te explicaras!

Sorprendida, bajó la vista hacia el príncipe que balbuceaba. Tenía el rostro enrojecido y el sudor le había dejado la piel brillante. No lo recordaba de cuando había estado allí de pequeña. En aquel tiempo, él no se había interesado en ella y, ahora, ella no se interesaba en él.

Lada echó un vistazo a la sala. Había varios guardias, pero ninguno se movía hacia ella. Oía voces en los corredores, alguien que maldecía sobre un caballo. Estaba a solas.

No importaba.

—Ya he expresado mis condiciones —ella habló frente a la espada.

—¡No he oído ninguna condición! —exclamó el príncipe, enojado.

—No son para ti, sino para los valacos de esta habitación. Tierras y riquezas para los que estén de mi lado. Muerte para los que se opongan.

—¡No tienes derecho alguno a ofrecer esas cosas!

Ella impulsó el caballo hacia adelante, de manera tal que el Danesti tuvo que correrse hacia un costado del trono para evitar la larga y aterciopelada nariz del animal. Lada se puso de pie sobre los estribos, se estiró para alcanzar la espada que estaba en la pared y la sacó de la funda. Estaba deslucida por los años, pero lo suficientemente afilada. La espada de sus enemigos. La espada de su vasallaje. La espada de su debilidad.

Ahora era su espada. La alzó en el aire y la giró para juguetear con la antorcha.

—Tengo todo el derecho del mundo —atravesó con la espada el pecho del usurpador antes de que él pudiera responderle, ya que no tenía nada importante para decir. Se volvió con el caballo y retiró la espada.

—Será una pesadilla limpiar ese trono —expresó Nicolae, a medida que entraba en la sala, seguido por Bogdan y el resto de los hombres.

—Yo *soy* el trono —sonrió Lada—. Pongan el cuerpo sobre una estaca en medio de la plaza como prueba de que cumplo con mis promesas. La lealtad será recompensada, la cobardía será derribada.

El guardia de la entrada salió corriendo a toda prisa. Arrastró tras de sí el cadáver desde el trono, dejando un reguero de sangre oscura bajo la luz tenue. El único legado que tendría aquel príncipe sería la debilidad escrita sobre las piedras como testimonio de la superioridad de Lada.

—¡Salve Lada el dragón, príncipe de Valaquia! —Bogdan se arrodilló y su voz grave retumbó por toda la habitación.

El caballo de Lada se volvió, colocándola en la misma línea que una de las ventanas altas y estrechas. A través del vidrio, perfectamente encuadrada, la estrella finalmente se consumió. Ella levantó el rostro y cerró los ojos, mientras su madre la bendecía. Una profunda calidez le anidó en el interior, y ella aferró el medallón que siempre llevaba puesto.

Había regresado a casa.

—¿Crees que podrá recuperarse? —preguntó Radu, mientras se paseaba con inquietud. Había llevado a rastras a Cyprian de regreso a la casa. El muchacho tenía un corte en la cabeza que aún le sangraba y, aunque no parecía haber sufrido un daño importante, todavía no había despertado.

—El tiempo lo dirá —Nazira terminó de limpiarle la sangre y lanzó a Radu una mirada de preocupación que le transformó los labios en una línea delgada—. Siéntate. No lograrás devolverle la salud con tu ansiedad.

—Sé que engrasamos las varas del ícono, pero la forma en que el objeto se negaba a que lo volvieran a alzar... y luego la tormenta —Radu se desplomó sobre una silla y se tomó la cabeza con las manos—, nunca había presenciado una tormenta que cayera con tanta furia repentina. Sacaron la Odighitria para que los guiara y, en cambio, los arrastró hacia una terrible tempestad.

—Esta ciudad te está afectando demasiado, Radu. Ves signos en todos los rincones.

—Lo sé —Radu asintió, al tiempo que se frotaba los ojos y se echaba hacia atrás—. Me siento mal por ellos. Presenciar la propia destrucción en todo lo que te rodea... la luna, el clima, los temblores de la tierra... Me asombra que todos permanezcan aquí. ¿Por qué no se marchan?

—Yo convencí a Helena de que partiera —Nazira sonrió con tristeza—. Soy consciente de que no había motivo alguno para que continuara la amistad con ella, pero estaba tan afligida y perdida que le ofrecí el poco dinero que nos quedaba y ayer se fue a Gálata, donde tiene parientes lejanos que podrán ayudarla a llegar a Atenas.

—Esa fue una actitud muy noble de tu parte.

Se abrió la puerta y apareció Valentín con un recipiente de agua y algunos paños limpios. Nazira los tomó.

—¿Tienes familiares en la ciudad? —Radu alzó una mano, para evitar que Valentín saliera de la habitación.

—Mis padres murieron hace dos años —negó él con la cabeza—. Mi hermana también.

—¿Tíos, tías?

—No, señor.

—¿Y fuera de la ciudad? ¿Tienes algún sitio al cual ir?

—No, señor, pero, si lo tuviera, tampoco me iría —Valentín adoptó una postura más erguida, inflando el pecho—. Mi lugar es este, al servicio de Cyprian, y me quedaré junto a él hasta el final.

—¿Y si yo necesitara enviarle una carta a mi hermana en Hungría, que solamente podría dar a alguien en quien confiara completamente?

—Le diría que sospecho que me está engañando y que, de todas maneras, después de escuchar las historias sobre su hermana, preferiría permanecer en este sitio —Valentín sonrió, con una expresión demasiado cómplice y extenuada para un muchacho tan joven como él.

—Muy bien —Radu se echó a reír, impresionado por todo lo que el muchacho había mencionado—. Pero prométeme que si la ciudad cae, harás todo lo posible por escapar. ¿Lo comprendes? Y si yo no llegara a estar aquí, ayudarás a Nazira y a Cyprian a que huyan.

—Los protegeré con mi vida —Valentín asintió con solemnidad, poniendo la espalda aún más derecha.

—Eres un buen muchacho.

Valentín se marchó, cerrando la puerta con suavidad detrás de él.

Cyprian lanzó un gemido y Radu salió corriendo hacia la cama.

—¿Cyprian? ¿Puedes oírme?

—¿Radu? —Cyprian trató de alzar una mano por encima de la cabeza, con los ojos todavía cerrados.

—¡Sí! Estás a salvo, en tu hogar.

—Creo que... —se le quebró la voz.

—¡Voy a traerle algo para beber! —Nazira abandonó la habitación a toda prisa.

—Tengo la sensación de que la ciudad se me cayó sobre la cabeza —Cyprian tragó saliva, sin abrir los ojos.

—Eso es lo que ocurrió —rio Radu, aliviado—. Pero ustedes los bizantinos son muy cabezas duras.

—¡Radu! ¡Estás aquí! —con los ojos entrecerrados, Cyprian miró a Radu.

—Sí, estoy aquí.

Cyprian levantó una mano, tanteando el aire, y Radu la cobijó en la suya.

—Yo regresé por ti —los ojos de Cyprian volvieron a cerrarse.

—No —dijo Radu con gentileza—. Yo no estaba herido. Te traje hasta casa, ¿lo recuerdas?

—No —Cyprian negó con la cabeza, luego se encogió de dolor y entrecerró los ojos nuevamente—. Regresé a Edirne por ti.

—No estamos en Edirne —¿y si el golpe le había dañado la cabeza de forma permanente?—. Estamos en Constantinopla.

—Lo sé —lanzó Cyprian, mirando hacia arriba—. Estás muy confundido.

—Tienes razón —Radu intentó no sonreír—. Yo soy el que está confundido.

—No hablamos, pero tu rostro... La mirada que intercambiaste con él por el libro. Desde ese momento, no dejé de pensar en ti.

—¿Qué libro? —Radu quería que Cyprian permaneciera despierto y que hablara, pese a que lo que decía no tuviera sentido.

—El libro que le dimos al sultán —Cyprian sacudió la mano que tenía libre—. Tú te diste cuenta de lo gracioso que era. El libro del dragón. Me hubiera encantado reír contigo. En ese entonces ya sabía que tendrías una risa maravillosa. Él no quería que yo regresara, ¿sabes?

Radu hurgó en la memoria tratando de entender a qué se estaba refiriendo Cyprian. ¿Libros y dragones? Y, de pronto, lo recordó. El año anterior. La delegación de Constantino después de la coronación de Mehmed. Había sido la primera vez que Radu había visto a Cyprian. Y, en aquel entonces, el joven era para él un embajador anónimo que había entregado como obsequio un libro sobre San Jorge y el dragón. Radu también recordaba ese momento a la perfección. Aquel sobresalto alarmante cuando se había topado con los ojos grises de Cyprian y había descubierto la risa escondida tras ellos.

—¿Quién no quería que regresaras a Edirne? —preguntó Radu, repentinamente interesado en la conversación.

—Mi tío. Le parecía demasiado peligroso, pero yo insistí. Quería verte.

—¿Para que viniera aquí a dar información sobre Mehmed? —a Radu se le había acelerado el corazón.

—No —la voz de Cyprian se tornó distante y tranquila—. Simplemente quería hablar contigo, escucharte reír —sonrió, levantando las manos enlazadas en dirección a la mejilla de Radu, quien inclinó la cabeza hacia abajo a fin de permitir que los dedos de Cyprian le rozaran la piel. Pese a que tenía las manos frías, la caricia se asemejaba al fuego.

»No me arrepiento de nada —murmuró Cyprian, antes de que el semblante se le relajara para conciliar el sueño.

La puerta se cerró con un *clic* y Radu alzó la vista, con un profundo sentimiento de culpa.

—Ay, esposo —suspiró Nazira, que ya estaba en la habitación, pese a que Radu no sabía desde hacía cuánto tiempo—. Casi me hiciste creer en el destino, por lo desafortunado que es el tuyo.

Apoyó sobre la mesa una taza de caldo y una jarra de vino aguado. Después, se arrodilló en el extremo de la cama opuesto a Radu, para acomodar las mantas de Cyprian, y alzó la vista hacia su esposo.

—Primero, un hombre sin corazón, sin nada para darte y, ahora, un hombre que jamás podrá saber la verdad.

—Yo... Él estaba... Yo no estoy... —Radu se puso de pie, con el pulso agitado y las mejillas sonrojadas.

—Lo sospechaba, pero esperaba estar equivocada —Nazira observó a Cyprian con ternura, mientras le apartaba algunos mechones de cabello de la frente—. Me parecía demasiado cruel y absurdo. Una ironía.

—¡Sabes que soy fiel a Mehmed!

—No le debes nada más que tu lealtad y por supuesto que no le debes tu amor –el semblante de Nazira se oscureció más rápido que la tempestad a lo largo de las calles–. Normalmente, me alegraría de que tu corazón hubiera cambiado de rumbo, pero esto... –inclinó la cabeza sobre la cama, ocultándose el rostro–. ¡Ay, Radu! ¿Qué haremos?

A lo lejos, una campana repiqueteó *destino funesto, destino funesto.*

· · · ·

Radu no podía permanecer al costado de la cama de Cyprian. Deambuló por las calles hasta la caída de la noche. La tormenta había desaparecido con la misma velocidad con la que se había desatado, y las nubes habían ocupado el lugar de la lluvia en la tierra. El aire estaba sofocante e inmóvil; la ciudad estaba velada como si asistiera a su propio funeral.

Al anochecer, la niebla aumentó y enmascaró todas las luces de la ciudad con la misma oscuridad de una cueva. Radu había emprendido el regreso a casa, cuando gritos sofocados de *¡Fuego, fuego!* atravesaron el ambiente. Se volvió y corrió en dirección a ellos, mientras se preguntaba si finalmente los muros habrían caído. En cambio, vio que el techo de Santa Sofía estaba iluminado con una luz brillante.

Horrorizado, avanzó a toda prisa en dirección a la iglesia y se detuvo antes de alcanzarla. No había fuego. Una luz danzaba y se movía a lo largo del techo, pero no era del color de las llamas, sino más bien blanca y azul. Y no había humo. Paralizado, Radu se quedó observando cómo la luz se concentraba alrededor de la torre principal y luego salía disparada hacia el cielo.

Parpadeando en las penumbras, miró fijo la imagen que se le desplegaba ante los ojos. Era la primera vez que veía algo semejante. Nunca antes había oído hablar de algo como eso. Pero no... ¿acaso Dios no se le había aparecido a Moisés en forma de zarza ardiente? Una nube durante el día –como la niebla impenetrable– y una columna de fuego por la noche.

Radu no podía respirar ni asimilar lo que había presenciado, porque la única forma de explicarlo era aceptar que había visto el Espíritu del mismísimo Dios. Y Dios había dejado atrás a Constantinopla.

Pero el fuego no se había elevado hacia el campo de los otomanos, sino hacia el cielo. Tal vez las plegarias se habían anulado mutuamente y solo quedaban hombres que luchaban contra hombres.

Dios había hecho lo correcto al abandonarlos. Si alguien hubiera optado por la misericordia y la cordura por sobre la terquedad y la obstinación, se habrían salvado varias vidas. Si Mehmed hubiese permitido que la ciudad continuara con el cauce natural hacia la muerte lenta, en lugar de haberla reclamado. Si Constantino se hubiera inclinado por los pronósticos en su contra y hubiera optado por salvar a su gente, en vez de a su orgullo.

Radu estaba furioso con los dos. Varias posibilidades le daban vueltas por la mente. Matar a Constantino, como lo había considerado, hubiera llevado a la rendición.

Aprovechar la confianza de Mehmed y enviar un mensaje a los campamentos otomanos, en el que diría que Hunyadi estaba en camino con una armada reunida por el papa hubiera dado vuelta las cosas y obligado a Mehmed a que aceptara un nuevo tratado de paz.

Ambas opciones suponían traiciones mayores de las que estaba dispuesto a cometer y, por eso mismo, él era igual de culpable que el emperador y que el sultán. Como no se atrevía a tomar la decisión difícil, no podía solucionar lo que ellos tanto se negaban a hacer.

Radu se paseaba por las calles, perdido bajo la neblina que se le adhería al cuerpo, inquisitiva y agobiante. Lo invadía una pena más profunda de la que creía posible. Durante los últimos meses, había aprendido a amar a esta ciudad extraña, supersticiosa y sometida. Durante los últimos meses, había llegado a amar al hombre que los había traído hasta aquí.

Pero se aproximaba el fin. Si Mehmed no tomaba la ciudad, sería su perdición. Halil se aseguraría de que fuera así. Varios musulmanes más morirían en las cruzadas cristianas, al igual que la familia de Fátima. Y, eventualmente, la ciudad caería. Pero si Radu ayudaba a que la ciudad cayera ahora, sería capaz de salvar a Mehmed y podría estar a su lado para presenciar el futuro que crearía el sultán.

Lada había despreciado a su hermano por el hecho de que él siempre elegiría a Mehmed antes que a ella. Nazira le había dicho que no le debía su amor al sultán... pero sí le debía la vida y Mehmed era el único hombre que podría asumir el destino que había establecido el Profeta, la paz sea con él.

Radu había imaginado Constantinopla y la había deseado para Mehmed de forma simple y clara. Pero ahora conocía el verdadero precio de las cosas, la terrible distancia entre querer algo y alcanzarlo.

Había deseado a Mehmed en cierto sentido que jamás podría haberse cumplido, y eso también lo había ido destruyendo lentamente.

¿Qué era, entonces, lo que le quedaba?

Radu cerró los ojos y recordó la luz que había visto. Dios podía haber abandonado la ciudad, pero Radu jamás abandonaría a su Dios. Y Constantinopla, así como estaba, siempre sería una amenaza para el islam a causa de las cruzadas que desestabilizarían el Imperio otomano.

Algunas vidas valen más que otras, le había dicho Lada. Él se había preguntado cuándo se les daría vuelta la balanza, y la había considerado un monstruo por valorar sus vidas por sobre las de los demás. Pero él había valorado a Mehmed por encima de todo. Apreciaba a Nazira más que a los inocentes de esta ciudad. Y la estima que debía admitir que tenía por Cyprian amenazaba con romperle el corazón.

Medir y evaluar las vidas como si fueran monedas que se podían gastar o ahorrar no estaba bien. Radu anhelaba librarse de todo eso, vivir entre hombres que lo consideraban su hermano, y no tener más enemigos.

Pero ya había tomado una decisión. Emprendió el viaje hacia Santa Sofía para buscar a Amal. Haría todo lo posible por entregar la ciudad de Constantinopla a Mehmed, y al único y verdadero Dios, pese a que, después de hacerlo, el corazón se le detuviera o se le hiciera pedazos.

—El castillo de Edirne era mejor —dijo Petru, mientras miraba con recelo las paredes de cal y el sencillo suelo de piedra del comedor.

—En Edirne había chiqueros mejores que este castillo —expresó Lada—. Si lo deseas, puedes regresar y vivir en uno de ellos.

—¡Me gusta este castillo! ¡De veras! —insistió Petru, tratando de corregir el daño que temía haber ocasionado.

—Nadie detesta tanto este castillo como yo —suspiró Lada, sacudiendo la cabeza—. Pero como esta es la capital, tenemos que vivir aquí —se volvió a sentar y echó un vistazo a la mesa. Nicolae, Petru, Stefan, Daciana y Bogdan estaban con ella. Lada había mandado a llamar a Oana. Si su antigua nodriza estaba a cargo de la cocina, Lada sabía que quedaría a salvo de cualquiera que intentara envenenar la comida.

»¿Alguien ha revisado el tesoro? ¿Acaso tenemos un tesoro? —Lada se dio cuenta de lo poco que había aprendido de pequeña sobre el funcionamiento de un castillo. Mehmed contaba con una legión de hombres contratados para mantener las finanzas del imperio. Lada no estaba ni enterada de dónde se guardaban las riquezas… ni de si realmente existían.

—Puedo ir en busca del tesoro del castillo —dijo Nicolae.

—¡Yo también! —entusiasmado, Petru se reacomodó en el asiento. A veces, Lada olvidaba lo joven que era el muchacho.

Y también lo joven que era ella. En los tres días que habían trascurrido desde que había asumido el trono, había comenzado a notarlo más que nunca. Se había concentrado durante tanto tiempo en llegar hasta allí que, ahora que había conseguido dicho objetivo, no estaba segura de qué era exactamente lo que debía hacer.

—Dudo que haya demasiado para encontrar —expresó Daciana—. ¿El príncipe anterior habrá guardado el patrimonio familiar aquí? Nuestro boyardo... —giró la cabeza hacia un lado y escupió—, y su familia almacenaban las riquezas en sus tierras. El Danesti no siempre fue príncipe. Su familia debe haber manejado su patrimonio.

—Necesitas cobrar impuestos —dijo Stefan. Lada se percató de que la mano derecha de él y la mano izquierda de Daciana no estaban sobre la mesa. ¿Estarían tomados de la mano al reparo de la madera?

—Es cierto —expresó una voz masculina—, y para eso necesitas boyardos, lo que significa que me necesitas a mí.

Lada alzó la vista y se topó con Toma, que le sonreía con los brazos abiertos de par en par, como si esperara que ella corriera hacia él. A su lado, estaba Oana, que se apartó de él con una expresión en el rostro como si hubiera olido algo repugnante. Bogdan se puso de pie y abrazó a su madre, quien le dio una palmada en el brazo antes de mirar a Lada de arriba abajo. Con un ademán, se ajustó el delantal que llevaba alrededor de la cintura y avanzó hacia la cocina, murmurando algo acerca de que había que poner las cosas en marcha.

Lada se asombró frente a lo aliviada que se sentía por el regreso de Oana. Le parecía bien.

Toma, por otro lado...

Se sentó en la silla que Bogdan había desocupado, la que estaba inmediatamente a la derecha de Lada.

—¿Por qué están reunidos aquí? —echó un vistazo a la habitación con aire burlón—. Deberían estar celebrando la audiencia en la sala del trono o en sus recámaras. Antes de venir aquí, los busqué allí.

Lada había permanecido en el pequeño cuartel junto a sus hombres, porque aquel sitio le parecía más acogedor que el castillo.

—Todavía no me he instalado en las habitaciones.

—Deberías hacerlo. Y deja de sentarte con tus hombres como una plebeya. Ellos tendrían que estar en guardia cerca de las puertas y no ser tratados como si fueran consejeros. Las apariencias importan, Lada.

—Hablando de apariencias —interrumpió Nicolae—, ¿por qué estás aquí?

Lada sospechaba que él se había enfadado por el dictamen de Toma de que sus hombres eran meros guardias.

—Antes de que le entregue las buenas nuevas a Matthias, tenemos que abordar el tema financiero —sonrió Toma, dejando al descubierto todos los dientes manchados—. Me temo que los castillos no se manejan por sí solos. Y tendremos que brindar unos cuantos favores para asegurarnos la lealtad de los boyardos Danesti que quedan luego de lo que le hiciste a su príncipe.

Lada lanzó un suspiro y se obligó a sí misma a escuchar a Toma, mientras él le daba instrucciones. La última vez que la habían forzado a asistir a tediosas lecciones en Tirgoviste, al menos, había podido exigir que se llevaran a cabo al aire libre. Ahora ni siquiera contaba con ese lujo.

· · · ·

A Lada, el castillo le recordaba a un sepulcro, con pesadas piedras que aguardaban para reclamarla como habían hecho antes con su padre. No quería vivir allí... ya ansiaba escapar a la cumbre de la montaña en Arges. Pero, como era príncipe, tenía que residir en el castillo.

Se acomodó en los antiguos aposentos de su padre y se deshizo de todas las pertenencias del fallecido Danesti. Aunque algunos objetos pudieron haber sido de su propio padre, no le importó. Una vez que Lada despejó la habitación, Daciana entró en acción para asegurar la suficiente cantidad de muebles a fin de que el sitio fuera habitable.

—¿Estás segura de que no quieres las cortinas? —le preguntó, con las manos en las caderas y el vientre que le sobresalía.

—En una oportunidad, mi hermano y yo utilizamos la barra de una cortina para empujar a un asesino por un balcón —con aire pensativo, Lada observó el espacio vacío que estaba por encima de la estrecha ventana—. Tal vez *deberíamos* poner unas.

—Bueno, yo consideraba que serían bonitas, pero también pueden ser usadas como armas. Eres muy práctica.

—Detesto este castillo y todas las habitaciones que lo conforman —Lada sacudió la cabeza—. No me importa cómo se vea.

Daciana asintió y no le hizo más preguntas. A Lada le agradaba esa característica de ella. Solamente hacía preguntas cuando era necesario y dejaba que los recuerdos permanecieran donde estaban. Lada sospechaba que actuaba de esa forma porque también era bastante reservada con su propio pasado. Se mostraba bastante satisfecha en el presente. Se había designado a sí misma como la sirvienta personal de Lada, pero, a diferencia de lo que se acostumbraba, no dormía en los aposentos de Lada. A juzgar por la nueva expresión de felicidad de Stefan, Lada sabía muy bien dónde se había instalado Daciana.

Daciana había decidido lo que quería y se lo había garantizado. Pese a que estuviera embarazada de otro hombre, pese a las circunstancias y pese a todo, Lada sentía una punzada de celos hacia ella. ¿Ser capaz de querer a un hombre y reclamarlo, descuidando todo el resto de las cosas? Ella podría haber requerido a Mehmed. Por cierto, lo *había* hecho. Pero no se había sentido satisfecha. ¿Por qué Daciana podía hallar la felicidad en donde ella no la había hallado?

No. Eso no era verdad. Lada había decidido lo que quería y se lo había asegurado. El trono era suyo.

Sin embargo, el rostro y las caricias de Mehmed aún la obsesionaban. Deseaba tener la capacidad de tallar la memoria con un cuchillo, trazar los contornos de él que no la dejaban en paz y cortarlos para siempre. Perdería sangre, pero no moriría. Aun así, el recuerdo de él persistiría en rincones en los que jamás podría alcanzarlos un puñal.

Daciana respiró con dificultad y trajo a Lada de vuelta al presente. Estaba inclinada hacia adelante, con las manos sobre la barriga.

—¿Te sientes mal? —le preguntó Lada.

—Creo que está por nacer el bebé.

—Voy a buscar a la nodriza. A Oana, quise decir —a Lada la invadió un temor superior a cualquiera que hubiera podido sentir en el campo de batalla. La necesidad de huir era apabullante.

Daciana asintió, mientras jadeaba por un agudo dolor interno que Lada no podía ni imaginarse.

Le resultó fácil hallar a la nodriza. Luego de echarse a reír ante el horror evidente de Lada, Oana condujo a Daciana hacia otra habitación. Lada se quedó esperando afuera junto a Stefan, quien se paseaba con nerviosismo como si el hijo fuera suyo. Lada se preguntaba con aire distraído qué harían con el bastardo, pese a que ese no fuera un asunto suyo. La ilusión en el semblante de Stefan se tornó cada vez más afligida. Era evidente que amaba a Daciana. Lada se preguntaba cómo sería saber que alguien te ama tanto como para aceptar todo lo que uno es.

También se preguntó cómo sería ser esa persona que amaba tanto.

Se topó con Bogdan y lo invitó a sus aposentos, pero aquello no ayudó a remover el dolor que le ocasionaba el recuerdo de Mehmed. Una vez concluido el acto, Bogdan quería permanecer junto a ella, pero Lada se vistió a toda prisa y abandonó el dormitorio. No le quedaba espacio en el corazón para eso, después de la intensidad con que había amado a Mehmed y de la enorme traición que había sufrido por parte de él.

No. Bogdan equivalía a seguridad y constancia, por lo que jamás podría amarlo como amaba a Mehmed, quien representaba alivio y, al mismo tiempo, agonía.

Cuando Oana le contó que Daciana había dado a luz sin inconvenientes a una pequeña niña, Lada se mostró impasible.

—Quieren verte —le dijo la nodriza.

Lada no deseaba verlos, pero Stefan era uno de sus hombres más antiguos y confiables. Por lo tanto, ella entró en la habitación, lista para inhalar el aroma a sangre, sudor y temor. En cambio, se encontró en un espacio cálido y acogedor. Daciana estaba acurrucada en un nido de mantas, y tenía la bebé sobre el pecho. Stefan estaba sentado junto a ellas y miraba con admiración a la criatura minúscula que no cesaba de lloriquear. Daciana alzó la vista, radiante.

—Gracias —le dijo.

—¿Gracias por qué? —Lada frunció el ceño.

—Por ofrecerme un mundo en el que puedo criar a mi hija como yo deseo. Por darnos esta Valaquia.

—Bueno, supongo que tendré que hallar otra sirvienta —Lada sintió que la ternura y la dulzura se le desplegaban por el pecho. Era un sentimiento vulnerable y peligroso. Se aclaró la garganta.

—Hay una mujer boyarda que ya me contrató como nodriza —rio Daciana—. Es impresionante el dinero que me pagarán. Pero, tan pronto como sea capaz, regresaré a tus aposentos con unas cortinas letales. Tú me ayudarás, ¿no es cierto, pequeña Lada?

Aquella palabra de cariño fue muy confusa. Stefan le sonrió, al mismo tiempo que hacía un ademán en dirección a la bebé.

—Queríamos ponerle un nombre fuerte.

Lada se ruborizó y tuvo que volver a aclararse la garganta.

—¿Es bonita? —se inclinó, tratando de echar un vistazo a la criatura.

Daciana la extendió hacia adelante. La niña tenía el rostro enrojecido, magullado y contusionado, por la violenta entrada al mundo. Le brotaba cabello oscuro de la coronilla, y había levantado un pequeño puño apretado. No era hermosa, pero gritaba con un sonido punzante y fuerte.

—¿Quieres alzarla?

—¡No! —Lada puso los brazos por detrás de la espalda por si Daciana y Stefan la obligaran a sostener a la niña. Pero Daciana parecía feliz de retenerla. Lada sonrió con timidez—. Cuando sea grande le daré un cuchillo.

Daciana y Stefan se echaron a reír, y aunque Lada estaba hablando en serio, también rio. Pero, al observar la pequeña vida, se prometió a sí misma que haría eso por esta niña y por todas las demás valacas que estuvieran bajo su mando.

Las transformaría a todas en mujeres fuertes.

La liturgia fue interrumpida por los incesantes bombardeos. Radu hubiera deseado haber coordinado con Mehmed, de manera tal que el sonido distante y las vibraciones de las piedras contra las piedras hubiesen podido coincidir. Así como estaba, los golpes sonaban demasiado pronto o demasiado tarde, un caos discordante que garantizaba que nadie pudiera concentrarse por completo en el servicio de culto.

Pero, de todos modos, eso no hubiese sido posible. Al menos, no esta noche.

Por primera vez desde que Constantino había intentado unificar las Iglesias, Santa Sofía estaba iluminada. Todos los asuntos dogmáticos y las nociones de la pureza religiosa habían sido abandonados, y los habitantes se aferraban a cada ícono, reliquia o vínculo que tuvieran con Dios. Si Santa Sofía podía salvarlos, estaban listos para intentarlo.

Por fuera de los muros, los campamentos otomanos permanecían tranquilos. Los bombardeos habían aumentado; arrojaban hacia la ciudad todo lo que les quedaba, a la espera de una explosión que pusiera fin a la situación. Lluvias de flechas volaban por encima de las murallas con mensajes de alerta garabateados por amables soldados cristianos: *Se acerca el final.*

Pero no necesitaban esa información escrita sobre saetas, porque el fin ya se anunciaba en las inmensas balas de cañón que golpeaban contra los muros durante el día de rezo y descanso que Mehmed había otorgado a sus hombres. Un último asalto, una última oportunidad para defender o atacar, para permanecer firme o caer, para sobrevivir o morir.

Por eso, los habitantes de la ciudad se habían dirigido a la iglesia. Santa

Sofía estaba llena y claustrofóbica; la gente se apretujaba para entrar. Radu respiraba el mismo aire que todos los que lo rodeaban, quienes exhalaban terror y resignación. Él inhalaba hasta quedarse sin aliento. Prefería la Santa Sofía a oscuras, con el murmullo de las aves que revoloteaban cerca del techo. Aquello lo había acercado más a la adoración que esto.

Constantino estaba en la parte delantera del templo y miraba hacia arriba como si él mismo se hubiera convertido en un ícono. Cerca de él, Giustiniani estaba de pie, pálido y sudoroso. Debería estar sentado, pero las apariencias eran todo. Había sufrido lesiones en un bombardeo del día anterior. El pánico que se había propagado a lo largo de la ciudad ante la idea de perderlo había sido más peligroso que cualquier cañón. Por lo tanto, Giustiniani estaba de pie cuando en realidad debería haber estado descansando, rezaba cuando debería estar durmiendo, todo con el fin de que las personas pudieran ver al emperador y al comandante militar, y disfrutar de cierta esperanza.

Una vez terminada la ceremonia religiosa, nadie se movió. Radu estaba desesperado por salir de allí y alejarse de todo eso. Una mano jaló de su chaleco y él se volvió, listo para asestar un golpe, pero se topó con los ojos del pequeño heredero, Manuel.

—¿Dónde está mi primo? —le preguntó Manuel. Por la forma en que el labio le temblaba, pero mantenía el mentón firme, Radu sintió que le apuñalaban el corazón. Manuel estaba preparado para escuchar que Cyprian había muerto y se esforzaba por no llorar con las noticias. Radu se puso de cuclillas para estar a la altura del niño.

—Cyprian está descansando en la casa. Recibió un golpe en la cabeza con unas piedras, pero se recuperará pronto.

—Me prometió que me llevaría a pescar cuando terminara el asedio —Manuel lanzó un suspiro de alivio y, al sonreír, dejó al descubierto los primeros dientes que se le habían caído.

—Bueno, así será. Él mejorará rápidamente, porque jamás rompería una promesa como esa.

Manuel asintió, aceptando el consuelo. Deslizó su minúscula mano dentro de la de Radu y lo aferró con el peso de su inocencia. Juan y la nodriza se reunieron pronto con ellos. El chico mayor había adoptado una actitud solemne y tenía el rostro pálido. Saludó a Radu con un gesto de la cabeza, y Radu le hizo una reverencia formal.

—Tú nos protegerás —dijo él. Radu quería hundirse bajo la tierra. Juan asintió nuevamente, y Radu se dio cuenta de que el chico se estaba tranquilizando a sí mismo—. Los hombres y las murallas nos protegerán.

Todos se volvieron para observar cómo Constantino, imponente y regio, se marchaba de la iglesia. Cuando la puerta se cerró tras de él, se escuchó una exhalación de aire contenido por parte de todos, junto con lamentos y llantos de desolación. La gente se dispersaba en todas las direcciones. Radu oyó por casualidad fragmentos de planes para esconderse en sitios posiblemente seguros, cisternas subterráneas en las que a ningún turco se le ocurriría buscar. Al menos conocían los límites de la fe de los enemigos.

—Quédate aquí —le dijo Radu a la nodriza, tomándola del brazo, mientras ella intentaba apartar a los chicos hacia un lado.

—Tengo que llevar a los chicos de regreso al palacio —ella frunció el ceño, ofendida.

—Si hay brechas en los muros, el palacio será el primer lugar al que los soldados irán en busca del botín.

—Esos turcos asquerosos no podrán atravesar las columnas —ella alzó la nariz con actitud desafiante, como si la predicción adusta de Radu fuera un mal olor—. El ángel del Señor descenderá de los cielos y los ahuyentará con una espada en llamas.

Radu contuvo un resoplido exasperado, pese a que le fue muy difícil.

—Sí, por supuesto —dijo, en cambio, con una sonrisa alentadora—. Y esa es la razón por la que deberían quedarse aquí. Santa Sofía está más alejada del paso que el ángel bloqueará, por lo que estarán más a salvo aquí.

Ella frunció el ceño, sopesando las palabras del muchacho.

—Y a los niños les hará bien rezar un poco más.

Ninguna nodriza bizantina podía resistir una oferta que involucrara el rezo. Tomó a ambos niños de la mano y regresó hacia el centro de Santa Sofía. Radu hubiera deseado poder hacer más cosas por ellos, pero sabía que Mehmed querría que Santa Sofía permaneciera intacta y que enviaría soldados para que protegieran el recinto, si es que lograban atravesar los muros. Era el lugar más seguro de la ciudad.

Radu cruzó las puertas y respiró el aire de la tarde con alivio. Otra mano pequeña lo jaló de la camisa. Miró hacia abajo y se topó con Amal. Sacó una moneda, la última que le quedaba, y la colocó sobre la palma del muchacho.

—Dile que mire hacia las puertas en el muro del palacio. Yo estaré...

—¿Dónde está mi sobrino?

Radu se volvió. Constantino lo miraba con cansancio.

—Él... él... —Radu tartamudeaba por la sorpresa y la culpa—, él está descansando. Creo que se recuperará, pero no está bien para luchar —echó un vistazo hacia un costado. Amal había desaparecido.

—Entonces, toma su lugar a mi lado —asintió Constantino, con expresión de alivio en la mirada.

Radu se dejó llevar por el grupo de Constantino. Como quedó atrapado en el medio junto a Giustiniani, le fue imposible escaparse. Ahí no era donde deseaba estar esta noche. Había planeado dirigirse a la Puerta de la Rotonda, una pequeña entrada que daba al Palacio de Blanquerna. *Necesitaba* estar allí, pero no podía hacer nada para abandonar ese sitio sin que luciera sospechoso. Constantino los condujo por la ciudad, más allá del muro interno, hacia la aglomeración de soldados agrupados frente a la sección de las murallas del río Lycus. En ese punto y en el Palacio de Blanquerna sería la prueba final. El palacio se veía a la distancia. Nazira estaba allí, como habían planeado, mientras que él estaba atascado aquí.

Constantino trepó a un cúmulo de escombros y miró hacia el crepúsculo por encima de las cabezas de sus hombres.

—¡No teman a los crueles turcos! —su voz estruendosa fue interrumpida por un impacto a la distancia—. Nuestra armadura superior nos protegerá. Nuestra lucha superior nos protegerá. ¡Nuestro Dios nos protegerá!

El despiadado sultán inició la guerra al quebrar uno de los tratados. Construyó una fortaleza en el Bósforo, en *nuestra* tierra, mientras fingía estar en paz con nosotros. ¡Nos miró con envidia, codiciando la ciudad de Constantino, el Grande, la tierra natal de todos ustedes, la verdadera patria de todos los cristianos y la protección de todos los griegos! Él ha visto la gloria de nuestro Dios y la quiere para sí. ¿Le permitiremos que tome nuestra ciudad?

Los hombres gritaron *NO* con furia.

—¿Permitiremos que la llamada al rezo corrompa el aire puro que los cristianos hemos respirado por más de mil años?

Sonó otro estruendo, aún más fuerte.

—¿Permitiremos que violen a nuestras mujeres, que asesinen a nuestros hijos y ancianos, y que profanen los templos sagrados de Dios al convertirlos en establos para sus caballos?

Esta vez, el gruñido de ira fue acompañado por golpes de los extremos de las lanzas contra la tierra y el ruido de puños sobre los escudos. Radu no podía afirmar que la culpable de todo había sido una cruzada cristiana de hacía doscientos años atrás.

—Hoy es el día del triunfo —continuó Constantino—. Si derraman una sola gota de su sangre, ¡recibirán una corona de mártires y la gloria inmortal! —alzó un puño en el aire—. ¡Con la ayuda de Dios obtendremos la victoria! ¡Sacrificaremos a los infieles! ¡Llevaremos el estandarte de Cristo y tendremos una recompensa eterna!

El sonido de los vítores y de los gritos estuvo a punto de acallar el de los bombardeos. Constantino sostuvo los brazos en el aire, luego los bajó y se volvió. Tenía el rostro demacrado y ojeroso, perdía luz con la rapidez con la que el día cedía el paso a la noche.

—Bloquearemos las entradas que dan a la ciudad —dijo suavemente a Giustiniani—. Triunfaremos o caeremos aquí donde estamos. Nadie saldrá. Si los muros caen, moriremos todos juntos.

Giustiniani asintió con gesto adusto.

Radu observó a los dos hombres con una sensación inconexa de despedida. Durante su estadía en este sitio, los había visto comportarse con excelencia, manteniendo unida una ciudad contra adversidades casi insalvables, y también los había visto cometer atrocidades. Los respetaba y, al mismo tiempo, los detestaba, pero sabía que el mundo sería un lugar peor si ambos perdían la vida.

Deseaba y temía aquel resultado imposible de conciliar, al igual que todo lo que pasaba en esta maldita ciudad. Se ubicó sobre las murallas, junto a Giustiniani. Aunque ya había caído la noche, los otomanos habían encendido tantas fogatas que la luz rebotaba contra las nubes más bajas, creando una inquietante neblina de color anaranjado. Los defensores no podían reparar los muros, porque no estaban bajo el amparo de la oscuridad.

Desde esa posición estratégica, Radu llegaba a vislumbrar el punto de reunión de las tropas otomanas. En algún sitio cercano, Mehmed esperaba a ver si su grandioso plan triunfaría o fracasaría, si finalmente cumpliría las profecías de tantas generaciones. Si Radu hubiera estado allí con Mehmed, tal vez todo habría sido emocionante. Le hacía mal pensar en eso, imaginarse quién podría haber sido él y con qué facilidad hubiera deseado el fin de esa ciudad y de todo lo que estaba dentro de ella.

Pero también lo llenaba de nostalgia, ya que todo podría haber sido más sencillo. Pero se libró de aquel pensamiento y de todo el resto bajo las penumbras. Esa misma noche, moriría en las murallas entre sus hermanos y sus enemigos, porque ya no podía distinguir los unos de los otros. Se avecinaba el fin. Independientemente del bando que ganara, ninguno triunfaría.

Una bala de cañón se estrelló contra la muralla que estaba por debajo de Radu y de Giustiniani. Ambos cayeron de rodillas, y el impacto estremeció a Radu desde los pies hasta los dientes. Sacudió la cabeza, intentando librarse del extraño zumbido que le colmaba los oídos.

No, no era un zumbido, sino unos alaridos. Echó un vistazo por sobre los barriles defensivos, para toparse con una multitud que avanzaba hacia ellos a los gritos. No había organización ni lógica alguna en el avance, sino que corrían como un enjambre de langostas, empujándose los unos contra los otros, tratando de llevar la delantera.

Los que lograron llegar primero fueron derribados, pero a los demás no les importó, ya que treparon por encima de los cadáveres de sus compañeros caídos. Cuando a ellos también los redujeron con flechas, sus cuerpos se sumaron a los cúmulos. Radu disparaba contra el tumulto, mientras observaba con espanto cómo las fuerzas irregulares de la armada de Mehmed usaban los cadáveres –y, a veces, a los vivos que estaban heridos– como escalones. Se abrían camino a toda costa, la muerte misma era una herramienta para coronar la pared.

Había tantos hombres que Radu no podía evitar derribar a alguno con cada saeta que lanzaba. Era tan efectivo como disparar a las olas del mar. Los hombres no cesaban de aparecer. Giustiniani dirigía a sus propias fuerzas, anticipando los grupos de irregulares que tenían la intención de atravesar los muros.

–¡Por ahí! –gritó, al mismo tiempo que señalaba un trecho no muy lejano de donde estaba Radu, quien corrió hacia él y observó cómo los primeros soldados trepaban y se abrían paso hacia la cima.

No había suficientes hombres detrás de Radu, porque él había llegado demasiado rápido. Daba cuchilladas y trataba de bloquear el paso, pero no había esperanza alguna. Un hombre que gritaba en valaco salió disparado hacia él y lo derribó. Radu cayó de espaldas y alzó la vista para ver el rostro de la muerte. Dondequiera que fuera, su niñez lo perseguía y, ahora, acabaría con él.

De pronto, el hombre desapareció, con excepción de su torso, que cayó al otro lado de los pies de Radu, quien parpadeó para quitarse el polvo y el humo. Todos los irregulares que habían cruzado los muros habían quedado reducidos por una de sus propias balas de cañón. Radu pateó el cuerpo del hombre, mientras reclinaba la cabeza contra las murallas y reía.

Después de todo, Urbana y sus cañones le habían salvado la vida.

Se impulsó hacia arriba y corrió hacia donde se encontraba Giustiniani. Estaba seguro de que estaba predestinado a morir allí, pero lo cierto es que seguía con vida, lo que equivalía a que podría cumplir algún objetivo. Esta vez, si se le presentaba alguna oportunidad, no la desaprovecharía.

Más adelante en los muros, Constantino arrojó a un hombre hacia un costado. Hizo una seña y una lluvia de fuego griego se encendió en la penumbra, abrasando los cuerpos de los vivos y muertos contra las murallas. El fuego griego se esparcía hacia arriba y hacia abajo, y consumía todo lo que no fuera piedra. Los hombres corrían a los gritos; el ímpetu del ataque se había esfumado.

—¡Se están retirando! —rugió Giustiniani. Los hombres que rodeaban a Radu prorrumpieron en ovaciones, algunos lloraban y otros rezaban. Entre Constantino y Giustiniani, la ciudad había recuperado las esperanzas. Giustiniani dio una palmada a Radu en el hombro.

—¡Sobreviviste! Me alegro mucho —se inclinaron a medida que una bala de cañón silbó por encima de sus cabezas y fue a parar a un espacio que estaba entre los dos muros—. ¿Crees que hemos logrado que se dieran a la fuga?

—La intención era desgastarnos. Ahora, enviará a los jenízaros —Mehmed había guardado a sus mejores hombres para el final, y Radu sabía sin ninguna duda que la próxima oleada sería la última. Si los números no podían aplastar las murallas, solo los jenízaros tendrían la capacidad de hacerlo. Y, si no ganaban... sería el fin de Mehmed. No contaba con más fuerzas para atacarlos.

—Podemos resistir. Resistiremos —Giustiniani tuvo cuidado de su pierna lastimada mientras renqueaba hacia una escalera—. Busca algo para beber y comer. Ustedes, levanten a los heridos y llévenlos a descansar contra los muros internos. Cambiaremos las posiciones para compensar, luego...

Todos se detuvieron cuando comenzó a sonar la música. Radu observó cómo la felicidad cansada de los semblantes se transformaba en terror exhausto. Esta noche, no tendrían descanso alguno. El compás de la banda de los jenízaros se estrelló contra las murallas con la misma fuerza y amenaza que la de cualquier bombardeo. Las solapas blancas de los sombreros brillaban como cráneos bajo la lumbre, mientras se precipitaban en dirección a los muros.

Había llegado el momento. Esta última oleada derribaría las murallas e invadiría la ciudad o bien retrocedería, llevándose consigo las posibilidades de Mehmed.

El mismísimo Mehmed cabalgaba de un lado al otro, apenas por fuera del alcance de las ballestas. Radu podía verlo –lo cierto era que lo hubiera reconocido en cualquier sitio–, pero el corazón no ansiaba estar junto a él. Los separaba una distancia muy corta, pero que estaba empapada en sangre y encendida por las llamas.

–¡Corta las sogas! –gritó Giustiniani a Radu–. ¡Tira los ganchos hacia abajo!

Radu corría de un extremo al otro, cortaba las sogas y expulsaba los ganchos. Los hombres bajo el mando de Giustiniani seguían sus instrucciones sin vacilar. Aunque Radu no pudiera ver ni oír a Constantino, estaba seguro de que, en esa sección de los muros, ocurría lo mismo. Dos hombres a cargo de refrenar un imperio.

Radu se detuvo y se sentó contra un barril para observar el panorama. Todos los hombres que lo rodeaban eran italianos, los hombres de Giustiniani. Eran tan buenos como los jenízaros y tenían el terreno elevado. ¿Qué podría hacer él? Aunque dejara de ayudar y de arrojar sogas y ganchos, no sería capaz de hacer nada para cambiar el rumbo de la batalla.

Un hombre saltó por encima de la muralla y cayó justo al lado de Radu, quien alzó la vista, asombrado, al toparse con el rostro de Lazar por debajo del sombrero jenízaro.

No. Lazar estaba muerto. Radu lo había asesinado para salvar a Mehmed. Radu se puso de pie, acuchilló al jenízaro y permitió que el cuerpo se desplomara. Pero aparecieron más jenízaros que atravesaban los muros en la sección en la que se encontraba. Los lideraba un hombre gigante, que se elevaba por encima de todos, con la parte blanca del sombrero que resplandecía por sobre la aglomeración de cuerpos. Llevaba un sable de tamaño poco común para los otomanos, pero que hacía juego con su estatura. Movía la espada de un lado hacia el otro y, con la misma eficacia silenciosa, derribaba a todo el que se le acercaba. Protegidos por la furia de aquel hombre, más y más jenízaros trepaban por las murallas.

—¡Conmigo! —Giustiniani se abrió paso hacia el gigante y Radu lo siguió para cubrirle la espalda. Sin embargo, ni siquiera Giustiniani podía combatir cuerpo a cuerpo contra ese monstruo. A medida que se le acercaba, el hombre blandía el sable. A último momento, Giustiniani cayó de rodillas, pero continuó agitando la espada con todas las fuerzas que le quedaban. El gigante se detuvo y lo miró con asombro. De pronto, se deslizó hacia la tierra, con ambas piernas amputadas a la altura de las rodillas.

Los jenízaros que lo rodeaban frenaron en seco, completamente conmocionados. Giustiniani se puso de pie y alzó la espada en señal de victoria. Y esta vez, consciente de lo que Lada haría, Radu no titubeó. Arrastró la espada a lo largo de la parte trasera de las piernas de Giustiniani, directamente hacia los músculos y tendones. Una rápida maniobra para cambiar el rumbo de la batalla.

Giustiniani cayó y Radu lo sostuvo.

—¡Giustiniani! —gritó Radu—. ¡Está herido! ¡Socorro!

Los hombres italianos se acercaron a toda prisa con la energía que les quedaba. Los pocos jenízaros que había frente a los muros estaban abrumados.

—¿Qué debemos hacer? —preguntó uno de los soldados italianos, mientras miraba al hombre que los había llevado para defender una ciudad extranjera y le caían lágrimas de los ojos.

—¡Tenemos que trasladarlo a los barcos! —Radu se puso de pie, sujetando a Giustiniani por debajo de los brazos.

—No —se quejó Giustiniani, sacudiendo la cabeza. Estaba pálido por el susto y la pérdida de sangre, y tenía los ojos desencajados—. No podemos abrir la entrada.

—¡Tenemos que hacerlo para salvarle la vida! —Radu hizo un ademán en dirección al soldado que lloraba, quien levantó las piernas destruidas de Giustiniani. Lo bajaron de los muros con la ayuda del resto de los italianos, pasándolo de un hombre a otro. Giustiniani rugía de dolor, al mismo tiempo que les decía que se detuvieran.

Cruzaron el espacio libre a toda velocidad, esquivando flechas y balas de cañones. Se habían reunido allí todos los italianos, más de un centenar de hombres que esta sección de los muros no podía desperdiciar.

—¡La llave! —exclamó Radu—. ¿Quién tiene la llave?

—¡Giustiniani la tiene!

Radu escuchaba los gritos por encima de todo. En la cima de la muralla, Constantino hacía gestos frenéticos y desesperados; agitaba las manos y la cabeza. Si la puerta se abría y los hombres la atravesaban, se transformaría en una herida mortal para la ciudad. Demasiadas personas elegirían huir si se les presentaba la oportunidad. Varios soldados se les acercaban para detenerlos, con las espadas en alto.

—¡Si nos quedamos aquí, Giustiniani morirá! —gritaba Radu.

Los italianos, siempre fieles a Giustiniani, alzaron sus espadas contra los soldados con los que habían luchado hombro a hombro durante las últimas semanas. Todos frenaron, a la espera de lo que ocurriría.

Radu hurgó en la prenda de Giustiniani, que estaba cubierta de sangre, y sacó una pesada llave de hierro.

—Por favor —le dijo Giustiniani, mientras le tomaba la mano. Tenía el semblante pálido y empapado en sudor, pero la mirada lúcida—. No lo hagas.

Radu levantó la vista hacia las murallas. La silueta de Constantino se perfilaba contra el brillante cielo de la noche; dejó caer los hombros, se retiró el manto y lo lanzó por sobre el muro, seguido por el casco con una diadema de metal. Se volvió y se unió a la batalla en las murallas, como uno de los hombres con los que había vivido y con los que moriría.

—Es lo único que puedo hacer —susurró Radu. Liberó la mano y abrió la puerta. Tan pronto como la atravesó, corrió en dirección al Palacio de Blanquerna. Si alguno de los hombres de Giustiniani se dio cuenta de que no permaneció junto a ellos, estaban demasiado ocupados salvándose a sí mismos como para detenerlo.

No quedaban demasiados hombres en el palacio, solo un puñado para vigilar la Puerta de la Rotonda. Y, por un golpe de suerte o providencia, eran todos italianos.

—¡Giustiniani está herido! —gritó Radu—. ¡Lo único que podrá salvarlo es llevarlo a los barcos! ¡Necesitan su ayuda!

Los hombres permanecieron inmóviles durante un instante y, luego, se echaron a correr. La puerta era toda suya. Radu se encaminó hacia ella, arrastrando los pies. La barra horizontal que la cubría cargaba con el peso de miles de traiciones. Se las arregló para alzarla y la dejó abierta. Había elegido esa porque era la que tenía menos vigilancia, pero no era lo suficientemente grande como para que la atravesara una armada entera. Necesitaba algo más. Si alguien aún podía reivindicar la victoria en medio de todo esto era Constantino. Radu necesitaba quebrantar el espíritu de los defensores. Si lo lograba, la ciudad caería. Trepó por las paredes hasta entrar en el palacio, donde Nazira lo esperaba con un paquete envuelto en paños.

—Tenía miedo de que hubieras muerto —lo envolvió entre sus brazos y presionó el rostro contra el hombro de él.

—Todavía no —retiró las banderas otomanas que habían robado de la torre de Orhan y corrieron a lo largo del palacio resonante, subiendo y subiendo hasta alcanzar la cima. Desde allí, oyeron los ruidos de las muertes, el choque de metales, los gritos de furia.

Derribaron la bandera del emperador y, en su lugar, colgaron la del Imperio otomano. Se separaron y se dedicaron a amarrar banderas en todos los rincones en los que los combatientes pudieran verlas. Finalmente, se reunieron en el muro que estaba por encima de la puerta que Radu había dejado abierta. Él agitó la última bandera que le quedaba, antes de colocarla sobre la pared de la entrada.

A continuación, echó un vistazo hacia donde estaba Constantino, entre su ciudad y la destrucción. Aunque estuviera demasiado oscuro y Radu sabía que era imposible, sintió que intercambiaban miradas por última vez. Se oyó un clamor por sobre los hombres; la presión contra la puerta que daba a la ciudad se intensificó. Como todos creían que los otomanos habían entrado, abandonaron todo para ir a salvar a sus familias o morir junto a ellas.

Radu se volvió. Había hecho su parte. El péndulo había girado en favor de Mehmed y jamás regresaría a los defensores. Después de todo, se las había arreglado para matar a Constantino, pero era demasiado tarde para ser misericordioso con cualquiera de ellos.

—¿Y ahora qué? —susurró Nazira.

—Cyprian —dijo Radu.

Se tomaron de las manos, salieron del palacio y se adentraron en la oscura ciudad, escapando del aluvión inminente.

46

Mediados de mayo

El cuerpo de Mircea, el hermano de Lada, se pudría en una tumba poco profunda que estaba a poca distancia de Tirgoviste. Él se había dirigido a la isla de Snagov, donde estaba el monasterio al que su padre los había llevado tiempo atrás. No había cabalgado rápido ni había recorrido lo suficiente como para hallar el santuario. Donde yacía, la tierra apenas se distinguía de lo que la rodeaba. Lada había encontrado el cadáver únicamente porque uno de los soldados que lo había derribado ahora formaba parte de su tropa.

Ay, la lealtad de los hombres.

Ella desmontó y empezó a patear inútilmente el suelo que, al fin, se había descongelado. La bruma matutina se había asentado en la depresión, suavizando todo a su alrededor. Era una mañana hermosa y húmeda, con la promesa de que el calor llegaría en breve. Petru y Bogdan permanecieron montados en sus caballos, mientras echaban un vistazo al terreno y a los árboles distantes en busca de posibles amenazas. Ahora que Lada era príncipe, se había convertido en un blanco más importante. Pero aquello era algo que sentía que tenía que hacer.

Como no podía compartir la victoria con el hermano que amaba, resolvería la suerte del que había odiado tanto.

Ahora que estaba allí, no sabía bien qué era lo que esperaba alcanzar. ¿Volver a enterrarlo? ¿Trasladar sus restos al castillo? ¿Elevar una plegaria frente a su cuerpo, la cual podría transformarse en una blasfemia por la sinceridad que expresaría? Finalmente, tuvo que admitir que se había lanzado a la aventura como una forma de escapar de la ciudad. Toma la había estado fastidiando con los asuntos de los boyardos Danesti y sus lealtades –cómo garantizarlas, por qué los necesitaba, qué matrimonios podrían consolidarlas. Los otros linajes boyardos no estaban encantados con el ascenso de ella, pero no se opondrían si salían beneficiados. La dinastía de los Danesti, en cambio, se lo tomaba personal. Toma nunca desaprovechaba la oportunidad de sacar el tema de la posibilidad de un casamiento con un Danesti, con la sutileza de una trampa.

Al fin, ella le había dicho que se reuniría con todos los boyardos Danesti al mismo tiempo, y había dejado la planificación en manos de él. Estaba segura de que las aptitudes de él para escribir epístolas superaban enormemente las suyas; él sabría qué decirles a los boyardos para que quisieran ir a verla. A ella se le había ocurrido obligarlos a venir, a menos que quisieran perder sus tierras y su vida, pero Toma se había echado a reír como si ella hubiera hecho una broma maravillosa.

Al menos Mircea estaba muerto y ella ya no tenía que escucharlo, y esto hacía que lo prefiriera por sobre Toma.

–¿Cómo murió? –preguntó ella.

–Murió bien –respondió el soldado, con la voz tensa y la vista fija en el horizonte.

–Eres un mentiroso –lanzó Lada–. Mi hermano era un bravucón y un cobarde. No puede haber muerto bien. Debe haber muerto en batalla o suplicando que le perdonaran la vida. ¿Cuál de las dos opciones es real?

–Murió en batalla –el soldado se removía, incómodo.

–Si murió en batalla, ¿por qué no lo dijiste desde un principio?

El soldado tragó saliva, sin agregar nada más.

–Desentiérralo.

–Pero... –finalmente, el hombre la miró a los ojos, y el horror tornó su expresión apagada en algo infantil.

–Desentiérralo.

–Pero no tenemos palas ni herramientas –el hombre echó un vistazo a la tumba y luego a Lada.

Lada hurgó en la alforja, sacó una dura hogaza de pan, la cortó en trozos y se la pasó a Bogdan y a Petru. Ellos se apearon de los caballos y arrastraron un viejo tocón para que Lada se sentara. Ella se puso cómoda. El soldado la seguía mirando sin hablar. Lada retiró un cuchillo y lo clavó en el tocón.

—Tienes manos. Por ahora.

El hombre comenzó a cavar.

Para cuando terminó, el sol se había alzado justo por encima de su cabeza. Le sangraban las uñas y, a medida que se apartaba del cuerpo que había desenterrado, se llevaba las manos al pecho. Lada se llevaba el manto a la nariz. Hubiera sido preferible haber tomado el trono en invierno, porque hacía demasiado calor y sentía el hedor del cadáver como si se encontrara junto a él.

Pero esa no era la peor parte. Su hermano —Mircea el cruel, Mircea el odioso, Mircea el difunto— no la miraba con los ojos acusadores de los muertos. No la miraba en absoluto porque estaba boca abajo.

—Dalo vuelta —ordenó ella.

Con náuseas, el soldado se aproximó a la tumba y maniobró el cuerpo de manera tal que quedara de frente. La piel de Mircea estaba grasienta y delgada en los sectores en los que no había sido carcomida hasta los huesos. Los dedos de él lucían como los del soldado; tenía las uñas rotas y cubiertas de suciedad. Tenía la boca abierta, como si estuviera lanzando un grito, y ennegrecida por la putrefacción. Lada se inclinó hacia adelante. No... todos los rincones que alcanzaba a ver estaban ennegrecidos por la tierra.

—Lo enterraste vivo —expresó ella.

—Yo no tuve nada que ver con esto —el soldado sacudió la cabeza con frenesí—. Fueron los hombres de Hunyadi y del príncipe Danesti.

—Pero tú estabas presente.

—Pero ¡yo no lo maté! —el hombre negó con la cabeza, después asintió, mientras necias lágrimas de desesperación le brotaban de los ojos.

Lada lanzó un suspiro y dio una patada al cadáver de su hermano, para que quedara boca abajo nuevamente, así no le podía ver el rostro.

Había sufrido una muerte terrible. Ella se lo imaginó retorciéndose y sofocándose, a medida que se desorientaba cada vez más. Al fin y al cabo, había estado hundiéndose en las profundidades de la tierra, en lugar de haberse elevado hacia el sol y la libertad.

Ella se preguntó cómo habría muerto su padre. En Tirgoviste, nadie sabía dónde había terminado y, si lo sabían, eran lo suficientemente inteligentes como para no decir nada. También se preguntó por la lealtad de ella misma –y la deslealtad– hacia Hunyadi, el hombre que había ayudado a los boyardos Danesti a que asesinaran a su padre y hermano. Los boyardos cuyo apoyo aún cortejaba. La culpa y el remordimiento luchaban contra el cansancio resignado. No sabía qué sentir al respecto. ¿Por qué no podía tener relaciones sencillas? ¿Por qué no había ni un solo hombre en su vida por el que no tuviera sentimientos encontrados?

–Yo no lo maté, yo no lo maté –susurró el soldado, a modo de cántico, mientras se balanceaba hacia adelante y hacia atrás.

Lada sí sabía cómo sentirse con respecto al soldado. Se aferró a ello con ferocidad sorprendente, ya que le ofrecía una vía de escape, algo sólido y seguro contra lo cual reaccionar.

–No me importa si lo has matado o no. Ya está muerto. Ese problema es parte del pasado.

–Gracias, mi señora –el soldado se desplomó, aliviado.

–No soy tu señora, sino tu príncipe –Lada envainó el cuchillo–. Y aunque la muerte de Mircea no sea problema nuestro, el hecho de que me hayas mentido sí lo es.

El soldado alzó la vista, y el temor le enrolló los labios para dejar al descubierto los dientes que sobresalían, al igual que los de la calavera de la agonía de Mircea.

–Bogdan, una soga.

Bogdan sacó una soga de la alforja. Lada la amarró con fuerza alrededor de las muñecas del soldado y le entregó el otro extremo a Petru, quien asintió con gesto adusto, antes de atarlas a su silla de montar.

–¿Qué me van a hacer? –preguntó el soldado, con los dientes apretados.

—Vamos a llevarte de regreso a Tirgoviste como ejemplo de lo que les ocurre a todos los que no honran la verdad.

—¿Y si no puede mantener el ritmo de los caballos? —preguntó Petru.

—Para eso está la soga —expresó Lada, después de echar un vistazo a la tumba abierta de su hermano, donde su cuerpo enfrentaba nuevamente la tierra que lo había reclamado.

Ella espoleó el caballo hacia adelante con la suficiente velocidad como para que el hombre no fuera capaz de correr para seguir el paso y que terminara siendo arrastrado hasta la muerte.

No miró hacia atrás.

29 DE MAYO

Finalmente, llegó el amanecer. Las aves volaban en círculos, oscuras siluetas contra el cielo atraídas por la carnicería que se había desatado en la tierra. En breve, comenzarían el descenso.

Nazira y Radu corrían lo más rápido posible. Las calles se habían atestado de grupos de ciudadanos que se apiñaban, presa del pánico.

—¿Es verdad? —gritó un hombre, cuando pasaron junto a él a toda prisa—. ¿Ya están dentro de la ciudad?

—¡Corran! —exclamó Nazira.

En cambio, el hombre cayó de rodillas y empezó a rezar. Detrás de ellos, oyeron los ruidos del conflicto que se acercaba. No había soldados bizantinos en la ciudad —no quedaba ninguno para luchar—, pero los otomanos que aparecían por encima de los muros no lo sabían. Irrumpían listos para batallar en las calles y, cuando se daban cuenta de que no quedaba nadie para cerrarles el camino…

—Tenemos que sacar a Cyprian —dijo Radu, casi sin aliento—. Y también a Valentín.

—¿Cómo?

El paso hacia Gálata probablemente estaría cerrado. Los otomanos lo habrían anticipado. Comenzaron a sonar las campanas del puerto en señal de alerta. Si los soldados otomanos de las galeras se enteraban de que la ciudad había sido tomada, estarían ansiosos de unirse al saqueo. En los diques quedaba poca gente y, con la propagación de que los muros de la ciudad habían caído, todos abandonarían sus puestos y dejarían el camino libre para que los marineros saltaran de los barcos. Nadie se perdería los saqueos, ya que ni el oro, ni las joyas, ni las personas estarían restringidos. Se podrían llevar todo lo que pudiera moverse y venderse.

Pero si los diques marinos no estaban vigilados, y todos los marineros se dirigían hacia la ciudad...

—El cuerno —exclamó Radu—. Iremos al cuerno. Todavía están los buques italianos. Puede que también seamos capaces de robar una de las galeras otomanas.

—¿Estás seguro de que no encontraremos resistencia? —preguntó Nazira.

—Es la mejor opción que tenemos —Radu no podía estar seguro de nada.

—¿Y qué hay de Mehmed? Podrías cabalgar a su encuentro.

Se desplomaron contra la puerta de Cyprian. Como su vivienda estaba en el corazón de la ciudad, todavía no se escuchaban los ruidos de la batalla.

—Jamás los dejaría aquí a ti y a Cyprian —dijo Radu—. Puedo regresar una vez que finalicen los tres días de saqueo y se haya restablecido el orden.

Nazira le estrujó la mano y, juntos, ingresaron a la casa a toda velocidad.

—¡Valentín! —gritó Nazira.

—Oímos las campanas —el muchacho bajó las escaleras con tanta prisa que estuvo a punto de tropezarse—. Cyprian se está vistiendo para salir a luchar. Yo le dije que no lo hiciera, pero...

—La ciudad ha caído —Nazira le dio el manto a Valentín—. Vamos a huir.

Radu alzó la vista y se topó con Cyprian, que estaba en la parte superior de las escaleras. La herida que había sufrido no le permitía permanecer fuera de la cama por más de algunos minutos sin sentirse mareado. Estaba tan pálido y desolado como el alba.

—¿Mi tío?

—Todo ha terminado —Radu negó con la cabeza—. Si no huimos ahora mismo, no sobreviviremos.

Cyprian cerró los ojos y respiró hondo. Finalmente, asintió, al mismo tiempo que la resolución le endurecía el semblante.

—¿Adónde iremos?

—Al cuerno —Radu se volvió para partir, pero luego se detuvo—. ¡Esperen!

—subió las escaleras a toda velocidad y abrió el baúl que estaba en el dormitorio que compartía con Nazira. En el fondo, dobladas con mucho cuidado, estaban las prendas que habían vestido en el viaje a Constantinopla. Radu se colocó las túnicas por encima de lo que tenía puesto y se envolvió la cabeza con un turbante. Era preferible que luciera como un amigo y no como un enemigo del ejército invasor.

—Como las banderas —asintió Cyprian. Por un terrible instante, Radu pensó que Cyprian estaba al tanto de lo que habían hecho en el palacio, pero, de inmediato, recordó las banderas que habían colocado en los barcos para escabullirse entre la flota otomana.

—Así es, habla en turco —le advirtió Radu—. Valentín, tú no digas nada.

Los cuatro se detuvieron frente al umbral de la casa. En cierto sentido, allí habían sido tan felices como era posible en medio de una ciudad que agonizaba lentamente, derrumbándose a su alrededor. Después, echaron a correr. Cyprian lideraba la comitiva y los llevaba por una ruta sinuosa a lo largo de los límites de la ciudad. Esquivaban las áreas pobladas y se escabullían por las zonas abandonadas. Cuando estaban por llegar a una de las entradas del dique, se toparon con el primer grupo de soldados otomanos.

Habían atrapado a una multitud de ciudadanos en un callejón, y los soldados se les acercaban a los gritos, blandiendo las espadas. Habían reducido a la mitad del grupo antes de darse cuenta de que no ejercían ninguna resistencia. Radu pensaba que no podía haber nada más aterrador que ver cómo derribaban a personas desarmadas.

Hasta que los soldados empezaron a discutir entre ellos. Dos hombres jalaban de una mujer joven, cuyas ropas ya estaban desgarradas.

—¡Yo la encontré primero! —exclamó uno.

—¡Es mía! ¡Búscate otra!

—Habrá miles de ellas —dijo el comandante, mientras revisaba los bolsos de los muertos, sin siquiera volverse hacia la muchacha. Los soldados le arrancaban lo poco que le quedaba de las prendas, al mismo tiempo que discutían acerca de quién se la quedaría y cuánto valdría. La chica miró a Radu con los ojos vacíos y apagados, pese a que seguía con vida.

Si Radu hubiera sido realmente bueno, si no hubiese sido un cobarde y si hubiera valorado todas las vidas por igual, se habría arriesgado a llamar la atención del soldado y la habría matado en ese preciso instante. Pero tenía que salvar a Nazira y a Cyprian.

—Vamos —susurró Radu, y regresaron a hurtadillas al camino por el que habían llegado hasta ahí.

En una puerta que daba a la estrecha costa del cuerno, había dos soldados griegos acurrucados el uno contra el otro, que debatían si debían abrirla o no. Cyprian avanzó hacia ellos sin detenerse.

—Ya están dentro de la ciudad —expresó.

—¡Los expulsaremos! —un pequeño soldado, que apenas había pasado la adolescencia, se interpuso en el camino de Cyprian—. ¡El ángel vendrá! Tenemos que aguantar hasta que llegue.

—¿Acaso él tiene la llave? —preguntó Cyprian al soldado alto y flaco que estaba junto al muchacho. El hombre asintió. Cyprian le dio una bofetada al chico y le sacó la llave de entre las ropas—. La ciudad ha caído. Haz lo que te parezca mejor.

Con lágrimas en los ojos, el joven soldado se alejó a los tropezones. Tan pronto como Cyprian abrió la cerradura de la puerta, el soldado alto y flaco se escurrió por ella. Lo siguieron por la estrecha playa rocosa que bordeaba el dique. No había barcos atracados allí. Los buques venecianos todavía no habían huido, pero, por el movimiento que se llevaba a cabo a bordo, zarparían en breve. Y, como Radu bien había pronosticado, varias galeras otomanas abandonadas se balanceaban a la deriva, no lejos de la orilla. Alguien había arrojado troncos al agua, donde flotaban por centenares sobre las olas.

No.

No eran troncos.

Radu se quedó observando a un hombre que había hecho el esfuerzo de nadar hasta los buques venecianos e intentaba trepar por un extremo de uno de ellos. Un marinero que estaba en la cubierta tomó una vara larga y lo empujó hacia el agua.

–¿Por qué? ¿Por qué no lo ayuda? –susurró Nazira, con las manos sobre la boca.

–Temen que se hunda el barco –Cyprian se apoyó contra la pared. Las ojeras que tenía estaban tan grises como el color del iris de sus ojos–. Hay demasiadas personas que intentan subirse a los barcos.

–Todas esas personas –Valentín sacudió la cabeza con incredulidad–. Podrían haberlas salvado.

Sin embargo, varios de los cuerpos que flotaban en el agua tenían heridas que ningún palo hubiera podido provocar. Lo más probable era que los otomanos hubieran llegado a este sitio al mismo tiempo que esas personas que se habían dado cuenta de que el cuerno era una vía de escape. La demora por haber ido en busca de Cyprian y Valentín les había salvado la vida a los cuatro.

–¿Qué hacemos? –preguntó Nazira, volviéndose hacia Radu.

–¿Sabes nadar?

–Un poco.

Miró a Cyprian, quien asintió, y luego a Valentín, que también hizo un gesto afirmativo con la cabeza mientras observaba el agua cubierta de cadáveres con cansancio resignado que no tenía lugar en aquel rostro tan joven.

–La galera más pequeña. Podemos remar hasta que sople el viento. Una vez que las velas se pongan en marcha, podremos escapar, pasando desapercibidos.

–¿Y después? –preguntó Cyprian.

–Seguiremos navegando.

Las campanas de Santa Sofía, más profundas y antiguas que las del resto de la ciudad, comenzaron a sonar. Radu se despidió de la iglesia en silencio. Valentín deslizó la mano dentro de la de Radu.

En ese preciso instante, Radu se acordó de los dos niños que continuaban en la iglesia, donde él los había dejado. *Tú nos protegerás*, había dicho Juan.

Al contemplar a Nazira, a Valentín y a Cyprian, Radu se dio cuenta de que la balanza no volvería a inclinarse a su favor. Pero aún podía hacer una última cosa. Podría morir tratando de salvar a dos niños que no significaban nada para él, pero que también eran todo para él.

–Me voy a quedar –dijo Radu.

–¿Qué? ¡No! –Nazira le aferró la mano libre y jaló de ella en dirección a las aguas–. Tenemos que partir ahora mismo.

–Yo tengo que regresar.

–De acuerdo –asintió Nazira, con los labios carnosos que no le dejaban de temblar–. Regresaremos.

–Ninguna mujer está a salvo en la ciudad durante el día de hoy ni en los tres días que siguen –Radu le besó la mano y, luego, se la entregó a Cyprian–. No puedo permitir que te pase nada. Se lo prometí a Fátima. Tienes que regresar a casa.

–Tenemos que regresar juntos a casa –Nazira dio un zapatazo, a medida que el rostro se le cubría de lágrimas.

–No puedes volver a entrar a la ciudad –Cyprian pasó junto a Nazira, ignoró la mano de la mujer, tomó la de Radu y le lanzó una mirada intensa y penetrante–. Morirías.

–Sé dónde están Juan y Manuel. Puedo salvarlos.

–El destino de ellos ahora está en manos de Dios –Cyprian lucía como si le hubieran asestado un golpe. Cerró los ojos, se le acercó más a Radu y presionó la frente contra la suya.

–Nunca estuvo en manos de Dios.

–No, estuvo en manos de mi tío, maldito sea su orgullo. *Él los ha matado, ni tú ni nosotros.* Si te quedas aquí, Mehmed te encontrará y te matará.

El castigo final de Radu fue anunciado por una nueva campanada que repicó cerca de donde estaban, severa e inflexible. No aceptaría misericordia alguna por todo lo que había hecho. No podía escapar, y no se podía quedar con lo que deseaba. Radu giró el rostro y apoyó la mejilla contra la de Cyprian por el espacio de un eterno latido del corazón.

–No me matará –susurró Radu, antes de dar un paso hacia atrás y obligarse a mirar a Cyprian a los ojos. Aquellos ojos que habían cautivado su atención, pese a que Mehmed fuera su mundo entero. Aquellos ojos que, de alguna manera, se habían transformado en el fundamento de la ilusión de que, tal vez, algún día, Radu podría haber amado.

»No me matará –repitió Radu, esperando a que Cyprian comprendiera sus palabras. En los ojos de Cyprian, el fundamento de esa ilusión se derrumbó, al igual que los muros que los rodeaban.

–Todo este tiempo –Cyprian retrocedió y sacudió la cabeza.

–¿Aún la mantendrás a salvo? –preguntó Radu.

Cyprian bajó la vista hacia las piedras que estaban por debajo de ellos, enmudecido y pasmado como cuando los relámpagos habían estado a punto de matarlos.

–Podrías haber escapado –susurró, finalmente–. No tendrías que habérmelo dicho. Yo habría... Podríamos... podríamos haber sido felices. ¿No es cierto? –le preguntó.

Radu era consciente de lo que Cyprian le estaba preguntando y, si no hubiera perdido todas las esperanzas que le quedaban, aquello lo habría matado.

–No merezco la felicidad –las campanas de Santa Sofía sonaron con mayor intensidad–. Juan y Manuel se están quedando sin tiempo. ¿Mantendrás a salvo a Nazira?

–Sí –asintió Cyprian, a medida que una sola lágrima le corría por el rostro. No miró a Radu cuando lo dijo.

Al menos Radu se las había arreglado para cumplir aquello. No había roto todas las promesas. Nazira se lanzó hacia adelante y lo aferró con ferocidad.

–Vuelve por nosotros –le susurró al oído.

–Ten cuidado –le respondió él. A continuación, con el corazón hecho añicos porque aún podía confiar en Cyprian, Radu regresó a la ciudad.

· · · · ·

La calle estaba resbaladiza por debajo de las botas de Radu. Se tropezó y cayó al suelo sobre las manos y las rodillas. Cuando volvió a ponerse de pie, tenía las manos ensangrentadas. No se había dado cuenta de que se las había lastimado ni de que había caído con tanta fuerza. Pero, de pronto, se dio cuenta de que la sangre no era resultado de la caída, sino la causa. Las calles estaban cubiertas de sangre.

Él se echó a correr. Pasó junto a soldados que arrojaban todos los objetos portátiles de las casas, y junto a mujeres y niños que gritaban, y a los que arrastraban hacia rincones escondidos. Corrió, corrió, corrió y corrió. Hizo todo lo posible por no mirar lo que lo rodeaba, pero sabía que todo lo que viera ese día le quedaría grabado en la memoria por el resto de sus días.

Ese día, presenció el costo real de las voluntades inamovibles de dos hombres. Observó lo que ocurría cuando obligaban a los hombres a luchar durante meses sin descanso alguno. No solo las enfermedades del cuerpo atormentaban los asedios, sino que las enfermedades del alma transformaban a los hombres en monstruos.

Cuando estaba llegando a Santa Sofía, Radu vio que arrojaban al suelo a un muchacho. Un soldado lo ponía de espaldas y se agachaba para bajarle los pantalones. Radu decapitó al soldado por detrás.

Se puso de cuclillas y ayudó al joven a que se pusiera de pie. En ese preciso instante, se dio cuenta de que estaba frente al rostro cubierto de lágrimas de Amal.

—¿Por qué estás aquí? —le preguntó Radu, escandalizado y desesperado.

Amal sacudió la cabeza, incapaz de responder. Radu lo sujetó con fuerza y lo arrastró consigo. Con el turbante que llevaba, las ropas empapadas de sangre y la espada, se mimetizaba muy bien con los demás soldados que arrastraban gente y objetos a lo largo de las calles.

En la plaza que estaba por fuera de Santa Sofía, había soldados que no estaban interesados en compartir los botines conseguidos. Niños hermosos, varones y mujeres, eran apreciados como esclavos, al igual que las muchachas. Cualquiera que luciera adinerado también era retenido para negociar futuros rescates. Alrededor de ellos, yacían los cuerpos de los que consideraban demasiado viejos o enfermos como para tener algún valor.

Radu arrastró a Amal por el centro de la caída de Bizancio, es decir por el centro de la profecía. Todo había sido profanado y arruinado. No había nada sagrado en esta victoria. Dios había abandonado la ciudad.

Dios no estaba allí, pero Radu sí. Y aún tenía una misión en mente. La sospecha de que Mehmed enviaría hombres para proteger Santa Sofía se había comprobado. Había varios jenízaros frente a la puerta de la iglesia, que estaba cerrada con trabas. Pero una creciente muchedumbre de irregulares y otros soldados gritaban por su derecho a tres días de saqueo. Los guardias y las trabas no durarían mucho tiempo más. Si Radu no se encontraba entre la primera oleada de hombres que ingresaban, no quería ni imaginarse lo que les ocurriría a los dos niños pequeños y hermosos. También estaba la puerta lateral por la que él se había infiltrado tantas veces, pero había demasiados soldados alrededor del recinto como para no ser visto.

Se abrió paso directamente entre la multitud hacia donde estaban los guardias jenízaros. Uno de ellos bajó la espada hacia él, pero Radu la barrió hacia un costado con impaciencia.

–¿Saben lo que hay dentro de este edificio? –les preguntó.

–Tenemos la orden de dejarlo intacto –vaciló el jenízaro–. Mehmed no quiere que quemen nada.

–Todas las personas más acaudaladas de la ciudad se esconden detrás de estas puertas. Todo el oro, la plata y las riquezas que nos prometieron están detrás de estas puertas. No estamos aquí para incendiar nada –alzó el tono de voz hasta transformarlo en un grito–. ¡Estamos aquí para enriquecernos a costa de los impíos infieles!

La muchedumbre que estaba por detrás de él lanzó un rugido y se impulsó hacia adelante. Los jenízaros, lo suficientemente inteligentes como para saber cuándo iban a perder, salieron corriendo. Radu removió el tablón de la entrada por sí mismo y luego abrió las puertas de un empujón. Los saqueadores fueron recibidos con alaridos y chillidos de desesperación. La multitud se abrió paso a toda prisa, a fin de ser los primeros en tomar a las personas o cosas que valieran la pena. Radu escudriñó los rostros, en busca de los dos por los que había ido. Amal permaneció pegado a sus talones.

En un rincón cerca de las escaleras que llevaban a la galería de arriba, Radu vio a los dos niños. Estaban de pie con la espalda recta, por delante de su nodriza. Radu se apresuró hacia ellos, empujando a varias personas en el camino, para llegar primero.

—Por favor —la nodriza empujó a los dos niños hacia adelante—. Ten piedad de mí. ¡Estos son los herederos! Los herederos de Constantino. Te los entrego —los niños alzaron el mentón con valentía.

—¿Son tuyos? —un hombre le dio un codazo a Radu, con la respiración acelerada por encima del hombro de Radu.

—Los niños, sí. Puedes hacer lo que quieras con la mujer —extendió una mano a cada niño y se puso de cuclillas para estar a la altura de ellos. Los semblantes de ambos reflejaban que lo habían reconocido. Manuel se echó a llorar, y Juan se lanzó hacia adelante, envolviendo sus brazos con fuerza alrededor del cuello de Radu.

—Vamos —susurró Radu—. No tenemos mucho tiempo. Sé que los dos son muy, muy valientes, pero hagan de cuenta que están asustados y que no quieren irse conmigo.

Juan soltó a Radu y tomó a Manuel de la mano. Amal se acercó tímidamente hacia adelante y aferró la mano libre de Juan. Radu caminaba por detrás de ellos, mientras los impulsaba para que subieran por las escaleras.

—¿Por qué estamos subiendo? —murmuró Juan, a medida que pasaban junto a la galería.

—Ahora no tenemos manera de abandonar la ciudad —dijo Radu—. Voy a llevarlos a un escondite.

Afortunadamente, nadie había salido de la planta baja. Como había tantas personas en Santa Sofía, los soldados estaban ocupados saqueando todas las cosas que podían. Radu condujo a los niños a lo largo del corredor hacia las escaleras tan familiares para él. Atravesaron una trampilla y salieron al tejado.

Ya en el techo, Radu bloqueó las bisagras de la trampilla con la espada.

No resistiría a ninguna irrupción violenta en el lugar, pero dudaba que a los hombres se les ocurriera buscar botines en el techo de una catedral.

Apartó a los niños del borde, donde los podrían ver desde las calles y donde podrían presenciar lo que estaba pasando. Al menos hasta el momento, Juan y Manuel no guardarían esos terribles recuerdos en la memoria. Radu se encargaría de que así fuera. Hallaron una zona cubierta y se sentaron juntos. Los herederos se acurrucaron a ambos costados de Radu, y Amal junto a sus piernas.

—Gracias por salvarnos —dijo Juan, temblando.

Radu alzó la vista hacia el cielo y cerró los ojos, porque no podía aceptar aquel agradecimiento. Él no los había salvado. No tenía forma de lograr que huyeran ni de dejar la ciudad sin ser advertido. Lo único que había hecho era retrasar lo inevitable.

Pero, a diferencia de él, ellos eran inocentes. Por lo tanto, los mantendría a salvo durante el tiempo que viviera sobre la tierra.

Elevó una plegaria para que, dondequiera que estuvieran, Cyprian hiciera lo mismo por Nazira.

48

FINALES DE MAYO

En las semanas que siguieron al ascenso al trono, Lada pasó la mayor parte del tiempo afuera. Se acercaba el final de mayo cuando los boyardos Danesti fueron invitados a disfrutar de un festín. Pensar en eso le resultaba agobiante. Toma se había hecho cargo de casi toda la organización, razón por la que Lada estaba agradecida y, al mismo tiempo, enfurecida. Ella era consciente de que necesitaba el respaldo permanente de los boyardos si deseaba permanecer en el trono, pero no sabía cómo garantizarlo. Si tan solo tuviera a Radu.

Radu.

Había recibido la noticia de que el asedio de Constantinopla continuaba. ¿Dónde estaría él? ¿Acaso estaría a salvo? De entre todas las cosas que le recriminaba a Mehmed, poner en peligro la seguridad de Radu era la que más la mortificaba. Si Radu sufría algún daño, jamás se lo perdonaría. Radu no era un sacrificio aceptable para ninguna ciudad... pese a que Lada había sacrificado la relación con él para llegar hasta allí. Sin embargo, Valaquia era diferente. Valaquia era suya. Era más grandiosa e importante que cualquier otra ciudad. Además, ella no había arriesgado directamente la vida de Radu. Solo lo había dejado junto al hombre que él amaba, pero cuyo amor jamás sería correspondido. El hombre que pondría voluntariamente en riesgo a Radu, sin tener en cuenta que Radu daría todo por lo que Mehmed no le podía brindar.

Si Radu estaba herido, ella se vengaría; mataría a Mehmed. Pensar en eso la hizo sentirse ligeramente mejor. Pasaba la misma cantidad de tiempo soñando que mataba a Mehmed y que le hacía... otras cosas.

Pero necesitaba a Radu. Todavía no sabía qué hacer con los boyardos, algunos de los cuales ya estaban en Tirgoviste. Los que la habían apoyado habían venido a presentar sus respetos, pero ella sospechaba que todas las retribuciones eran falsas, imitaciones de verdadero respeto.

Lada solía recorrer a caballo las áreas más pobres de la ciudad, siempre en compañía de sus hombres, a quienes conocía muy bien y en quienes confiaba plenamente. Bogdan, Nicolae, Petru, Stefan –cuando lo encontraba– y otros de sus antiguos jenízaros, cuando los necesitaba. Se decía a sí misma que era porque los hombres valacos que se le habían unido no estaban tan bien entrenados, pero la verdad era que aún se sentía más a gusto entre los jenízaros que entre los valacos. Pese a que aquella preferencia la inundaba de una culpa persistente, se decía a sí misma que el motivo más profundo tenía que ver con que todos sus jenízaros antes habían sido valacos, al igual que ella.

En ese viaje por la ciudad, se detuvieron frente a un pozo para beber un poco de agua. Lada se había dado cuenta de que ninguno de los pozos de la ciudad tenía tazas ni cucharones. Muchos de ellos ni siquiera contaban con cubas para extraer agua. Su alforja tintineaba con un sonido metálico a un costado.

–¿Por qué no hay tazas aquí? –preguntó Lada, elevando la voz.

Una niña pequeña, cuya curiosidad le ganó a la desconfianza, se le acercó.

–No hay tazas, *Príncipe* –sonrió con timidez al pronunciar el título, encantada de dirigirse a una mujer de esa manera–. La gente se las lleva.

–¿Aquí no pueden ni guardar una taza por el bien de la gente? –expresó Lada, con el ceño fruncido.

La pequeña negó con la cabeza. Lada ya lo sabía, porque lo había previsto. Se volvió hacia los hombres que estaban con ella y continuó hablando en una voz lo suficientemente alta como para que las personas que se encontraban en los márgenes la escucharan.

–Interroguen a todos y descubran a los ladrones. La gente no puede prosperar si no se puede beber algo sin temer que a uno le roben.

–¿Y una vez que los encontremos? –preguntó Bogdan.

–Podrán dirigirse al patio para unirse al soldado que representa la deshonestidad y al príncipe impostor que representa el robo –Lada inclinó la cabeza en dirección al castillo. Un desfile constante de ciudadanos se había encaminado a mirar boquiabierto los cuerpos empalados. Lada sabía que se había propagado la noticia del destino del príncipe y del castigo al soldado a lo largo de todo Tirgoviste. Había hecho lo correcto.

Apartó de la mente la imagen del rostro del soldado, que ahora se le confundía con la del semblante putrefacto y cubierto de tierra de Mircea, que la miraba con reproche.

Estaba haciendo lo correcto.

–Me parece un poco severo –dijo Nicolae, en un tono de voz suave, al mismo tiempo que se le acercaba para que nadie lo oyera–. Estas personas son muy pobres, no tienen nada.

–Ahora me tienen a mí –Lada alzó una ceja–. Y deberían saber que las cosas están cambiando –introdujo la mano en la alforja y sacó una de las diez tazas de plata. El tesoro del castillo era igual de escaso y deprimente que todas las demás cosas de la ciudad, pero ella no tenía necesidad alguna de poseer objetos finos. Al menos aquí serían útiles.

Habían atraído a una gran multitud que venía a contemplar al nuevo príncipe y a susurrar sobre su ascenso y promesas.

–Esto forma parte de mi tesoro –Lada alzó la taza en el aire–. Mi riqueza es de ustedes. Les entrego una taza por su bien –las personas lanzaron un grito ahogado. Murmullos de curiosidad y burla se propagaron entre ellas. Lada sonrió–. Esta taza les pertenece a todos, es responsabilidad de todos. No toleraré el hurto dentro de mis tierras ni a la gente que lo respalde.

Las quejas se intensificaron, y Lada levantó una mano para silenciarlas.

–El robo no puede florecer en una tierra en la que se lo extrae de raíz con castigo rápido y contundente. Los ladrones prosperan porque ustedes lo permiten, lo cual los hace cómplices. Estoy cansada de ver una Valaquia débil. Somos mejores que eso y juntos llegaremos a ser más fuertes que nadie. Somos más fuertes que nadie –esta vez, hubo más inclinaciones de cabeza que quejas. Lada profundizó la sonrisa–. Esta taza permanecerá en este pozo –se la entregó a la niña, quien la tomó con reverencia–. Es responsabilidad de todos asegurarse de que se resguarde para el servicio de la comunidad –la sonrisa de Lada se tornó afilada y fría como el acero–. Regresaré para verificar que siga aquí la próxima vez que quiera beber agua.

Era innegable la amenaza que expresaban sus palabras y sus ojos, y ella vio cómo las personas la asimilaban. Algunas, con cierto temor; otras, con la espalda erguida y con la misma intensidad de su mirada.

–Eso fue... dramático –a medida que se alejaban del sitio, Nicolae se le acercó una vez más.

–Explícame a qué te refieres, Nicolae –Lada se volvió hacia él, exasperada.

–Sabes que robarán esa taza.

–No, no es así.

–¿Qué harás si lo hacen?

–Dar el ejemplo.

–No puedes arreglar una nación en un par de días, Lada –dijo Nicolae con el ceño fruncido. Se le arrugó la cicatriz cuando se le separaron las cejas–. Te llevará varios años.

–¿Te diste cuenta de cuánto dura el reinado promedio de un príncipe? No tenemos tiempo. Debo cambiar las cosas ahora mismo.

–Si estás tan segura de que no tenemos tiempo, ¿por qué te molestas en hacerlo? Otra persona vendrá después y revertirá todo lo que hayas hecho.

Lada sacudió la cabeza, al mismo tiempo que tensaba las riendas. Pensó en Mehmed, en todas las planificaciones meticulosas que había hecho. Ni bien había tomado el poder, se había asegurado de que su imperio fuera racionalizado, eficiente y seguro. Él sabía que, antes de mirar hacia afuera, todos los asuntos internos debían estar en orden.

Lada no quería mirar hacia afuera, pero necesitaba seguridad interna para poder defender Valaquia... y su trono. Si lograba estabilizar el territorio para la gente común, tendría asegurado su apoyo. No comprendía las sutilezas e intrigas de los boyardos, pero sí entendía la importancia de la justicia rápida y segura. Su gente también la entendería.

—Todo tiene que cambiar ahora mismo a fin de que *pueda* tener tiempo. No podemos seguir como antes. Y la única manera que se me ocurre para cambiar el rumbo es a través de promesas efectuadas de forma severa —cerró los ojos y recordó todas las lecciones que había aprendido con sus primeros tutores otomanos. El jefe de los jardineros, las prisiones, los cuerpos colgados para que todos pudieran ver los crímenes que habían cometido y aprender de aquel castigo. Si esa era la forma en que su territorio se movería hacia la prosperidad, que así fuera.

La misericordia y la paciencia no estaban dentro de sus opciones. La sangre de unos pocos regaría la tierra para la recompensa de muchos. *Hay vidas que valen más que otras*, pensó. *¿Cuántas muertes más tienen que ocurrir para que la balanza se incline a nuestro favor?*, le respondió Radu.

· • • • ·

Lograron hallar las reservas de vino del castillo, y Nicolae se las mostró a ella sin su característico buen humor.

—¿Deberíamos venderlo o guardarlo para cuando vengan los boyardos? —preguntó él.

Lada miró fijo los barriles que tenía en frente. Habían tardado demasiado tiempo en llegar hasta allí y, ahora que se encontraban aquí, nada era como debería ser. Ella estaba harta de tener el control de todo, de preocuparse y de esperar. Estaba cansada de tomar decisiones difíciles, sin saber si eran las correctas o no.

—No —dijo ella, esbozando una sonrisa a su amigo—. Deberíamos embriagarnos muchísimo.

Por primera vez desde que habían llegado, Nicolae le sonrió con el mismo gesto con el que la había recibido en la pista de práctica de los jenízaros en Amasya hacía tantos años. Stefan, Petru, Bogdan y algunos de los otros primeros jenízaros de Lada la ayudaron a subir los barriles hasta una de las torres. Se trataba de la misma torre desde la que Lada, con Radu a su lado, había observado a Hunyadi ingresar a caballo en la ciudad. Aquel día había anunciado el fin de la vida que conocía, y ahora esperaba que este día inaugurara el comienzo de la vida que ella quería tener.

—Quería agradecerles por haber cabalgado junto a mí, por permanecer conmigo —Lada se aclaró la garganta, con una copa llena de líquido agrio—. Hemos triunfado.

Nicolae prorrumpió en vítores, alzó la copa y derramó vino sobre el brazo de Petru, quien se echó a reír y lo lamió, antes de asestarle un golpe a Nicolae y que se vertiera más líquido. Stefan le esbozó una sonrisa a Lada y ella se sintió avergonzada por la efusividad del joven.

Bogdan la miró con intensidad, y ella levantó la copa para poner fin a ese gesto y bebió a grandes tragos. Ella no sabía si él estaba al tanto de lo que sentía por él, pero era evidente que los sentimientos de él eran mucho más profundos, intensos y verdaderos que los suyos. Como eso la hacía sentirse poderosa, no tenía la menor intención de renunciar a ellos.

Cuanto más bebían, más ruidosos se ponían. Todos intercambiaban anécdotas, la mayoría sobre Lada y las cosas atroces que había hecho.

—¿Se acuerdan de la cabra que hallé cuando estábamos en las afueras de Sighisoara? —preguntó Nicolae.

—¡Sí! Era un animal muy hostil y su leche era ácida. Pero, al menos, teníamos leche.

—No la robé como les dije que la había robado —Nicolae echó la cabeza hacia atrás y, a medida que sus mejillas se desplegaban en una sonrisa de júbilo, se le arrugó y tensó la cicatriz—. Bueno, no fue exactamente como les conté, pero supongo que, al fin y al cabo, terminé robándola.

Lada sabía que él quería que ella le preguntara cuál había sido la verdadera historia. Normalmente, no le hubiera dicho nada para molestarlo, pero estaba demasiado afectuosa y alegre como para fingir.

—¿Qué fue lo que ocurrió?

—¿Recuerdan el antiguo granjero con el que nos habíamos topado ese mismo día más temprano? El de las...

—¡El de las uñas largas! —completó Lada, evocando el recuerdo. Le costó bastante sacar a relucir la memoria de aquel tiempo, pero ese hombre en particular tenía las uñas casi tan largas como los dedos. Cada una de ellas estaba retorcida, amarillenta y rajada. Él les había ofrecido venderles comida, pero ella no había podido sacar los ojos de encima de esas uñas, mientras imaginaba cómo sabrían los alimentos que habían sido rozados por ellas. La comitiva había seguido de largo y había acampado más adelante.

—¡Sí! Me lo volví a cruzar cuando estaba cazando. Llevaba consigo una cabra que no necesitaba.

—¿Entonces te la dio a ti? —preguntó Petru.

—Él no necesitaba ninguna cabra, pero sí necesitaba... una esposa —expresó Nicolae, luego de negar con la cabeza. Se le había acentuado la sonrisa que le iluminaba el rostro.

—No —dijo Lada, al darse cuenta de hacia dónde se dirigía la historia.

—¡Sí! —Nicolae se retorció de la risa—. ¡Te vendí por una cabra! ¡Le dije que llevaría la cabra de regreso al campamento y te prepararía para que fueras su prometida!

—Si lo hubiera sabido, te habría apuñalado —Lada se estremeció, figurándose lo que se sentiría ser tocada por esas manos.

—Esa es la razón por la que nunca te lo dije. A veces pienso en él y lo imagino lanzando miradas tristes por fuera de la cabaña, aún aferrado a la ilusión de que algún día aparezca su prometida.

—No puedo creer que me hayas vendido por una cabra.

—Lada vale más que todas las cabras del mundo —Bogdan resopló con indignación.

Ella era consciente de que él lo decía con dulzura, pero prefería que no la evaluaran en términos de cabras.

—Siguiente historia —dijo ella, al tiempo que arrojaba a Nicolae la copa vacía. Él se inclinó justo a tiempo, y el objeto se hizo añicos contra la piedra de la torre.

—¿Cómo era ella de pequeña? —Nicolae rellenó la copa de Bogdan.

447

—Más baja —replicó Bogdan.

Lada rio hasta que le empezó a doler el estómago.

—Cuéntale de la vez que Radu... —se detuvo en seco porque, al pronunciar su nombre y llevarlo a ese espacio, se percató de que cambiaría a cualquiera de esos hombres... sus hombres y amigos... por que Radu estuviera con ella.

Nicolae llenó el silencio relatando el maltrato que ella había tenido para con los jenízaros que estaban en medio del bosque, a fin de desviarles la atención de las fuerzas de Hunyadi. Pero, pronto, se quedaron sin anécdotas del año anterior. Cuando retrocedieron lo suficiente en la historia como para que los cuentos empezaran a situarse en el Imperio otomano, todos enmudecieron.

Si bien lo habían dejado atrás, aún llevaban el bagaje consigo: lo que habían aprendido, lo que habían hecho y lo que habían perdido. Lada era consciente de que ese era el motivo por el que mantenía a esos hombres tan cerca de sí; no porque estuvieran mejor entrenados, sino porque se habían forjado en el mismo fuego que ella. Solo ellos comprendían el extraño odio y agradecimiento que sentían por ese lugar.

Lada miró el espacio vacío que podría ocupar Radu y, luego, alzó la vista hacia las estrellas que empezaban a brillar por encima de ellos.

—Jamás regresaremos con los otomanos —expresó.

—Ellos vendrán por nosotros —dijo Bogdan—. Siempre lo hacen.

Mehmed no iría. Ella le había dejado bien en claro lo que le haría si se le apareciera. Pero, por el momento, con el debilitamiento y la embriaguez del vino, dudaba de la precipitada declaración que había pronunciado. En caso de que él regresara a ella, tal vez no lo mataría. Nadie la había hecho sentirse de la misma forma que él. Mehmed la atormentaba en sueños. Si volvía por ella, lo obligaría a que le hiciera sentir las cosas que Bogdan no podía despertar en ella.

Y *después*, si todavía tenía ganas, lo mataría.

—Dejemos que vengan —expresó, finalmente—. Beberé su sangre y bailaré sobre sus cadáveres.

—¡Brindo por eso! —Petru alzó la copa.

—O estoy mucho más ebrio de lo que pensaba, o hay algo muy raro en la luna —Nicolae miraba el cielo con el ceño fruncido.

Lada estaba a punto de decirle que dejara de criticar a la pobre luna, cuando se dio cuenta de que él tenía razón. La noche anterior, la luna había estado casi llena, pero esta noche apenas se veía. La mitad del astro era de color rojo oscuro.

—Viste eso, ¿no es cierto? —preguntó Nicolae.

—Parece bañada en sangre —susurró Petru.

Se acomodaron sobre la torre y observaron la luna en silencio. Lada se preguntaba qué significaría el hecho de que la noche que había elegido para inaugurar el comienzo de su nueva vida estuviera bañada por la luz de una luna manchada de sangre.

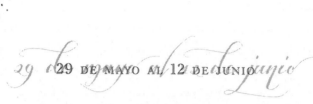

Esa misma noche, mientras los niños dormían acurrucados el uno contra el otro como si fueran cachorros, Radu se encaminó al borde del techo y observó. Por el movimiento que había en varios vecindarios, se dio cuenta de que algo había cambiado. Alguien estaba llegando.

Mehmed.

Pero Radu no lo había *percibido* como antes, cuando solía sentir una corriente que le recorría el cuerpo y lo arrastraba velozmente hacia la dirección correcta. Ahora se había percatado del suceso al notar el movimiento de los hombres que daban vueltas por el lugar. Habían aparecido varios soldados que despejaban las calles y arrastraban los cuerpos hacia un costado.

Finalmente, Radu lo distinguió. Mehmed cabalgaba erguido y orgulloso a lo largo de la ciudad. De vez en cuando, el caballo tenía que esquivar algún cadáver que permanecía en el camino. Tal vez Mehmed no avanzaba con la espalda derecha por el orgullo, sino por el hedor repugnante que emanaba de los muertos. La entrada triunfante a la ciudad de sus sueños estaba pavimentada con cuerpos y decorada con la muerte.

Mehmed se dirigió lentamente hacia Santa Sofía, y Radu se preguntó qué podría hacer. ¿Bajar e implorar la misericordia de Mehmed? ¿Aguardar e intentar escabullir a los niños fuera de la ciudad una vez que las cosas se hubieran calmado? ¿Buscar a Cyprian y a Nazira, y disfrutar de una vida de fantasía en la que todos olvidaran y perdonaran lo que habían visto y hecho?

Cansado y dolorido, Radu decidió echarse a dormir. Pasó por la trampilla y se topó con la espada corrida hacia un lado. Una sensación de horror le invadió el pecho, y salió corriendo hacia donde había dejado a los niños. Manuel y Juan continuaban allí, durmiendo, pero Amal había desaparecido.

Radu no había hablado con Amal ni le había dado ninguna instrucción, pero lo cierto era que no había sido él quien lo había enviado a la ciudad. Al fin, Radu sintió que regresaba el tirón de la conexión que tenía con Mehmed y se encaminó despacio hacia el borde del techo.

Mehmed había ingresado en la plaza. Con ovaciones y gritos de alabanza a Dios y a Mehmed, los soldados alzaron las espadas. Luego, un muchacho salió disparado entre ellos en dirección al caballo de Mehmed. Los guardias se acercaron al sultán, pero él los apartó con un gesto de la mano.

Amal señaló hacia arriba, y Mehmed alzó la vista hacia Radu. Ni bien lo vio, le sonrió y una expresión de alivio y alegría le iluminó el rostro. Tiempo atrás, Radu hubiera dado cualquier cosa por que Mehmed lo mirara de esa forma, pero ahora, Radu ya *había* dado todo y se sentía vacío. Se acomodó sobre el borde del tejado y dejó las piernas colgando. Sin duda, Amal también le habría contado a Mehmed que estaba junto a los herederos. Radu no los podría ocultar del sultán; los había salvado en vano. Los niños correrían la misma suerte que el infante medio hermano de Mehmed, al que habían sacrificado para asegurar el porvenir del sultán.

Radu debería hacer lo que tendría que haber hecho con Constantino: levantarse y matar a los dos pequeños mientras dormían.

En cambio, inclinó la cabeza y empezó a sollozar.

• • • •

Horas más tarde, cuando se abrió la trampilla , la ciudad estaba iluminada gracias a pequeñas hogueras que ardían a lo largo de las calles. Radu no se volvió cuando Mehmed se sentó junto a él, hombro con hombro.

—Me alegra que estés aquí —expresó Mehmed.

—Habla solo por ti —sonrió Radu amargamente.

—Lo de las banderas en el palacio... fue brillante.

La persona que Radu era antes de la estadía en Constantinopla hubiera estado exultante y plena de júbilo y orgullo por el reconocimiento de Mehmed, por ser el más valioso de los hermanos Dracul.

Pero, en este momento, no podía responder nada.

—Lograste cambiar el rumbo —Mehmed le puso una mano en el hombro. Radu se estremeció—. Te diste cuenta de lo que hacía falta y lo hiciste, como siempre los has hecho, mi amigo más fiel y querido.

Varios hombres subieron al techo detrás de ellos, con faroles que proyectaban sombras bien definidas.

—¿Dónde están los herederos? —preguntó Mehmed, al mismo tiempo que se ponía de pie y le extendía una mano a Radu.

—¿Qué les vas a hacer? —Radu no la tomó.

—Para empezar, sacarlos de este techo, que no es un lugar para niños.

—¿Y allí abajo lo es? —Radu miró a Mehmed, con una ceja en alto.

—¿Dónde están, Radu? —la incertidumbre hizo que Mehmed adoptara una expresión de enfado.

Radu se puso de pie por su cuenta y atravesó el tejado hasta llegar adonde los niños dormían. Mehmed hizo una seña, y uno de los hombres le entregó una bolsa. Introdujo la mano dentro y, para alivio de Radu, sacó una hogaza de pan y una cantimplora de cuero. Se puso de rodillas frente a los muchachos, que ahora se habían incorporado y parpadeaban contra la luz del farol.

—Hola —dijo Mehmed con voz dulce, mientras les ofrecía la comida. Les hablaba en griego—. Deben tener mucha hambre y sed después de estar aquí todo el día. Hicieron bien en mantenerse al margen. Son niños muy inteligentes.

Manuel alzó la vista y, al toparse con Radu, juntó las cejas con preocupación. Juan también buscó el rostro de Radu, quien hizo todo el esfuerzo del mundo por esbozar a los niños una sonrisa de tranquilidad. No sabía si aquella sonrisa era la mentira más condenatoria que había pronunciado en la vida.

Juan aferró el pan y se lo pasó a Manuel.

—Gracias —dijo.

—Juan, ¿no es cierto? —Mehmed se sentó delante de los chicos y les ofreció la cantimplora después de beber un sorbo–. ¿Y Manuel?

Los chicos asintieron, todavía en guardia.

—Me alegra mucho haberlos encontrado. Envié a mi amigo Radu para que los mantuviera a salvo —Mehmed le sonrió a Radu, quien se volvió hacia la noche, incapaz de seguir el juego–. Pues ya ven que la ciudad está herida. Necesito su ayuda. Quiero reconstruir Constantinopla, transformarla en la ciudad que siempre estuvo destinada a ser, honrar el pasado y llevarla hacia un futuro glorioso. ¿Me ayudarían a hacerlo?

Juan y Manuel intercambiaron miradas y, luego, Juan asintió. Manuel siguió sus pasos, balanceando la cabeza con entusiasmo.

—¡Ah, muchas gracias! —Mehmed aplaudió–. Estoy muy contento de que estén de mi lado —se puso de pie y extendió una mano para ayudarlos a levantarse. Los niños le aferraron la mano por turnos, sonriéndole a su nuevo salvador.

Radu comprendía a la perfección cómo se sentían los niños. Entendía cuánto adorarían a Mehmed ahora que había brotado de las penumbras para salvarlos. Varios años atrás, Radu había *estado* en el lugar de ellos y, algún día, deseaba poder volver a aceptar la mano de Mehmed con cálido alivio.

Mehmed puso a sus guardias a cargo de los niños, después de prometerles que los visitaría nuevamente una vez que hubieran descansado sanos y salvos en una verdadera cama. Mientras tanto, Radu regresó al borde del techo. Se estaba acercando la aurora. Las horas transcurrían de forma extraña... algunas de manera progresiva y duradera; otras se escurrían como la arena entre los dedos.

Mehmed volvió a reunirse con él.

—¿De verdad estarán a salvo? —le preguntó Radu.

—¿Por qué me preguntas eso? —replicó Mehmed en un tono de voz preocupado.

—Esa no fue una respuesta.

—Por supuesto que estarán a salvo. Serán parte de mi familia, recibirán los mejores tutores y se criarán dentro de mi imperio. Ahora, esta es mi ciudad y ellos pertenecen aquí. Nunca tuve la intención de destruir Constantinopla ni nada similar.

—No siempre podemos obtener lo que deseamos.

Codo a codo, pero más alejado de Mehmed que nunca, Radu observó el horizonte mientras el sol se alzaba por sobre la ciudad quebrantada. Giró para mirar a Mehmed, cuyo semblante, en vez de expresar orgullo, estaba cubierto por la desolación. Se le habían trasformado los rasgos que Radu tanto amaba. Lo que había ansiado durante tanto tiempo como la joya de su imperio se abría ante sus ojos en toda su gloria agonizante. Aun sin los saqueos, la ciudad estaba devastada y lo había estado desde hacía varias generaciones.

Tal vez, al observar lo que tenía enfrente, Mehmed se percataba de dónde iría a parar su naciente legado. Independientemente de lo que Mehmed hiciera y edificara, la ciudad más grandiosa del mundo era una prueba irrefutable de que todas las cosas perecerían.

—Pensé que esto iba a ser diferente –dijo Mehmed, y la melancolía que lo inundaba moduló sus palabras como una canción. Se inclinó sobre Radu, finalmente le brindó el contacto que este había anhelado durante tanto tiempo.

—Yo también –susurró Radu.

· • • · •

Después de un único día de saqueos, en vez de los tres tradicionales, Mehmed declaró públicamente el fin de los mismos. Echó a todos los soldados de la ciudad y los envió al campamento, a fin de que revisaran los botines que habían logrado y dejaran tranquila la ciudad, o al menos, lo que quedaba de ella. Adaptaron el campamento para albergar a los casi cuarenta mil ciudadanos que habían tomado cautivos para pedir el rescate o venderlos como esclavos.

Mehmed había enviado guardias para proteger la mayor parte de las iglesias, y todas las hogueras que se habían encendido ya estaban extinguidas. Mehmed asesinó a uno de los soldados al que había encontrado arrancando los mármoles de Santa Sofía. Luego, trajo a sus hombres santos, por lo que la joya de la religión ortodoxa quedó convertida de manera respetuosa y delicada en una mezquita.

Orhan había fallecido mientras luchaba desde su torre, al igual que todos los hombres que tenían la intención de resistir el ataque. Los soldados de otra de las torres habían combatido con tanta firmeza que Mehmed los visitó y les concedió un paso seguro fuera de la ciudad.

Dos comunidades de Constantinopla sobrevivieron sin daños. Una de ellas estaba en una ciudad fortificada dentro de la ciudad y había negociado sus propios términos de rendición; la otra era el pequeño sector judío. Mehmed se reunió con los líderes de esta última y les pidió que les escribieran a sus parientes de España para invitar a todos los refugiados judíos a que se trasladaran hasta allí y se instalaran en uno de los barrios de la ciudad. Incluso se ofreció para ayudarlos a edificar nuevas sinagogas.

Una vez que los soldados regresaron al campamento, se propagó la noticia de que todos los que no hubieran sido capturados disfrutaban de una total amnistía. Impulsados por la ilusión, el hambre o el mero agotamiento, los sobrevivientes comenzaron a aparecer.

Mehmed prometió construir algo mejor, y Radu sabía que lo haría, pero no podía borrarse de la cabeza el precio que habían tenido que pagar para llegar hasta allí.

En los días siguientes, Radu deambuló por las calles, completamente aturdido, mientras escuchaba que la gente hablaba en turco, en vez de en griego. Se dio cuenta de que extrañaba esa última lengua. Regresaba una y otra vez a la casa de Cyprian, pero no se atrevía a ingresar en la vivienda, ya que no sería lo mismo. No volvería a ver a Cyprian. Lo más seguro era que su amigo jamás quisiera volver a verlo después de todo lo que él había hecho.

Radu era consciente de que era atroz lamentarse de la pérdida de su relación con Cyprian en medio de una ciudad repleta de muertos, en donde decenas de millares de hombres sufrían terribles destinos por fuera de los muros, pero no podía evitarlo.

Kumal lo encontró sentado afuera de Santa Sofía, se le acercó a toda prisa y lo envolvió entre sus brazos mientras lloraba de alegría.

–¿Dónde está mi hermana? –preguntó, después de mirar a su alrededor.

–No lo sé –Radu se sentía morir por dentro a medida que respondía.

–¿Acaso está...? –Kumal se sentó al lado de Radu.

–La envié fuera de la ciudad en un barco con un amigo de confianza. Pero no sé si lograron escapar y, si lo hicieron, tampoco sé adónde fueron –había preguntado por el barco, pero no había recibido noticias concretas sobre su destino. Ansiaba que, una vez que se expandieran las novedades de que Constantinopla estaba abierta tanto para los cristianos refugiados como para los otomanos, Nazira regresara.

–Dios la protegerá –Kumal tomó la mano de Radu y la estrujó dentro de la suya–. Hemos cumplido con las palabras del Profeta, la paz sea con él. La ayuda que ella ha brindado no será olvidada, ni tampoco pasará inadvertida ante los ojos de Dios.

–¿Cómo puedes decir eso? ¿Cómo puedes estar tan seguro de que hemos hecho lo correcto? ¿Acaso no has visto lo que nos ha costado? ¿Acaso no estuviste presente en las mismas batallas que yo?

–Tengo fe porque debo hacerlo –la sonrisa bondadosa de Kumal se tornó triste–. En tiempos como estos, solamente a través de Dios podemos encontrar consuelo y sentido.

–Temo que mi estadía aquí me ha costado hasta eso –Radu sacudió la cabeza–. No sé cómo vivir en un mundo en el que todos tienen razón y todos están equivocados. Constantino era un buen hombre, pero también era un tonto que desperdició la vida de su gente. Desde que soy pequeño, he amado a Mehmed con todo mi ser y he deseado entrar en esta ciudad con actitud triunfante junto a él. Pero ahora que estamos aquí, no puedo mirarlo sin escuchar los llantos de los moribundos, sin ver la sangre que tengo en las manos. Nazira y yo... comimos, soñamos, caminamos y sangramos junto a estas personas, que ahora han desaparecido. Mi gente está aquí, pero he perdido la noción de mi identidad.

Kumal no dijo nada, pero abrazó a Radu, mientras este lloraba.

–Date tiempo, amigo –susurró Kumal–. Todo saldrá bien. Todas estas experiencias te enseñarán nuevas formas de servir a Dios en la Tierra.

Radu no veía cómo eso sería posible. Apreciaba a Kumal por querer darle consuelo y guiarlo, pero ya no era un niño extraviado en una nueva ciudad extranjera. Ahora era un hombre perdido dentro de una antigua ciudad hecha añicos, y ninguna cantidad de oraciones y bondades podría deshacer lo que había hecho.

· · · · ·

Dos semanas después de que la ciudad cayera, Mehmed le pidió a Radu que se reuniera con él en el palacio. Se había instalado allí de forma temporaria, mientras se construía el que sería su verdadero castillo. Un edificio para competir con todos los otros, un refugio en el mundo.

En los corredores, Radu pasó junto a una mujer.

–¿Radu?

–¿Urbana? –parpadeó, fijando la vista en ella–. ¡Pensé que habías muerto!

–No –tenía la mitad del rostro brillante por las nuevas cicatrices, pero igualmente sonreía–. Después de todo, traje las fundiciones a Constantinopla. ¡He triunfado!

–Me alegro mucho –Radu intentó compartir la felicidad de ella, pero era una tarea muy difícil para él.

–Eres bienvenido a ayudarme cuando quieras –le dio una palmada en el hombro. Sin duda, ya estaba distraída planeando su próximo cañón. Radu la observó mientras partía, feliz de comprobar que había sobrevivido.

Luego, se topó con otros dos rostros familiares: Aron y Andrei Danesti.

–Radu –exclamó Andrei–. Ahora te reconozco.

—Sí —Radu no se molestó en hacer una reverencia ni en mostrarle ningún respeto. Estaba demasiado cansado como para fingir.

—Qué bueno verte —dijo Aron—. ¿Aceptarías comer con nosotros más tarde?

—¿Es eso lo que realmente desean o quieren obtener algo más de mí?

—Simplemente la compañía de alguien que hable en valaco y que comprenda un poco lo que hemos atravesado estos últimos meses —el semblante y la voz de Aron eran suaves—. Y quiero pedirte disculpas por lo que te hicimos durante la infancia. Éramos muy crueles. No hay excusas para eso. Pero me hace bien al corazón ver el hombre en el que te has convertido. Me gustaría conocerte más.

—Envíenme un mensaje cuando quieran que vaya —asintió Radu, después de lanzar un suspiro. A él también le gustaría conocerse mejor, ya que se sentía como un extraño dentro de su propia piel.

Andrei asintió, y Aron aferró la mano de Radu. Luego de ese encuentro, nadie más se interpuso entre Radu y la habitación de Mehmed.

—¡Ay, Radu! —ni bien entró Radu, Mehmed se puso de pie y lo abrazó. Radu se percató de que estaban a solas. No había guardias ni portadores de sillas.

—¿Qué puedo hacer por ti, mi sultán?

—¿Tu sultán? —Mehmed dio un paso hacia atrás, con el ceño fruncido—. ¿Acaso eso es todo lo que soy para ti?

—No lo sé —Radu se frotó los ojos con una mano—. Perdóname, Mehmed. Estoy cansado y he estado actuando durante tanto tiempo que no recuerdo quién debo ser ni cómo me debo comportar ante la gente.

—Bueno, eso es parte de lo que haremos hoy —Mehmed tomó a Radu de la mano y lo llevó a que se sentara en su propia silla—. Yo sé quién eres y creo que necesitas un nuevo título para reflejarlo. ¿Qué piensas sobre pasar a ser Radu Pasha? —sonrió Mehmed, quien estaba dejando por sentado de manera oficial que Radu era una personalidad importante del imperio.

—Pensé que me conocían como Radu, el Hermoso —respondió Radu, antes de poder pensarlo mejor.

Por la sombra que oscureció el semblante de Mehmed y la manera en que apartó la vista de inmediato, aquello quedó confirmado. Mehmed había estado al tanto de los rumores y se lo había ocultado.

—¿Es por eso que me enviaste lejos? ¿Para disipar los rumores sobre nosotros?

—¡No! Jamás te envié lejos. Siempre estuviste cerca de mí. Todos los días miraba hacia la ciudad y pensaba en ti, deseándote el bien y preocupándome por ti. Lamento mucho que tu estadía en la ciudad haya sido tan terrible. Pronto será como un sueño.

—No fue todo tan terrible —dijo Radu.

—¿Te refieres al embajador? Le gustabas bastante. Me di cuenta en Edirne —el tono deliberadamente casual que Mehmed adoptó hizo que su pregunta no fuera para nada inocente.

Con una sensación nauseabunda en el estómago, Radu se percató de que Mehmed daba vueltas alrededor de la pregunta, tratando de determinar si a Radu le importaba Cyprian de la misma manera. Y esto equivalía a que Mehmed sabía que Radu sentía cosas por los hombres que en realidad debería sentir por las mujeres.

Y esto equivalía a que no era posible que Mehmed ignorara los sentimientos que Radu había albergado por él durante todos estos años.

Lo inundó la culpa, pero también otro sentimiento nuevo y desconocido. Radu se sentía... usado. Si Mehmed lo había sabido durante todo este tiempo, pero jamás lo había admitido, ni siquiera para decirle a Radu con gentileza que un vínculo amoroso entre ellos sería imposible... Nazira le había dicho que Mehmed jamás desaprovecharía una oportunidad. Y tener un amigo que estaba tan profundamente enamorado de él y que haría cualquier cosa por servirlo, sin duda, era bastante útil para cualquier líder.

Pero ni siquiera en ese momento, que estaba tan enojado y herido, Radu podía mirar a Mehmed sin sentir amor. Aquel hombre seguía siendo Mehmed, el Mehmed de Radu, su viejo amigo. Y, pese a todo, Radu no renunciaría a él. Ya había tomado una decisión. Había elegido salvar a Mehmed a expensas de una ciudad entera.

Cuando Mehmed sonrió, salió el sol para Radu. Nazira tenía razón. Mehmed era, al mismo tiempo, más y menos que un hombre. Era el máximo líder de las generaciones, era brillante, y era el hombre al que otros hombres seguirían hasta la muerte.

Y, por ese motivo y al igual que Constantino, era un hombre que dejaría a su paso un gran número de muertes a medida que avanzaba hacia la creación de la grandeza que lo rodeaba.

—Tengo una sorpresa para ti —expresó Mehmed, con los ojos brillantes.

Radu tuvo un último destello de esperanza de que, por fin, podría obtener lo que deseaba. Se habían reencontrado, la ciudad era de Mehmed, y Radu se la había otorgado. Ambos sabían lo que él sentía. Tal vez, si finalmente tenía a Mehmed, podría olvidarse de todo lo que le había costado llegar hasta ese momento, de la misma forma en que Mehmed, ahora que la tenía, podría olvidar lo que le había costado llegar a Constantinopla.

Radu se inclinó hacia adelante. El sultán se volvió y empezó a aplaudir. Un guardia abrió la puerta.

—¡Tráiganlo! —ordenó con el rostro cubierto de júbilo.

El gran visir Halil entró a la habitación. El dobladillo de las túnicas que llevaba delataba el temblor que le sacudía las rodillas.

—¿En qué puedo servirlo, mi sultán? —hizo una profunda reverencia.

—Ya no soy un mero sultán, sino el césar de Roma, el emperador, la mano de Dios en la Tierra.

—Todo eso y más está en su derecho —Halil se inclinó aún más.

—Me preguntaste en qué podías servirme —Mehmed guiñó un ojo a Radu y comenzó a pasearse en círculos alrededor de Halil, rondándolo como un gato—. Tengo una idea. Me gustaría que un miembro de tu familia se uniera a mi harén.

Halil enderezó la espalda y tragó con tanta fuerza que Radu lo oyó. Incluso ahora, Radu podía percibir el giro de la cabeza del hombre.

—Tengo dos hijas adorables y... —asintió con entusiasmo.

—No —dijo Mehmed, alzando una mano—. No me refiero a *ese* harén, sino al otro.

–No entiendo –Halil se puso pálido.

–Sí que lo entiendes. Mi otro harén, del que le hablaste a la gente con tanto empeño. El que pide por hijos en vez de por hijas. Me enteré de todo sobre ese harén y tú también, Radu, ¿no es cierto?

Si bien Radu había alimentado un profundo odio por aquel hombre detestable que ahora temblaba en medio de la sala y había dedicado gran parte del tiempo en derrotarlo, jugando al juego en que Halil era la araña y él el valiente amigo que protegía a Mehmed de la telaraña, en ese momento, al ver a Halil finalmente derrotado, no sentía ni placer ni sensación de triunfo.

–Gran visir Halil –expresó Mehmed, sin esperar la respuesta de Radu–, has trabajado en mi contra desde el principio. Te condeno a muerte por los crímenes que cometiste. Te concederé la siguiente gentileza: podrás elegir entre presenciar la muerte de tu familia o que ellos te vean morir antes de que ponga fin a sus vidas.

–Por favor, mátalos primero a ellos, para que sufran menos –Halil dejó colgando la cabeza, luego la levantó y fijó la vista en un punto fijo que tenía adelante.

–Una elección muy noble –asintió Mehmed con aprobación. Hizo una seña para que los guardias se adelantaran y se llevaran a Halil. Mehmed miró la puerta hasta que se cerró tras los hombres, luego giró en un revuelo de túnicas y capa–. ¡Otro enemigo derrotado! ¡Tu reputación se ha recuperado, Radu Pasha! –lanzó con orgullo, a la espera de que Radu le agradeciera.

–No –respondió él.

–¿A qué te refieres? –las cejas de Mehmed se unieron, y clavó los ojos en su amigo como si estuviera mirando a un desconocido. Tal vez lo era. Radu no era la misma persona que Mehmed había enviado a la ciudad.

–No mates a su familia. Ellos no deberían cargar con la culpa de él –Radu conocía a Salih, el segundo hijo de Halil. Lo había usado, había aprovechado la atracción de Salih por él para obtener lo que necesitaba. Bajó la vista hacia el suelo, profundamente avergonzado. En esos asuntos, era igual que Mehmed.

—Pero si mato a Halil, su familia se pondrá en mi contra.

—Envíalos lejos, destiérralos. Despójalos de los títulos y prohíbe a todas las personalidades importantes que se casen con alguien de la familia. Pero, si haces esto por mí, perdónales la vida.

—Si eso es lo que quieres —dijo Mehmed, sacudiendo la mano con la perplejidad reflejada en el semblante. Perdonaba la vida con la misma facilidad con que la condenaba.

Radu hizo una reverencia para ocultar la aflicción que sentía por la familia de Halil, por Constantino y por Constantinopla, por la persona que había dejado atrás ni bien había cruzado los muros por primera vez. También, aflicción por abandonar a Lada por alguien que creía que era un obsequio proteger la *reputación* de Radu por encima de la veracidad de sus sentimientos.

Mehmed puso una mano sobre la cabeza de Radu, como si le estuviera dando una bendición. A continuación, con un dedo por debajo del mentón de Radu, Mehmed alzó el rostro de su amigo, para estudiarlo con minuciosidad.

—¿Aún crees en mí? —le preguntó, como si de pronto se hubiera transformado en el niño que estaba junto a la fuente. Tenía los ojos cálidos y vívidos, la fría distancia del sultán se había evaporado.

—Sí —respondió Radu—. Siempre creeré en ti —era la pura verdad. Estaba seguro de que Mehmed construiría algo realmente maravilloso. Sabía que Constantinopla tenía que caer para que Mehmed pudiera aferrarse al imperio y que era el sultán más grandioso que su gente había conocido. Pero, al igual que su amor por Mehmed, la situación ya no era sencilla.

Radu había presenciado cuál era el precio de la grandeza y no quería ser parte de algo que fuera más grande que sí mismo, nunca más.

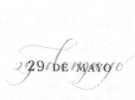

29 DE MAYO

—Deja que me encargue de las conversaciones del príncipe —dijo Toma Basarab mirando a Lada con ojo crítico.

Lada se había vestido para la batalla. Por encima de la túnica negra y los pantalones, llevaba una cota de malla, cuyo peso le provocaba una sensación familiar y reconfortante a lo largo del cuerpo. En la cintura, tenía la espada que había arrebatado de la pared. En las muñecas, escondía los cuchillos. *La hija de Valaquia quiere que le devuelvan su cuchillo.*

Ella se estremeció. No era como su padre, y no se convertiría en alguien como él.

La única fineza que aceptaba era un sombrero de color rojo sangre al estilo propio de las cortes. En el centro, una estrella brillante con una pluma que salía de ella. Su cometa, su presagio, su símbolo. Su patria.

—¿Tienes un vestido? —le preguntó Toma. Como no le respondió, él continuó hablando—. Nos exigirán indemnizaciones, y por supuesto que se las daremos. Todos los boyardos Danesti asistirán a esta comida. Puede que te resulte abrumador. Yo me encargaré de todo.

—No necesito que lo hagas.

Él le sonrió, al tiempo que ponía una mano seca y cálida sobre la de ella. Lada la apartó rápidamente.

—También he recibido noticias de Matthias, quien está encantado con tu éxito. El rey de Hungría ha caído enfermo, y Matthias ha intervenido para tomar todas las decisiones.

Lada sintió una pequeña puñalada de culpa. Le había prometido a Ulrich que el chico tendría una muerte rápida y sin dolor. Otro juramento que había roto.

—Estoy escribiendo el boceto de la carta para el sultán. Nos parece que lo mejor será continuar con el vasallaje, para evitar avances o movimientos de las tropas.

—¿Continuar con el vasallaje? No tengo intención alguna de pagarle nada ni a Mehmed ni a nadie.

—Oh, eso no funcionará. Ya le debemos dinero al trono de Hungría y a varios gobernadores de Transilvania. Esperan recaudarlo en breve.

—¿*Tú* tienes deudas con ellos? —Lada alzó una ceja—. Hablas de *nosotros*, pero yo no les debo nada a esos territorios.

—Creo saber que has incendiado una iglesia y sacrificado algunas ovejas. Si quieres tener una buena relación con nuestros vecinos, debemos enmendar cosas, así como esta noche repararemos el vínculo con las familias Danesti —Toma abrió la puerta—. Vamos, ya deberían estar comiendo. No podemos hacerlos esperar.

Como Toma insistió en que una demostración de abundancia era tan necesaria como una demostración de fortaleza, los alimentos que sirvieron eran los más refinados que Lada había engullido desde Edirne. Más finos que todo lo que comía su gente muerta de hambre. Le irritaba cada bocado que imaginaba que iría a parar a los estómagos privilegiados de los boyardos. A medida que ingresaba a la sala, el aroma a carne asada y a vino agrio la atormentó. De alguna manera, Toma se las había arreglado para entrar antes que ella.

La enorme mesa, rodeada de boyardos Danesti, se extendía desde un extremo hasta el otro de la sala.

A medida que acomodaba los hombros hacia atrás y se adentraba en la habitación detrás de Toma, Lada pensó que le lanzarían miradas frías y duras, pero en cambio, se topó con ojos que expresaban curiosidad e incluso, cierta diversión. La mayoría de los boyardos no dejaron de comer o hablar con sus vecinos.

Se había vestido para la guerra y la recibían con indiferencia. ¿Acaso tendría que luchar la batalla para ser vista durante toda su vida?

El camino hacia la cabecera de la mesa duró una eternidad. Hubiera deseado no haber insistido en estar sola durante la reunión. Quería contar con alguien de confianza. ¿Nicolae, con sus preguntas incesantes, Bogdan, con su fidelidad obstinada, Petru, Stefan o Daciana?

Con una punzada de dolor se dio cuenta de a quién echaba tanto de menos. Quería que Radu estuviera a su derecha y Mehmed, a su izquierda. Ellos la habían hecho sentir fuerte, inteligente e importante. La habían hecho sentirse como un dragón. Sin la confianza de ellos, ¿qué le quedaba?

Permaneció de pie en la cabecera de la mesa y aguardó... y aguardó, pero nada cambió. Nadie interrumpió las conversaciones que entablaba ni hizo una reverencia.

—Bienvenidos —dijo ella. Su voz se perdió entre el bullicio general de la actividad. Se aclaró la garganta y gritó la palabra, cuyo significado probablemente se perdió por el tono enfadado.

Finalmente, después de tomarse su tiempo, la charla de los boyardos se suavizó y, por último, se detuvo. Todas las miradas se volvieron hacia ella. Las cejas se alzaron y las comisuras de las bocas se torcieron hacia arriba o hacia abajo. En ninguno de ellos vislumbró la furia que había anticipado. La mayoría de los boyardos lucían... aburridos.

Echó un vistazo desesperado hacia una puerta lateral, donde Nicolae estaba inteligentemente en posición de firme y le articulaba *Gracias por venir*.

—Gracias por venir —lanzó Lada, pero, de inmediato, se arrepintió. Se volvió a aclarar la garganta y puso la espalda más erguida—. Tenemos muchos asuntos para debatir.

—Yo quiero un resarcimiento por la muerte de mi primo —dijo un boyardo que estaba cerca de ella, en un tono de voz apagado.

—Ya... ya trataremos ese tema, pero...

—Sí, por supuesto —expresó Toma, que estaba sentado junto a la cabecera de la mesa, a la derecha de ella—. Creo que podemos establecer los pagos y las tierras adicionales como compensación.

Lada se quedó inmóvil, tratando de dar con las palabras. ¿Por qué él había respondido por ella? Ya la habían puesto a la defensiva. Así no era cómo debía desarrollarse la velada. ¿Cómo era posible que fueran hasta allí y demandaran resarcimientos por las muertes de sus parientes, mientras su padre y su hermano se pudrían a causa de la traición de ellos?

—De esa forma es cómo responderás a lo de las muertes, ¿verdad? —sonrió Toma de modo alentador, como si le estuviera dando un codazo.

—Responderé de la misma manera en que ellos responderán por mi hermano, que está echado boca abajo en una tumba de las afueras de la ciudad, o por mi padre, que no ha sido sepultado —Lada cerró los ojos y luego los volvió a abrir, suavizando el semblante, para combinarlo con el tono de Toma.

Toma se aclaró la garganta, sacudió la cabeza en dirección a Lada y le frunció el ceño con desilusión.

—Esta es una conversación demasiado sombría para discutirla durante la cena. Deberíamos hablar de otra cosa. ¿Cómo dispersarás a tus hombres?

—¿Para despejar las carreteras? —no había tenido tiempo para finalizar la planificación de asegurar las rutas para los viajes y comercios. ¿Por qué la impulsaba a hablar de esas ideas?—. Pensé que podíamos dividirlos por áreas y...

—No —Toma alzó una mano para interrumpirla—. Entendiste mal. Como príncipe, no puedes tener fuerzas militares permanentes. Esa prohibición forma parte de nuestros tratados con Hungría y con los turcos. Matthias Corvinas lo especificó en su carta más reciente —sonrió él con aire de superioridad—. Sé que todo esto es nuevo para ti y que eras demasiado joven cuando partiste de aquí. Por supuesto que no lo sabías, pero tus hombres sobrepasan por mucho a una escolta tradicional. Puedes quedarte con... —hizo una pausa como si estuviera pensando, mientras se acariciaba la barba—. Eh, ¿veinte? Eso será más que suficiente para cubrir las necesidades. El resto será dividido entre los estados. Como yo ya tengo relación con ellos, me ofrezco como voluntario para hospedar a la mayoría de las fuerzas.

En este momento, Lada contaba con más de trescientos hombres. Muy buenos hombres que habían dejado todo para seguirla.

—Son *mis* hombres —lanzó ella—. Yo no les he hecho ninguna promesa a Hungría ni a los otomanos, pero sí a mis hombres.

Un boyardo con cara de rata y cabello oscuro, que estaba sentado casi en el centro de la mesa, alzó la voz.

–Promesas que no estaba autorizada para hacer. *Los príncipes* –expresó la última palabra con tanto desdén que dejó en claro lo que pensaba sobre el hecho de que una mujer portara el título– no pueden defenderse a sí mismos. No se hace. Un príncipe es el servidor de la gente. Los boyardos tienen el deber de hacerse responsables de los soldados para cuando se aproximen tiempos de necesidad. Si nosotros consideramos que la necesidad es urgente, llamaremos a nuestros hombres.

–Has estado lejos durante demasiado tiempo –asintió Toma, estirándose para dar una palmada en la mano de Lada–. El príncipe es un vasallo, una figura insigne. Cualquier intento por reunir un ejército o edificar una torre para defenderse será visto como un acto de agresión. Pero ahora no tienes nada que temer. Los boyardos son tu apoyo.

–Entonces, su fortaleza es mi fortaleza –dijo Lada, con los ojos entrecerrados, a medida que permitía que el mar de rostros que tenía por delante se desdibujara–. Eso es reconfortante.

Algunos de los hombres y mujeres se echaron a reír. Varios retomaron las conversaciones que habían dejado por la mitad. Nada se había desarrollado como ella había esperado. Pensó que se toparía con oposición, desafíos, polémicas, pero, por el contrario, todos se mostraban totalmente dispuestos a aceptarla como su príncipe.

En ese preciso instante se dio cuenta del porqué. Estaban felices de tenerla porque se sentían cómodos con la debilidad. Cuanto más endeble fuera el príncipe, más poder tendrían ellos. ¿Y quién podría ser más endeble que una muchacha que jugaba a estar en el trono? Con razón Toma la había apoyado. No podría haberse garantizado una mejor vía al poder que un príncipe femenino. Si Lada moría, el linaje Danesti volvería a ocupar el trono. Y, hasta ese momento, harían lo que les conviniera.

Si tuviera a Radu, si contara con una forma de manipularlos, tal vez podría manejar todo esto. Pero ellos trabajaban con armas para las que ella no había recibido entrenamiento. La inundó una gran desolación.

–Lo hiciste muy bien –Toma se inclinó hacia adelante con un gesto cómplice–. Yo seré tu consejero. Nadie espera que entiendas todas las reglas.

Todos los cambios que había visto efectuarse a lo largo del territorio bajo la sombra de sus alas habían sido una ilusión. Estas personas controlaban todo y, para ellas, nada había cambiado.

–¿Con quién contraerá matrimonio? –preguntó una mujer a un par de asientos de distancia.

–Con Aron o Andrei, cualquiera de los dos –el hombre que estaba sentado junto a ella resopló dentro de la copa de vino–. Qué desgracia para ambos. Primero, pierden a su padre, y luego tienen que casarse con la asesina más fea del mundo.

–Aun así, será bueno tener al linaje Draculesti bajo control.

Lada se puso de pie, y la silla hizo un chirrido.

–Lada –dijo alguien, desde la puerta más cercana. Ella se volvió y se topó con Bogdan. Algo andaba mal, lo advertía por la palidez del rostro del joven y por las comisuras de la boca torcidas hacia abajo. Corrió a toda prisa hacia donde estaba él.

–¿Qué pasó?

–Ven conmigo.

Nadie la llamó. Ella siguió los pasos de Bogdan a lo largo del corredor hasta la cocina. Allí, sobre una enorme mesa de madera que habían despejado de la comida, se encontraba un cuerpo.

El cuerpo de Petru.

Lada dio un traspié hacia adelante. Él tenía los ojos cerrados y el rostro sereno e inmóvil. Le habían quitado la camisa para dejar al descubierto una herida que ya no sangraba, porque su corazón ya no bombeaba. Bogdan lo giró con delicadeza hacia un costado. La herida comenzaba en la espalda. Alguien lo había apuñalado desde atrás.

–¿Cómo ocurrió esto? –Lada acarició la mejilla de Petru, que aún estaba tibia. Había estado junto a ella desde Amasya. Ella lo había visto crecer hasta convertirse en un hombre... uno de sus mejores hombres.

–Lo encontramos detrás de los establos –respondió Stefan.

–¿Había testigos?

–Dos guardias de la familia Danesti, que habían discutido con él más temprano, dijeron que no vieron ni oyeron nada –habló Bogdan con seriedad–. Sugirieron que tal vez se habría caído de espaldas sobre su propia espada.

Lada apretó la mandíbula. Miró el cuerpo que estaba sobre la mesa hasta que la visión se tornó borrosa. Petru era *suyo*. Él la representaba. Y los hombres que representaban a los boyardos Danesti lo habían apuñalado por la espalda.

–Maten a los guardias. A todos, no solo a esos dos. Luego, lleven al comedor a mis primeros hombres, aquellos que hayan estado con nosotros desde antes de que fuéramos libres.

Lada se volvió y caminó de regreso a la sala que albergaba a los boyardos Danesti. Cenar con los boyardos, lidiar con Hungría, suplicar ayuda a los otomanos. ¿Acaso se había convertido en la misma persona que su padre con tanta rapidez?

–Los guardias de alguno de ustedes mataron a uno de mis hombres –empujó la puerta con tanta violencia que llamó la atención de todos los que no habían notado su ausencia–. Quiero saber quién lo permitió.

–¿Por qué? –preguntó Toma.

–Porque un ataque contra mis hombres es un ataque hacia mi persona, y yo castigo la traición con la muerte.

–Estoy seguro de que fue un malentendido –Toma se le acercó, después de esbozar una sonrisa hacia los presentes–. Además, no puedes pedir la vida de un noble a cambio de la de un soldado.

–Puedo hacer todo lo que quiera –dijo Lada.

–Siéntate –le ordenó Toma con un tono seco–. Me estás avergonzando. Hablaremos de esto más tarde.

–¿A cuántos príncipes has servido? –Lada no tomó asiento.

–Tendría que contarlos –Toma entrecerró los ojos aún más.

–Deseo saber a cuántos príncipes han servido todos ustedes –se inclinó sobre la mesa e hizo un gesto en dirección a los comensales.

–Cuatro –respondió el boyardo con cara de rata, al mismo tiempo que se encogía de hombros. Varios asintieron.

–Ocho –dijo otro.

–¡Nueve! –lanzó otro más.

–Yo les gano a todos –exclamó un anciano arrugado que estaba en el sector más lejano–. ¡He conocido veintiún príncipes a lo largo de mi vida!

Todos se echaron a reír. La risa de Lada fue la más estruendosa y afilada. Siguió riéndose incluso después de que todos se callaran, y sus carcajadas resonaron por toda la habitación. Rio hasta que todos la miraron con compasión y confusión. Se detuvo de forma abrupta, y la sala retumbó con el silencio que dejó la estela de su risa.

–Los príncipes van y vienen, pero ustedes permanecen.

–Somos los constantes –asintió Toma–. Valaquia depende de nosotros.

–Sí, conozco Valaquia. He visto lo que el cuidado constante de ustedes ha conseguido –Lada pensó en los campos sin cultivos, las carreteras sin comercio, los jóvenes cuyos cuerpos yacían contra los muros de Constantinopla, las tierras devoradas por Transilvania y Hungría.

Tantas cosas que faltaban y tantas cosas perdidas. Y los boyardos permanecían exactamente igual a lo que siempre habían sido. Ella también se había perdido. ¿Para qué la habían vendido a otro territorio? ¿Para que su padre fuera traicionado y asesinado por los hombres y mujeres que comían delante de ella, que le daban palmadas en la mano y que calculaban en qué podría servirles este príncipe hasta que hallaran otro?

Los boyardos Danesti eran el veneno que la llevaría a la perdición. Mientras tanto, intentarían casarla para que formara parte de la familia y le extraerían la vida a su Valaquia. Ella había prometido a su gente una patria mejor y más fuerte. Y finalmente ahora comprendía cómo lo lograría. No podría hacerlo a través de compromisos y caminos amables. No podría mantener el poder de la manera en que lo habían hecho antes que ella, porque no se parecía a nadie que había ocupado ese lugar antes que ella.

–El error de ustedes está en asumir que, porque he estado lejos, no entiendo cómo funcionan las cosas –se inclinó hacia adelante y arrebató el cuchillo que estaba junto al plato de Toma–. *He estado lejos* y es por eso que entiendo a la perfección cómo funcionan las cosas. He aprendido todo a los pies de nuestros enemigos. He presenciado que, en algunas oportunidades, la única forma de seguir adelante es a través de la destrucción de todo lo anterior. He aprendido que si lo que uno está haciendo no da resultados, hay que probar alguna otra alternativa.

Clavó el cuchillo sobre la superficie de la mesa incrustándolo con fuerza en la madera. Luego, alzó la vista para presenciar cómo sus hombres entraban en la sala y se alineaban a lo largo de las paredes.

–¿Quién mató a mi padre y hermano? ¿Y quién es responsable por la muerte de mi soldado Petru? Exijo justicia.

Nadie respondió.

–Muy bien. Bloqueen las puertas –ordenó, con la voz fría.

Se levantó un murmullo entre los boyardos, que se removían sobre las sillas, mientras observaban cómo se cerraban todas las salidas. Finalmente, se dignaban a sentirse incómodos. Al fin, la veían por primera vez.

Lada sacó la espada y bajó la vista hacia su curvatura. La había considerado como una sonrisa, pero ahora, veía lo que realmente era: una guadaña. Sin decir una sola palabra, se adelantó y la hundió en el pecho de Toma, el hombre que había usado el *nosotros* para hablar de sus planes, cuando en realidad se refería a sí mismo y a un rey extranjero; el hombre que había creído que, a través de las palabras y los consejos, sería capaz de apropiarse de los soldados, el poder y la *patria* de Lada sin luchar contra ella. Lo observó mientras moría, a fin de guardar ese recuerdo en la memoria.

Una mujer lanzó un alarido. Las sillas rechinaron mientras los boyardos se ponían de pie apresuradamente. Lada removió la espada del pecho de Toma e hizo un gesto en dirección a la mesa.

–Mátenlos a todos –ordenó.

Sus hombres no se movieron, hasta que Bogdan sacó la espada y dio un paso hacia adelante para asesinar rápidamente a dos boyardos. A partir de ese momento, el trabajo de la siega comenzó formalmente.

Lada tomó una servilleta y la usó para limpiar la sangre de la espada.

Los gritos la distraían, pero estaba acostumbrada a las distracciones. *Haz un pacto con el diablo hasta que ambos estén sobre el puente.*

O bien mata al diablo y quema el puente, para que nadie pueda llegar a ti.

Tardó unos segundos en darse cuenta de que los gritos habían cesado. Alzó la vista. Los cuerpos cubrían la habitación. Hombres y mujeres se habían desplomado por encima de la mesa o yacían en el suelo empapados de sangre, donde se habían tropezado por intentar escapar. Sus hombres no habían derramado ni una sola gota de sudor.

Después de todo, era mejor que Radu no estuviera allí. Ella no habría querido que él presenciara la masacre. Pero tal vez no habría sido necesario que eso ocurriera, si él hubiese estado aquí. Tal vez, juntos hubieran podido hallar otro camino.

Pero él había elegido a Mehmed, y ella había optado por esto. Ahora no podía detenerse.

—Lleven los cuerpos al patio —Lada envainó la espada—. Todos tienen que estar al tanto de que, esta noche, ha nacido una nueva Valaquia. Luego de que los cadáveres sean expuestos, le daremos a Petru el memorial que merece.

—¿Y las familias? —preguntó Bogdan.

—Maten a todos los herederos Danesti. Ya no tienen nada que heredar. Entregaré sus títulos y tierras a los que verdaderamente me sirvan.

—Lada —Nicolae le aferró el hombro. Aún tenía la espada enfundada—. No lo hagas.

—Ya está hecho.

—Pero los niños...

—Tenemos que cortar la corrupción de raíz para poder crecer. Estoy fortaleciendo Valaquia —se volvió para mirarlo, con los ojos tan afilados como la hoja de una navaja—. ¿No estás de acuerdo conmigo? Ellos asesinaron a mi familia. También podrían haberme matado a mí, cuando les pareciera adecuado. Y querían que continuáramos bajo el mando de los otomanos. Venderían a nuestros hijos a las armadas turcas, como te ha pasado a ti y a *Petru*. Sabes que tengo razón.

–Yo... sí, lo sé –Nicolae bajó la vista y se le torció la cicatriz–. Ojalá lo hubiéramos podido hacer de otro modo, pero creo que tienes razón. Los boyardos Danesti jamás hubieran respaldado la nueva Valaquia que tú propones. Pero sus hijos son inocentes. Puedes permitirte tener misericordia.

Ella se acordó de la decisión que había tomado Huma de asesinar al infante medio hermano de Mehmed, para evitar una futura guerra civil. Matar a un niño, salvar un imperio. Era terrible. A veces, las decisiones terribles eran necesarias. Pero a diferencia de Mehmed, que había tenido una madre despiadada, nadie tomaría esas decisiones por Lada. Nadie la salvaría de esto, por lo que tenía que ser fuerte.

–Todavía no puedo ser misericordiosa. Una vez que Valaquia se estabilice, que la hayamos reconstruido, sí lo seré. Lo que hacemos ahora es para que, algún día, la misericordia pueda tener lugar en estas tierras.

–Pero los niños –la voz de Nicolae era tan vacía como las promesas de los boyardos.

–Me dijiste que me seguirías hasta los confines de la Tierra.

–Santo Dios, Lada –susurró él, sacudiendo la cabeza–. Algún día llegarás más lejos de lo que pueda seguirte –le soltó el brazo, tomó el cadáver de Toma y lo arrastró fuera de la sala.

Ella había hecho lo que era necesario. Observó mientras removían los cuerpos. Conmemoraría cada fallecimiento y reconocería los sacrificios no voluntarios, porque, gracias a cada difunto, se acercaba cada vez más a su objetivo. Aferró el medallón con tanta fuerza que le dolieron los dedos.

Ella era un dragón, un príncipe y la única esperanza de que Valaquia progresara. Y estaba dispuesta a hacer lo que hiciera falta para alcanzar ese objetivo.

51

Para Lada Dracul, vaivoda de Valaquia y mi hermana adorada:

Constantinopla ha caído. Mehmed es sultán, emperador, césar de Roma, el nuevo Alejandro. Ha unificado el este y el oeste en su nueva capital. Como vasallo suyo, solicito tu presencia para celebrar su victoria y para negociar las nuevas condiciones de los impuestos de Valaquia y las prestaciones de los jenízaros.

El desea verte, al igual que yo. A menudo pienso en ti y me pregunto si habré tomado la decisión correcta. Por favor, acepta la invitación y ven. Mehmed te ofrecerá buenos términos, y yo anhelo sinceramente pasar tiempo contigo. Tengo muchas cosas para contarte.

Ansiamos tu visita con impaciencia.

Con todo mi amor, y la orden oficial del sultán, emperador y césar de Roma,

Radu Pasha

Para Radu, mi hermano:

No respondo a tu nuevo título, ni al de Mehmed. Dile al cobarde y mentiroso que no le envío mis felicitaciones. Él tampoco me felicitó cuando asumí el trono, a pesar de él.

No tomaste la decisión correcta.

Dile a Mehmed que Valaquia es mía.

Con toda mi resistencia,

Lada Dracul, príncipe de Valaquia.

— Dramatis Personae —

Familia Draculesti, nobleza de Valaquia

Vlad Drácula: difunto vaivoda de Valaquia, padre de Lada y Radu,
padre de Mircea, esposo de Vasilissa.
Vasilissa: madre de Lada y Radu, princesa de Moldavia.
Mircea: fallecido hijo primogénito de Vlad Drácula y de su primera y difunta mujer.
Lada: segunda hija legítima de Vlad Drácula.
Radu: tercer hijo legítimo de Vlad Drácula.
Vlad: hijo ilegítimo de Vlad Drácula con una amante.

· · · · ·

Corte de Valaquia y personajes de la campiña

Nodriza: madre de Bogdan, cuidadora de Lada y Radu.
Bogdan: hijo de la nodriza, mejor amigo de Lada de la infancia.
Andrei: boyardo de la familia de los Danesti, hijo del príncipe sustituto.
Aron: hermano de Andrei.
Familia Danesti: familia rival del trono de Valaquia.
Daciana: muchacha campesina que vive bajo el dominio de un boyardo Danesti.
Toma Basarab: boyardo de la familia Basarab.

· · · · ·

Figuras de la corte otomana

Murad: difunto sultán otomano, padre de Mehmed.
Mara Brankovic: una de las esposas de Murad. Regresó a Serbia.
Huma: concubina de Murad y difunta madre de Mehmed.
Mehmed: el sultán otomano.
El gran visir Halil: anteriormente Halil Pasha, importante consejero de la corte
otomana, que es fiel a Constantinopla.
Salih: el segundo hijo del gran visir Halil, anteriormente amigo de Radu.
Kumal: piadoso bey del círculo íntimo de Mehmed, hermano de Nazira,
cuñado y amigo de Radu.

Nazira: esposa de Radu, pero solo en apariencias, hermana de Kumal.

Fátima: pareja de Nazira, pero aparenta ser solo una sirvienta.

Amal: joven sirviente que ha ayudado a Radu y a Mehmed en el pasado.

Suleiman: el almirante de la armada otomana.

Timur: ciudadano otomano que trabaja para Mehmed.

Tohin: ciudadana otomana experta en pólvora, madre de Timur.

Urbana de Transilvania: experta en cañones y en artillería.

• • • • •

Círculo íntimo militar de Lada Drácula

Matei: antiguo jenízaro de Valaquia con mucha experiencia militar, uno de los primeros hombres de Lada.

Nicolae: jenízaro, el amigo más cercano de Lada.

Petru: el soldado más joven de Lada, originario de las tropas jenízaras.

Stefan: jenízaro, el mejor espía de Lada.

• • • • •

La corte húngara

Hunyadi: el jefe militar más brillante de toda Hungría, responsable de las muertes de Vlad Drácula y de Mircea.

Matthias: hijo de Hunyadi, hombre importante en las políticas de la corte.

Elizabeth: madre del joven rey, Ladislas Posthumous.

Ladislas Posthumous: joven rey que sufre una enfermedad.

Ulrich: regente, consejero y protector del rey.

• • • • •

Figuras de la corte de Constantinopla

Constantino: emperador de Constantinopla.

Juan: heredero de Constantinopla, sobrino de Constantino.

Manuel: hermano de Juan, sobrino de Constantino.

Coco: italiano, importante capitán de la marina.

Cyprian: embajador de la corte, sobrino bastardo de Constantino.

Giustiniani: italiano, el más importante consejero militar de Constantino.

Helena: una ciudadana de Constantinopla, amante de Coco y amiga de Nazira.

Glosario

• **Bey:** gobernador de una provincia otomana.

• **Boyardos:** nobles de Valaquia.

• **Catapulta:** arma medieval de guerra con una honda para lanzar grandes piedras.

• **Compás:** música ruidosa interpretada por las tropas jenízaras, a medida que salen al ataque, extremadamente efectiva para desmoralizar y desorientar a las tropas enemigas.

• **Concubina:** mujer que pertenece al sultán y que, aunque no sea su esposa legítima, puede dar a luz legítimos herederos.

• **Cuerno de Oro:** masa de agua que rodeaba una sección de Constantinopla, bloqueada por una cadena, desde la cual es casi imposible lanzar un ataque.

• **Dracul:** dragón, o demonio, ya que los términos son intercambiables.

• **Estado vasallo:** pueblo al que le permiten mantener su gobierno propio, pero que está sujeto al Imperio otomano con impuestos de dinero y esclavos para el ejército.

• **Foso:** zanja que se cava a lo largo del exterior de los muros de Constantinopla, con el fin de prevenir ataques.

• **Fuego griego:** arma basada en una sustancia incendiaria solamente conocida por los griegos y altamente efectiva en las batallas.

• **Gálata:** ciudad-estado que se ubica frente a Constantinopla a través del Cuerno de Oro, y que aparentemente es neutral.

• **Galera:** buque de guerra de diversos tamaños, con velas y remos para maniobrar durante las batallas.

• **Harén:** grupo de mujeres, compuesto por esposas, concubinas y sirvientas, que pertenecen al sultán.

• **Incensario:** bola de metal con rendijas o pequeños orificios, dentro de los que se coloca el incienso, y que se balancea por los aires con una cadena; se usa durante procesiones y ceremonias religiosas.

• **Infieles:** término usado para cualquiera que no practique la religión del que habla.

• **Irregulares:** soldados del Imperio

otomano que no forman parte de las tropas oficiales. Suelen ser mercenarios u hombres en busca de botines.

• **Jenízaro:** miembro de una selecta fuerza armada de profesionales, que está formada por jóvenes reclutados de regiones extranjeras, a los que se convierte al islam, se los educa y adiestra para que sean leales al sultán.

• **Liturgia:** culto religioso celebrado en latín o en griego, dependiendo de que la Iglesia sea católica u ortodoxa.

• **Odighitria:** reliquia sagrada. Según se dice, la pintó un apóstol y se cree que es la protectora religiosa de Constantinopla.

• **Orden del Dragón:** Orden de cruzados ungidos por el papa.

• **Pasha:** noble del Imperio otomano, designado por el sultán.

• **Pashazada:** hijo de un pasha.

• **Poterna:** pequeña puerta destinada a que las tropas entren y salgan de Constantinopla, a través de los muros internos.

• **Regente:** asesor designado para que ayude a gobernar en nombre de un rey demasiado joven para que se pueda confiar plenamente en él.

• **Rumeli Hisari:** fortaleza edificada en uno de los lados del Estrecho del Bósforo como complemento de otra fortificación, la Anadolu Hisari.

• **Santa Sofía:** catedral edificada en la época cumbre de la era bizantina, la joya del mundo cristiano.

• **Spahi:** comandante militar que está a cargo de soldados otomanos de la región, a los cuales se convoca durante la guerra.

• **Transilvania:** pequeña región que limita con Valaquia y Hungría; incluye la ciudad de Brasov y de Sibiu.

• **Vaivoda:** príncipe caudillo de Valaquia.

• **Valaquia:** estado vasallo del Imperio otomano que limita con Transilvania, Hungría y Moldavia.

• **Visir:** noble de alto rango, que generalmente es consejero del sultán.

Nota de la autora

Por favor, léase la "nota de la autora" de *Hija de las tinieblas* para más información sobre las fuentes, a fin de ampliar los estudios acerca de las vidas fascinantes de Vlad Tepes, Mehmed II y Radu, el Hermoso.

Como nota para este libro, me gustaría pedir disculpas al territorio de Hungría y su increíble historia. El legado de la familia Hunyadi merece su propia trilogía, pero, en aras de no escribir libros de tres mil páginas, tuve que simplificarlo de forma dramática y comprimir el relato, para que se adaptara mejor a mis necesidades narrativas. Al fin y al cabo, estas son obras de ficción. Trato de incorporar la mayor cantidad de historia de la manera más respetuosa posible e incentivar a los que estén interesados en seguir estudiando este período y esta región.

Los personajes de la saga interactúan con la religión, sobre todo con el islam, de diferentes modos. No siento más que respeto por el valioso pasado y hermoso legado de aquel evangelio de la paz. Las opiniones individuales de los personajes con respecto a las complejidades de la fe, ya sea de la islámica o la cristiana, no reflejan la mía propia.

La pronunciación varía según las lenguas y el paso del tiempo, al igual que los nombres de los lugares. Asumo la responsabilidad de cualquier error o inconsistencia. Aunque los personajes principales hablen numerosos idiomas, tomé la decisión editorial de presentar todos los términos comunes en inglés.

AGRADECIMIENTOS

· · · · ·

En primer lugar, como rectificación de un error de omisión en *Hija de las tinieblas*: gracias a Mihai Eminescu, el brillante poeta rumano que escribió *Trecut-au anii* (traducido al español como *Años han transcurrido*), un poema hermoso y profundamente conmovedor que termina con la frase que inspiró los títulos de estos libros: *Behind me time gathers... and I darken!*

Gracias a Michelle Wolfson, mi incansable representante. Lisa y llanamente, no podría hacer esto sin ti. Por muchos años más desde que te envíe correos electrónicos diciendo: *Escribí algo extraño, por favor descifra cómo venderlo.*

Gracias a Wendy Loggia, mi brillante editora, cuya guía está presente en cada una de las páginas de los libros. Soy una persona profundamente afortunada de tener a alguien como tú, que me moldee las palabras y la carrera.

Un agradecimiento especial a Cassie McGinty, quien de alguna forma huyó de los agradecimientos del primer libro, pero que fue una publicista fenomenal y una gran defensora de la saga. Y gracias a la terriblemente encantadora Aisha Cloud que, para mi agrado eterno, reclamó su parte sobre la publicidad de Lada y Radu.

Gracias a Beverly Horowitz, a Audrey Ingerson, al equipo de First In Line, a los correctores, a los diseñadores de las portadas, al departamento de marketing y a todos los de Delacorte Press y Random House Children's Books. Son el mejor equipo que existe y la mejor casa que podría haber soñado. Me asombro constantemente de su dedicación, innovación e inteligencia.

Gracias a Penguin Random House internacional, en particular a Ruth Knowles y a Harriet Venn, por llevar a nuestra despiadada Lada al Reino

Unido y a Australia con tanto estilo. Estoy celosa de que ella pueda pasar tiempo con ustedes.

Gracias a mis primeros y últimos socios críticos (eso suena más inquietante de lo que es), a Stephanie Perkins por las lecturas de emergencia y a Natalie Whipple por el apoyo moral de emergencia. Todos sabemos que no estaría aquí si no fuera por ustedes.

Gracias como siempre a mi increíble esposo Noah, sin el que estos libros jamás habrían existido y sin quien mi vida apestaría. No me canso de decir lo afortunada que soy de tenerte. Y a nuestros tres hijos hermosos, agradézcanme por haberme casado con su padre y por haberles transmitido esos maravillosos genes. (Pero también gracias a todos por ser el agradable centro de mi vida).

Finalmente, siempre temí que la gente no se conectaría con mi brutal y despiadada Lada, y con mi tierno e inteligente Radu. Jamás debí haber dudado de ustedes. A todos los que aceptaron a los hermanos Dracul y a estos libros: gracias, gracias, gracias. Una niña podría tomar el control del mundo si los tuviera a ustedes de su lado.

Acerca de la autora

KIERSTEN WHITE es la autora de los éxitos de ventas de *The New York Times: And I Darken, Now I Rise*, la trilogía *Paranormalcy*, los thriller negros *Juegos mentales* y *Mentiras perfectas*, *The Chaos of Stars* e *Illusions of Fate*. También escribió *In the Shadows* en colaboración con Jim Di Bartolo. Sus libros han ganado numerosos premios, entre ellos el Utah Book Award, el Evergreen Young Adult Book Award y el Whitney Award, y han sido nombrados por ALA-YALSA Teen Top Ten Book, la Florida Teens Read List Selection, y la Texas Lone Star Reading List Selection, entre otros reconocimientos. Ella vive con su familia cerca del mar en San Diego, lo cual, a pesar de la perfección del sitio, la impulsa a soñar en lugares lejanos y tiempos remotos.

Visítenla en kierstenwhite.com.

Síganla como @kierstenwhite en Twitter.

¡QUEREMOS SABER QUÉ TE PARECIÓ LA NOVELA!

Nos puedes escribir a vrya@vreditoras.com
con el título de esta novela en el asunto.

Encuéntranos en

facebook.com/VRYA México

twitter.com/vreditorasya

instagram.com/vreditorasya

COMPARTE
tu experiencia con
este libro con el hashtag
#renacedelassombras